知音动漫图书 · 新阅坊
ZHI YIN COMIC BOOK 以梦想之名点燃阅读

written by 两色风景
Illustrated by 夜翎

青春奇妙物语 2

两色风景 著

中国致公出版社　知音动漫

知音动漫图书·新阅坊荣誉出品
《漫客小说绘》书系

那些一起走过的记忆，或跌宕、或平淡，可是因为有你，都成为了童话。

我想起你时越无奈，写出的童话便越美好。

你就是青春，就是童话。

童话和你，未完待续……

目录
contents

人类说明书事件

chapter 1

Talef of the Unufual Youth

415

大学毕业两年后，我离开熟悉的地方，到了另一座城市，与一位绰号“大叔”的宅友一同租房子。后又增添了一名画家和一个戴眼镜的上班族。大家相处甚欢，无话不谈。感情话题当然是点播率最高的节目。

“嘤嘤，为什么，为什么她不喜欢我？”大叔边喝啤酒边流着男儿泪，为了他所暗恋的女老师。

“别难过，只是因为她不了解你。”画家温柔地说。

“当然也可能是你不了解人家。”眼镜理智地说。

“那我该怎么做呢？嘤嘤。”大叔含泪问。

“那当然是去买一份说明书啊！”我脱口而出。

01 真心话与大冒险

桌上一片杯盘狼藉，被打捞一空的火锅正冒着微弱的热气，令人不禁想到“气若游丝”这个成语。围绕着主桌的椅子与床上，密密麻麻都是抚着肚子、一脸满足的人。

这是 415 宿舍与 520 宿舍的一次联谊。做东的当然是我们男生。买来火锅料与几样熟食，再备好零食、饮料与一次性杯盘，热热闹闹的聚餐就开始了。大家胡吃海塞、谈笑风生，气氛很是和睦。虽然在场的人多达二十个而房间不足二十平方米，却并不妨碍我们寻花问柳……我是说寻欢作乐。

520 的妹子们都来了。当然，重点是小苹果、武则天和眼镜娘这三位来了。她们仨粉丝最多，相比之下另外七个不过是人肉布景。不过，在埋头苦吃的金氏与八达眼中，除了面前的食物，这个宿舍里的一切都是布景。

这不是我们两家第一次联谊了。事实上刚考进这所破学校没两天，我们就联谊了一次，从此与 520 结下不解孽缘。一切联谊的目的都是为了联姻，联谊的频率跟主办方的饥渴程度直接挂钩。

不过如果没有排长的话，也许这个谊根本就联不起来吧。

虽然 415 的宿舍长是我，但我犹如光绪，有名无实，排长才是幕后垂帘听政的慈禧。这厮的外形是全宿舍最显老的，也因此相应地拥有老一辈的号召力与行动力。当然不可能是为了我们，他只是为了自己能追到妹子罢了。

排长暗恋的妹子是眼镜娘。只说脸，她大概是我们大学生涯里见过的最好看的女孩子了。清秀甜美，书卷气十足，瘦小娇柔的身材，排长往她面前一站都伟岸三分，怪不得他会喜欢她呢。两人一同在校生活部任职，排长就没断过对她的追求。但眼镜娘一直是个低调到有些神秘的女孩，排长猜不透她。

聚餐进行到一半的时候，排长提议玩真心话大冒险，进一步炒热了气氛。我们的玩法是这样的：每人拿两张纸片，分别写上真心话与大冒险的题目，然后分别丢进两个盒子。每个人可以自选玩真心话还是大冒险，然后去相应的盒子里抽纸条。

一般来说是女士优先的，但是 520 的各位这个时候十分谦让，笑嘻嘻地让我们先来。最后达成的共识是，男生一次，女生一次。按照床位顺序，415 的一号床是我，我选真心话。

“到目前为止做过最丢脸的事情是什么？”抽到的纸条上写着这么个问题。我想了想，毅然回答：“有一年冬夜气温实在太低，我一时糊涂就同意了跟锅炉工同一个被窝取暖！”

我的诚实刷新了自己在姑娘们心中的印象，也为游戏开了个好头。

接着轮到 520 的妹子。一号床是武则天，她选大冒险。题目是：“跟现场看起来最强壮的人掰手腕。”

大家的目光于是向金氏聚集。这个胖子至少吨位的确给人以强壮之感，但金氏这个时候非常识相地大叫：“我不强壮的！我只是虚胖！嬷嬷比我壮！”

容嬷嬷的外号与性格虽然娘，却是有肌肉的。说他强壮，我们都不反对。只见他忐忑而兴奋地出列了，然后跟武则天把手握在一起。

喔喔，虽然嬷嬷追了武则天很久，他们平常也如男女朋友般出双入对，但握手什么的恐怕还是头一次。嬷嬷多感动呀！他怀着第一次的心情轻轻握住心上人的手……然后被秒到了桌子底下，震惊全场。

游戏继续进行，接着是 415 的二号床锅炉工……

当终于轮到眼镜娘时，我看到排长的眼睛明显一亮，眼镜娘选择大冒险，内容是："把出题权利交给下一个人。"

排在眼镜娘后面的正好是排长。这宿命般的邂逅令他激动得居然起立了！眼镜娘看着他，似笑非笑。

换一个更无耻和大胆的人，比如烂操，这个时候搞不好就会提搂搂抱抱之类的要求。但排长还是在乎他那张老脸的，所以他想了想，说："回答我一个问题怎么样？"

"好。"眼镜娘轻轻点头。

"你喜欢……你喜欢什么样的男孩子？"事后排长告诉我们，他其实想问"你喜欢我吗"，可惜瘦削的小身板装不下那么肥的胆。

大家都看向眼镜娘，此刻气氛暧昧。其实这么丁点儿大的校园和这么简单的人际关系，谁喜欢谁早已是心照不宣，但即使这样，该走的流程还是要走。不以告白为前提的交往都是耍流氓！

让我们万万没想到的是，眼镜娘居然这样回答："你刚才不是问'回答我一个问题怎么样'吗？我已经回答了，答案是'好'。你的出题权利在那时就用完了。"

全宿舍陷入死寂。半晌，520 的妹子们热烈鼓起掌来，武则天得意万分地大笑："小镜就是聪明啊！色老头你活该啦！"

游戏继续进行下去，但是欲哭无泪的排长已经完全没心情了……轮到他的时候，他也选择了大冒险，题目为搂着现场最丑的人冲窗外大叫"快看啊，这是我老婆，你们说正不正"。因为不敢得罪女孩子，所以排长选择了烂操作为搭档，几乎引发宿舍内乱……这种祸国殃民的题目好像是武则天出的。

这次非常愉快的聚餐直到 11 点才散去。520 的妹子们在一边感谢招待，一边走出宿舍时，八达已经如闪电般开始搜集桌子上还能吃的食物。

排长把眼镜娘送到门口。眼镜娘冲他笑了一下，说："不知道。"

"啊？"

"你刚才问的问题，我的答案是，我也不知道。"

"哦……"排长的心头燃起希望，他怕听到的是"我喜欢年轻美型又健硕的"这种答案，"对、对了，明天学校放映厅会播《东成西就》，要不要一起去看？"

"熊学长先约我了，下次吧。"

高素质的妹子从来都是抢手货，喜欢眼镜娘的可不止排长一个人。所以有人约她并不奇怪，但这令排长很不安。其实这人也是很有自知之明的，知道自己并不具备多少竞争优势——他就像许多那个年纪的男孩子一样，单纯地将竞争优势与外形挂钩。

排长目送眼镜娘离去，他那慈爱而佝偻的背影，令我们不禁想起了朱自清的名作。

02 亲，喜欢可以直接拍下

第二天是周末，非常适合年轻男女组团上街秀恩爱。可惜 415 是光棍集中营，只能寻找别的方式排遣寂寞。我跟排长阴差阳错地凑在一起去逛超市。

出了我们学校大门，就能看到一条学生街，荟萃着各种廉价小吃店与路边摊，乌烟瘴气却也活力四溢。我们一边走，一边东张西望。

“天气这么好，能跟小镜一起逛就好了，可现在陪着我的居然是个臭男人，呜呜……”排长低泣。

“你以为我想陪一个两只脚都踩进棺材的臭老头吗？”我奋勇还击。

“你跟春菜明明那么好，你又不追人家。”

“闭嘴，别跟我提这个！”

为了逃避这个讨厌的话题，我将注意力转到一个书摊上。就是那种卖各种盗版书的摊子，几百万字的东西能够浓缩到一本里，排版之密、字体之小、书本之厚令人叹为观止，却还是成为许多穷苦学生的精神食粮。

“同学随便看哈，我这里什么书都有。”戴帽子的书贩热情招呼道。

我随手翻着书，排长也凑了过来。我拿起一本诗集给他：“小镜是文艺少女，你也该充充电。”

“汪国真？想不到那个汉奸还写诗。”

“……你想说的是汪精卫吧？”

“王家卫不是拍电影的吗？”

“……”我很有冲动把那本能直接拿去砌墙的书朝排长当头砸下。这个时候书贩开口了。

“啊哈，小兄弟有想追的妹子？”书贩一副神神秘秘的样子，居然管排长叫小兄弟，这人真是没大没小！“那的确是该多看书啊，我给你推荐一本吧！”

“不用了。”排长拒绝。我也认为书贩下一秒会拿出诸如《泡妞，就这几招》之类的书来。

书贩却蹲下来翻一个包包，嘴里问："你看上的妹子叫什么？"

排长说了眼镜娘的真名，狐疑道："干吗？"

"等等哈……有了，找到了！"书贩兴奋地将一本书塞到排长手里，"有了它，你就能抱得美人归了！"

我们一起看那本书……这算是书吗？还真是绝顶简陋啊！一沓印满字的纸草草装订在一起，没有封面没有书名。翻开第一页是目录，一共五行："基本资料""功能介绍""养护须知""注意事项"和"维修指南"，标题后边跟着页码。

这是……说明书？我看过的一些电器说明书就是这么分类的。为什么会给想泡妞的人一本说明书啊？

但是翻到下一页，我们就懂了。在"基本资料"这页，我们看到了眼镜娘的真名和照片，还有她的籍贯、出生年月、家庭成员、身高、血型……甚至还有三围？！

这是眼镜娘的说明书？！她什么时候变成商品了啊？！

我们难以置信地看着那书贩，他仍是一脸生意人的精明与谄媚，察觉到我们的疑惑，他十分自然地说："任何一款稍微复杂的产品，都该配备说明书不是吗？"

如果非要说的话，人类的确也是上帝的产品没错啦……但这就算是解释了么？比起我的疑惑，排长更多地沉浸在淘到宝的喜悦中，他一目十行唰唰地翻阅着，每一个动作都透着"好！买了"的倾向。

"亲，喜欢可以直接拍下！"书贩笑靥如花地提议。你以为你是开淘宝的啊！"一本只要一千块哦，亲！"

"一千？！"我和排长吓了两跳。一千够把这个摊子上的书给包圆了还有得找吧！

"有的人的说明书是会便宜点，比如那些生活比较单纯和透明的，因为他们的说明内容不会很多，性价比不高。可是年轻女孩嘛，你们懂的，总是有更多可挖掘之处嘛。"书贩循循善诱道，"这样想想，是不是就觉得一千块简直便宜得像抢？"

排长挣扎着，显然被说动了，他打开钱包并对我说："段段，你借我五百。"

"……真的要啊？"

"真的要！"

接过钱的书贩快乐地喊了一声："满意请给五星好评哦！"……就跟你说不要满嘴淘宝腔啦！

赞助完老排，我的生活费也弹尽粮绝了。不过我还是问店主："你这里谁的说明书都有吗？××× 和 ×× 的也有吗？"

“你和你在意的那个女孩的说明书，我都没有呢，这个得看运气的。”书贩说，“下次再来看看吧，亲！”

……被人一眼看穿的感觉还真是尴尬。而那边厢，排长已经开始如饥似渴地阅读了。

03 得说明书者得天下

我们回到 415。当八达听说排长花一千块钱买了本地摊读物后，恨铁不成钢地对他吼道：“你嫌遗产多，可以捐给我啊！”

“里增相姓棱有梭迷苏（你真相信人有说明书）？”一灿边问边随手将一个烟头在桌上摁灭——“哎呀！”正好把手放在了那里的烂操惨叫起来。

“一灿，你要理解老排。基本上人活到他这岁数，就会变得比较迷信。”金氏说。这人跟排长一胖一瘦，相映成趣，好似一对相声搭档，一直都以吐槽的方式来维持相爱相杀的关系。

“滚啦！”排长翻着说明书道，“谁会那么无聊印这种东西来骗钱？并且还刚好骗到了我？我刚看过一点，很靠谱，应该是真的！”

排长指的当然是“基本资料”。这个章节的内容等同于眼镜娘迄今的人生简历，连幼儿园时的班级、座号都有，可以帮助读者在最短时间内对她建立起印象。

“所以怎样，你家小镜名花有主没？”大卫问。

“现在是单身哦。不过她高中的时候有过男朋友——那么早的事情了，Who cares！”排长喜滋滋地说。

“居然有过男朋友？”烂操的八卦心被点燃了，“后来为什么分了啊？”

“里面没写。”排长说。

其实没写也是正常的。洋洋洒洒啰里吧唆，那就不是说明书是传记了，传记都未必巨细靡遗呢。同样的原因，说明书里对眼镜娘的描述也不含主观色彩，言简意赅，实事求是，没有随便给她发好人卡或者称她为美少女什么的。

接着，排长将说明书翻到了“功能介绍”页面，看了两页就目瞪口呆，喃喃道：“开玩笑吧？小镜居然……这么碉堡？”

“功能介绍”就是告诉你一款产品能做什么事。必须承认，因为眼镜娘柔弱又安静，所以我们小看了她，其实她具备很多我们不具备的能力，我不是说生孩子……

眼镜娘拥有强大的自学能力，英语水平已达六级；她是个资深驴友，遍布大江南北的足迹彰显着胆识与见识；她读书破万卷下笔如有神，中学起即在报纸杂志发表文章；计算机不是她的强项，却仍然P得一手好图以及懂得简单的网页编程；她还非常心灵手巧，从十字绣到毛衣围巾都能编织……

排长才看了几条就已经甘拜下风。不声不响的眼镜娘体内蕴含着如此巨大的能量，这是他怎么也想不到的。排长甚至看到了“六年摩托车驾驶经验”这种完全不能跟他心中弱不禁风的小镜联系在一起的条目。这让他觉得这朵高岭之花的采摘难度更大了。

“别气馁，排长你也有你的长处。”容嬷嬷温柔地安慰道。

“是吗？比如什么？”排长热切地问。

“对了排长，‘养护须知’是关于什么的呀？快看看。”嬷嬷非常没有礼貌地无视了他的问题。排长苍老的嘴唇都因此颤抖了！

“养护须知”本来是教你怎么呵护一样东西、好延长它的使用寿命的。比方汽车的养护就是机油升级、定期清洗、更换零部件什么的。把车伺候舒服了，未来的日子里就可以享受它的伺候。这个章节看得排长枯木逢春，回光返照。因为里面满满记载着让眼镜娘高兴的方法！本来嘛，追女孩子就是要千方百计地对她好呀！这个教程实在是太实用了啊！

“养护”包括了物质篇与精神篇。物质篇具体罗列了眼镜娘爱吃的东西、中意的玩具、喜欢的衣服牌子和款式、适用的护肤品、化妆品、洗发水、沐浴乳，等等。如果每样后面都能标出价格，那就是一张采购清单啊！不幸中的万幸是其中的奢侈品比例不高，排长还是可以择优录取地努力一下。

至于精神篇这一块就经济多了，因为那更多是需要靠“心”而不是“钱”。试摘录几条：

“每天必须为她留出不少于一小时的独处时间。目光一再落到地上时是她需要放空大脑的信号。”

“小清新民谣与硬核死亡摇滚，能够洗涤她内心的浮躁，对生活的热爱度会因此提升百分之三十。”

“零点准时收到的生日祝福，会为她带来极大的幸福感，秒杀后来收到的任何昂贵礼物。”

当排长看到“下雨天收到专程送来的伞，是她缺乏抵抗力的温柔排行榜上名列第一的事”时，窗外正好下起了淅淅沥沥的雨。排长一跃而起，抓过两把伞就往外跑。

排长在雨中忘乎所以地跑啊跑，十分钟后，他来到了学校放映厅。他说那时《东成西就》还没放完，听声音，济公都还没登场。他就偷偷摸摸地掀开门口的帘子，把头伸进去……喔喔，看到了，眼镜娘还在，身边是那个姓熊的学长。该死的黑熊精！排长在心里骂道，学长有什么了不起？老子可是排长！

排长拿着伞在外面等了半小时，片子才终于结束。观众们三三两两地退场，看到眼镜娘那清秀的脸庞时，排长立刻迎上去，满是泥点的裤管与因为进了水所以每走一步都啪啪作响的鞋让眼镜娘十分惊讶："你……"

"下雨了，我来给你送伞。"排长让自己深情地说出这句最温柔的台词，他看到眼镜娘的脸上那如花绽放的感动……然后她身边的黑熊精大声说："屁呀，哪里有雨？"

原来萧敬腾作美的浪漫时光已经结束了。排长有点尴尬："等会儿也许又会下的，先拿着呗……"

这时太阳从云缝里露出一张明晃晃的脸，洒下充满讽刺的阳光。更不幸的是，排长递给眼镜娘的伞突然自动打开了，布面卷起，裸露的伞骨好像一只勇敢地捋起袖子等待打针的胳膊。

"居然带这种破伞来！遮太阳都不行吧！"黑熊精放声大笑。顺便说一下，排长自己撑的那把伞是八达用的，又黑又沉又大，能给眼镜娘当沙滩伞，这令他连"你用我这把"都说不出口。

"而且，"黑熊精抛出一个致命打击，他举举手中装着两把伞的袋子，"为防万一，其实我有带伞。"

至此，排长的殷勤全军覆没。他眼睁睁地看着黑熊精对眼镜娘说："去吃饭吧？"而后者点点头，对排长微微一笑，走了。

04 完美约会，走起

排长的努力虽然沦为了搞笑用途，但不是徒劳无功的。当天晚上，他收到眼镜娘的一条短信："你说要请我看电影，什么时候？"排长激动得差点儿从窗口跳下去！

"看来你所做的，她还是有看在眼里嘛。"我说。

"必须的！说明书上说了，送伞这招很好用的啊！"排长恨不能跳一圈骑马舞来抒发心情。

"所以你们终于要约会了吗？你打算怎么安排？好想知道喔！"嬷嬷三八地问道。

"我会带给她一个毕生难忘的约会！"尝到甜头的排长立刻翻开说明书。

“基本资料”“功能介绍”与“养护须知”之后，是名为“注意事项”的章节。电子类产品的“注意事项”一般是不能进水、长期闲置记得取出电池之类，总之都是些忌讳。如果说“养护须知”里写的都是会让眼镜娘芳心大悦的事情，那么“注意事项”里的就都是她的雷区与逆鳞。二者综合阅读，就能精确掌握眼镜娘喜欢的和讨厌的，何愁追不到她？

眼镜娘最爱的电影才不是疯狂喜剧咧！更不是很多人想当然的文艺片！自以为是的男人最讨厌了！

眼镜娘看起来认真古板循规蹈矩，其实也有很多叛逆的小心思呢！随便定位女生什么的最讨厌了！

眼镜娘才不是森女系呢！她也不会随便告诉别人自己对穿粉红格子衬衣的男生有着没来由的偏见呢！

……

排长孜孜不倦地制订着攻陷眼镜娘高地的战略。深夜，我们结束了卧谈会，准备去跟周公会面的时候，他就用被子蒙住头，就着手机的光继续做功课。灯光映着他花白的头发，他的额上挂满了豆大的汗珠……

我再也看不下去了，推开门大声喊道：“老师！您歇歇吧！”“小明，你怎么还没睡？”排长惊讶地说：“快回家，别耽误明天的学习，老师改完这批作业就休息……”听着这慈爱的话语，我的眼眶湿润了，再也忍不住了，一头扑到他的怀里，大喊了一声“妈妈！”……

总之当我做完那个离谱的梦，排长与眼镜娘值得纪念的首次约会也到来了。

这天排长穿的行头是跟一灿借的。身为415的头号花美男，一灿虽然并不重视打扮，但服装品位一直有保障。排长借了一件直条纹衬衫，扣子在胸前松开，下摆随意而又自然地耷拉在有破洞的牛仔裤上。略显稀疏的头发经过啫喱水的调教，竟颇为时尚。用金氏的话说：“排长，你简直年轻了一岁！你现在就像九十九！”

排长微笑地说：“死胖子，等我回来收拾你。”

排长很重视这次约会，眼镜娘却穿得十分随意，但排长一见到她就夸赞道：“今天打扮得很漂亮哦。”

“我没有打扮。”眼镜娘说。

“哦？你的润唇膏不是特地涂的吗？”

眼镜娘笑了。她的嘴唇比较干，平常寡言少语就无所谓，跟别人外出却免不了要说话，于是就适当地涂了一点润唇膏。因为颜色很淡，通常没什么人注意到。但排长却注意并指出了——当然要指出啦。说明书有云："当身上微不足道的改变被人留心且十分自然地赞美，她的心情就会不自觉变得飞扬。"

两人并行的一路上，排长都自觉站到靠机动车道的那一侧。说明书告诉他，这是加分项。

排长跟眼镜娘聊天时，冷不丁就抛出一个网上看的笑话，全都是笑点很古怪的冷段子。说明书指示，这种笑话正是眼镜娘的菜。她那表情变化不大的脸，因此频频绽放笑容。

他们去了书店。

他们在旮旯巷子里吃小吃。

他们走过一条有着长长围墙的僻静街道。

……

这些当然全都是排长彻夜不休的科研成果。

天色渐渐黑下来的时候，两人回到学校。排长带着眼镜娘走进一座教学楼。

"到这里干什么？"眼镜娘疑惑地问。

"你不是害怕了吧？"排长略微挑衅地问。

眼镜娘不再说什么，跟着他就上了楼。来到顶楼天台，他们看到了一大张铺在地上的塑料布，上面摆着一台笔记本，还有小浣熊干脆面和两瓶醒目。这些是我们帮着老排准备的，我们真是太敬老了！

"我今天约你出来是看电影的，没错吧？"排长潇洒地打开笔记本。

眼镜娘第N次笑了，而当她看到排长准备的是一部日本恐怖片后，竟然笑得更开心了！没错，此女最爱的片子类型就是这个！此外，她相当吃"不按牌理出牌"这一套。

在这种诡异的场所看恐怖片，排长是第一次。他其实瘆得慌，但眼镜娘却看得津津有味，看来对这次的约会相当满意。

"哎！"眼镜娘忽然冒了句。正专心看片的排长不禁一颤，用变形的声音问："啊？"

"谢谢。"

两个字，一个笑，尽在不言中。

排长获得了极大的满足。他趁热打铁地问："下次再约你，还出来不？"

"可以呀。"眼镜娘说。

05 说明书无法说明的问题

一个星期转眼过去了。

这是排长活这么大岁数以来最快乐的一个星期。经历了生活的各种摧残，这位饱经风霜的老同志，终于在生命的脚步即将迈向尽头之际，迎来了他的幸福。

上课，他和眼镜娘常常坐在一起。

上车，他和眼镜娘常常坐在一起。

上食堂，他和眼镜娘常常坐在一起。

上厕所，他和眼镜娘……各上各的。

总而言之，瞎子都能看出这两人的感情正犹如春暖花开的季节般不断升温，聋子都能听到关于这两人的羡慕话语，大家都在说："擦！老牛吃嫩草！""第一次看到现实版的老夫少妻！""这女的肯定是贪图他的遗产吧……"

虽然眼镜娘不像她的室友小苹果那么超人气，但觊觎她的人也是不少的。比如那个黑熊精学长，每次撞见排长如鱼得水般与眼镜娘相处的画面，就恨不能挥起熊掌，把那条鱼拍成刺身。

排长得意极了。

但话说回来，只是跟一个女孩关系亲密的话，那也不过就是容嬷嬷与武则天或者我跟春菜的翻版罢了。在我们学校论坛有个帖子说，走得近的异性如果不发生点儿什么，除了男方是Gay之外不需要第二种解释。这是个非常没礼貌的结论，排长绝对不会让人给他对号入座的！

不过排长不能跟眼镜娘告白。说明书上写了，眼镜娘不喜欢男生这种会造成压力的举动。她喜欢谁，自己就会主动去说。

……这女孩还真是有太多跟外形不匹配的个性了。排长只能耐心地等，即使黄土已经埋到脖子，他也必须等下去。他坚信说明书是不会错的。

顺便说一下，排长这段良缘带给我们宿舍的单身汉很大刺激。其中烂操几乎踏烂了学生街，想要找那个神秘的书贩买说明书，但就是找不到。也幸亏他找不到，否则我们毫不怀疑烂操会倾其所有地将对方手上所有的异性说明书都买下来，兴建一个庞大的后宫。

改变，源自眼镜娘的一条短信。她问排长："下午陪我进城一趟？"

我们学校位于郊区，所以一向称去市中心为"进城"。排长好高兴啊！他直接从床上滚下来了！这是严格意义上眼镜娘的第一条邀约短信！

但近段时间以来的经验并未让排长被喜悦冲昏头脑，他回了个“好”后，习惯性地翻开说明书，查查面对这种异常情况，有什么讲究。

“她会因一时的冲动做出与平常大相径庭的行为。这个时候与其顺水推舟，不如拒绝，更显得理智与成熟。放鸽子在这里能起到令她深深在意的作用。”

“注意事项”里除了会列出需要留神的事情，还会传授应对的办法，帮了排长不少忙。排长非常庆幸自己这么好学。比起享受一次约会，让眼镜娘在意自己才是更重要的啊！搞不好这还会成为接下来一口气将进度推上本垒的契机呢！

于是排长华丽丽地坑掉了他跟眼镜娘的约会。为了做得更加彻底，他还玩消失，关了手机拉我们一起去唱K，直到晚上10点才回来。

在宿舍区的大门口，我们与520的几个妹子相遇了，其中就有眼镜娘，看来她们是刚下晚自习。我们嘻嘻哈哈地打招呼时，眼镜娘看也不看排长，面无表情，径直离去。

“哎……”排长不知所措地叫了一声。

眼镜娘头也没回。

生气了这是？不应该啊……尽管一切照足说明书来，但排长还是有些不安。回宿舍后他打开手机，发现眼镜娘今天完全没有联络他。

“再怎么有个性的女孩，也不可能在被人无视后感到开心吧？”嬷嬷批评排长。

“难说，也许这就是她在乎你的表现呢，消化一晚上，感情说不定还会突飞猛进。”大卫说。

排长不知道该听哪种意见。

“就算她真生气了，”我开导，“难道说明书上没有教你怎么哄她？”

排长茅塞顿开，立刻翻到了“维修指南”。这一页是教你当物品出故障的时候该怎么检查和修理，分为“生理篇”与“心理篇”。前者像医生写的，讲的是头疼脑热身体不适的时候用哪些方法与药品能最具针对性地缓解痛苦；后者则包括了怎么补救一句说错的话，怎么抚慰一颗悲伤的心，怎么帮助她重新建立起自信……

说明书上面说眼镜娘表达愤怒的方式主要是冷暴力，不吵不闹，冷漠对待。嗯，还真是适合她施展的神技啊。排长很快找到了一条适合自己的办法：“在大庭广众下说一个掉节操笑话，她将因为一时调整不过来而本能地跟着身边的人一起笑，这一笑，就不好意思回到之前的状态，心情就会渐渐好起来。”

排长牢记着这一招，但没有马上去施展，他要等一个晚上，看看眼镜娘是不是真的在生自己的气。

第二天去上课的时候，排长看到眼镜娘身边那最近默认空给他坐的位子，今天居然压着武则天的臀部。他走过去对武则天说："你坐错了，嬷嬷在那边。"

"错个毛！"武则天怒目一睁，排长立马气短三分。毕竟只是个排长啊，在一代女皇的眼里，丫估计连太监都不如，而眼镜娘的侧脸冷若冰霜，甚至没有为排长偏一下头。

排长就在此刻坚定了她在生气，他决定立刻使出说明书上教的绝招，"我给你们讲个笑话吧！"他对眼镜娘也对周围的同学说，"华生的老婆怒斥福尔摩斯：'你，离我们家约翰远点！'福尔摩斯闻言笑了：'怎么啦？怕我拐跑他？放心，我们只不过是拍档关系。''我不信！''那我证明给你看。'于是福尔摩斯把华生叫了来，拍了拍他的裆。"

哄堂大笑中，眼镜娘果然转过头来了，她平静地看着排长，没有说话，没有丝毫忍俊不禁的意思，她的表情本身就构成了吐槽！她真是吐得一脸好槽啊！

排长就在这样一张脸前无地自容。他不明白，为什么帮助他走到这个地步的说明书，忽然不再能说明问题？

06 支持正版！打倒盗版

简直就跟诅咒一样，风生水起了一礼拜的排长，好运就此急转直下。他给眼镜娘电话短信，没有回音；他想跟眼镜娘说话，人家爱理不理；他约眼镜娘出去，得到的答复是"对不起没空"——但排长分明看到，眼镜娘又开始接受那头黑熊精学长的邀约！

当然，对更多人而言，冷漠淡定的眼镜娘才是正常的，之前跟排长的互动根本是异常。

得而复失最是难受，见排长大受打击，做兄弟的心里也不舒服，我们就轮番安慰他。

"她终于想通了。年纪轻轻有手有脚，为什么要为了一点遗产陪老头子虚掷青春？"锅炉工说。

"是女人就会有当母亲的梦想，而排长显然已经丧失生育能力，我觉得这才是主要原因。"烂操分析。

"都别乱猜了。难道不记得三月是学雷锋月？眼镜娘不过是在关爱孤寡老人，是我们想多了。"我正色道。

听着我们温暖的话语，排长正式心碎成渣。他跟疯了一样猛翻说明书，他觉得自己一定在某个环节上做错了。

“里（你）有木有想过……”一灿突然指着说明书说，“就似责王意害里的（就是这玩意儿害你的）？”

排长努力理解了一下一灿的话。这厮变幻莫测的普通话令与他生活了一段时间的我们也无所适从。比如“这是”，他有时会念成“责似”，有时又念成“芥系”，不愧是广东与福建的混血种！

终于弄明白后，排长目瞪口呆：迄今为止他都对说明书奉若《圣经》，从来没怀疑过什么，因为它带给了他足够的帮助。现在一灿这么一说……难道说明书出Bug了？如果排长的那些行为，放鸽子也好没品笑话也罢，都是眼镜娘的雷区所在……她怎可能还给排长好脸色看？

排长更仔细地盯着说明书看，这一次不是看内容，而是看纸张和装订。细看之下，他终于发现了问题。

这本说明书不是原来的那一本！话说也是因为这货太没卖相了，要伪造很容易。只要将其中一些内容在电脑上偷龙转凤，然后打印出来装订好，在老眼昏花的排长眼中，就跟原版没两样。要换了图文并茂铜版精印的《小说绘》，就没这么好糊弄了。

问题到底是谁，又是什么时候掉的包？排长是很珍惜这说明书的，每次阅读前都恨不能焚香沐浴，他从不把这书带出宿舍，生怕弄丢，后果就是他一旦不在宿舍，敌人就有很多下手的机会！

听完排长的话，415 的气氛变得凝重。要知道我们宿舍可是有人称“三晚不下岗”的游戏狂魔老蜗日夜驻守的，外人休想潜入。这么说来，是出了内鬼？

排长蹙眉深思，忽然将头转向八达，而八达在同一时间慢慢地踱到窗边，望着蓝天白云微笑。

“啊，今天天气可真好呢。”

擦！转移话题的技巧弱爆了好吗！其实排长之所以看八达只是因为他们是上下铺，所以优先怀疑，并没有什么证据。结果他居然不打自招了！这种反应不是一看就脱不了干系吗？！

排长双手掐住八达的脖子大叫：“坦白从宽！你都干了些什么？说出来就饶你不死！”

“咳咳咳偶梭偶梭（我说我说）！”八达被掐出了一灿的声线，连忙举手告饶。

事情非常简单，有人问八达，排长最近跟眼镜娘走得那么近是不是有什么妙招，八达就告诉了他说明书的事，那个人又恳求八达拿书给他一看，八达就答应了。

“怎么可能这么简单。你是不是隐瞒了什么没说？”排长拿着晾衣叉，朝跪在搓衣板上的八达的臀部做了个撬的动作，八达鬼哭狼嚎地承认当然是有偿的。他是在被请客吃饭时泄露的情报，至于偷说明书的酬劳则是连续一个礼拜被请吃饭。话说这种内鬼也未免太物美价廉了吧！

“关键是我本来没觉得那有什么大不了嘛！”八达哭丧着脸，“人家也喜欢眼镜娘，所以才借说明书去复印。我也没想到他会还回来一本盗版……”

“说！那个人家是谁？”容嬷嬷用有点变形的声线质问。可能是因为绰号的关系，他看到受虐的八达就不禁食指大动，已经按捺不住想要出动绣花针了。

“就那个嘛！那个姓熊的学长……”

竟然是黑熊精！排长恍然大悟！虽然他靠着说明书开挂也算不上光明正大，但是跟腹黑的情敌相比，总觉得还是对方更贱一筹。盗走说明书还回来一本山寨的，这简直就跟孙悟空偷光人参果后把一排充气娃娃挂树上那么侮辱人！也就是从那时候起，排长变成了一个坚定的打假斗士。

排长迫不及待要找黑熊精拼老命，烂操说他看见黑熊精跟眼镜娘一块儿上图书馆去了，排长二话没说就冲了出门。我们面面相觑一番，怀着帮排长收尸的心情跟了出去。

07 排长VS黑熊精

排长风风火火地闯进图书馆时，将门推得十分用力，惹得一大群正如演哑剧般安静找书看的同学不满地盯着他。排长喘着气，环顾一圈后，很快找到了人高马大的黑熊精以及站在他身边完美诠释何谓小鸟依人的眼镜娘。

基本上，黑熊精在与排长对视的一瞬间就已经猜到了他的来意。他却没有做贼心虚的紧张，而是心照不宣地冲排长耸耸肩。这家伙不愧是曾经偷过唐僧的袈裟啊，艺高熊胆大，知道排长不会当着眼镜娘说破说明书的事，于是便如此嚣张。

排长快步走到眼镜娘身边，想英雄救美般将她带走，好好解释，但眼镜娘却一动不动地看着他，神情似笑非笑。这种睥睨众生的淡定让排长一下子就有点后怕。

没有说明书在手的排长，找不到参考依据去读懂她现在的心思。事后他告诉我们，那一刻他突然觉得自己蛮失败的。他只能通过针锋相对地瞪着黑熊精，来宣泄心头的郁闷。

因为大家都太遵守图书馆的秩序了，所以这一切都是在悄无声息中上演的，是只有眼神的对决！半晌黑熊精朝门口一晃脑袋，而排长坚毅地一点头。

“春宵苦短，更待何时？”

“走起！”

……当然不可能是这种解读。很明显，他们这是在约架啊！是男人果然就要用拳头来直接对话！

排长与黑熊精就这样丢下眼镜娘，前后脚出了图书馆。对于不明白个中缘由的旁观者来说，会把这一幕理解成排长前来捉奸，并最终让丈夫抛弃小三，收心回家。

图书馆外面有一个小花园，草木掩映，人丁稀少，最适合单挑。黑熊精看看跟在排长后面的我们，冷笑：“你们应该不会以多欺少吧？”

“少啰唆！我跟你一对一！”排长豪气干云。他的口气实在是太大了，他跟黑熊精的体格差异大到只配给人家当牙签啊！

“老排，是我不对，你不要想不开啊！”做错事的八达焦急地劝道。

“你这把老骨头挨得了揍吗？人家一拳就能把你打散啊！”金氏也开口了。尽管平常宿舍数他和排长闹得最凶，但他们的关系果然是写作宿敌却读作基友，真是太感人了。

排长只是趁着一腔热血在呛声，我们的干涉让他有了就坡下驴的借口，可好死不死眼镜娘居然在这个时候来了，她双手交搭着站在一个好位置，那架势俨然是准备围观！排长的退堂鼓突然就哑掉了。话说这女的面对两个要为她决斗的男人竟丝毫没有劝阻的意思，她的性格到底是……

“小镜你来做证，我们的决斗是自愿公平的，有个好歹别赖我。”黑熊精得意扬扬地说。

“小镜你就是我们的生死状。”排长赶紧补充，输人不输阵。

眼镜娘甚至眼皮都不眨一下，仿佛只是个路人。而我们都已经默默做好了帮排长举白旗和抬他去医务室的心理准备，对于他会被秒杀，我们有着十足信心。

没有谁喊预备，决斗那么自然就开始了。黑熊精摩拳擦掌，带着一脸完虐对手的淫笑大步流星上前。

硬碰硬无异于以卵击石！排长当机立断，使出了轻灵的步法。瘦削的他，身轻如燕，矫健似猿，转眼已经绕到了黑熊精的身后，动作之快，让人的眼睛也快要跟不上。“判断得好！”我不禁在心里喝了一声彩，以快打慢，的确是这个时候最正确的选择！

就在我这么感叹完后，排长被抓住了。

“唰！”黑熊精轻挥熊掌，排长仰面朝天地飞出好远，摔在地上，我们听见了骨头的咔吧脆响。我们的心猛然提起，都觉得白旗搞不好要拿来给排长盖脸。

排长摔得不轻，但是瞥见站在一旁的眼镜娘，不知哪里来的勇气又填满了他的身体。他勉强爬了起来，再次冲锋！也许他曾经在说明书里看见，眼镜娘很喜欢有男子气概的人吧。

尽管刚才稍显狼狈，但排长的头脑显然十分清晰，来到距离黑熊精约一米远时，他急刹车停了下来，目光炯炯盯视着对方。“判断得好！”我不禁在心里喝了一声彩。此举看似庸常无奇，实则大智若愚。这个距离恰好位于黑熊精一臂之外，不仅安全，更有利于以静谋动！

就在我这么感叹完后，黑熊精飞起一脚，排长捂着要害蹲下了……我觉得我还是什么也别说了。

不出所料这是一场单方面的施暴。虽然黑熊精并没有左右开弓打得排长魂不附体，但他那压倒性的魄力还是震撼了全场。我看到排长已经有些退缩了，毕竟每次出手都会招打是很消磨斗志的。

这个时候，意外的事情发生了，只见一直站在外围看戏的眼镜娘上前一步，踮脚在排长耳边说了一句什么，又退下了。

而下一秒，排长突然怪叫着，朝着前面的黑熊精冲去！

“你来！把你的假牙全都打掉！”黑熊精以为眼镜娘说了什么鼓励情敌的话，醋意大发，醋钵大小的铁拳举起，就要将排长打成前排长！

但是排长做出让所有人大跌眼镜的事情：他忽然一手撑地，猛地翻了个跟斗！以他的体格来说这并非不可能，但太扯了！谁会在这种时候翻跟斗啊？黑熊精也为之一愣。

排长落地后就势一滚，来到了黑熊精的脚边。不等对方发起进攻，他猛然弹起，用他的脑袋自下而上地重重一撞黑熊精的下巴！

——你被撞过下巴吗亲？大张着的下颌被猛地合上的感觉绝对不好受，健硕如黑熊精都眼冒金星了！他不禁向后仰倒，后脑勺着地，昏过去了！

“一！二！三！……”金氏很快地跑过去，拍着地面数数……这不是拳击赛吧？

“四！五！六！……”我们也情不自禁跟着数起来。十个点数喊完，黑熊精也没能站起！排长胜了！尽管他也已经昏迷了，但重量如此悬殊的两名选手才没有打平一说呢，当然是排长胜了！

08 真诚的人生不需要说明书

黑熊精仰躺在地，肚皮位置显露出一块浅浅的凸起。八达察觉到了什么，飞快跑过去解开人家的皮带，掀起他的衬衫……就在我们忍不住脸红尖叫的时候，八达从黑熊精身上找到了那本失落的说明书！

原来如此，我们才没有误会什么呢。话说黑熊精还是比排长谨慎啊，居然将泡妞秘籍随身携带。八达很有点将功折罪的意思，他非常兴奋地高举起说明书。

然后，一只纤纤玉手很自然地伸过来，从他手里把说明书拿走了。

那是眼镜娘，她竟不动声色地走到了八达身边，我们都没注意！

“这是什么？”眼镜娘扬扬眉，也扬扬手里的书。

“别看！”八达见眼镜娘要翻书，慌忙大叫。

眼镜娘停下来，目光逐一从我们身上扫过。我们赶紧点头附和八达的意见，然后发现错了，应该摇头才对啊。

“有道理，不管别人还是自己的说明书，都不要乱看的好。”眼镜娘笑笑，走到一个垃圾桶旁，三下两下，将手中的白色小册子撕成了碎片。

我们目瞪口呆，不是因为眼镜娘的行为，是因为她在完全没有翻阅的情况下就准确地说出了“说明书”三个字！

“这东西是很有用。”眼镜娘淡淡地说，“但是过度依赖它的话，也就没有自己了吧？一切都很理想的约会当然不错，但比起把别人看得那么透，靠着诚意自己摸索，是不是更有趣些？经过这次的教训，他也应该学乖点了吧。”

眼镜娘说完，向我们挥挥手，走了。而我们也一起傻傻地冲她挥手。此人的气场竟然将我们全都比了下去。

这个时候排长醒过来了，他按着脑袋大叫好疼。而我们松了一口气，虽然排长这把年纪就算真的挂掉那也是喜丧，可还是希望他再多活几年呢，这就是所谓家有一老如有一宝吧。

听我们说了眼镜娘撕烂说明书的事后，排长的表情很是茫然。我问："刚才决斗时，她对你说了什么？"

“她让我跑出去的时候翻个跟斗，然后用头槌。”

“你会翻跟斗的吗？”

“会啊。我小时候可擅长了，但她是怎么知道的？还有，我全身最硬的地方的确就是头了，但她是怎么……”

排长嘀咕了一会儿，然后嘴巴大大地张开，显然，他想到的跟我们一样。眼镜娘一看就知道黑熊精身上那本是“说明书”，又那么熟悉排长的“功能”乃至可以加以点拨，这还有第二个原因吗？！

眼镜娘拥有排长的说明书！排长一直以为自己成功地将她吃得死死的，却不知道，他才真的是从头到尾被玩弄在股掌之间的那一个！

这个于不动声色间运筹帷幄的女孩，真是太可怕了啊！

马甲出租事件

chapter 2

Talef of the Unufual Youth

415

室友大叔在照镜子，手捧双颊，十分专注。

“魔镜魔镜，世界头号矬人是谁？”

“当然是你啊，亏你有脸问！离我远点儿，我快吐啦，呕——”

大叔仇恨地看着在一旁配音的我：“少给我无聊！没看到我正烦着？”

自顾自笑成傻子的我勉强打住：“你在烦啥？”

“日子一天一天过，我越来越老了，却还没有妹子。”大叔叹气，“我在想是不是该买些潮点的衣服，让自己显得年轻些。”

“这个想法不错，”我拍拍大叔的肩膀，“但依我看，你需要的不是穿在身上的衣服……”

01 野山猪也有春天

金氏恋爱了！这个消息轰动了415。

415的成员都曾与爱情擦肩而过或擦枪走火。我拥有春菜这一闺密，锅炉工暗恋食堂妹子阿玲，大卫喜欢小苹果，排长妄想跟眼镜娘忘年恋，嬷嬷对武则天各种倒贴……虽然我们和她们的感情尚未开花结果，但好歹有个花苞酝酿着不是？至于一灿和静静那种交往了一阵又分手的情形则已经超越了开花结果，进入了果皮纸屑的境界。而死抠的八达和有游戏就能活下去的老蜗，虽然表面看不出，其实心里也埋着小苹果这颗种子呢。至于烂操更是饥渴到只要对方符合“能进女厕”的标准就愿意照单全收。

但金氏是个例外。他一直是415最坚定的绯闻绝缘体、桃色真空区、“一个人也挺好”协会会长及光棍时间与年龄神同步党党魁。

“金氏，是时候走出来了！”排长痛心疾首地摇晃着金氏的胖肩，“忘了嫦娥那个臭娘们儿吧！我和师父还有沙师弟都很担心你啊！”

“闭嘴吧！死老排，就因为你这样，金氏才从不跟我们讨论感情！”我瞪了老排一眼，握住金氏的手，“别理他，去养猪场配种的结果只告诉我一个人就好。”

“金氏，你到底打算责备自己到什么时候?！”大卫正色，“同性恋并不可耻！当年你也不是故意把男朋友压死的！该原谅自己了！”

面对挚友的关怀，金氏总是表现出一副跟我们多说一句都会掉智商的矜持。当然只要我们把类似关怀循环三遍，他就会抄起哑铃来跟我们拼命。

金氏说:“谁像你们似的,一年到头发春。好像不谈恋爱会死。哥也就是没兴趣找,否则身后也是一堆。”

可怜的金氏，虽然努力装出冷艳高贵的模样，臃肿的下巴与肥硕的短腿却早已深深地出卖了他。况且世界上能看破红尘的只有高僧和太监。前者只要愿意随时可以还俗，而后者只剩看破红尘这件事可以做了。金氏绝壁是后者啊！

可就是这样的金氏，恋爱了！那个令他心如猪撞的女孩昵称风筝，跟他是网友关系，对此我们毫不意外。跟金氏相处久了，我们发觉这胖子身上还是有萌点的，不至于让人彻底腻烦，肥而不腻就是这个道理。可是大多数女孩一看到金氏那肿如昏君的胖脸，就会立刻保持距离，这也是金氏淡泊恋爱的原因。不过网恋的话，这个问题就可以得到缓冲。网络好比遮羞布，让金氏摇身一变成了风情神秘的阿拉伯肥婆。

我们很想知道风筝的更多情报，但金氏却三缄其口，保密过度的样子与其说纯情，不如说是不信任我们！可恶！我们能做的也只有为金氏送上诸如“就算被甩也一定要转过身才能哭”“当她终于承认接近你只是为了养猪秘诀时,要有风度地告诉她”“万一你们成了，定要警惕她吸毒，因为这世上估计也没有她干不出的蠢事了”等等祝福。

一段时间后的某天，金氏拿着手机说要帮我们拍照。这么亲昵的举动他还真没怎么做过。我们猜想一定是春天让金氏一反常态，就配合着让他拍。

其实有些端倪那个时候就该看出来的。

金氏特地给容嬷嬷多拍了好几张。

02 爱她，就为她把自己卖了

说到容嬷嬷，那阵子他正为钱苦恼。这种苦恼之于八达就像空气，每时每刻如影随形，但嬷嬷生于小康之家，手头本不该紧凑的——可他却勾搭上了武则天，从此便像所有男朋友一样，自觉承担起了女朋友的消费。这里面最悲剧的地方众所周知：他们根本无名无分啊！

“大出血的日子又要到了……”嬷嬷翻着钱包碎碎念着。

“要注意别让肚子受凉。”烂操温柔地说。

“忍耐些，多喝红糖水。”老蜗说。

“唉，做旅棱就似这末星苦（做女人就是这么辛苦）。”一灿说。

“……我说的出血不是那个意思！”嬷嬷大叫，“不过你们怎么都这么清楚？你们是变态吗？！”

嬷嬷告诉我们，武则天的生日快到了。他想带她去高级餐厅庆生，想为她安排一连串难忘的惊喜……

对嬷嬷的奉献精神，我们已经习以为常，甚至懒得劝他理智些，倒是不约而同地表示：“我没钱可以借你喔。”“最近好穷啊，我妈忘记给我生活费了。”“找排长吧！他曾孙子有给他赡养费。”“靠！”……

“我又没有要问你们借。”嬷嬷撇撇嘴，“心意这种东西，当然要靠自己的力量传达才有意义。”

“说得对，比如找个热爱宫廷片的糟老头卖身什么的……”我说。

我提到了“卖身”，在当时只是玩笑话，没想到会在后来变成事实。

一天晚上，金氏与嬷嬷在逛超市时不期而遇，就一起返回415。当时他们走的是平常不太走的一条巷子，经过一家商店时，双双停下了脚步。

那是一家服装店，招牌叫“马甲”。两人就是被这古怪的店名吸引了。店面不算大，像一切卖衣服的地方那样陈列着一排排衣架，两人下意识地走了进去。

“欢迎光临。”立刻有一位笑靥如花的营业员出来招待他们，“需要什么，请随便看看。”

415最会打扮的人是一灿，因为他先天条件好，而最爱打扮的人则是嬷嬷、金氏和排长，他们都有买衣服的嗜好。换了平常嬷嬷应该很有兴趣在此消费一番的，但现在他只是看了看价格标签就望而却步了。

“没有满意的吗？”营业员问。

“不是。太贵了我买不起。”嬷嬷诚实地说。

“哦……”营业员点着头，细细地打量起嬷嬷，“其实客人，我们店除了卖衣服，也收购衣服。”

在日本，的确有收购女学生穿过的原味校服然后卖给变态收藏家的店。想不到我国如此与时俱进！嬷嬷和金氏当时就有点儿呼吸急促。

“你们误会了。我说的衣服不是穿在身上的。”营业员微笑道，“我说的是灵魂的‘衣服’，也就是身体。”

话题一下子变得很神棍，两人面面相觑。

“请跟我来。”营业员小姐说着，向里间走去。嬷嬷和金氏下意识跟上。走过一扇门后，他们进入到一个宽敞的空间。灯光打下来，二人同时倒吸凉气。

这个房间是回廊式的，靠墙摆着一具具橱柜，只是里面装的不是衣服，是人！一个个闭着眼睛、神态安详的人！如同蜡像，又仿佛真人等身手办。金氏情不自禁地拉开一扇门，伸手去触摸里面的人体。他感受到了柔软与温度，仿佛那些人随时会睁开眼睛醒来。

“这些就是……”嬷嬷喃喃。

“对，‘灵魂的衣服’。你们所看到的这些，都是当事人跟我们签过合约后，放在这里寄卖与出租的。”营业员说着，看向嬷嬷，“这位客人，你刚才说自己缺钱，那你何不也将自己的‘衣服’放在我这里出租呢？”

“租了谁的身体是不是就会变成谁？”金氏插嘴。

“不错。老穿同一件衣服，谁都会厌倦，想换换花样。我们店所提供的，正是这样的服务。”营业员说，“是不是很像网上常说的换马甲、开小号？”

两人总算明白了店名的意思。事后嬷嬷回忆，金氏当时的眼睛应该是亮了一下的，只是因为他胖得满面油光，嬷嬷给忽略了。

“但这么随便把身体租给别人……”嬷嬷犹豫。

“不是随便的，每个来租马甲的人都必须遵守我们的规定。”营业员说着抖开一份合同，上面写着：

1. 严禁参与马甲所有者的人生；

2. 严禁损害马甲质量；

3. 严禁逾期归还或不还；

4. 严禁……

注意事项后面还附着详细的惩罚制度，句句铿锵有力，让人下意识地觉得一旦触犯了必然会厄运临头。

“你的形象不错，帅气，也有亲和力。你脱下来的‘衣服’一定会很受欢迎。”营业员循循善诱，“请考虑一下吧。我愿意付你一天三百元。”

嬷嬷嘴上没有当场答应，内心的天平却已经诚实地发生了倾斜。

03 第一次的亲密接触

“什么？嬷嬷你终于决定卖身了？！”烂操大叫，“买你的人一定是大变态！一定是想COS成紫薇让你拿着细细的皮鞭不断轻轻抽打在他身上……”

“……你怎么听的？我说的卖身不是那个意思！”

嬷嬷回到415后，立刻向我们转述了在“马甲”店的遭遇。而那时，金氏抱着他的笔记本缩在床上，两耳不闻窗外事的德行，估计又在和他的风筝聊天了。

“好扯，居然能拿真人来当马甲。”锅炉工说，“如果提供身体的是一灿，估计客人会抢破头吧？”

“里木有机费抗到了（你没有机会看到了）。”一灿点燃一支烟，悠悠吐出，“偶似卖艺八卖森滴（我是卖艺不卖身的）。”

“所以嬷嬷你什么时候卖？”我问。

“还在想啦……”嬷嬷的表情始终有些犹豫。

这个时候，武则天来了，她大大咧咧地走进415，不顾已经脱光了躺在被窝里的大卫一边发出娇羞的“呀”一边扯起被子挡住胸口，径直走到嬷嬷床前。

“喂，你有钱吗？”她问。

“要多少？”嬷嬷条件反射地说。这人居然不是先问武则天要干吗，而是直接问她要多少！

“先借我两百吧。”武则天抓抓头，“之前老师说的那个证书，我打算去考，但没钱交。”

“你和我还说什么借！”嬷嬷财大气粗地奉上钞票。

“谢咯。”武则天接过钱，对嬷嬷笑了笑，扬长而去，从头到尾没把我们放眼里！

至此，嬷嬷那已经瘦如排长的钱包正式弹尽粮绝。我们忍无可忍地发出讨伐：“她真把你当提款机了！”“也太不客气了！”“嬷嬷你是受，你是个总受！”

“别这么说。”嬷嬷不满，“这种情况她一般会还钱的，虽然我不会要……反正她不是你们想的那样。”

“但你彻底破产了吧。接着打算怎样？”八达问。

“我……不是已经找到赚钱的办法了吗？”

听嬷嬷这样说，金氏脸上浮现出若有所思的表情。我看见了，却并未深入去想，还当他在YY那位风筝呢。

对于金氏能抱得美人归，我们全都不抱希望。我们太小看他了，其实那会儿金氏……已经跟人家谈到相当深入的阶段了！对方都开始好奇金氏的相貌了！

金氏其貌不扬，又因为当过一阵子班长而带着一身昏庸装逼的领导气质。但即使是一向自傲的他，也有着一旦把自己的真人照发过去，两人就会玩完的觉悟。但金氏还是发了，他发的是……嬷嬷的照片。

关于为什么选择嬷嬷，金氏后来解释说他是仔细考虑过的。415 颜值最高的莫过于一灿，妹子看一眼就会恨不能从电脑里爬出来求宠幸。冒充一灿这种弥天大谎即使是金氏也撒不出来，于是他便退而求其次选择了嬷嬷。嬷嬷虽然没有帅到惊天动地，干净明亮的笑容和憨厚亲和的气质却是一灿也不具备的。因为口音问题而不常说话又喜爱抽烟的一灿犹如一个酷酷的浪子，而嬷嬷则是天生的邻家哥哥！

事实证明金氏打了一张好牌。

风筝：呵呵，你长得好可爱，还说自己其貌不扬。

金氏：也没有啦，我是觉得男人不该看长相……

风筝：我……

金氏：怎么了？

风筝：我有一点想见你。

……

直到嬷嬷下定决心卖身的那一夜，金氏才正式回复风筝道：“我们见面吧！”

画皮 1

第二天，嬷嬷是独自前往“马甲”的，或者说他以为是独自。事实上那几天金氏都身在曹营心在汉，嬷嬷稍有动静，他必然敏感地从床上弹起，然后发现嬷嬷只是去上厕所而已。

嬷嬷终于出门时，金氏亦步亦趋地跟着他。金氏的块头是如此庞大，尾行原本很有难度，但嬷嬷一路走得很专心，所以也没发现这头肥硕的跟屁虫。

“马甲”的营业员还是那么热情，她直接把嬷嬷领进了那间小黑屋。

“身体出租期间，我的灵魂会在哪里？”嬷嬷问。

“请放心。我们会为您提供暂时的栖身之所。”营业员说，“没有别的疑问，请在这份合同上签字吧，即刻生效。时间是从现在到今晚 12 点。”

嬷嬷就老老实实地签字了，据他回忆，几乎是在写完名字的瞬间，他就失去了意识。

再醒来，嬷嬷看东西的角度已经是自下而上了。

嬷嬷把两手伸到眼前，看到了一对小爪子，正中央是软乎乎的粉红小肉垫！轻轻一按，快感泛滥。喔喔，嬷嬷变成喵星人了！并且他已经在不知什么时候离开了“马甲”，现正趴在一堵墙头。

难得有了猫的身体，嬷嬷决定体验一下猫的生活，他张张嘴发出了一声慵懒的“喵”，然后伸了一个柔若无骨的懒腰。猫轻盈敏捷，平衡感极佳，嬷嬷很自然地学会了用四条腿走路，并且一点儿声音都没有，真是奇妙极了。

再说金氏，他不知道嬷嬷完成了交易没有，不敢贸然进去，只能一直在不远处探头探脑。这时营业员来到了店门口："这位客人，有什么需要，请进来看看。"

金氏迟疑着："刚才进去的我那朋友——"

“他留下了‘马甲’，已经离开了。”

“这么说，我可以租他的身体了？！”

“当然可以。”营业员微笑，“但是这件马甲质量中上，价格不菲。一天的租金是六百元。”

营业员付给嬷嬷的钱是三百，转租出去立刻翻了一倍。换了八达，这个数字能让他当场吓尿，但皮糙肉厚的金氏只是心疼了一下就咬牙道："好。"

“那么，请在这里签字，确保您会遵守协议……”

和嬷嬷一样，金氏签完字就感到昏昏欲睡。失去意识前，他听见营业员说："祝您租得开心，用得放心。"

金氏醒来时，发现自己已经不在“马甲”店里了。他站在车水马龙的街上，待了好一会儿才想起发生了什么事，他连忙摸摸脸。

喔喔，他的胖脸消肿了！已不是那张因为永远泛着油光而让人想抽他一耳光都会哧溜滑开的胖脸了！金氏又低下了头，喔喔，视线第一次不受阻碍地落在了脚尖上！要知道金氏的肚腩可是大到在遮住脸的情况下，上车会有一票人给他让座啊！

金氏变成嬷嬷了！他已经进入了嬷嬷的身体！这感觉实在太奇特，金氏情不自禁把自己——其实是把嬷嬷从头到脚摸了一遍。过往行人看到一个大男孩在路边做出类似搓澡的动作，深表吃惊。

“呀喝！”金氏激动得跳了起来——哇，简直是身轻如燕啊！多久了？他已经有多久没有一跃超过五厘米了？金氏落下的姿势也十分轻巧，犹如跳芭蕾舞一般。要知道过去每当他奋力跳起并着地时，方圆十米内经历过地震的人都会被吓哭。

距离跟风筝约好的时间还有一个小时，金氏甩开嬷嬷那两条并不很长却与猪腿有着天壤之别的双腿，向着约定的地点奔去……

05 我们约会吧

风筝是一个美少女。

她有一双曼妙的长腿，腰肢纤细；她梳着利落的马尾辫，五官标致；她的小麦色肌肤给人阳光健康的感觉，连带着朴素的穿着都赏心悦目起来。

“小容？”金氏刚走进碰头的公园，就被风筝认出来了，她挥着手，“这里，这里。”

“啊哈……”金氏原地发愣三秒才表示回应。这不能怪他，要知道在过去，但凡有妹子冲金氏挥手，目标都必然是他身后的人。

风筝几乎和嬷嬷一样高。面对面，金氏觉得她美不胜收。其实也许没有那么厉害，但金氏的异性缘恨不能是负数啊，沙漠中的清泉总是更值得加分的。

两人互相欣赏了半天，风筝先笑了：“你跟照片上一样……不，还要更可爱。”

“没没……你才是照片比真人更漂亮……不对，我是说……”完全不习惯这种马屁互动的金氏语无伦次。

“Q 上那么能说，真人却很害羞呢。”风筝又笑了，笑声让金氏神魂颠倒，“那么，我们接着去哪儿呢？”

金氏这才惊觉，从决定见面以来，他的注意力就全部集中在了嬷嬷牌马甲上，而完全忽略了安排行程！他只好临时求助脑内的度娘，出来的搜索结果清一色跟吃有关。

“你喜欢吃东西不？”金氏试探着问。

“喜欢呀。”

“那我带你去吃小吃吧，这方面我很在行！”

爱美之心人皆有之，全人类都是外貌协会会员。退一步说就算不以貌取人，谁会介意另一半长得好看呢？如果此刻说话的是金氏本尊，风筝心里想的没准儿是“咦，还真像是长这样的人会想得出的约会内容呢，超肥腻的”，然而这话从嬷嬷嘴里出来赫然就变成了生活情趣。在花花公子们只想着电影院、游乐场、西餐厅和宾馆时，有个人愿意带你走街串巷寻觅小吃，他是多么特别啊！

“那我们走吧，这边。”金氏说着，却不小心碰到风筝的手，风筝脸一红，却没有抗拒地握住了。

心花怒放的金氏，就此展开了值得纪念的人生第一次约会……

为了避免在使用嬷嬷身体时撞见熟人，金氏特地选择了远离生活圈的地点和风筝约会。可是世界上的事就是那么巧，他到底被不该看见的人看见了，那个人是——武则天。

当时是周末，按说武则天的周末应该是和容嬷嬷一起度过的。就算她不想，嬷嬷也会很积极地邀约。那天武则天本来想让嬷嬷陪她去看电影，但嬷嬷因为要去卖身而婉拒了。于是武则天只好拖小苹果去。

“你怎么不让容嬷嬷陪你呀？”小苹果问。

“他说没空。”

“他居然会没空陪你，真不科学哦。”

“啰唆！”

“喂，说真的，你打算什么时候答应他啊？我们都看不下去啦。”

“哎呀八婆，再啰唆就把你的苹果脸捏爆！”武则天说着张开魔爪……然后看到小苹果的眼睛瞪大了。

“干吗吓成这样？我不会真的毁你容啦，否则你那些粉丝还不杀了我。”

“不是……”小苹果指指前方。

武则天漫不经心地回头，脸色陡变。是的，她看到了金氏——披着嬷嬷牌马甲的金氏！他正与风筝有说有笑地走在一起。毕竟是当过领导见过世面的啊，他已经完全进入了状况，牵着风筝就像牵着小蜜，还能流畅地使用嬷嬷牌舌头与她谈笑风生。

如果武则天连判断眼前这俩是什么关系的智商都不具备，那她也就愧对自己惊世骇俗的绰号了！据小苹果回忆，当时武则天的表情酷似需要泻立停。

“阿天，”小苹果小心地说，“这也许是误会。”

“误会什么？呵呵呵。”武则天回过神来，放声大笑，“那家伙跟谁一起关我毛事啊，我又不是他的谁。”

“阿天……”小苹果的声音听起来很遥远。

“也是。我不知道拒绝那家伙几次啦，是他非要死缠烂打。这会儿想通了，是好事嘛。”武则天说，“走走，我们快去看电影，该开场了。”

小苹果站在原地，目送武则天搂着个路人的肩膀越走越远，一边走，一边目不斜视地自说自话，完全没发现搂错人了！而那个路人忽然被个强壮的姑娘搭上，估计吓得不轻，居然丝毫不敢反抗……

06 在一起！在一起！

午夜12点，嬷嬷解除了喵星人模式，回到了自己的身体里，并从营业员那里领取了打工费。

“我的身体有人租吗？”嬷嬷问。

“有。反响非常好。”

“是谁租的呀？租去干什么？”

“涉及客人隐私，不方便泄露喔，但欢迎你下次再来卖身。”

“嗯嗯！”

嬷嬷乐滋滋地返回学校，然后在宿舍区门口与武则天及小苹果不期而遇。当时，小苹果正在劝武则天。

“我还是觉得你应该和他好好谈谈啦……”

“谈个毛！为什么我非得像个被劈腿的怨妇一样跟他谈这种事？！”武则天冷笑。

“也许那个女孩子是他妹妹啊。”

“切，跟妹妹约会有必要瞒着我？”

“看来你还是很在意嘛！”

嬷嬷傻不愣登地插了进去：“你们在聊什么？”

武则天转头看着嬷嬷。两人相遇，风云变色，在一代女皇面前，老宫女的战斗力指数只有 5。见心上人面色不善，嬷嬷讨好地笑着：“不开心啊？”

“你……”武则天忽然问，“喜欢什么样的女孩？”

“啊？”

“耳聋了？问你喜欢什么样的女孩！”

“就……”嬷嬷低声说，“就你这样的啊。”

“开玩笑，你应该比较喜欢腿长的妹子吧？身材更标准一点，扎个马尾辫，笑的时候把手放在嘴边，走在路上跟男朋友亲亲热热地拖手手。”

武则天句句讽刺，却被嬷嬷理解成某种暗示，他傻笑：“那种当然很好啊……不过你只需要做你自己就……”

话音未落，嬷嬷被武则天揪着衣领猛然一提，脚尖情不自禁踮起。

“姓 D 的。”武则天直呼嬷嬷的姓氏，“管你要泡谁，但别当我是傻瓜，老娘没兴趣给你当船踩！”

嬷嬷终于意识到局势不容乐观，武则天撂下狠话后将他推倒在地。可怜嬷嬷虽然一身肌肉，面对她却手无缚鸡之力。话说把这个词用在心上人身上怪怪的。

武则天的脾气，嬷嬷再清楚不过。所以他没有不知死活地追上去，否则估计要上演一场以他的失败告终的拳击赛。嬷嬷此刻的茫然已经不是躺着也中枪所能形容的，他中的简直是火箭炮啊！

嬷嬷回到415时，金氏早就结束了与风筝的约会回来了。嬷嬷完全没怀疑他，就将今天的遭遇对我们和盘托出。从卖身开始，到莫名得罪武则天。对于无聊了整个白天的我们来说，真是个提神醒脑的话题。

“吼（好）意外……”一灿说，“抗乃她刺里的处啦，她误费里对她八宗（看来她吃你的醋啦，她误会你对她不忠）！”

“这么说她也不是完全不在乎你嘛。”大卫说。

“这是傲娇！这绝对是傲娇啊！”我大叫。

嬷嬷被我们说得心花怒放，然后苦恼道：“可我没有做过背叛她的事情啊。”

“也许她认错人了。也许，”415智囊锅炉工推推眼镜，一针见血道，“她看到的是那个租走你身体的人！”

“不会吧？”嬷嬷说，“合同上明明规定，严禁做出伤害马甲主人身体的事。”

“顶着你的身体去跟妹子约会算伤害？快来个人伤害我吧！”烂操怪叫。

“其实没什么不好，不这样怎么能给那个男人婆一点儿教训？”排长幸灾乐祸，“要我说，她就是占有欲发作了，跟真爱没有一毛钱关系。她在不爽自己的奴婢跑去伺候新主子了而已！”

排长到底饱经风霜，上下五千年的厚黑学被他阅尽，想法不像我们那么乐观。他的意见让嬷嬷的表情更复杂了。

就在我们各种讨论时，金氏只是一言不发地躲在电脑后面。他用嬷嬷身体干的好事，我们是后来才知道的，所以当时都没察觉此人有多么做贼心虚。

拜那个充斥着小吃味儿的约会所赐，金氏与风筝的关系得到了突飞猛进的发展。

07 四个人的三角关系

天气越来越温暖了，风骚的猫叫时时可闻。学校里的情侣数每天都在增长，极大地污染了415屌丝们的钛合金狗眼。

金氏倚靠窗边，欣赏着成双成对的“狗”男女，面色微微地泛起忧伤，犹如一个刚输了比赛的相扑运动员。

“阿金！你也在思春吗？”烂操疯疯癫癫地过来抱住金氏，“来吧！跟我一起怒吼吧！情侣去死！秀恩爱分得快！愿天下有情人都是同父异母的兄妹……”

“少烦！”金氏鄙夷地推开烂操，“要喊你一个人喊去。”

烂操顿时产生一种不但没有女朋友现在连基友也嫌弃自己的悲愤："阿金你这是怎么了？！饲料里误加了农药吗？！我们是一国的啊！"

"谁跟你是一国的！"

"体重上的确不是，但我们都是光棍不是吗？！"

金氏张了张嘴，欲言又止。他那时应该很想甩过去一句"我有妹子"吧。问题是风筝喜欢的显然是嬷嬷，这也正是金氏纠结的原因。

上次约会之后，风筝曾表示过想要再见面，金氏当然求之不得，问题是——嬷嬷不再去卖身了！那意味着他没有马甲可换，只好一再婉拒风筝的好意。当时金氏体会到的，想必是一种抄货的心情吧。没有真材实料，只能依靠别人，还必须承担东窗事发的风险！所以千万要支持原创啊，各位亲！

"那个，"金氏想来想去，还是去找嬷嬷，"最近不去卖身了吗？"

"不去了。上次身体不知被谁拿去乱用，害苦我了。"嬷嬷摇头不止。

"但你不是要给武则天庆生？钱还不够吧？"

"也不会不够，看打算怎么搞啦。"

"我跟你讲喔，女孩子绝对更喜欢奢侈一点的排场，寒酸是得不到幸福的！"

无耻的金氏，想见风筝的欲望最终盖过了羞耻心，开始各种说服嬷嬷再去一次"马甲"。无奈嬷嬷已经有了宁可卖肾也不卖身的觉悟，直把金氏急得抓耳挠腮。

谁也没想到，风筝居然主动找上门来了。

风筝看来是真的对金氏——披着嬷嬷牌马甲的金氏有很好的印象。感情急剧升温的时候，她怎能忍受金氏一再放自己鸽子？金氏曾跟她说过我们学校，于是风筝不请自来了。

那是一天中午。当风筝站在校门口考虑是不是该找个人问路时，一对吵吵嚷嚷的男女引起了她的注意。

武则天说："你烦不烦啊！是不是男人啊？都叫你别再缠着我了！"

嬷嬷指天誓日："我要是真做过对不起你的事，就让我五雷轰顶，不得好死。"

"傻瓜！"武则天慌忙掩住嬷嬷的嘴，"干吗说那种话？"

"那么你信我了吗？"嬷嬷一把抓住她的手。

"快放开……"

"不放。"嬷嬷强势地说着，并将武则天拉入怀中，凝视着她喃喃道，"你，好美。"

武则天俏脸绯红……

以上画面，是绝对不可能出现的。事实是不管嬷嬷怎么解释，武则天都不信。尽管如此不和谐，风筝撞见他们拉拉扯扯，还是立刻明白了八九分，她就有点儿发呆。

“……是她。”武则天发现了风筝，一皱眉。

“你朋友？”嬷嬷顺着她的目光看了看。

“装，继续装。”武则天冷笑着说。

风筝向嬷嬷走来，目光却不离武则天，嘴里问：“她是谁？”

嬷嬷虽然对风筝毫无印象，但这时看气氛也约略猜到了她的身份。面对这根导火索，嬷嬷义正词严道：“小姐，这里面有些误会。我不认识你。”

“不认识！”风筝激动起来，“你……怎么这么说？我们那天约会过，我们还有合影……”

“那、那不是我！”见四周已经开始出现围观群众了，嬷嬷有些尴尬，“反正……反正我喜欢的是她！”

嬷嬷曾在情人节轰轰烈烈地跟武则天告白，他当然不会介意再当众表态一次。武则天听了这话，表情不太自然，而风筝的目光也渐渐变得锐利。看来，金氏的确曾给足过她爱的暗示。

风筝深深地看了嬷嬷一眼，低头走了。她的干脆让嬷嬷有些意外，同时松了口气，偷眼又看武则天。

“……哼。”武则天看着嬷嬷无辜的脸，用鼻孔出了两道气，“好吧，我就听听你的解释吧。”

08 画皮皮 2

耳听为虚眼见为实，容嬷嬷把武则天带去了“马甲”。过程无须赘述，总之他当着武则天的面签了那份合同后，直挺挺地倒了下来。

因为嬷嬷刚好是倒向她的怀里，武则天大叫：“喂喂！你敢占我便宜！”

“他听不见的，现在这只是一件马甲了。”营业员微笑着，“至于他的灵魂，这会儿应该随机进入了附近的一只动物体内，过了 12 点就会自动回来。”

“这么简单？”事实摆在眼前，武则天不能不信。

“是的。稍后我就会将这件马甲上架，供客人选用。直到合同期满前，它的所有权都是本店的。”

“谁都能租吗？”

“是的。只要签约且支付足够的租金……”

再度变成喵星人的嬷嬷，在“马甲”附近徘徊着，忽然看到自己走了出来。他情不自禁发出一声“喵呜”，知道又有人租走了他的身体。这次里面的人是谁？嬷嬷十分警惕。

然后，嬷嬷猫听见那个躲在他身体里的人说：“啧，居然是真的！好吧，饶了你。”

这次租走嬷嬷身体的，居然是武则天！

“不要误会，我对变成你丝毫没有兴趣，我只是为了证实你的话。”武则天说。

嬷嬷猫兴奋得上蹿下跳。看来，自己的身体被心上人占据这件事带给他异样的满足。他甚至在地上打了个滚儿，猫态十足。

“你很享受这种样子嘛。”武则天撇嘴，“我到处转转去了。花了那么多钱变成另一个人，不物尽其用太浪费了。”

她这时的态度，显然是已经不生气了，这让嬷嬷很高兴。其实，光是武则天会产生类似“吃醋”的情绪，就足以让嬷嬷觉得以前的付出没白费了。

关于武则天使用嬷嬷身体的感受，因为她本人不肯说太多，身为记述者的我也就不便胡乱 YY。但这家伙本是个骨架大的女孩，身材彪悍，所以嬷嬷的体形对她来说应该是恰到好处的吧？没有人知道，她当时走路一蹦一跳的，究竟是证实了嬷嬷没有出轨而情不自禁地雀跃，还只是单纯享受着这个轻快的身体？

武则天走在街上，嬷嬷猫亦步亦趋地跟着她，看着挺好玩的。但是接下来的事情很快就不好玩了。

迎面走来一群杀气腾腾的女孩子。

染得五颜六色的长发，夹在指缝或衔在嘴角的烟，鼻钉加耳钉，朝地上猛吐痰的英姿……暴露了她们是一群不良少女。这并不常见的阵容让武则天忍不住多看了几眼，然后惊讶地发现，为首的那个人……不就是风筝？！只是现在她换上一身黑色皮衣，不再走阳光清新路线，充满了生人勿近的泼辣。

风筝瞪视着嬷嬷那张讨人喜欢的脸，做了个手势，立刻有几个女孩上来架住了武则天。“喂！干什么？！”武则天大叫。

“让你知道一下玩弄少女心的后果。”风筝冷笑。

风筝还有这样一面！如此意外的发展让武则天大跌眼镜，而她脚边的嬷嬷猫条件反射地跳起来，想帮心上人解围，却被风筝一把抓住，以投篮动作准确命中一个垃圾桶。

“……”此刻的武则天犹如遭遇乱党，而辅佐她的狄仁杰已经被秒杀了！她想反抗，无奈寡不敌众。不良少女们一边用指甲掐得武则天身上青一块紫一块，一边推推搡搡地将她带进了一座楼里。风筝还沿途做着剧情预告：“仗着有几分姿色就想玩后宫？老娘阉了你！”

武则天做梦也没想到，她明明是女的，有一天会变成男的，然后被一群女的威胁要让她变成不男不女的……简直太混乱了！

再说嬷嬷猫，他眼冒金星地爬出垃圾桶后，意识到这种身体绝不适合英雄救美。哪怕他能像穿靴子的猫一样通过眼神卖萌，也未必能戳中不良少女们的萌点。嬷嬷猫只得发挥敏捷轻巧的优势，跟踪风筝她们，弄清武则天被带到了哪里，然后飞快地返回“马甲”。

还没进店，他便听见了金氏的声音。

“哈？嬷嬷的身体已经被租走了？不会吧……”

没心没肺的金氏在知道嬷嬷带武则天来了“马甲”后，第一时间想到的不是自己惹的祸总算能消除了，而是——他又能租嬷嬷的身体去跟风筝约会了！可是武则天竟然穿走了嬷嬷牌马甲，这让他失望极了。

嬷嬷不是傻瓜，听着金氏跟营业员的对话，回忆着金氏对他卖身的怂恿，顿时什么都明白了！敢情一切都是这头猪搞出来的！即使嬷嬷是那么好脾气的一个人，这会儿也不禁气得跳上金氏肩头，“喵嗷喵嗷！”金氏的胖脸迅速被利爪打了网点，惨不忍睹。

“干、干什么啊！这野猫！”金氏惨叫着抓住嬷嬷猫，就要教训他。

“客人，请住手，否则您朋友会很困扰的。”营业员制止道。

“我朋友？”金氏意识到了什么，看着嬷嬷猫。

“喵嗷喵嗷！”嬷嬷又是一阵狠挠。

“对不起！对不起……”金氏知道瞒不下去了，“我不是故意的，你听我解释……”

“喵！喵嗷！”嬷嬷猫抓狂。

“他好像有话想说。”金氏问营业员，“你这里还有别的马甲给他穿不？”

“有的，但都需要付钱。”营业员说着指指被摆在“寄物处”的武则天的身体，“如果客人实在有需要，建议暂时使用她。”

如此危急的关头，嬷嬷猫还是情不自禁地脸红了……猫脸红还真罕见啊。他用力点点头。

一分钟后，嬷嬷变成了武则天。金氏一边打量一边谄媚地说：“这件很适合你呢……”

“回头再跟你算账！”嬷嬷用武则天的公鸭嗓骂道，“我现在要去救阿天，她被你的风筝绑架了！”

金氏傻眼，怎么也无法将风筝与不良少女联系起来。

“网上的东西太多靠不住了。”嬷嬷摇摇头，“她不知道真正的你，你不知道真正的她。总之，你来帮帮我吧！”

“我不会和女孩子打架……”金氏畏缩。

“谁要你跟她们打架！我要你去找风筝坦白，告诉她这里面就没我和阿天的事！”

金氏露出了“被逼良为娼的”苦逼的表情：“不，不，她会讨厌我的。”

“她已经讨厌你了！她也不像你想的那样……”

“不一样……我不想她知道我一直在骗她……”

嬷嬷最大的缺点就是心太软，虽然刚才发了一通飙，但不管不顾地推金氏出去，他也实在做不出。自卑的金氏让嬷嬷长长地叹了口气。

“既然这样，我自己去。”嬷嬷说，“不然谁知道他们会对阿天怎么样？”

目送被迫帮自己擦屁股的嬷嬷，金氏的心头五味杂陈。而“马甲”的营业员仍旧保持一脸职业的微笑，问：“客人还有别的需要吗？”

“没有……”金氏摇摇头，失魂落魄地离开了。

走到巷子口，他看到一个坐着轮椅的身影。

09 啊！如果你是假的，思想灵魂住在别的身体

风筝与她的部下囚禁武则天的地方，貌似是她们其中一人的家。武则天手脚被缚，嘴上贴着胶布，难受地侧躺在地。一向天不怕地不怕的她，此刻也不禁有些心慌。她曾看过不少B级片，没想到有天自己也能出演……受害者。

风筝慢慢走到武则天面前，“啪”的一下闪电般在她脸上盖了一个五指邮戳。武则天吃痛，眼睛快喷火了。

“还挺嚣张。”风筝又是狠狠一巴掌，“你有什么资格嚣张？！”

“事情不是你想的那样，放了我。”武则天忍辱负重地警告，“或者有种跟我单挑！以多欺少算毛！”

“跟女孩子单挑，亏你说得出来！”风筝又要教训武则天，突然听见一阵急促的敲门声。

“大姐，是个女的。”一名手下看过猫眼后报告。

站在门外的，是穿着武则天牌马甲的嬷嬷，他焦急地嚷嚷：“傅文佩！开门啊！别躲在里面不出声！你有本事抢男人……”呃，好像哪里不对。

“那是你女朋友？”风筝乜斜着眼睛问武则天，“真是恩爱，居然送上门来。”

风筝猛地开门，嬷嬷击鼓鸣冤的手势落空，整个人踉跄地跌进屋子，门在身后关上。

虽然嬷嬷一直被誉为女性，现在的外形又的确是女性，但是面对一屋子的女性，他还是感觉压力好大。而不良少女们迅速围住他，这个给他一脚，那个扯他头发，武则天的身体是强壮的，但不忍伤害异性的嬷嬷还是连连吃亏。

"小子。"风筝指着嬷嬷问武则天，"你到底喜欢谁？真的是这头母牛？！"

"谁是母牛啊！"武则天大叫。

"既粗野又不漂亮，她到底哪里好？"

不停被揭逆鳞，武则天彻底怒了。她用嬷嬷的嘴巴挑衅道："哪里都好。我就是喜欢她，就是喜欢被她虐，就是喜欢她那么任性！你有意见吗？！"最后一句完全是冲着嬷嬷吼的。

"没意见！"嬷嬷用武则天的嘴巴宣誓，"你……你说的就是我想的。"

"老娘宰了你们……"风筝抄起一把椅子，就要劈头盖脸砸向武则天，嬷嬷见状，不顾一切地挣开束缚，企图舍身当肉盾……

"当啷！"

一块砖头突然袭来，砸烂了窗户，混乱的局面猛然冷静了下来。片刻后，风筝冲到窗前大吼："谁这么胆大包天？！"

然后，她那怒到冲冠的头发一根根软垂了下来，而嬷嬷听见了金氏的声音："嬷嬷……你们没事吧？"

此外还有另一个声音在叫着："姐姐，不要再闹下去了……"

借用他人身体赴约的，不只是金氏，还有小芹。她所借用的，是姐姐的身体。小芹就是金氏碰到的轮椅少女，她的姐姐就是风筝。

风筝是个叱咤风云的大姐头，但是对于残疾的妹妹，还是有着一份特别的关爱。不能走动的小芹在网上认识了金氏。他们一个自卑于身体的缺陷，一个觉得自己这么胖肯定没人喜欢，于是约会时不谋而合地穿上了马甲。只不过，金氏是悄悄利用嬷嬷，而风筝则是心甘情愿将身体交给了妹妹。

当小芹又一次披着风筝牌马甲去找金氏，却不幸撞见嬷嬷与武则天打情骂俏后，她受到了很大打击。妹控的风筝知道这件事后怒不可遏，女王气场全开，于是就有了她绑架"女皇"犯上作乱的一幕幕。

"姐姐，放了他们吧。"小芹说，"仔细想想，我跟他只是网友而已，他当然有权喜欢别的女孩子。"

"呸！喜欢别人还来勾引你做什么？他是在骗你啊！"风筝不依不饶。

"我用你的身体去见他，不也是在骗他吗……"

风筝女王沉默，半晌恨恨地对手下道："算了，散场！"

容嬷嬷与武则天自由了，金氏长舒了一口气。三人正要离去，小芹喊道："等等。"

三人下意识地立正，向后转。小芹对武则天说："给你添麻烦了，很抱歉。但不管怎么样，很高兴认识你，谢谢你带我去吃小吃，我……"她的眼眶湿润了，"我平常只能坐在轮椅上。那次约会真的很开心。"

嬷嬷与金氏一起看武则天。

"……我是大白痴。给你造成误会，都是我不好。"武则天这样说，"希望你能找到更好的男孩子。"

"嗯……也希望你们好好的。"

嬷嬷与武则天下意识地互望了一眼。

"也谢谢你推我来这里。"小芹冲金氏点点头。

金氏一句话都说不出来。

三人走下楼道时，武则天一把箍住金氏那可以忽略不计的脖子："死胖子，我发现了，一切都是你搞出来的！看来那个女孩现在还不知道你是谁。你是不是男人啊！"

十分钟后，风筝推着小芹走出了那座楼。小芹说："姐，对不起，以后我不会再做这种傻事了。"

"什么话！姐姐的身体，你想用随时可以用！"风筝大声说。

周围的不良少女纷作感动拭泪状，然后其中一个发现有人跟着她们，矮矮胖胖，是金氏。

"死胖子你在后面干吗？"风筝张口就是爆粗。

"姐姐，他之前帮了我。"小芹忙阻止，"你有什么事吗？"

"我、我想告诉你……"金氏鼓足了勇气，鼓足了勇气，鼓足了勇气……"我也喜欢到处去吃东西的。如果你不介意……下次我带你去……"

风筝捋起袖子："你这癞蛤蟆也想吃……"她的话迅速被小芹打断，小芹微笑着说："好啊。"

嬷嬷与武则天走在回"马甲"的路上，他们要去把身体换回来。武则天落到风筝手上后吃了不少苦头，现在脸上有红印，头发很凌乱，衣服也开线了，手臂上满是瘀青……如果这副受难的身体不是嬷嬷的，看着肯定大快人心。

“都是你害的！”武则天对嬷嬷说，“如果不是你没事去卖身，哪儿来这些破事！”

“我卖身是为了……”嬷嬷有点委屈，“是为了你的生日啊……”

“……”武则天哑然，半晌嘀咕道：“我租你的身体是赊账的。你赚的那些根本全赔进去了。”

“所以你干吗非要租我的身体啊……”

“不然还留给别人租去泡妞？！”

“以后这种事我不会干了……”

看得见“马甲”的招牌了。武则天说：“喂，2 月你生日时，我什么也没送是吧？你们宿舍的人肯定对我很有意见。”

“没有没有……你不必送什么，我们……”

“算了。我烦透了欠你东西。”

武则天忽然抓住嬷嬷的领口，一把将他扯向自己，两个人的嘴唇碰在了一起。嬷嬷的头脑霎时一片空白，而武则天像一个下定决心吃苦药的孩子那样，死死地闭着眼睛……

10 祝你生日快乐

整件事结束后，嬷嬷将始末巨细靡遗地讲给我们听，结合从金氏和武则天那里挖来的内容外加一些我自己的脑补，最后就写成了你们看到的这篇文章。因为整个过程充满了对嬷嬷而言很美好的回忆，他说的时候都在笑。

“不过这里面有个问题。”锅炉工说，“嬷嬷，你和武则天 Kiss 时，还在她的身体里，她也还在你的身体里吧？”

“对呀……”嬷嬷脸上桃花荡漾。

“也就是说，虽然客观上你们俩是接吻了，但其实你的接吻对象——是你自己！”

“……”

小清新碎了一地的嬷嬷追着真相了的锅炉工殴打时，武则天默默出现在了 415 门口。这一天是她的生日，她不耐烦地叉着腰，等着嬷嬷带她出门吃喝玩乐。

这家伙还是不肯答应做嬷嬷的女朋友。

但我们决定暂时原谅她。

打工死神事件

chapter 3

Talef of the Unufual Youth

4 1 5

室友大叔生病了，躺在床上呻吟。

“哎……哎哟……哎哟……”

我飞奔过去坐在大叔床头，鼓励道："坚持住！吸气！呼气！马上可以了！已经看得见孩子的头了……"

“哇靠！”大叔一下子弹起来，“病成这样你还玩我！你有人性吗？”

“见到你这么精神我就放心了。”

“放心个屁啊！老子就快领便当了啊！”

“实在撑不住就不要勉强自己。你的抱枕、手办、写真集什么的我都会替你好好照顾。”

“滚！我不要死，我还有很多梦想没实现啊！”

“这样啊。”我遗憾地说，“那你只好期待一下，能碰上一个温柔的死神吧。”

01 那个神烦的季节叫春末夏初

在食堂边吃饭边看手机时，有人推了我一下。

“喂！”

我差点儿就一脸栽进面前那碗廉价的紫菜汤里，回头正要发飙，却看到春菜的笑脸，于是表情立马弃暗投明："喔阿春，你也亲自来吃饭呀。"

“是哦，但你怎么这么孤单？你的兄弟呢？”

“他们……”我哽咽。

“难、难道……”春菜脸色一变。

“他们都死了！”我趴在桌上号啕大哭，而春菜震惊地连退数步，嘴里喃喃着“不会的，不会的”，手中的饭盘“当啷”落地……

然后我们拍桌狂笑。

这个突破笑点下限的游戏是我发明的，玩法就像上面这么简单，关键是有人得配合你做点儿反应，好让整件事更加无聊。春菜是我最好的拍档，我跟她玩过无数次，但最近少了，因为她有男朋友了。

昨天，我一个人在宿舍待着。八达回来问我：“其他人呢？”我忽然就想起了那个游戏，便哽咽着告诉八达：“他们……都死了！”

结果八达说：“啥？再说一遍。”

气氛被完全破坏，我不耐烦地说：“他们都死了。”

这次八达终于听清了。“回头我会告诉他们，让大家一起来扁你的。”他这么说时，我就下决心跟他绝交。听到兄弟们都死了，居然是这种反应，这是人吗？！

果然再怎么无聊的游戏，想要有趣起来还是得找对拍档。

“你怎么也一个人？男朋友咧？分啦？”我问。

“你就盼吧。”春菜给了我一拳，“他去打饭了，我找位子呢。”

正说着，春菜的现任男朋友、银川帅哥小猫来了。话说415可是拥有人称电子系镇系之宝的花美男一灿，按说我早就对帅哥免疫了。但小猫的帅还是不一样的，他不像一灿眉清目秀，更多是一种犀利刚毅的酷劲儿，很能吸引眼球。

“电灯泡你来啦。”春菜对小猫说。

“叫我啥？”小猫对春菜宠溺地一笑，然后冲我点点头。这货分明是我们学弟，一八五的身高外形却完全不显嫩，“找好位子啦？”

“顾着跟阿福聊天，忘了！”春菜说。

“我吃完了，让给你们吧。”我站起来。

“谢谢啦。”两人异口同声。

在我跟逃跑一样离开食堂前，春菜冲我喊了一声：“阿福，好久没和你聊天了，下次约个时间啊。”

“喔。”我头也不回。

那一年的情人节，春菜与小猫牵手成功，从此成为本校著名CP。与春菜形影不离的不再是我，因为过去我们实在走得太近，外人总误解我们是一对，而我们又从来懒得解释，满足于当一对心照不宣的闺密……这也导致现在人们看到我，第一反应就是我被春菜甩了。我们班那一身正气的岩班长都曾拍着我的肩说："会过去的。"

"喔。"我懒得否认。

"你要理解春菜，并祝福她。"

"喔。"

"换了我，也会毫不犹豫甩掉你跟他走的。"

"……喂！"

少了春菜，我的生活变得简单了不少，无趣了不少。我常常怀念我们做什么都在一起的时光，甚至怀念当初别人对我们的误会。那时的我，其实在暗爽吧。

真讽刺啊……

转眼情人节已经过了三个月，我也渐渐接受了身边的主要异性只剩容嬷嬷的事实。生活依旧，无心向学，做得最积极的事就是看小说和写小说。

那阵子我正在看一部言情。是的，言情哎。没别的原因：它是春菜推荐的，但我看了几页发现还是不错的。那本书叫《青春乍寒还暖时》，作者海砂。有句台词我特别喜欢，是女主在心上人名草有主后的心理活动："即使到了这个时候，我还是不觉得我会输。"

也没什么特别的原因，就是觉得莫名励志。

但是，在刚目击了春菜与小猫的和谐之后，再想起这句话，却觉得特别刺耳。

回到宿舍，我直接翻身上床，忽然不知该做什么。

那个时候，锅炉工和八达正在跟大家扯打工的话题。这俩最近都过得很充实，一个在给幼儿园萝莉当家教，一个在肯德基配餐。

我想，干脆也去找个工作算了。

02 这货是死神，你们感受下

当一个人闲得蛋疼，常常就会心血来潮。不过打工什么的还算是比较积极的想法，我几乎第一时间就付诸了行动。锅炉和八达的工作都是用腿跑出来的，但信息时代那么做多 OUT，我要用更有效率的办法。

我选择看报纸，这是非常具有智慧的做法。网上的招聘信息虽多，筛选起来却累死人，报纸就省劲多了。我寻找报纸时，发现有一份正盖在排长肚子上，而排长靠在床头打盹，小圆眼镜滑到鼻梁，那安详的神态，宛如刚刚过世。

我取走报纸，排长就醒了："喂，我还没看！"

“这上面都是简体字，你看不懂的。”

“拿回来啦。”

“别吵，我找打工呢。”

“那去看民生类报纸啊，看什么体育报！”

排长的叫声还没结束，我已经找到了位于边角的一则招聘信息：诚征有闲有梦少年一枚。工作轻松有趣，具体内容面议。联系电话：……

我还是第一次看到这种招聘启事，不过言简意赅倒是挺抓人的。刚把电话记住，排长就把报纸抢回去了。“就跟你说上面没有招聘启事了！”

“可怜的排长，你的老花眼是越发严重了。”我同情地说，“A4 版最下面不就是么？”

“哪里有啊？”排长狐疑地扫视着报纸。

我拍拍他，扬长而去。走出宿舍就打了个电话。大概十秒后，那头传来一个慵懒的声音：“喂？”

“你好，请问是你要招临时工吗？”

“哦，是的。”

“请问是什么类型的工作？”

“电话里说不清，你过来一趟吧。”

“还是先告诉我要做什么吧。”我警惕地问道。

“非要说的话是服务业吧……类似义工。总之你先来一趟。放心，不会吃了你的。”

那头报了个地点，顿时让我很诧异：那不是我们学校一座教学楼的天台？这算什么？该不是要雇我当擦洗高楼外墙的蜘蛛人吧……

反正不远，我就带着各种疑惑去了。那栋教学楼我很熟悉，甚至早上就有一堂广告学的课在那里上。

当我来到天台，却一个人也没见着。果然是被耍了吗？找了一圈，还是没人。抱着期待而来的我真是着急。

我转身准备走时，却被一个人挡住了去路。他来得如此突然，像是从天而降或者从地底冒出似的。我本能地后退一步：“你……”

“如果你愿意跟着我干，那我就是你老板了。”那货无论怎么看都是个平凡到了极点的欧吉桑。他脱发，有法令纹，有双下巴，有胡楂，有肚腩……穿着打扮也平庸得随时会被人潮淹没。

“所以……到底是做什么？”我再次问。

“简单说，就是代理死神。”

一阵风吹过，掀起一个塑料袋。我们对视，沉默。

“对不起，我没听清。”我说。

“我是负责这一带的死神。最近工作太忙，总部的人手增派又不够及时，只好请工读生了。”欧吉桑搔着头，那已经呈现歉收的头发簌簌落下了白屑，搔完头他又开始搔肚皮。

这货要是死神，金氏就是观音。我要回去拜他，别拦我。

“很难相信？”欧吉桑问，他开始挖鼻孔了。我做错什么了必须看这些，这不是面试是惩罚游戏吧？这要换了别人铁定走了，但我毕竟是传奇宿舍 415 的一员，贴上这个标签，遇到什么怪事都不出奇。

大叔见我半信半疑，倒是满意地点了点头，散起步来，说道：“我呢，也知道人类不会轻易接受这种设定，所以只要没当场翻脸，就算合格了。”

他一边说，一边走到了天台之外。

天台之外啊！就那么凌空站着！这货真是死神？我回忆了一下久保带人笔下身穿死霸装、手持斩魄刀的拉轰死神，觉得心里有些很珍贵的东西碎成了渣。

“不要幻灭。我们的世界跟你们的世界基本一样，男女老少，环肥燕瘦，美型死神也不是没有啦。”

这话根本安慰不到我，一想到明明有美型死神，我却必须屈居在这种上司麾下，简直更火大。

“死神大剌剌地打广告不要紧吗？”

“哦哦，那是用了某些技术，在你们的报刊上随机出现的。你能捕捉到，非常好，一切都是缘分。”死神，不，死胖子这么说，“小伙子你进入状态很快。怎么样，来帮我吧。”

“好。”我倒是没有犹豫，“就算上司再寒碜，给死神打工这种事毕竟是可遇不可求的啊！”

“我很欣赏你的觉悟。关于上司的形象麻烦你下次在心里吐槽就好。”

死胖子递给我一份名单：“这是这座小镇最近会领便当的人，他们的灵魂麻烦你去接一下。”

好老土的剧情！“怎么接啊？”

“我不是说过跟义工很像吗？你只要把他们带去专门的车站，就会有我们那个世界的车子来接他们。”

听起来是挺简单的。“不过我要怎么接触死者？”

“放心。死神都有制服可以穿，代理也不例外。”死胖子微微一笑。他大概希望笑得像个温和的上司，但那表情实在太像“想加薪？呵呵……这是我房间的钥匙，嗯，知道怎么做啦”的那种笑容了！

死胖子把手伸进胸前口袋，“呼”地一下，一件灰黑色的长袍被抓了出来。“喔喔！”我激动起来，制服！死神的制服！真实感一下子变得强烈起来了！

然后我接过那件制服一摸。

“……喂，这是雨衣吧？”

“你在说什么，这件全名叫‘黄泉斗篷’，是高科技的产物。”

“听你在乱讲！这是雨衣，在我们学校超市一件只要十块！”我暴走。这样玩弄打工仔，还有王法吗?！

“你先穿看看啦。”死胖子硬是给我披上了。

5月的天空风和日丽，这种情况下穿雨衣，真心蠢得无法直视！死神不该是这样的！

呃……等等，我忽然发现，我的影子没有了。

真没有了！我成了透明人，阳光直接把我穿透了。

“披上黄泉斗篷，你就会灵体化，常人看不见，你还可以穿墙。毕竟收魂这种事不能在人类眼皮底下进行嘛。”

我兴奋了，真的就近找了一堵墙去撞，唰，毫无难度过去了！仿佛那堵墙只是幻影！

但我随即从楼上掉下去了。我可是在天台上啊，穿过了墙当然就只能往下掉了！

“哇啊啊啊啊啊——”我鬼叫着，然后感觉脚踝被握住了，死胖子提着我落到地面。他挠着头说：“哎，你不会飞啦。你这件制服是山寨版，功能没那么全啦。”

结果还是山寨货啊！太不方便了！我捂着胸直喘气，每一个毛孔都井喷着恐惧。

这时，我看到了有说有笑的春菜和小猫。他们的手拉在一起，从我面前经过。

这栋教学楼挨着图书馆。他们去图书馆了，他们没看见近在咫尺的我，目不斜视地经过。

“哦——”死胖子坏笑，“暗恋的妹子？”

“滚！”我非常自然地对死神兼上司吼道，“还有什么要交代的快说，我要去上班了。”

“其实也没什么了。哦，这是便携版‘弦月之镰’，死神收割灵魂的工具……”死胖子一边说，一边掏出一把短短的镰刀来。穿好雨衣再拿上这货，即使下雨天我也可以在地里割水稻了呢，摔！

……

总之我告诉自己，我现在横竖是一名代理死神。这个工作很重要，才没空理睬那些儿女私情呢。

03 喔第一次，我接客的时候……

我怀疑死胖子在我身边安装了某种监控，因为他对我也太放心了。将名单和雨衣交给我之后，他打了一个“那就酱”的手势，头也不回地离开了。

……死神大人，你就没有考虑过我穿上这一身去作奸犯科的可能性吗？对打工仔这么信任是很好啦，但万一你碰上的不是我这种品性纯良的人怎么办？麻烦你下次多注意一点啦！

死胖子走了，我开始自力更生了。那份名单酷似求职简历，内容包括死者的照片、姓名、年龄、住址、死因……悲惨气氛因此大打折扣。我的第一个客户是个老人，寿终正寝。

穿上雨衣，好吧，黄泉斗篷，我走直线去了一家医院。众目睽睽下跟死者家属说“啊我是来带死者走的，麻烦让让”，估计会被当场打成殉葬品。这个时候透明人的优势就体现出来了。

我走进一间病房，听到家属正在号啕大哭。就像电影进入高潮后骤然变得紧张的音乐，让我有了一种正式感。是啊，好歹我现在也是个死神，这份工作是严肃而沉重的。这样想着，我的脸色也不禁严肃而沉重起来。

“别哭了，我知道你很难受……”

“你怎么会知道……你怎么会知道……”

“别哭了这位先生，你这样很难看啊！”

“所以你要先告诉我啊！我怎么不知道治痔疮有这么痛！”

……走错门了！看到了很伤眼睛的东西啊啊！

我捂着眼睛跑进另一间病房。这次特地确认了门牌号，应该不会错了。病床上躺着一具瘦小的身体，盖着白布。一群人围着他啜泣。

嗯，的确是寿终正寝该有的气氛，难得的是没有呼天抢地。也许是因为老人家走得很安详吧。

那个老人家现在正站在一旁看着家属们。我走向他，他瞪大眼睛，指着我："你是……"

"是的。"我点点头。

"你是因为下雨才穿这样？"

不是！我一定要痛扁那个死胖子，这身装束果然谁看都是雨衣啊！

我跟老人家解释，我是来接他的死神。说这话的时候，心里还是有点儿优越感的。

"死神喔……来接我的不该是黑白无常吗？"

"好像也有那一款的吧。反正就是个工作，爱打扮成什么样都行。"

老人家若有所思地点点头，瞥了家人一眼。

我捕捉到了那份不舍，轻声道："人死不能复生，您别太难过了。"

"哈！难过个屁！你知道我几岁？九十七！高寿！活够本啦！这叫喜丧！"

老人的爽朗感染了我，我也笑了："那真是不容易。看来我该恭喜您。"

"恭喜？"老人凄凉地苦笑了一下，"死亡永远不值得祝福。可以的话，谁不愿意永远和家人在一起？"

我个白痴！太得意忘形了！我忙安慰他："对不起！请您节哀！相信您的家人也会振作起来的！"

"哈！节哀个屁！我压根儿就不难过！其实家人也都有心理准备啦！大家说好了要快快乐乐送走我！"

"……喔。"我悬起的心又放下来了，"那就好。其实，含笑而逝才是大境界呢。您心态真好。"

"你到底是太年轻……"老人家凄凉地苦笑了一下，"难道你不知道什么叫……强颜欢笑？"

所以是要怎样啦！你到底是想我配合你爽朗还是苦逼？情绪不要这么大起大落啦！

我不想再跟这个恶搞的老人乱哈啦了，便尽量客气地提醒他该上路了。"听说另一个世界有某种技术，可以让你与家人接触的。比如托梦什么的……"

按照死胖子教过我的，我将老人家带到医院外的一棵大榕树下。据说这些随处可见的树木，其实是特殊的站牌。等了一会儿，果真有一辆车开来了。外形与公车无异，只是车头写着"往陆离界"。另一个世界的名字？车子停下，司机探出头说："票。"

“嗒。”我把老人的求职简历，啊不，死亡证明递上。

“上来。”司机扫了一眼后打个响指。这家伙戴着墨镜，驾驶室里还传来摇滚乐。好潮！灵车不该是这样的吧！

“为什么不能是这样？”司机似乎看穿了我的心思，“死亡，就是换一个地方去活，又不是彻底消失。你们现在的伤感，只不过是类似搬家的情绪。离开熟悉的地方总会不习惯的。”

这话也有道理。我点点头，示意老伯上车。

垂垂老去的九十七岁老伯，原本应该是各种颤巍巍才对，但也许是死亡——应该叫“转换了生命形式”的关系，显得十分轻盈，不必搀扶就上了车。车上有空位，但即使座无虚席，看来也没有让座的必要。

“小伙子，谢谢你的照顾。”车门关闭前，老伯用漏风的嘴对我说，“最后还能在这世界认识个小朋友真不错，接着我要去别的世界交朋友啦。”

“保重了。”我笑着说。

“总不能……到最后都给人添麻烦啊……就算是勉强做出爽朗的样子，只要能对你们有帮助……”

“……别玩了，快点走啦！”

灵车一溜烟远去，老伯从车窗伸出手和我挥别。我不禁产生一丝自豪。在别人生命的最后陪他一程，这感觉并不诡异，反而奇妙而神圣。

手机又响了。死胖子问：“第一次接客感觉如何？”

“……你故意说错的吧？”

“别在意那种细节了。我的同事——就那个司机啦，他很赞赏你的表现，继续努力吧。对了，我们是不是还没谈报酬？”

……还真的，我竟一直忘记沟通如此重要的事。

“每天给你一小时，不嫌少吧？”

“啥？”

“每为我工作一天，你的寿命就增加一小时。”

04 宅女幽魂

三天过去了。

这三天我过得异常充实。犹如一个过气歌星那样到处走穴，忙并快乐着。有得必有失，我为此耽误了学业。经常逃课，没空做作业，没空晚自习……

好像听到谁在我耳边呐喊：“你他喵本来就是这样的！”喔，一定是幻听。

三天下来，我的寿命延长了三小时。对于正值青春年华的我来说，这不算很长的时间，也许要等我像排长那样，老得哪儿也去不了，才会觉得多活一分钟都是好事。

这一天，我到一个小区去接客，我是说收魂。那是一座很有历史感的小区，外墙遍布爬山虎，砖色黄得令人心跳加速。据订单显示，这次的死者是个妹子，年方二十五，名字很普通，死于煤气泄漏。

我来到那个小区，正赶上救护车惨叫着将死者的遗体运走。三姑六婆凑在一起交头接耳，“听说死的那个喔，就是传说中的家里蹲……”“家里都不开火还整什么煤气，结果出事了……”

一个女孩茫然地站在一边看着人们，没有人注意到她的存在。我想这应该就是我要找的人了。我向她走去，她见我直盯着她，也察觉了我的身份。

“你是……”

“嗯。”我点点头。

“你是因为下雨才穿成这样？”

……这个梗能不能别再玩了！我忍住满眼的黑线道：“我是代理死神。小姐你的生命结束了，我现在要接你去另一个世界。”

感觉年轻人和老年人都比较能接受生命不灭这回事，反而是自以为是的无趣大人比较缺乏想象力。女孩点点头说：“好。”

“那，走了？”

“好。”

这大概是近期的客人里最娴静的了，我忍不住偷偷打量她。她十分瘦弱，长长的头发有分叉迹象，脸色苍白，看上去分外营养不良，样子如果好好收拾，也许能混个中上，现在却让人只想同情她。

“呃……资料上说你是个作家？”我没话找话。

“写手。”女孩轻声纠正。

“你写过什么？我也喜欢写东西呢。”

“没……没什么了不起的。”女孩有些害羞。

“说说呗，也许我还看过。”

“刚出的一本叫《青春乍寒还暖时》……”

我惊讶极了。“海砂？”她居然是我最近在看的那本言情小说的作者？

“你知道我？”海砂有些惊喜。

“我还看过你那本书！很好看喔！”

刚刚还有点恍惚的海砂，立刻活泼多了，阿宅找到主场都是这样的。我便投其所好地跟她聊起我印象深刻的片段，她的笑容舒展开了。

“我从没见过读者。你是第一个。”海砂说。

“你的书卖得还不错啊，粉你的人很多。”

“我……我几乎不出门。”

海砂说这话的时候，语气变得有些黯然。她本来是个宅，现在变成了死宅，难免伤感。

车站到了，照例以这座城市随处可见的榕树为坐标。海砂惊讶地说：“那个世界这么接人的啊，想不到。”

灵车很快也到了，今天司机在听 RAP，我把“车票”递上去。

“很高兴认识你。”海砂对我轻轻鞠躬，上车。

“拜拜……”我说。

车门关上了，我们隔着门上的玻璃对视。

然后继续对视……

继续对视……

等一下，车子怎么不走啊？我们已经互看到有点尴尬了。只听司机气急败坏地说：“下去下去，你还不能上车。”

“为什么？”我俩一起问。

“她还有遗憾，对这个世界有残念。对灵魂来说，这种心事太沉重了，所以整辆车才会被压得动不了。”

看海砂那副娇娇弱弱的样子，她可能是这辈子第一次肩负起超载的使命，这让她不知所措。我问：“所以呢？”

“所以你得帮她解决遗憾，切断对这个世界的依恋再来搭车吧。”

海砂下了车，灵车便开走了。我问她：“你有遗憾？”海砂点点头，脸突然超红。

“什么遗憾，我帮你。”我真是越发专业了。

“我……”她吞吞吐吐，半天才把话说出来，“我想谈……谈一次恋爱……”

05 山顶洞人：意外之旅

人气言情写手兼资深死宅，高中毕业就跟家里断绝关系，过上靠稿费自给自足的穴居生涯。海砂说她有人际交往恐惧症，所以写手这一行很适合她。这些年她发展得不错，可是每一个泡着方便面写总裁的女写手，心里都有泡着总裁写方便面的梦想。不幸的是还没付诸行动，海砂就领便当了。

“原来如此。”我说，“包在我身上，我给你找个刚挂掉的男孩。”

“我不要跟同类谈恋爱。”海砂猛摇头。

“想跟活人谈？现实里你有喜欢的对象？”

海砂害羞地点点头。

“那就简单了嘛。他叫什么？住哪里？”虽然未必每个人都能接受宅女幽魂，但我觉得总能搞定的。

结果她说：“我也不知道。”

所以是暗恋？“你怎么认识他的？”

“他来给我送外卖……”

这个时代太方便了，只要有网络和电话，吃喝拉撒用就都能搞定。而足不出户的阿宅最常接触的外界生物，就是送快递的和送外卖的。只是没想到有人连暗恋对象都要从这里面找，真是宅他妈给宅开门，宅到家了啊！

“好吧。是哪家的外卖？我们去找他。”我说。

“我不知道……”

这个也不知道！小姐我可以扁你吗？！

“昨天，我打了个电话叫外卖，很快就送来了。我一见那个送外卖的，整个人就不行了。他又高又帅，我都不敢拿正眼看。回过神来他已经走了，然后我发现我老想着他……可我真不记得是哪家的外卖了。”

海砂的网路形象非常女王，如果那些脑残粉知道他们的大大如此纯情，不知作何感想。

“查查通话记录就知道了。”我提议。

“就在昨晚，我手机掉马桶里了。”

“……那查查外卖菜单吧。你肯定是根据菜单上的号码叫外卖的。”

“是的。很多店往我门里塞过菜单，可是最关键的那张不慎被我丢进了洗衣机……”

“店名！店名总有印象吧！”

“没有……”

你……是故意的吧小姐，一切线索都被封杀了让我怎么找，我不是柯南啊！

“对不起。”海砂很内疚，“果然还是没缘分吧。早知道我当时就鼓起勇气跟他搭讪了……”

见她这样，我又有些于心不忍。怎么说人家都死了，而且不实现愿望就不能升天。我不帮她谁帮她。

“你吃得多么？”

“不多，我食量很小的。”

“我看着也像。一人份的外卖也给送，一般是小店，而且开在附近，我们周围走走看吧。”

“嗯。”海砂感激地说。

于是，我们踏上了寻找爱情的旅程。这一带有的是大吃店和小吃店。我们仗着没人能看见，车也撞不到，满街横行。不过海砂真是很久没出门了，老是往我身后躲，恨不能钻进雨衣来。跟她一起逛街真累。

找人的过程并不顺利。我们每一间小吃店都进去看，就是没逮着“又高又帅”的。事实上我很怀疑，真那么帅的话会在小吃店送外卖?

“不然放弃吧。”我说，“其实我有长得不错的朋友。只要我一声令下，他们一定愿意陪你约会。其中有个叫一灿的，不是我夸口，想玷污他的人从街头排到街尾……”

但海砂坚定地摇摇头，表示了对一灿的不屑。不知为什么，我竟十分不爽，这人竟嫌弃我们家一灿！

说这话的时候，我们又到一家小吃店里。还是没看见帅哥，所以我才那样提议，可是海砂却不知好歹。

“炒饭来咯！”这时，一个伙计端着一盘炒饭从我们身上穿了过去。我正好有点饿，闻着那香味，不禁咽了口口水。

海砂忽然抓住我：“就是这个味儿！”

“这个味儿对啦？”我以为她要玩“我爱记广告”。

“不是啦。是那天，我叫的外卖就是炒饭。闻起来跟这家一模一样啊。”

这家的炒饭里加入了鱼松，炒得很干，行话叫“镬气十足”。也许只是巧合，但我还是来了精神：“那你有看到那个帅哥么？”

“没有。”海砂张望，“不会辞职了吧？”

我摘下了雨衣的帽子，让自己在人间现形。然后我问老板：“你们店还有别的伙计么？”

“对不起，人手已经够了。”老板警惕地看着穿雨衣的我。

"我不是要打工。我是要找人。他可能是你们的伙计，很高很帅。"

"啥？不是我夸口。我们的用人标准是矮矬穷。"

这种人渣居然是老板！我刚想继续问，一个伙计把我拉走了，嘴里说："客人，别妨碍我们做生意。"来到门口却瞪了我一眼低声道，"要死啊，问那么多，被老板发现我偷懒怎么办？"

"哎？"我诧异。

"你说的那个帅哥，大概是我老乡。他欠我人情，于是那天我让他帮我送外卖，自己溜去打桌球。"

"喔喔，告诉我那人叫什么？怎么才能找到他？"

"他叫……"

06 咱们走吧，别理这个美男子

世界真心太小了。

让海砂魂牵梦萦的帅哥，竟然是银川出品的——小猫！对，小猫！

当我带着海砂来到我们学校，远远看到小猫后，不需要跟她确认，她激动的神情就说明了一切。但我却莫名有点不爽起来，这家伙的命是有多好，活人圈子里泡到春菜，死人圈子里还有人气女写手暗恋！

海砂没有察觉我情绪的波动，恳求地看着我。

"啊，知道了知道了。"我有点不耐烦。

"只要能跟他约会一次，我也就心满意足了……"

业余的我有着一颗专业的心，我走到了小猫面前。当时他刚打完球，弯着腰在一个池子前洗脸，我脱下雨帽，现形给他看。

"噢，学长。"小猫发现了我，还算礼貌地点点头。这货超过一米八，比大卫还高，我往他面前一站，被衬得像个中学生。这声学长听得真刺耳。

"有空吗？想请你帮个忙。"我说。

"什么忙？"

"陪一个女孩子约会。"顿了顿，我补充道，"她已经死了。"

小猫认真地看着我："你在和我开玩笑？"

"不是玩笑。她就是死了。现在是灵魂状态。不过别担心，一点儿都不吓人。"

我说得如此具体、诚恳，但正常人都不会觉得我是正常人。小猫很努力地消化了一下我的话，然后说："那我先走了。"

"喂！我是说真的啊。你还记得之前帮你老乡送外卖么？她就是你的客人。"

小猫皱着眉，努力回忆。身为一个万花丛中过的帅哥，他对每个女生的印象保质期大概只有一天。海砂显然已经过期了。

"约会又不会少块肉，你就当是学雷锋了。"我继续怂恿。

"我没听说过雷锋需要做这些……"

"人家女孩子都那么主动了，算我拜托你吧。"我开始急躁，真恨不能丢下一句"咱们走吧，别理这个美男子"，然后拉着海砂扬长而去，"阿春……春菜知道了，也会让你帮忙的。"

这话对小猫造成了触动。他犹豫了一下，说："好吧。不过，我要怎么跟那位小姐……"

常人是不能接触灵体的。不过我早有准备，脱下雨衣递给小猫。这样一来，我就看不见海砂了。而小猫皱着眉头检查了一下雨衣，勉强穿上。

对这种大个子来说，这雨衣简直太小了。他勉强穿上去，然后消失在我的眼前。

不到五秒他又出现了，他脱下了雨帽，震惊地看着我。我明白他相信我的话了，挥手做了个打发动作："她对你是真爱。去吧，做好临终关怀。"

我现在看不见海砂，但我可以猜测她的表情。那家伙这会儿肯定特别高兴吧，搞不好都热泪盈眶了呢。会不会紧张得一句话都说不出来？那要怎么约会啊……

某种满足感油然而生。无论如何，我希望海砂可以了无遗憾。

他们约会去了，那我应该干吗？照说我有义务跟踪观察的，但我现在都看不见他们，怎么跟踪？

不知怎么的，我想起了春菜，有点儿想去找她。我们好久没有单独相处了，但我知道那是不可能的。这两天，春菜刚好回老家了。

我正百无聊赖胡思乱想着，小猫忽然出现，吓了我一大跳。

"又干吗了？"我有点儿恼怒地问。

"你问她吧。"小猫无奈地把雨衣塞给我。

我穿上雨衣，就看见了泪流满面的海砂。即使是刚死亡时，也没见她这样伤心。我的心一沉："怎么了？他欺负你了？"

海砂摇摇头："这……不是我想要的约会。"

"你想要的是什么样的约会？"

"我只是希望……我们能光明正大地出现在人们面前，就像一对最普通的情侣。

我到死为止都把自己关在家里，躲避着别人的目光……我不想这一生一次的约会也这样度过……”

我说不出话。

海砂哭着问我："这样的想法很任性吗？”

“不……”我缓缓摇头，“不会。我帮你想想办法……”

我能想的办法，就是给我的上司，那个死胖子打电话。接通后，那头传来的声音一如既往地欠扁。

“想念我的笑请按1，想念我的外套请按2，想念我白色袜子和我身上的味道请……”

“想你妹啊！”我大叫。

“是你呀，今天心情好吗？”

“少啰唆。我问你，灵魂有办法被人看见么？”

“有啊，灵魂其实就是一种生命能量。够强烈的就能影响人的视觉神经，甚至是其他感官，产生具体的五感……你不是在研究鬼压床？别玩得太过火哦。”

我看看海砂，很显然，她不是一个强大的灵魂。那就意味着她没法凭自己的力量现形。

“没事的话，我挂啦。对了，这几天的工资都有帮你记着。到时候一口气打到你的生命账户里。”

“生命账户……”我忽然想到什么，大叫，“你们既然能做到随便给人增加寿命，是不是也可以把一个人的寿命转移给另外一个人？”

“是可以啊。前提是那人还活着，那他的寿命会增加一点；如果那个人已经死了……灵魂得到多余的生命能量也是没有意义的。”

“但是，那却足够让别人看见她了吧？”

07 一万年太久，只争三小时

即使不披上雨衣，我也能看见海砂了，谁都能看见她了。这里面的原理我不懂，总之死胖子把我三天的薪水都转了给她，让她的生命能量强烈到可以暂时实体化。虽然那跟复活根本不是一回事，但总算可以实现她堂堂正正约会的梦想了。

海砂要的很简单。她没有上过大学，她就想跟我们这些大学生一样，去食堂、听讲、在操场上散步、看篮球赛、看电影……对她来说，这就是很完美的约会了。

大学是个自由的场所。比如听课，只要你愿意，随便找个班级坐进去也不会有人赶，因为许多人根本搞不清自己班上有哪些人。比如我们415的老蜗，每当他百年不遇地出现在教室，都会被人当成别班的。

小猫终于可以好好地扮演一个临时男友的角色了。他跟海砂选了一间教室，坐在最后一排听课。当然根本是什么都没听的，他们一人戴一边耳机在听音乐，海砂脸上挂着安稳的笑意，小猫则是勉为其难在配合。

他们一起去学校的放映厅看电影。两个人在窄窄的椅子上靠得很近。电影是很老却很经典的《大话西游》。海砂看得十分投入，甚至在听到那段著名的“一万年”台词时红了眼圈。

还有学校的小公园。这个季节，花开正好。有一排架子上垂下一串串粉色的不知道叫啥名儿的花朵，形成一条浪漫的花道，海砂和小猫一起去走了，手挽着手，落英缤纷……

这些了无新意的内容，在这所学校以及更多学校里，每天都能看到N对情侣在上演。不必刻意安排流程和路线，照着校园生活的步调走就是：下了课，就顺便去食堂；往体育场，就正好要经过小公园……

海砂是快乐的，一种遗憾被慢慢填补的快乐，她全程都笑容洋溢，反观小猫简直如坐针毡。帅哥的回头率永远是居高不下的，而小猫跟春菜本就是学生会的名人，在校内人面很广，谁都知道小猫终于追到了春菜，如今居然换人了，这就不得不引起猜想。

“小猫，这位是……”

“呃……我朋友。来玩的。”

问问题的人看看小猫被海砂挽着的手，叹了口气，走了。

“小猫，她是……”

“她是……我姐姐。来玩的。”

暗恋小猫的人绝不相信姐弟会在同一个杯子里喝可乐，悲伤地走了。

除了这些坦白问出来的，更多人则是投来异样的目光。哦，我之所以对这些掌握得如此清楚，是因为我全程披着雨衣，跟在后面。我不是偷窥狂喔，这是职责所在，我有义务看着海砂实现心愿。

地球人的想象力真是贫瘠啊，我想。年轻男女稍微亲密点就必然要出CP吗？你们只看到肤浅的表象，看不到这背后深邃的内幕。我似乎可以理解，当初人们为什么那样看我和春菜。

这样想着，我不禁有些羡慕海砂。就算是死亡带来的勇气，至少她现在可以坦率地对心上人告白，可以为自己争取一段短暂的幸福……

我想看到最后。不过我承诺，如果后面有儿童不宜的环节，我一定只从指缝里看。

可惜，还没发展到那一步，这约会就给喊停了。

隔着一段距离，我看见小猫的步伐渐渐加快，娇小的海砂快要跟不上了，但她还是紧握着他的手，一时间形成小猫粗暴地拖着她走的景象。

“喂！”我赶紧提醒男主角注意分寸。

小猫停下脚步，瞪视着我。他脸上的怒气值已经相当MAX了。我理解他在不爽什么，但还是指责道：“你就不能对她温柔点儿吗？”

“做到这个地步已经够了吧。”小猫甩开海砂的手，“再这么下去，我不知道别人该怎么谣传了！也许他们觉得我在劈腿！”

“只要阿春不那么想就行了，我会帮你解释。”

“少来这一套！”小猫忽然爆发了，“你根本是故意的吧？非得找我不可？你是巴不得我们分手吧？！”

“你脑子坏了！”我被激怒了。

“你以为我相信你只是她的好朋友？还闺密？”小猫痛快地发泄着，完全不当我是学长了，“这么说吧，男生跟女生，绝对没有纯粹的友谊。我是不知道你为什么迟迟不对她下手啦……”

“给我闭嘴！”

我失控地扑上去，跟小猫扭打成一团。我怎么是银川汉子的对手？没两分钟就被打趴在地。

不过我不会输的。我把手伸进雨衣的口袋，掏出了那把镰刀。据说用这货，能够轻易将灵魂从活人的身体里切割出来。不过我的客户都是些现成的死者，一直用不到，现在有机会了！虽然它奇矬无比，但好歹是异世界的道具……

“把刚才那句话收回去。”我举着镰刀警告小猫，周围的空气都在震动。

“哪一句？”小猫问，大西北的粗犷气场全开。故事有向热血少年漫发展的趋势！

“说什么我故意安排她来破坏你们！”我吼道，“你不只侮辱了我，还侮辱了她！她只是因为喜欢你才想跟你约会！”

如果小猫再敢跟我戗一句，我真的怀疑镰刀会挥下去。但他没有，因为海砂插到了我们中间。

“已经够了……”她张开双臂面向我，“我很满足了，可以离开这个世界了……你们别打了。”

海砂瘦削的肩膀在颤抖，剑拔弩张的气氛全被抖掉了。我收起镰刀，拉着她就走，把小猫丢在身后。

08 青春乍寒还暖时

我们学校附近也有“车站”。可能是天色渐晚的关系，这次的车没那么快来。海砂和我站在路边。我穿着雨衣，别人看不见我。我送给海砂的生命能量已经耗尽，她变回了纯粹的灵体，别人也看不见她。

这种情况下并肩看渐浓的夜色，有一种双双被世界甩了的凄凉。

“你真的没有遗憾了？”半晌，我尴尬地问，“貌似给了你一个很烂的约会……”

“不会啊，体验了一下大学生活，还有个大帅哥陪着满足虚荣。”海砂说，“如果去了那边还能写书，我又有新的题材了。”

“一定能写的。据说那边和这边大同小异，不是我们以为的天堂地狱那么肤浅。”

“真是期待呀。”

终于，车来了。大老远就听见墨镜司机在唱：“药，药，切克闹，少他妈跟我来这套。”

“那，再见。”海砂一边登车，一边跟我说。

“再见。”我有些感慨地说。

这时司机又叫了起来：“喂！还是开不动啊！你个打工仔干什么吃的，真的有帮她解决遗憾吗？”

我傻眼了。果然那种约会是没法让人满意的吧？这下怎么办？继续回去调教小猫？

海砂又一次下了车，她问我：“你叫什么名字？”

我不知道她问这个干什么，我就说出了自己的真名。

“我们抱一下吧。”

不等我反应过来，海砂轻轻地抱了我一下。那拥抱，并不是情侣之间的缠绵，而是一种纯粹的正能量传递。像是朋友的久别重逢，像是祝福。

“我自卑，一直希望得到别人的重视。我不在乎那个约会是否完美，因为从你不遗余力帮我的那一刻起，我的愿望就已经实现了。”海砂笑笑，“如果不能亲口告诉你这件事，我会很遗憾，所以我又下车了。”

她说完，第三次轻盈地上车。这回，车子顺利开动了。隔着玻璃，我看到海砂喊我的名字：“我没有遗憾了，你也不要让自己的人生有遗憾啊。”

车子渐渐向上升起，融入夜空的万千星流。

我在原地待了好久，最后才返回 415。

在门口，我惊讶地看到了春菜，她似乎很生气。

“哟西，这位小姐好面熟哩。”我吹了个口哨。

她却踢了我一脚：“你跟小猫打架了是吧？一堆人告诉我了！你们干吗要打架？”

“以铁拳交换信任，正是男人的浪漫。”

“浪漫你个鬼！说，你是不是很讨厌他？”

“我说是，你会为了我跟他分手吗？”我说，“回来吧，约翰，福尔摩斯才是你的真爱啊……”

“你能不能正经一点！”春菜皱眉，“手心手背都是肉，你要是讨厌他，我会很困扰的。”

“所以我是手心还是手背？貌似手心的肉厚一点……”嬉皮笑脸够了，我开始打圆场，“好了好了，没你想的那么严重。倒是你，应该听说他跟别的妹子约会了吧，不介意吗？”

“他说，那就是你们打架的原因，让我来问你。”

“一个死去的女孩想跟他约会，否则不能成佛。我助人为乐，就酱。”

春菜露出惊讶的表情：“原来如此。”

“等等，你真信？”

“信啊。这么说小猫冲你发飙，是因为不想做出对不起我的事？”

“算是吧……”我突然没有了任何心情。小猫不是坏人，我们打架只是因为他说了我讨厌的话，而那些，我不想让春菜知道……所以我们还聊什么？

春菜看出了我的情绪变化，拍拍手：“委屈啦？我就是想你们能和平共处。哪怕点头之交，也比水火不容强。算啦，没事了。对了，这个给你。”

春菜塞给我一包腊肠，她回老家总会给我带食物。

“我刚才说的那个超扯，你真的信？”我嘟囔。

春菜笑笑：“唯一不会骗我的，就是你了吧。”

留下这句话，春菜走了。我其实很想问她什么意思，她为什么说得那么绝对，她信任我甚至多过小猫吗？但我没问，什么都没问。她这样说，我很高兴。

春菜是往楼下走的。我想她是去找小猫了，她一定也有东西要给他。目送她走远，我想起了海砂，想起《青春乍寒还暖时》里那句一度给我力量的话：

“即使到了这个时候，我还是不觉得我会输。”

记忆玩家事件

chapter 4

Talef of the Unufual Youth

4 1 5

“可能是因为我把脑力全都燃烧在了写作上，”我自言自语，“感觉最近记性变差了呢。”

“我的记性比你更早变差啊！”室友大叔说。

“我常常一转头就忘记要干什么了。”我说。

“我常常一转头就忘记为什么要转头了！”大叔长吁短叹，“真怀念年轻的时候，不但记性好，身体也好，长得也好，异性缘也好……”

“大叔，”我同情地拍着他的肩，“就算记性再怎么差，你也绝对不能忘记有些事情根本没发生过啊。”

01 家庭教师锅包恩

整件事是因锅炉工而起的，他是万恶之源。事实证明，这货就不适合在开水界之外的领域发展。

大二的我们比大一时稍微成熟了点儿。虽然还是个个单身，虽然还是迟到早退旷课作弊，虽然还是把无节操玩笑当三餐进行……但偶尔也会考虑到未来而做一些积极的事情。新学期以来，八达与锅炉工陆续变身打工一族，一个投身服务业，一个投身教育界。

锅炉工的调教……不对，家教对象，是个叫朵朵的萌萝莉，她似乎出身单亲家庭，那个目测比锅炉工大不了几岁的年轻妈妈总是一脸疲惫。在跟锅炉工熟了后，经常在他来上班的夜晚跑得不知所终，而将女儿放心地托付给锅老师。于是锅老师拿着一份微薄的薪水，还得多兼一份保姆的活干。

那晚也只有锅炉跟朵朵。锅老师在教单词。

“男孩子怎么念呀？”

“Boy！”

“爱怎么念呀？”

“Love！”朵朵兴奋地说，“Boylove!”

“……这两个字绝不能连读。好了，我们休息下。”锅炉工擦着汗说。

“噢！老师我们来玩游戏吧。”朵朵说着，跑去把她的小红书包提了来，锅炉工苦笑着做好了玩过家家的心理准备。

结果朵朵从包里掏出一个方方正正的东西，看起来像平板电脑，但锅炉工从没见过这种欲与白纸试比薄的厚度。幼女竟有如此装备，锅炉工叹为观止。

“老师老师，你帮我打开！”朵朵要求。

锅炉工捧着那陌生玩意儿摸索了一会儿，按下一个按钮，屏幕立刻亮了。一片黑暗中透出的微光，让锅炉工无端端联想到了宇宙。然后他看到“宇宙”浮现出了两个头像造型的文件夹，分别写着他和朵朵的名字。左上角则有一个显示信号的图标。

“这是什么啊？”锅炉工拿手指点开他的文件夹，看到里面堆着数量惊人的文件，看上去像一张张日历，且正是以日期为命名的。

锅炉工更莫名其妙了，他随手点击当天的文件，跳出一个提示：“请选择打开方式。”于是他选择了用写字板打开。然后，面前就呈现了这样的文字：

早晨7点醒来，闹钟都还没叫，是金氏震耳欲聋的呼噜声把我吵醒的。

我第一眼看到了睡对面床的大卫。他又把被子踢到地上了，此刻的造型真是极尽污秽之能事。

我在床上躺了一会儿，发现睡不着了，就爬下床。拿牙刷的时候发现老排又把牙刷放错到我杯子里了。

走进卫生间时，碰到了每天早晨准时起床大号的八达，我说：“八达！你又偷用金氏的卫生纸？”八达说：“嘘，嘘，小点儿声，大不了分你两张。”“你干吗专偷他的啊？”“因为他的屁股太大了，对纸张的消耗比较没概念，挑他下手不容易被发现……”

锅炉工看得眼睛都直了，这是……日记？还是那种巨细靡遗的流水账日记。但锅炉工从来不写日记的，退一步说就算写，又怎么会出现在朵朵的平板电脑里？

其他文件也全都是日记。他迄今活了多少天，就有多少篇，有些事他已经不记得了，日记却记载得十分翔实。属于朵朵的文件夹也一样，就是日记的数量少一点，大概因为朵朵比较小吧。

“这个你是从哪里弄来的？”锅炉工问。

“就是朵朵自己的嘛！”朵朵把嘴一噘。

锅炉工心里一动，打开朵朵今天的“日记”，按照时间线看下来，里面有这样的描写：“傍晚，我在楼下玩。草丛里有一个游戏机，我赶快把它捡起来，装进书包里。”

“这是捡的喔？”锅炉工用责备的口吻说。

朵朵立刻涨红了脸，萝莉真是容易看穿。

“这样不行哦。那首歌怎么唱的？”

“你是我天边最美的云彩……”

“你都学了些什么！是‘我在马路边捡到一分钱’啦！这个先交给老师保管。”

锅炉工说着，忽然发现桌面多了个文件夹，名字正是他东家的，他本能地打开那文件夹，随手调出一个文本。

“给朵朵找了一个家庭教师，是附近一所三流大学的学生。男，戴黑框眼镜，笑起来牙龈很醒目。家里很久没有第三个人的声音，不禁又想起他还在的时候……眼泪差点儿又没忍住。如果这个家教能帮着照顾朵朵，那个夜班的工作就考虑接下来……”

锅炉工刚扫了几眼，传来了开门的声音，他连忙把电脑关上。然后他的东家就进门来了，那个长发飘扬的女子，依然是一脸疲惫。

“它能显示一定范围内的人脑里的东西？”锅炉工的脑海划过这样的念头。

02 我的前任是极品

锅炉工的家教在9点半结束，回到学校的时候大概是10点。那会儿，我、一灿、大卫和老排正穿着大裤衩，趿着人字拖，提着消夜从学生街回来。如此不顾形象的活动，正是住宿的浪漫。

我们没想到会遇见光饼。

还记得光饼吗？猴年马月，他也曾是我们的同学，一个长着鹰钩鼻子的高富帅。在某个歌唱比赛上用假唱的方式力克金氏，虽然以金氏的嗓音条件，对方就算用哑语来唱都能秒杀他，但我们还是很不爽光饼。于是一灿就把他的女朋友静静给抢了，从此光饼与415结了梁子……总之那场风波的结果是光饼当众裸奔，然后含恨转学。

对于熟悉415的朋友来说，上面的故事应该不陌生吧。不熟悉的朋友也不要紧，现在，你只须去买一本《青春奇妙物语 1》，就能掌握 415 的第一手资讯。

呀，似乎不是打广告的时候呢。麻烦导播到时候把上面这一段剪掉吧。

我们有一阵没见光饼了，他真是男大十八变。开一大众跑车，颜色是熏人的屎黄；刘海尖尖地朝前翘起，仿佛被谁照脑门劈了一斧子；半边脸让一蛤蟆墨镜遮住了，黑眼圈隐约可见；嘴里一坨泡泡糖故作美味地嚼啊嚼，刚吹起来就碰到尖锐的鹰钩鼻子，"砰"的一声爆炸，然后他就旋转着小香舌性感地舔掉……我们看着一致认为这货当初受到太大打击，脑子废了，恨不能同情地说句："负分滚粗！"

光饼坐在车里，一只手拉住车外一个妹子。那人我们也不陌生，正是静静。

"走啦，带你兜风嘛。"光饼跩跩地说。

"放手！"静静用力甩开。

"装什么呀……我知道你已经被甩啦。这不是想做做好事，给你疗伤嘛。"

静静想走，一转头就看见我们，连忙喜出望外地跑过来，硬挽住一灿的手。

于是，我们又一次跟光饼站到了对立面，他摘下墨镜看着我们，满脸仇恨。如果可以，他一定很想把我们像保龄球那样撞死。但之前的教训不可谓不深刻，所以他只是猛瞪我们，半晌忽然一拍他的车："十八万买的。"

我擦……等半天出来这么一句！我们集体被恶心到了。光饼却把这个理解为妒忌，得意地乘胜追击："好车就是好车，连发动机的轰鸣都那么恰到好处。"

"是的，相比之下，那日你当街裸奔，引发的爆笑是多么失控。"老排说。

"刚花了一千二给它打蜡抛光，不贵。"光饼说。

"那日你当街裸奔，肌肤也像是刚经过打蜡抛光，闪瞎无数狗眼。"大卫说。

"反正过两月又要换一部更贵的，现在也只是随便开开。"光饼说。

"然而那日你当街裸奔的事迹将永远流传，任时光匆匆流去也历久弥新。"我说。

"靠！"光饼终于暴走了，他是那么投入地逃避着现实，而我们每一句话都努力将他拉回来，并且我们的声音还特别大，勾起无数过往同学的回忆。

"你们给我等着。"光饼咬牙切齿地一踩油门，那辆跑车就满载着主人的耻辱，绝尘而去。

跑车扬起的烟尘落下来后，我们看到了刚下班的锅炉工。"老师好！"排长立刻敬礼。

"老伯好。"锅炉工恩将仇报。

"真可惜，你早来一会儿，就可以跟我们一块儿玩痛打落水狗了。"大卫得意地说。

"我有比落水狗更好玩的东西。"锅炉工拍拍包。

而一灿在这时把他的胳膊从静静怀里拽出来，他平静地说："换叟吧（快走吧）。"

"那家伙有病，最近老缠着我。"静静怯怯地说。

"偶民八四狼旅盆友了，里造顾好季己吧（我们不是男女朋友了，你照顾好自己吧）。"

静静可怜巴巴地说："你怎么就那么讨厌我？我……没法忘记你。"

"找网费旺的（早晚会忘的）。"

"如果真的能忘我也想忘！你教我怎么忘？！"

"……债件（再见）。"

一灿拍拍我们的肩，大家一起加快步伐返回415。不得不说，虽然静静的台词深情又辛酸，对上一灿那种狗啃过的普通话，还是太像远距离恋爱了……

03 记忆的N种玩法试举例

回到415，锅炉工迫不及待跟我们介绍了那台造型与功能都无比神奇的电脑，然后变魔术似的从包中掏出一条短裤。

"果然厉害，光看样子完全不像电脑！"大卫惊叹。

"这是我买来自己穿的，的确不是电脑。"锅炉工把短裤丢到床上，然后才掏出那台平板电脑来。

除了专注游戏三十年的老蜗，其他人都围了上来。锅炉工打开电脑，桌面上共出来十个文件夹，他说："这里面有我们每个人从小到大的日记。"

"不，不是日记。"我脱口而出，"如果照你那么说，那些应该是记忆！"

是的，记忆——我们每天看见的听到的经历的思考的，都会变成记忆，在大脑里积淀。如果用文字形式呈现，岂不是就像"日记"一样？

"我先打开来让你们感受一下。"锅炉工说。

"你要打开谁的？"八达警惕。

"呃……"锅炉工语塞。是喔，每个人都有隐私，比如八达的记忆一打开，肯定满满都是他在何时何地偷用了我们什么东西的犯罪记录，这要一公开搞不好就会酿成命案啊！

这时，嬷嬷的天然呆就体现出来了，他催促："怎么啦？快打开呀，开我的好了。"

于是锅炉工遵命打开嬷嬷的"记忆"，烂操问："你为什么用写字板打开？为什么不用播放器？"

锅炉工一愣：是啊，用播放器打开会怎样？他立刻操作。

于是我们看到了更为直观的记忆：视频版！如果说看文字就像读小说，那么看视频就好比小说被拍成真人版了吧。只见那视频晃动得厉害，而且明显是以嬷嬷为视角，就好像我们变成了嬷嬷。

刚开始是一片黑暗，然后眼睛睁开了，看见了天花板，是在 415，看来嬷嬷刚醒。他的视线在宿舍里绕了一圈，看到一张张睡态各异的脸，目光落在金氏床头时，正好看见鬼鬼祟祟的八达……

“起床有毛好看的，看后面吧。”赶在罪恶曝光前，八达飞快地拖动进度条。这个视频长度一共有二十四小时，正好是一天的量。八达一拉，就给拉到了中午。

地点是食堂，嬷嬷正在跟人吃饭，他微笑着放下一份饭菜：“好啦，都是你爱吃的呢。”

“谢啦。”坐嬷嬷面前的，是个笑容甜美的妹子。

“哎，这是谁？”我们不记得本校有这种美少女！

“这是阿天啊。”嬷嬷说。

“纳尼？！”

……我忽然明白了，人是会美化自己记忆的。一些事、一些人、一些地方，其实并没有那么好，但根据当事人心态的不同，就会被擅自 PS 得十分不真实。好比有人觉得圣斗士没什么智慧含量，但它却是一代脑残粉的不朽回忆；又或者某些明星受万人追捧，高级黑每次看到他们都会觉得面目可憎。

看着屏幕上巧笑倩兮的武则天，我们深深替嬷嬷悲哀，居然能脑补到这种程度，这必须是真爱……

“事实证明，只要别离这东西太远，记忆就能被搜索出来。”锅炉工总结，“还有，感觉上看文字版会比看视频版要客观一些。”

“太棒了，有了这东西，所有人在我们面前就都是透明的，都是全裸的！我们想看谁隐私就看谁隐私！”烂操激动地说出大魔王发言。

“不会只能用看的吧。”老蜗冷不丁地丢来一句，“既然可以用文本显示，删掉一段会怎么样？”

“啊！”我们异口同声大叫起来。老蜗这家伙，常常都是不鸣则已一鸣惊人，他果然不是白待在我们宿舍的啊！

“有必要做个实验。”八达严肃地说。

“可是每个人的记忆都是宝贵的，不好随便乱删吧？”我说。

“交给我吧，我绝对只会删掉没有用的记忆。”

也许是八达的话语太过诚恳，锅炉工就把电脑交给了他，八达接过电脑，闪电般打开某个文本，删掉某段文字……“金氏，”他试探地问，“上次问你借的一百块，还要还不？”

“你跟我借过钱吗？”金氏傻乎乎地问。

“啊，可能记错了呢。”八达开心地说。

实验很成功，但好像有哪里不对！亲眼见证奇迹的我们一边谴责八达的厚颜无耻，一边后悔自己没跟金氏借钱。

既然这台电脑能够窥视和抹杀记忆，呼之欲出的下一个问题当然是——它能不能编造记忆?！

大卫忽然像抢篮球那样从八达手中夺过电脑，大声说：“不能再让这货做实验，否则我们都会完蛋！”

我们纷纷点头。试想，八达只要在我们的记忆文本里写上这样一句话：某月某日，XX 忽然说他手头拮据，我于是慷慨地掏出了一万给他……对我们来说就会跟果真发生过一样，那八达的后半生就可以靠讨债度日了啊！

“让大卫拿着你们就安心啦？”八达见自己不被信任，便挑拨离间，“没准儿他会篡改小苹果的记忆，让小苹果以为自己跟他是指腹为婚……”

“大卫你这色魔！快把电脑给我！”烂操吼道。

“给了你，这个学校就变成你的后宫了吧?！”排长说，“给我！我要用来攻略小镜啊不是，我要保护她！”

……眼看 415 就要因为一款全新的玩具而分崩离析，救星闻声而来，是隔壁的阿童木，“你们在玩什么？”

我们迅速交换目光，心照不宣地点点头。仁慈的上帝不忍见我们争执，所以送来了试验品，我们可以辜负这样的安排吗?

“我来写吧。”415 的良心容嬷嬷拿过了电脑，调出阿童木昨天的记忆，然后用弹窗键盘认真地写了以下文字：

睡得迷迷糊糊的，忽然接到 415 的老排长的电话。

“喂？”我非常不耐烦。

“爱就一个字，我只说一次。”他的声音急而短促。

“……你吃错药了还是打错电话？”我给雷醒了。

“我没打错，阿童木，我就是说给你听的。不管你怎么想的，都请认真回答我，不要辜负我的真情！”

电话挂了，传出“嘟——嘟——嘟——”的声音……

“这是什么玩意儿！”排长扑上去掐嬷嬷的脖子，“你个老娘们儿还把自己当腐女了是吧？！”

而阿童木的脸上忽然出现一种恍然大悟，有点儿像刚想起某件遗忘的事情，然后他看排长的目光变得十分复杂。“那个……”

“你你你你想说什么？痛快地说出来！”排长紧张地说。

“你不是我喜欢的类型，我们还是做朋友吧！”阿童木丢下这一句，转身就跑。

于是排长莫名其妙就被甩了！他呆了好一会儿，果断继续掐嬷嬷。我们在一边笑傻了。

“好了好了，我错了……”嬷嬷说，“总、总之以后大家不要玩自己人的记忆。好钢要用在刀刃上！”

“你没资格说这种话！”排长不依不饶。

一直没说话的一灿，在这时若有所思地拿起了那台电脑，自言自语地说：“素滴，又用债刀嫩丧（是的，要用在刀刃上）。”

04 情人一个不够两个太多

隔天是周末，我和锅炉工回家去了。那台玩弄记忆的神器就留在了宿舍里。不知人渣们会拿它做什么伤天害理的事——目前我只知道一灿会用它干什么。

一灿要用它删去静静脑中有关他的记忆。静静之前说过“如果真能忘我也想忘”，可能对她来说那只是一句多情的台词，她绝对想不到，现在她的梦想即将成真……

说实话我是有点同情静静的。她跟一灿在大二情人节时分手，但分手好比分赃，最怕不均，而明显静静在一灿身上投资的感情尚未回本，于是一段时间过后，静静开始千方百计求复合了。

她觉得自己过去对一灿关心不够，于是开始每天给他短信，提醒他注意早睡注意加衣，甚至每晚给一灿发次日的天气预报，以至于我们想知道明天下不下雨都会不问度娘问一灿。

她觉得自己过去不够贤惠，于是常常趁一灿不在潜入415，帮他叠被子整理床铺，或者把一灿换下的衣物提去洗。深受感动的我们纷纷把自己的脏衣服丢进一灿桶里，以示支援。

她甚至出动了正常男人都难以抗拒的大招：爱心便当！可惜虽然很努力，最后的成品只有“便”字能得到肯定。八达曾自告奋勇帮一灿解决，后果是他把金氏一整卷纸都用完了。

静静是有些走火入魔了，她几乎是在用一种“没有功劳也有苦劳”的心态收复爱情的失地。她是个漂亮的女孩，本不该把姿态放得如此低。而一灿不是那种优柔寡断拖泥带水的人，决定了分手就没打算回头。但不得不说，每当我们告诉他今天静静又为他干了些什么，他总会无奈地点起一根烟来抽，并不是毫无感触的。

喔，这么说起来，以前一灿跟静静关系不错的时候，每次要抽烟，静静总会跟华妃娘娘那样噗地一口吹灭打火机，然后娇羞道：“不要抽嘛！”而现在的静静，估计会忙不迭帮一灿点烟，然后举手甘为烟灰缸吧。

那段时间为一灿而来 415 的除了静静，还有阿玲。

学校食堂的小妹阿玲，学历只到初中，没有身材，土气的穿着犹如丑小鸭，虽然五官还算清秀，气质却过分乡土。自从食堂开通了外送服务，阿玲就乐此不疲地揽下了这个活儿。因为足不出户的老蜗几乎每天都下单，他就是阿玲名正言顺见一灿的敲门砖。

对阿玲这样的灰姑娘来说，花美男一灿真心是白马王子了。每次看见一灿，她的眼睛都会亮得像发现妖怪的孙悟空。她并不是每次来都能碰见一灿，有时候会借口在我们宿舍流连，说一些诸如“上大学真好呀”“你们的感情真好呀”“这张床真好呀”之类的废话。我们有时会开玩笑说你还不走？这样偷懒没问题吗？她就分辩说我休息一下啦，待会儿顺便把空碗带回去。

如果老蜗都吃完了一灿还没出现，阿玲就再没有赖着的理由了，所以她总会千方百计在我们宿舍订的外卖里多加一点料。这个秘密被拥有惊人占便宜嗅觉的八达侦破后，他毅然成为阿玲的第二块敲门砖。

能见到一灿，跟他随便说一两句话，看到他对自己笑一下，阿玲一整天的疲劳都会烟消云散。她离开的时候，碗是空的，内心却被幸福装得满满当当。

有时候阿玲和静静会在 415 不期而遇。女性对情敌的敏感是自然界最可怕的直觉之一。可想而知，当时的气氛有多尴尬。其实静静完全不必介意，一灿是不会对阿玲动心的。这跟阿玲的身份没关系，而是因为锅炉工一度挺喜欢她（虽然现在的锅炉工似乎更在意他的学生与学生家长）。当然反过来说，阿玲也不必介意，说到做到的一灿是不可能跟静静再续前缘的。

在周末回家时，以上都是常识。没想到等我重返 415，常识已经被洗干净拿去喂狗了。

05 记忆神偷

星期天的晚上，我回到学校，穿过操场返回宿舍区的路上，遇见了一灿和静静，他们正沿着长长的跑道散步。

“段段。”一灿对我打招呼。我一直很庆幸这个外号没有会让他念错的音。

我看见他俩十指紧扣，有些惊讶：“你们……”

“我们很好啊。”静静依偎着一灿，“对不对？”

一灿又冲我笑了笑，一种“就似酱”的意味。

“喔喔……那很好啊。我不当电灯泡了。”

我走开一段路，忍不住回头看他们，那副相亲相爱的模样十分自然，毫无PS痕迹。

回到415，锅炉工也已经回来了。装着全新换洗衣物的背包跟往常一样丢在床上，他正在跟大家聊天。

“喂，一灿跟静静和好了！”我宣布大新闻。

“卤煮请滚回火星。”大卫打了个哈欠。

“哎，你们都知道啊？”我感到无趣。

“喜欢八卦，怎能不长期驻守在前线？”烂操说。

“段段，他们不太对劲。”锅炉工说。

“什么不对劲？”我说，“金氏还是那么丰满，排长还是风烛残年，难道这些还不能满足你？”

“靠，你正经一点，我是说他们这里不对劲。”锅炉工指指太阳穴，“他们忘记那台电脑的事情了！”

我一惊，趴在床上看书的嬷嬷开口了：“你一来就说什么电脑电脑，到底什么东西丢了？”

“就……那个能操作记忆的电脑啊。”我说。

“那是什么？你新小说的梗？”金氏插嘴。

他们竟对那台电脑毫无概念，果然不正常！此时最自然的想法就是电脑被人盗走了，而那个人顺手洗去了大家关于它的记忆。那台电脑的能量是如此强大，指不定会被拿去干什么……想想我也不禁汗了。

“不过，”锅炉工从乐观的角度思考，“也许是电脑的原主人把它收回去了呢。

外星人、未来人、魔女、异次元怪客什么的……"

我点了点头，但很快又摇头。不对，如果是原主人拿走了那电脑，为什么一灿跟静静会和好？一灿之前说要消除静静有关他自己的记忆，事实证明他不但没有那么做，还大快朵颐地吃起了回头草。电脑没了，大家的相关记忆也没了……这一切，未免对静静太有利了吧？

"我跟你有危险！"听完我的分析，锅炉工大叫，"我们是唯二没被洗脑的啊！"

"得赶快防备才行！"我也如临大敌，"烂操，头盔借我！"

烂操有一个摩托头盔，那是去年圣诞他要送妹子的，可惜妹子被半路杀出的程咬金抢了，烂操只能把头盔抱回来自己玩。我假定那台电脑的工作原理是通过脑电波连接上每个人的大脑，那么把头部保护起来总是没错的。

"你有头盔，我呢？"锅炉工焦急地问。

我在屋子里搜索了一下，把一个偶尔会拿来煮东西的锅扣在他头上："大敌当前，你将就一下。"

锅炉工戴上锅子的表情无比悲壮。

我们做着这些事的时候，其他人都一副看智障的表情。可恶，烦恼去无踪的家伙可真轻松啊！

这时，静静和一灿散步回来了，依然是那副恩恩爱爱纤绳荡悠悠的模样，见到我们的造型，两人都笑了，一灿说："李萌债王森马（你们在玩什么）？"

"静静同学，聊两句？"我直奔主题。

"啊？……好。"静静说。

于是，把一灿赶进415，我和锅炉工把静静带到楼梯口开始审讯。路过的人看到我们就没有不喷的，你们千万别以为我顶着摩托头盔比锅炉工舒服，恰恰相反，穿着短袖短裤却扣一头盔要多傻有多傻，而且这里面还是棉的，绝对不如锅子凉快啊！

"电脑在你那里吗？"我开门见山。

"就是那台能操作记忆的电脑。"锅炉工说，"你不要狡辩了，你跟一灿怎么和好的？一定是你把他脑子里跟你分手的记忆都删掉了，你们变成没分手过。"

"我听不懂你们在说什么，科幻小说？"静静一脸的莫名其妙。

不过这样的负隅顽抗早在我们的意料之中，我严肃地说："你不肯承认没关系。我们可以去告诉一灿。篡改记忆不是那么容易的事情，只要仔细回想，肯定会发现漏洞。看那时一灿会怎么办。"

"……你这样威胁我是什么意思？我说不知道就是不知道。"静静咬着嘴唇。

“你继续嘴硬吧。”我耸耸肩，享受着恫吓的乐趣，“那台电脑要在一定距离内才能起作用，我们又保护好了脑袋，你拿我们没办法。而其他人被你消除的记忆，我们会用说的补回去，大家一起来判断。”

然后我和锅炉工默契地转身，要回 415。

“等一下。”静静叫住我们。呵呵呵赢了，胜利的快感油然而生……回头却撞见静静夺眶而出的眼泪。

“喂喂，有话好说。”锅炉工慌了。

“被一灿看到了我们都吃不了兜着走！”我说。

静静拿手帕捂住嘴巴，边哭边轻声说：“我也不想的……那天他来找我，说希望我能配合，让他把我们交往的记忆都删掉。”

我们很意外，想不到一灿居然还颁布犯罪预告，你是怪盗基德啊！但话说回来，这货虽然帅如人渣，但是跟每个女孩子的交往都秉承着好聚好散原则，而不是狼心狗肺用完即弃。因此他虽然万花丛中过，跟那些打一枪换一个地方的流氓还是有着本质区别。跟静静打商量什么的，很符合他光明磊落的作风。

但可想而知静静是不会干的，她反应很大。一灿当时平静地说：“里八愿意，偶民也八可棱户合。三掉记忆晃而似解脱（你不愿意，我们也不可能复合，删掉记忆反而是解脱）。”

静静哭了，她发自内心地感受到一灿真的不喜欢她了，她就在哭啊哭的过程中产生了主意。

“给我……”她向一灿伸出手，“不要你动手，我自己来……我自己给自己一个痛快。”

也许是静静的眼泪让一灿感到了内疚，也许仅仅是一灿小看了女孩子，他不虞有诈，把电脑递了上去……

“我先删掉了他关于那台电脑的记忆，这样一来他就不会要求我归还它。”静静说，“争取到了时间之后，我就开始删除我们当初的分手记忆，然后是最近我跟他求复合的记忆……我每删掉一些糟糕的记忆，我们的感情就会恢复一些……”

静静居然在那么短的时间内扭转了乾坤！即使是敌人，我和锅炉工也不得不佩服。

“你们宿舍其他人的记忆，是我后来躲在门外删掉的。因为时间段很集中，所以删起来很容易。”静静说，“我知道我这样做不对，但我太害怕失去一灿了……如果其他人告诉他电脑的事，他一定会猜到我做了些什么，那就又会讨厌我的，我只好想办法让他们闭嘴……”

“你玩弄他的记忆，让他跟你在一起，这样有意思吗？”锅炉工不解。

“我不是在玩弄他……他如果真的对我没感情，我不会胡编乱造。我只是觉得，我们走了一些弯路，而那本来可以避免的。其实仔细想想就会知道，快乐的记忆远比不快乐的多啊。删掉那些不快乐的记忆，是给大家一次从头再来的机会。”静静说着，头深深地低下去，“也请你们给我这个机会吧。如果这一次，我们又是分手收场，我也就认了。”

我和锅炉工面面相觑，不得不说……这简直是吃定我们嘛！换了铁石心肠的排长，肯定会一口拒绝，但我和锅炉工都是拿女孩子没辙的物种。所以我们才会是光棍啊！另外，我们本来也有些同情静静。

“那么……”半晌我说，“至少把电脑还给我们。”

静静露出不安的表情，我补充：“我不会对一灿做什么的。就按你说的办吧，但这电脑不是你的东西。”

“好的，我一定还你们。”静静破涕为笑，“但再等两天好不好？现在一灿的记忆虽然被修改成从未和我分开，可是我们毕竟有几个月的空白期，我希望能掩饰一下。我发誓绝对不会乱来！”

我们达成了共识，回到宿舍。烂操怪声怪调地说：“你们跟别人的女朋友有什么那么好聊的哦？”被我摘下头盔砸过去。

而我们后来才知道，当天晚上，阿玲给我们楼上的某间女生宿舍送外卖，下楼的时候，撞见了我们仨的谈话。那些正常人听也听不懂的内容，全被她凭借毅力消化了个一干二净。

06 一个脑残粉，抵过十个黑

我们愿意给静静机会，不代表阿玲也愿意。

阿玲在第二天找上了静静，挑上她独自一人的时候。静静看到阿玲的第一反应是皱眉，她不喜欢甚至是看不起这个女孩。

“我、我有话跟你说。”阿玲说。

“我们很熟么？”静静显然没有兴趣。

“你、你用那种手段对待一灿同学，我觉得不好。”阿玲小心翼翼地说，“对不起，我听了你们的话。”

静静一惊，看阿玲的眼光变成了赤裸裸的厌恶，她嘲讽道：“什么好不好的，你只是在不爽你的王子被人抢走吧。”

阿玲涨红了脸：“我觉得，你没有权利那么做，应该让他自己做决定。”

“要你多管闲事！”

“我是想跟你商量，才没有直接去告诉他的……”

静静吃惊地看着阿玲。这其实是一句婉转的威胁，没想到这个一脸逆来顺受的女孩也能绵里藏针，但她还是无所谓地一挥手：“去说啊，看他信不信。”

说罢，静静将无所谓进行到底，大步流星地离去。毫无疑问这时的她，已经决定了要给碍事的情敌洗脑。

“你等一下，我还没说完呢……”阿玲想追。

一阵喇叭绊住了她的步伐，透过栏杆，她看到一辆停在校外的跑车。驾驶座上的光饼把蛤蟆镜摘下来，故作酷帅狂霸跩地甩甩额头的“斧子”，问：“你在跟我马子吵什么？”

阿玲不认识光饼：“马子？”

“废话，不然她还是那个一灿的？！”

阿玲立刻对光饼产生了亲切感，他们是盟友啊，拆 CP 的盟友！比起被女孩子哭两声就找不着北的我和锅炉工，光饼显然可信赖得多。

“静静那么激动还真少见，你怎么惹她了？”光饼感兴趣地问。

阿玲犹豫着该不该说。

“告诉我吧。跟她和那个小白脸又在一起了有关系吗？”

光饼对一灿的蔑称让阿玲反感，但是“在一起”三个字又带给她很大刺激，沉思片刻，她嗫嚅道：“什么在一起，都是假的……”

静静几乎是跑回宿舍的，她真的相信阿玲会去打小报告，大家都是女生啊，为了真爱什么都做得出来。她自己就是活生生的例子。静静决定了，越快把阿玲洗脑越好！

静静把那台电脑藏在储物柜里，她小心地拿出来，装进一个大一点儿的包里，她要找一个合适的、能接近阿玲又不会被发现的距离，施行她的计划。

结果静静走出宿舍区时，惊讶地看到光饼的车横亘在门口，保安正在车旁嚷嚷：“请你出去！车子是不能开进学校里的！”

“达令，上车。”光饼微笑着打开一边车门。

“神经病！”静静想绕过去。

光饼忽然伸手扯住她的包：“这么会儿工夫就换了一个包啊，比刚才的大，里面装了什么？”

“放手！你想干什么？！”发觉了光饼是有备而来，静静吓得变声了。

“反了反了，光天化日强抢民女，还有王法吗？！”保安发出威严的怒喝，围观群众也多了起来。光饼就在众目睽睽之下，扯断了静静那个包的带子，将门砰地关上。

“还给我！还给我！”静静疯狂敲打车窗。眼看着光饼面带微笑取出了那台电脑。灵活的手指一下子点开了N个人的记忆，然后像玩水果忍者那样大刀阔斧地削、削、削！

静静看到，围着光饼的人脸上纷纷露出茫然的神情，像是忽然忘记了自己在做什么，忽然不知道自己身在何处，忽然连自己是谁都不记得了……

当静静意识到当务之急不是追讨失物而是逃跑时，已经来不及了……

07 反人类分子415清剿战役

大量的记忆忽然涌进我的脑海，让我知道了上面发生的那些由静静、阿玲和光饼领衔主演的闹剧，清晰得就好像我亲眼看见一样。

“喂喂，我忽然想起一件事。”排长说。

“我也是，跟静静有关的。”老蜗看一灿。

一灿眉头深锁，满满的全是不解。

他们不解是正常的，他们已经失去了关于那台电脑的记忆，但我和锅炉工的记忆是完整的，我们交换视线，恐慌油然而生。

这种“突然想起一件事”的感受，我们并不陌生，之前嬷嬷不是也曾经让阿童木“突然想起”他跟老排的露水姻缘吗？很明显，有人给我们植入了记忆！

那还能是谁？根据那段记忆所呈现的，必然是光饼没跑啊！我甚至知道他是怎么办到的：只需要把他和静静的记忆稍做加工，复制进我们每个人的“日记”里，就可以让我们共享他夺得神器的经过——而他为什么这么做也再清楚不过了，他是在给我们下战书啊！

我和锅炉工不约而同地把摩托头盔和锅子罩到头上，然后冲出415——果然，光饼就在门外，捧着电脑吹着泡泡。

“不用那么大惊小怪，”他笑着说，“我没打算改掉你们的记忆呢。”

“没有才怪！”我和锅炉工不确定装备能否发挥作用，所以还是跟他保持着一段距离，“快把电脑还来！”

“真心没有。”光饼诚恳地说，“因为玩你们的方法明明有那么多呀。”

话音未落，传来了坦克般的脚步声，住我们楼上的女生浩浩荡荡地杀来了！为首的武则天脸色铁青。

“阿天，怎么啦？”容嬷嬷迅速出门接客。“啪！”他吃了狠狠一个耳光。

“415 你们这群臭流氓！”武则天破口大骂，“你们要不要脸？居然做出这种事情！”

415 集体吃惊：“我们做了什么？”

“那种不要脸的事还要我们重复？！”女生们七嘴八舌讨伐，我看到小苹果梨花带雨，一脸的难以置信与肝肠寸断；还有眼镜娘面罩寒霜，一脸划清界限的坚决。

不用问，准是光饼给她们植入了很不堪的记忆啊！到底是什么？偷情？偷内衣？偷窥女浴室？……光是想象我都快把自己吓尿了！光饼说得没错，这的确是全新玩法，太狠了！

一波未平一波又起，接着找上门的是学长大军。

“这里有没一个叫什么灿的？！”某满脸横肉君问。

“……系偶（是我）。”一灿迟疑着举手。

“让你抢我马子！”横肉君像饿虎一样怒吼着扑了上来，迅速被另一个人拦住：“慢着！”我们还以为来了个主持正义的，结果他痛心疾首地拿出一把刀，“跟我约好一毕业就结婚的女朋友被这家伙玩到堕胎，我不阉掉他誓不为人！”

“负心汉！我要杀掉你再自杀！”许多妹子对一灿发出这样的哭喊，其中还夹杂着几个男的是怎样！

“拧紧点！鸡里面鸭定有舞会（冷静点！这里一定有误会）！”百口难辩的一灿，普通话越发离谱，让人听了更加火大。

一灿不用说是光饼的重点报复对象了，但我们也绝不好受。天知道光饼篡改了多少人的记忆，就为了让 415 成为人人喊打的众矢之的！

“我当上班长是凭实力，你怎能到处造谣说我操作了选票？”被触动逆鳞的岩班长对金氏破口大骂。

“做人要有分寸，把我的资料公布到同性恋网站，你良心何在？”阿童木怒视排长，眼眶含泪。

“你敢再跟人说春菜跟你睡过？！”暴怒的小猫将我举到了半空中……

操作记忆能做到这种地步，是我怎么也想象不到的。但如果那些子虚乌有的事可以真实得仿佛刚刚发生，怎么可能控制得住情绪？如果光饼给我植入一个小猫欺负春菜的记忆，我绝对也会去找他算账。

我们被堵在宿舍里接受各种批斗与私刑，狂热的气氛一度让我错觉自己面对的是豺狼虎豹，但即使是这样，我也能清晰地捕捉到光饼扬眉吐气的笑声。

……

那真是一段噩梦般的时光，当众人发泄痛快离去后，415犹如台风过境一般，满地杯盘狼藉，人人鼻青脸肿。这还没完，经过415的人都在指指点点，议论着我们这群应该拉去游街的人。

“谁能告诉我……”烂操一脸憔悴地靠着墙壁，歪着头，“到底发生了什么事……”

08 下限破表倒计时

我和锅炉工无精打采地把事情的始末大致说了一遍，包括他们被删除的、关于那台神器的记忆。大家先是震惊，然后震怒，最后纷纷产生了世界末日的震撼。

宿舍电话响了，我接起来，听见了辅导员百年不遇的声音，大意是鉴于我们犯下各种滔天大罪，处分是绝对逃不掉的了，现在校领导们正在研究是留校察看还是集体劝退……挂了电话我整个人都在抖，这就是光饼的目的吧，他曾被我们害得在这个学校待不下去，现在也要让我们尝尝这个滋味！

“怎么办，要不去跟他求饶算了……”肉最多却最没骨气的金氏用哭腔提议。

“不如跟他同归于尽算了。”老蜗凝视着天花板，说出看破红尘的危险台词。

电话又响了，这次是一灿的手机。

“嗨，415的朋友们，都还好吗？”

免提传出光饼的怪声怪调，我们集体炸毛，恨不能把手机揍一顿。

“里债喇里（你在哪里）？”一灿仿佛在念一句神秘的咒语。

“你们出来就能看到我咯。”

一灿慢慢地走出门，我们也跟了出去。因为之前造成的骚动，从不同方向眺望415的人真的太多。上下前后左右，目光要么警惕要么不屑要么仇恨，天知道我们有多不受欢迎。而光饼领着静静，站在我们的对面楼，犹如无辜的围观分子。他一只手拿着手机，另一只手端着那台电脑！我们立刻眼红得像饿狼。

“冷静，别冲动哈。”光饼邪恶地笑着，“你们看，周围这么多人，我动动手指就能让你们死得很难看。”

“里又整样（你要怎样）？”一灿冷静地问。

“我想告诉你们，谁欠了我，我都会讨回来。”光饼边说，边瞥了身边的静静一眼，很显然静静的记忆已经被修改过，她对光饼笑了笑，不带任何反感。

“里又整样（你要怎样）？”一灿还是那句话。

“想我放过你们也行。你们现在立刻扒光，绕学校裸奔一圈！十个人，一个也不能少。否则你们就等着被退学吧！”

光饼的恶毒通牒清晰地传进我们每个人耳里，烂操气疯了：“做梦去吧！老子宁可退学！”

“简直是丧心病狂，欺人太甚！”大卫愤怒地一抽皮带，牛仔裤哧溜滑落。

“喂！你说的跟做的完全不一致啊！”我大叫。

“我，我只是条件反射……”裸睡狂魔这才恍然大悟。

我们进行着激烈的心理斗争，虽然这个大学我们上跟没上一个样，但除了老蜗、烂操和排长，其他人还真没办法视文凭如浮云，但那就可以不要名为廉耻的文凭吗？我们好痛苦啊！

一灿把电话挂了，然后他踱进卫生间，把头伸到水龙头下面冲了冲，一脸湿答答地出来。虽然之前被各种不明人士揍得满脸伤，但不知为什么，那非但无损他的英俊，反而更添风采。

在一阵的窃窃私语中，一灿从容地按着手机键。不一会儿，站在光饼旁边的静静察觉到口袋有动静，疑惑地掏出手机，听见一灿说：“喂。”

“你怎么有我电话？”静静望着对面楼冲她轻轻挥手的一灿，十分惊讶。

“偶喜翻里，跟偶交碗吧（我喜欢你，跟我交往吧）。”

“……”

“班偶八里前愣辣台电老丢下去，辙嫩偶户（帮我把你前任那台电脑丢下去，责任我负）。”

一灿说完，微笑地凝视着静静，从口袋里拿出了烟和打火机。而对面，光饼大惑不解地问静静：“他刚才给你打电话了？他为什么会给你打电话？他跟你讲了什么？喂，回答我！……”

静静呆了一会儿，出其不意地抢过光饼的电脑，跟丢铁饼一样朝着外边一抡——电脑爆炸的声音在楼下响起时，一灿深深地吸了一口烟。

“偶泡溜的死后，里还债王脐带咧（我泡妞的时候，你还在玩脐带呢）。”他冷笑着，把烟雾缓缓吐出。

而我们九个人第一时间冲出宿舍，守住所有光饼可能逃窜的要道，留校察看或者强制退学，来就来吧！不过，原因必须是我们把光饼打得不成人形！

没发生的和还没发生的

甲A级战犯光饼，眼见大势已去，所有嚣张气焰全都转换成了逃跑时的速度值，但是得到愤怒补魔的我们，动作远比他更快，赶在他远走高飞前把他押回了415。拉上窗帘，关起门窗，音乐放到最大声……别担心，太过人渣的报复行为，我们也做不出。我们仅仅是把光饼往死里打了一顿之后扒得一丝不挂，然后一脚踢出门去任其自生自灭。

保守估计，这次光饼至少得离开这座城市才能重启他的人生了。因为大恶棍烂操与排长还把他那跑车的车窗全砸了，好让更多人可以认识这个喜欢全裸兜风的大变态。

一灿成了最大的功臣。根据他的说法，他当时只想要毁掉那台电脑，好让光饼不再那么有恃无恐。至于电脑报销，之前记忆曾遭篡改的人就会被“系统还原至初始状态”，则是谁都没想到的意外之喜了。

415不再是人渣集中营，光饼灌输给同学们的杀人放火记忆也不翼而飞，我们再也不用担心走在街上会被人泼粪了。但相应的，讨伐大军也把洗脑状态下干过的事忘光光了，想找他们要点医药费都没办法。不过，当武则天不再对嬷嬷扇耳光，当小苹果不再嘤嘤嘤指责我们臭不要脸，当我不必再背负抹黑春菜清白的罪名……我们其实已经知足了。

静静也忘记了曾经再次被一灿告白。目前的她，仍跟那台电脑出现前一样，兢兢业业地跟一灿求复合。有时候还会遇见阿玲，两人之间的敌意依然在，但是经过这场风波，多少都有些不动声色，互动方向开始往尔虞我诈的宫斗戏发展。

“你怎么就敢确定当时静静一定会把光饼卖了？”我问一灿。

“是不是你觉得，就算记忆能删掉，但静静的爱已成了本能，是删不掉的？”嬷嬷动情地问。

“你是觉得凭自己的美貌，不管她忘了多少次都还会重新迷上你吧？”排长说。

一灿潇洒抽烟，笑而不语。谁也不知道他的真实想法。他仍然没有跟静静再续前缘的义务，至于他跟阿玲是否会有在一起的未来，我们期待着，有一天可以亲眼见证。

封印相机事件

chapter 5

一同租房的室友除了大叔，还有一个画家、一个眼镜男以及一个卷毛男。其中卷毛开淘宝店，经常要用数码相机给商品拍照。

“你技术不错嘛。”我欣赏完卷毛的照片夸赞道。

“还好啦。拍得多了，熟能生巧。”卷毛谦虚。

“来，让我看看你最得意的作品。”

“不太方便呢。”

“为什么？”

“这么说吧，如果哪天那些照片流传了出去，我就要被警察叔叔请去喝茶了。”

……到底是什么照片啊？超在意的！而且为什么它们会是你的代表作啊？

01 寻苹果启事

夜已经深了，415 宿舍进入了睡觉倒计时。

“大卫，今晚你又要裸睡吗？”锅炉工问。

“是的。”大卫骄傲地一抬下巴。这货裸睡多年，刚认识他时还比较收敛，熄灯后盖上被子才偷偷将自己扒光，第二天醒来再将卸下的装备悄悄穿戴上，方才爬出被窝。为了不被我们嘲笑，他付出了多大心思呀。可是随着大家越来越熟，他现在宽衣解带完全不避讳的，排长不止一次怒斥大卫闪瞎了他的老花眼。

“那么就给我们来一段脱衣舞吧！”我提议。

“哥已收山多年，本该心如止水，念在大家室友一场，就破例表演一次吧。”

大卫将食指在唇边轻轻摇晃，眼神魅惑迷离，轻轻扭动起曼妙的腰肢……

就在素有“大学里的疯人院”之称的 415 又将上演一例变态日常时，门忽然被踹开了，风风火火闯九州的武则天险些将大卫吓出排泄障碍。

“你你你有没搞错！”大卫捂住羞处，语无伦次。

武则天看都不看他（这种目中无人深深刺伤了大卫，使得他的羞耻心迅速转变为一种不甘），劈头就问我们：“看到果果没？”

“果果”就是小苹果，受欢迎指数在全校都名列前茅的妹子。谈不上貌若天仙，红扑扑的圆脸和乖巧的萝莉气质还是萌杀一片，每次出场都自带 BGM：“你不要这样地看着我，我的脸会变成红苹果……”其粉丝自称“苹果汁”，粉丝数量急剧膨胀，小苹果跟花美男一灿，并称我系两大镇山之宝。

415 的“苹果汁”除了明目张胆的烂操和大卫，还有低调的八达与老蜗。大卫立刻问：“小苹果怎么了？”

“失踪了！”武则天一挥手，这货虽然五大三粗，对闺密却心细如尘，“下午起就不见她人，吃晚饭了也没回，要睡觉了也没回，给她短信电话都没回！”

我们学校自由到逆天，夜不归宿的红男绿女一抓一大把，但乖乖女小苹果也会来这一套？一灿理智地分析道：“口棱肥家去了，兰后叟机甘好没电佛丢了（可能回家去了，然后手机刚好没电或丢了）。”

“回家怎么也不说一声？”武则天嘀咕。

“你是她妈喔？”排长嘲笑武则天的大惊小怪。

“好了好了。”容嬷嬷忙打圆场，“我理解你的心情，但小苹果不是孩子啦，别太担心了。”

武则天瞪了排长一眼，不爽地走了。

于是这个插曲就结束了，我们催促大卫继续表演。大卫虽然有些在意小苹果的下落，但还是非常专业地翩翩起舞……

415 的人民一般在一点左右入睡，因为熄灯后总还要扯淡一番的。当然，游戏狂老蜗不受时间限制，他会一直玩到太阳出来才瞑目。

我进入梦乡没一会儿，听到谁从床上弹了起来，脆弱的床板嗡嗡作响，然后那人的脑袋撞到了天花板。“哎哟！”这动静把睡下的人都给吵醒了。排长当场发飙：“八达！就算梦到毛爷爷也不要太激动！”

只见 415 的头号穷逼八达穿着一条裤衩站在床上，一手搓着头上的包，一手拿着一部数码相机。

哎，这人不是在睡觉吗？怎么拿个相机？他是在被窝里摆弄相机吗？那是要拍什么喔？忽然感到了变态的节奏！不对，这之前最大的疑问是：他哪来的相机？

“小苹果！小苹果！”八达大叫。

“冷静点！我也很担心她！”大卫说。

“小苹果在相机里！”

02 快到我相机里来！

八达是在下班路上捡到那台数码相机的。

在肯德基打工之后，八达的经济状况已经改善不少，但一身浓墨重彩的穷酸色还是舍不得褪去。比如他还是以泡面为主食，我们看了劝道：“你现在完全可以奢侈一点啊！”八达闻言一咬牙：“就听你们的吧！”

于是他往泡面里多加了一点开水。

等等……这是什么奢侈的方式啊喂！

这样的八达当然还是很喜欢占小便宜的，所以当他穿过学校的小花园发现草丛里躺着个疑似相机的东西时，他立刻以迅雷不及掩耳的速度将它抄入怀中，完全没有想过胸前飘动着的鲜艳的红领巾。

八达也知道自己这样很可耻，所以他谁都不告诉，夜深人静闷在被窝里研究那相机。他不知道这相机什么牌子，只是欣喜地发现它是能用的：按下某个按钮后屏幕就亮了！然后，他就看到了小苹果。

“八达，人类之中你也算最不要脸了。”听完这个视节操如粪土的故事，容嬷嬷痛心疾首。

“但是小苹果在相机里是什么意思？”烂操问。

“你们自己看吧。”八达递上那貌不惊人的相机。视窗上显示的人正是小苹果。

她正冲我们手舞足蹈！画面上还有小字浮现！

这是什么情况？这不是照片是视频？数码相机的确也是可以录像的，但没听说过还能配字幕啊！

“那些字写的什么？看不清楚。”排长眯着眼说。

“接到电脑上放大了看！”老蜗说。

锅炉工找来数据线，把相机跟老蜗的笔记本连接在一起。本来我们是想把照片复制到硬盘里的，但不知为什么执行这个操作后，相机里的照片就不见了。“复制”

变成了“剪切”。

但我们总算可以用较大屏幕看小苹果的音容笑貌了。的确是她，那饱满红润的苹果脸令人恨不能生啃。我们也看清那“字幕”了，写的赫然是：

“放我出去！”

“讨厌！”胆小的容嬷嬷一声娇喘，“是谁做出这样的恶作剧！”

没想到照片上的字立刻变了，配合小苹果的挥手，新的字幕是：“不是恶作剧，是我啊！”

此刻我们的感觉就像是在聊 QQ 视频。老蜗按动鼠标，查看这张照片到底是什么格式。结果发现完全陌生，既不属于图片，也不属于影音。

“这该不会是真的小苹果吧？”烂操说。

“你怎么会变成 2D 的啊？”大卫捧着电脑激动。

小苹果的回答照例以字幕浮现，我们于是了解到一个并不复杂的前因——小苹果一直想买一台数码相机，但是资金有限，只好整天在淘宝上寻寻觅觅，看能不能找到物美又价廉的机型。这天，一部便宜得难以置信的相机就像自己跳出来一样，进入了她的眼帘。

牌子不详，外观土气，甚至没有像素之类最基本的介绍，但不知为什么，小苹果一看就挪不开眼了。她鬼使神差地拍下、打款。据她说后来再想点那个页面，却找不到了。

然后就在今天下午，相机送到了。虽然购物的过程很神秘，但这毕竟是属于她的相机呀，小苹果很开心，从快递员手里接过相机就径直去了花园，各种试拍。正值夏天，花草树木都鲜翠得很，相机的效果意外的好，小苹果拍得不亦乐乎。

然后，她又像是一切相机在手的少女那样，对自己使用了自拍功能……

“接着我就什么都不知道了。”照片上的小苹果哭丧着脸，“我醒过来时，发现自己被关在一个黑漆漆的地方，什么都看不见，走多远也到不了头，我大声叫也没人能听见……”

我们面面相觑，烂操一马当先地说：“你有没有听说过，以前的人很害怕拍照？”

“好像有。”小苹果可怜巴巴地回答。

“没文化的人觉得，拍照会让他们失去灵魂。”烂操在心上人面前尽情地卖弄学问，“但，也许那并不是一种迷信，而是真的有一种奇特的相机，能够把拍摄对象吸进去……就像《西游记》里可以收妖的葫芦。”

“可以收腰的葫芦？”金氏眼睛一亮。

“滚！我是说妖怪的妖！”烂操说。

“我又不是妖怪……”小苹果瘪了嘴。

“可是你的萌分明是妖精等级的呀！”烂操深情拍马，“那么为了证实我的推论，我们来做个实验……”

烂操刚拿起相机，415里就一片兵荒马乱，一灿直接砸了个枕头过去：“表用妓己淫捉席卬，换八粗来肿摸办（不要用自己人做实验，放不出来怎么办）！”

“先想办法把我救出去吧。”小苹果哀求。

大卫早就不甘心烂操专美于前了，他抢过相机，仔细研究起来。

相机的设定并不复杂，可是细细摸索一遍，也没发现能把2D的人变回3D的机关。

“难道我以后只能是一张照片了？”小苹果绝望道。

“不会的，我们一定会帮你！”苹果汁们异口同声。

金氏没心没肺地打了个巨型哈欠：“要帮也等睡醒以后吧，都这么晚了……”

“胖子闭嘴！”“同情心被猪吃了！”“同学有难，你还睡得着？”“从今晚起你睡厕所吧！”……苹果汁们立刻一通狂风暴雨地唾骂。红颜祸水果然是真理啊！面对无情的基友，金氏含泪收声。

但小苹果的可爱之处在于即使到了这种时候也不愿给别人添麻烦，她忙说：“现在是太晚了……你们先睡吧，有精神才好想办法。”

这么深明大义的妹子哪里找！苹果汁们感动不已。

“你从照片里看我们是什么感觉？”八达问。

“就像黑暗里打开了一扇窗，你们在窗里。”

“哦，那我今晚通宵开机，你不用再怕黑了。”老蜗说。他的承诺代表着将放弃长达一晚的游戏权，因为不能让游戏界面挡到小苹果啊。对老蜗来说，这真是个情比金坚的决定。

“谢谢。那，可以不把屏幕对着你们的床吗？我不知道眼睛往哪里放……”小苹果要求。

“当然没问题！”

于是老蜗调整了笔记本电脑的角度，让小苹果可以通宵饱览男生宿舍的天花板。

万事俱备后，我们跟小苹果互道晚安，各自上床。

我们犯了个致命的错误。

那时已经入夏了。因为老蜗会通宵游戏兼守夜，415的门晚上都不关的，直接开着通风。如今老蜗没在玩游戏，我们却不记得将虚掩的门关严实。

第二天早上我们醒来，老蜗的笔记本不翼而飞。

03 思春期并不可耻

从这里开始的剧情，全都根据小苹果后来的口供进行的整理。为了方便大家阅读，我贴心地处理成了她的视角。不用谢了，真的不用谢了。

根据小苹果的说法，虽然老蜗承诺通宵开机，但大概半小时后，她的眼前还是蒙上了一层黑布。电脑开在那里一阵子后是会自动转入休眠模式的，这一黑屏，小苹果又什么都看不到了。而那时，我们都睡了。

小苹果本以为，等天一亮，她就又能拥抱光明，没想到一等就等了 N 久。

重见天日时，小苹果看到了一张陌生的脸。是一个年轻的男孩子，瘦瘦的，上唇还有几根茸毛，目测十七八岁。他凝视小苹果的目光充满好奇。

小苹果本来是百无聊赖地躺在黑暗中的，这会儿赶紧爬起来，大叫："谢天谢地！"

于是男孩就看到，照片上那个苹果脸的睡美人突然动了，头顶还浮现出了四个字……"哦，GIF（动态图片）。"男孩说。

"我不是 GIF，我是人！"小苹果条件反射地说。

男孩一愣。

"我真的是人。我是被封在这个照片里的啊！"

这下男孩真吃惊了，很明显这个 GIF 在跟他讲话啊！你家的 GIF 会讲话？

"那个……请问你是谁呢？ 415 的人呢？"小苹果这时才想起要问。

男孩却无视了她的问题，他激动地说："天啊！你居然是活的！"

"请你告诉我我在哪里……"。

"你在我家。我叫……叫我毛拉吧。"男孩说。

"毛拉，你认识 415 的人吗？我是说黄 ××、卓 ××、陈 ×、金 ×……"小苹果把我们十个人的真名念了一遍。为了保护当事人隐私与萌感，这段话经过了打码。

毛拉摇摇头："一个都不认识。"

"那你知不知道 ×× 学院？ ×× 校区的那个。"

"哦，听说过，离这里很远。"

"什么？那……我现在是在你的电脑里吗？"

"这个电脑是我刚买的，二手货。"毛拉说，"系统重装过，干干净净。但桌面有一张照片，打开来就看到你了。”

“二手货？”小苹果的胸并不很大，所以她拥有一定的智慧。她迅速判断：老蜗的笔记本被人偷了，然后卖给了毛拉！对方重装了系统才转手，可不知为什么，小苹果的照片没删掉——又或许是删不掉？

“喂，你怎么会变成这样的？”毛拉感兴趣地问。

小苹果在无奈之下如此如此这般这般了一番。

“碉堡了啊！”毛拉拍桌，“要不是亲眼看见，打死我都不相信！”

“你能不能送我回去？我的朋友们会想办法让我复原的。”小苹果眨巴着水汪汪的大眼睛问。

毛拉显得有些犹豫。

“你买这台电脑的钱，我付给你。”小苹果忙说。

“不是说那个。”毛拉改变了一下屏幕的朝向，让小苹果可以看见窗外的黑暗，“现在天都黑了。我今年高三，爸妈不会让我这个时候出门的。”

小苹果自己也是高考的遗腹子，当然理解毛拉的处境，她叹了口气。

这时房间的门被“砰砰砰”地敲响了。毛拉吓得一个激灵，飞速将小苹果连本子一起塞到床下。

小苹果听见开门的声音，然后一个浑厚的男低音在问：“阿毛，有没有在复习？”

“有啦。”毛拉不耐烦。

“复习为什么要锁门？”

“为什么不能锁门？”

“别骗我了！像你这种思春期少年，锁门后会做的事情只有一件！”

“……靠，你凭什么擅自决定啊！”

“当年你老爸我也是这样的。”

“滚！”

毛拉的爸爸才走开，妈妈来敲门了。

“阿毛，有什么烦恼都可以跟妈说。”

“我有什么烦恼！”

“最近你成绩又退步了，这是思春期烦恼少年的典型症状。”

“想多了吧，我比较笨而已。”

“不，阿毛，不要看不起自己！你不比别人笨，你不能专心，只是因为正值思春期！”

“……有完没完啊！出去啦！”

终于安静下来后，毛拉从床底下摸出本子，看到小苹果一脸的忍俊不禁。

“你还笑得出来啊。”毛拉没好气。

“对不起……你爸爸妈妈好可爱。”

“神经病吧他们！”

“别这么说，他们是在用开玩笑的方式对你表示支持呢。”

门外又传来了爸爸妈妈联袂发出的叫声：“阿毛啊！思春期并不可耻！”

“这样你还觉得他们在开玩笑？”毛拉嘴角抽搐，“这俩人怎么就不能接受我不是读书的料，非得往什么思春期上扯！烦死人。”

小苹果看毛拉挺浮躁，不出声了。

“不该跟你发飙的。”毛拉苦笑着一挥手，“但是吧，高三地狱，你懂的。读书读得很想死，偏偏我爸妈期望又那么高。我的手机电脑都被他们没收了，我没办法才去弄了个二手的来。”

“没事，我也是过来人啦……”小苹果嚅嚅地说，“对了，我教你念书吧。”

“你？”

“我是高考发挥失常了，才沦落到现在这所学校的。”小苹果吐吐舌头，“所以你们现在的功课，我应该还应付得来。”

“你想讨好我，然后让我送你回去吧？”毛拉问。

“不是，我是想说反正现在也做不了别的……”小苹果的脸一下子红了，“当……当然，等你方便的时候，我还是希望你能帮我……”

毛拉盯着小苹果看了几秒，摊开一本习题集，指着上面的一道题问：“这个怎么做？”

04 人不中二枉少年

小苹果几乎跟毛拉聊了一整夜。

因为成绩不好，性格又中二，毛拉不管在家还是在学校都过得不爽，小苹果似乎是他难得的倾诉对象。了解到这一点后，小苹果既当爹又当妈……不，既当家庭教师又当知心姐姐，对毛拉又是教导又是开导。

天亮的时候，小苹果叫醒了趴在桌子上睡着的毛拉，热切地问：“今天你可以送我回去吗？”

“呃……”毛拉擦擦嘴角的口水，“我恐怕要先去学校。”

这要换了武则天，保准颐指气使地吼道：“老娘让你送，你照办就对了。哪儿恁多废话找打是吧？！”但小苹果却是个懂得为人着想的弱气受，她不知所措了。

“行了，没说不帮你。我带你去学校，找到机会就溜。”毛拉又说。

小苹果感激地连连点头。

毛拉找出个U盘，把小苹果转移了进去。跟之前一样，明明是执行复制操作，却成了剪切效果。看来，困住小苹果的“照片”客观上不允许存在两张。

小苹果后来跟我们形容过她进入不同载体的感受：“那照片就好像一个箱子，我在那里面，被搬上了不同的交通工具，会很明显感受到移动和震动。照片没被放大成全屏的时候，箱子里就黑漆漆的。一旦放大了，箱子就像是打开了……”

U盘是不能直接读取的，小苹果待在里面的时候就像坐牢。好在昨晚睡眠不足，她就闭上眼睛打盹。数个小时匆匆而过。

睡足了脑子就是好使。当小苹果醒来的时候，灵感也来了：她想到了一个回去的办法！

“箱子”也在这时打开了。她又看到了毛拉。

“你好，现在几点？”小苹果问。

“下午四点。”毛拉说。

“你在学校？”小苹果看他身后的背景。

“没。烦死了，就出来透个气。”毛拉脸色不太好，“我在网吧。”

“网吧让你进来？”乖乖女小苹果的网吧常识是“未成年人与狗不得入内”。

“老板是我哥们儿，我每次来都直接进里间。”毛拉有点得意。

小苹果不明白毛拉横竖旷课了为什么不送她回去而是来上网，“对了，送我回去的事……”

“我记得，别催！”毛拉打断，“早上王八蛋老师找我谈话了，我上次的模拟考又砸了，她说要找我爸妈谈谈。你知道我多烦吗？我就想找个地方安静会儿，完了再处理你的事！不会不让你走好不好！”

“我我我不是那个意思！”小苹果赶紧分辩，“我是忽然想到，其实可以不用麻烦你的，我告诉你我朋友的号码，你打过去让他们来接我就好了啊……”

毛拉跟小苹果大眼瞪小眼，内心被“对喔！还有这么简单的一招！”的OS疯狂刷屏。

“这样可以吧？你只要帮我打个电话……”

“跟我在一起果然很无聊吧？”

毛拉冷不丁冒出这一句，小苹果一呆。

“很讨厌吧？很恶心吧？一秒都不愿意多待吧？等不及要走了吧？”

毛拉这一连串问题把小苹果问蒙了，她甚至产生了一种伤害了少年的罪恶感，连忙说：“不是你想的那样……”

“砰！”毛拉用力敲了一下电脑桌，键盘鼠标都可怜地颤抖着。这人的一举一动既狂躁又中二，让人忍不住脑补好多讯息：

寂寞的忧郁少年害怕失去好不容易得到的友谊而歇斯底里；

玻璃心的自卑少年因为觉得自己被人看不起了而恼羞成怒；

沉迷监禁 Play 的变态少年眼见玩具竟想逃跑而怒不可遏……

真相到底如何？敬请收看《走进科学》！

最后改变这种尴尬气氛的是开门声，小苹果看到毛拉脸上猛然划过惊恐，他慌慌张张地转过身，拿背挡住显示器。

透过缝隙，小苹果看到三个文刺青的人走进了房间。毛拉的态度一百八十度转弯，他有些点头哈腰地说：“大家好，刀哥好。”

为首的壮男剃着板寸，左胳膊上文着一把刀，看起来很有老大风范，他对毛拉抬抬下巴，就算回答了。

“今天没课？”一个发型完美诠释了“洗剪吹”三个字的青年问。

“有。太他妈操蛋，我就全翘了。”毛拉说。

“哈，就跟你说那些破书有啥好读，没个鸟用！”一个挺着啤酒肚的胖子递给毛拉一根烟。毛拉接过，娴熟地点燃，吸了一口。

小苹果震惊地看着毛拉如此老练地跟这些社会青年打成一片，仿佛原本就是他们中的一员——甚至都可以不要仿佛！

“上次那本子怎么样？”刀叔问。

“很好用，谢谢刀哥。”毛拉说。

“谢我干吗？你自己的劳动成果嘛。我早就说你没必要读书，跟我们混比较有前途。”刀哥哈哈大笑。

他们的对话信息量太大，小苹果几乎消化不过来。

“你刚才在干吗？”啤酒肚淫笑着，“思春期少年，果然是在朝拜苍老师吧？”

“靠，去你的。”毛拉强颜欢笑。

“别害羞啊，让身经百战的哥鉴赏一下你的品位。”啤酒肚来劲了，将挡住电脑的毛拉一把拉开。

占据了整个显示屏的小苹果暴露无遗。

“这个女优叫什么？”啤酒肚眯起眼说。

“就说不是你想的那样啦！这是我……我姐的照片。”毛拉说着就想把小苹果缩小。

“刀哥给了你这里的钥匙，你却用来欣赏你姐？”冼剪吹用“黑夜给了我黑色的眼睛”的句式起哄，“你小子意外的很重口呢！”

刀哥叼着烟凑过来了，他凝视小苹果。

小苹果已经吓坏了，她当然知道被这些人知道自己的秘密有什么后果，她努力伪装成一张照片，动也不动，却管不住额上的汗。

“你姐的照片……”刀哥眯起眼，“在出汗？”

“因为这是动态图啊！”毛拉方寸大乱，甚至极不高明地使出转移话题大法，“对了，咱们去打桌球吧！一局一百怎么样？”

“嘿！”刀哥却忽然冲显示器一吼，小苹果吓得表情整个崩了，照片上还出现一个大大的“啊”字。

冼剪吹和啤酒肚双双吃惊，刀哥又惊又喜地问毛拉：“喂，这是怎么回事？这照片是活的！”

“我不知道……”毛拉本能地说。

刀哥的表情一下子变了，他不客气地推了毛拉一下：“你当我傻的？你刚才明明在袒护她！”

前一秒还亲亲热热称兄道弟，这会儿立马阶级分明尊卑有别了，毛拉一个不稳摔在地上，表情充满恐惧。

“你会讲话吧？你说！”老大用鼠标戳小苹果。

“说！”啤酒肚兴奋地帮腔。

“不然删掉你！”冼剪吹补充。

“别！”毛拉忙阻止，他看出小苹果已经吓傻了，“我，我来说。”

他避开小苹果的目光，把知道的一五一十都说了。

“能吸人的照相机？略碉堡啊！”刀哥欣喜若狂。

“这要有一台，岂不是什么都不怕了？”冼剪吹也兴奋。

“收藏天下美女的梦想终于能实现了！”啤酒肚喘着猥琐的粗气。

“那么又要辛苦你了。”刀哥搭着毛拉的肩，“那个宿舍你熟，都进去过一次了嘛。

把那个相机偷出来应该没问题吧？”

毛拉明显在发抖："没……没那么容易吧？上次也只是运气好……他们应该有防备了……"

“你给他当个帮手吧。”刀哥对洗剪吹说，“大不了用抢的，有人妨碍就都拍进照片里！”

“好！”洗剪吹跃跃欲试。

这下毛拉没退路了，他看着小苹果问刀哥："那她……"

“我帮你照顾她。”刀哥理所当然地坐在电脑前。

“你们不能做这种事，这是犯罪！”小苹果忽然叫起来，“毛拉！别受他们威胁！”

“哈！哈！哈！哈！”刀哥怪笑，“你可真关心他。喂，他到底怎么跟你装乖宝宝的啊？”

毛拉的脸色难看极了，他用哀求般的口吻说："等偷到那相机，她也就没用了吧？干脆放了……"

“你回来再说咯。”刀哥痞痞地说，“别担心，我不会对这位小姐怎么样的，我只是想预习一下怎么跟变成照片的人打交道。”一边说一边把鼠标在小苹果眼前移来移去。

小苹果绝望地看着毛拉，他也在看她，两人的目光撞在一起。

“走啦，你又不是不知道刀哥的脾气。”洗剪吹推了毛拉一把。

毛拉一咬牙，走了。

05 见过一次的招数对圣斗士是不管用的

终于可以把镜头拉回 415 了。

电脑的失窃让老蜗一蹶不振，他躺在床上，一脸痴呆，好像刚净身的小太监，又像被医生沉痛宣布："我们已经尽力了，孩子，到底没保住。"

“不就一台电脑，至于么，旧的不去新的不来！”金氏说。

“说得对，我现在特想换个新室友。”老蜗哀怨地看了金氏一眼，后者立刻颤抖起来。

“事情已经发生了，只能看开些。”八达也劝。

“换你丢了一台电脑，能看得开？”老蜗冷笑。

八达代入幻想了一下，眼眶湿润了……喂你不要这么入戏啊！

“电脑的事情先不管，关键是小苹果！”大卫敲着桌子强调，“她也一起丢了！我们得找到她！”

是的，这才是当务之急。

我们分头展开了行动。嬷嬷负责去520安抚小苹果的室友。他对武则天说你别急，小苹果没丢，只是变成照片了。武则天怒道什么时候了还说疯话。嬷嬷说你听我解释呀，事情是这样……武则天说那照片呢？嬷嬷说丢了。武则天掐着他的脖子说那你刚才又说没丢？！

排长拉着生活部的大旗去跟保安交涉。我们学校的保安除了坐门口喝茶外基本不管事，任何人都可以出入校园，至于监控？那是什么科幻概念。排长认为保安应负全责，而保安在弄清这个老态龙钟的家伙不是教授而是学生后立刻态度大变，放话说你那么想要规范化管理的话我立刻帮你们申请十二点准时断电！排长气得咳嗽不止，险些一口老痰吐不出来噎死。

另一个死马当活马医的门路是报警。这其实也是最不靠谱的一招。因为丢电脑丢手机的报案警察叔叔接到不爱接了，破案率低下，也没理由对我们这宗特别上心。“可我们丢的电脑不一样！里面有个女孩子啊！”大卫强调。“那种东西再下就有啦。”警察叔叔漫不经心地挥手打发道。

所以果然只能靠自己吗？于是我们针对各自的搅基……不，交际圈进行调查，询问是否有看见形迹可疑之人，结果没有结果。415靠近楼梯口，每天从门前经过的人那么多，随便谁都能把我们宿舍看光，要说的话每个人都有嫌疑啊！

总之我们的努力归纳起来就是四个字：碌碌无为。

又一个夜幕降临的时候，毛拉和洗剪吹来到了我们学校，这是我们后来才知道的。

入夏以来，我们学校的游泳池就对外开放了，于是不少校外民众会进来用白菜价蹭清凉。那天晚上，毛拉和刀哥三人就是这么来到我们学校。只是游完之后没急着走，挑了一栋教学楼的天台喝酒聊天，然后在大部分学生都入睡之后，想顺手牵羊。

二进宫的毛拉与洗剪吹，这次也采取了相同的潜入方式。

这晚我们睡下时，特别注意把门锁好了。白天操劳过度，我们都很快地进入了梦乡，除了老蜗。他还是第一次这么久没玩游戏，整个人饥渴得快要爆炸了。他想用睡觉逃避现实，却睡不着。

还好他睡不着，因为有客人来光临了。

据老蜗说，那时我们都已呼呼大睡。金氏的鼾声大到整张床都在摇，就算发生了七级地震我们都不一定反应得过来。注意到窗外鬼祟人影的只有老蜗，他立刻屏住呼吸装睡，预感到将要发生什么。

老蜗等了一会儿，等到了一根小心翼翼伸进来的棍子。那是我们靠窗放的晾衣叉，它向着锅炉工床头挺进……

锅炉工是我们宿舍最聪明的，并且精通各类机械（比如电热壶、电热棒和饮水机），所以我们交代他来研究那台封印相机。此刻，相机就摆在他床头，带子甚至垂落在外！

晾衣叉顺利钩到了带子，顿时那相机就如咬钩的鱼儿般身不由己地移向窗外……

“抓贼啊！”老蜗忽然爆发出一声尖叫，然后闪电般跳下床，冲向门口。

这时相机已经完全出去了，但老蜗的突然袭击也让两名怪盗阵脚大乱，他们慌慌张张跑下楼去。

我们逐个醒来，好一会儿才弄清发生了什么事。“追！”大卫叫着跳下床去，然后就跟安了弹簧似的又跳了回去——他还没穿衣服呢。

415 只有金氏仍事不关己地大睡着，呼声震天。排长看着，无名火起，拿被子蒙住金氏，一通胖揍。

那时老蜗已经跟洗剪吹在三层和二层间的楼道扭成了一团。

“来帮忙啊！”洗剪吹一边招架一边喊毛拉。游戏之鬼的愤怒不容小觑，老蜗那架势分明是要把他当成手撕鸡对待！

但毛拉贴墙而立，一副被吓着的样子，相机则掉在一旁。

眼见帮手不给力，洗剪吹忽然想起他们此行的目的，他奋力将老蜗踹开，捡起照相机将镜头对准他。

我们这些迟到的援兵，只赶得及看见洗剪吹冲老蜗按下快门，而老蜗狼狈地抬手遮挡……

“咔嚓！”

洗剪吹消失了，相机掉在了地上。

现场一片死寂。死里逃生的老蜗在呆了片刻后扑上去按住毛拉。

“我懂了！”锅炉工一推眼镜，“之前小苹果不是拿它自拍吗？后来这相机也没拍过别人，也就是说它还维持着自拍模式……”

自拍模式就是镜头虽然朝前，视窗却跟镜子一样显示拿相机的人，从而不必在看不见自己什么表情的情况下按快门。

洗剪吹试图封印老蜗，结果害人终害己。我们查看相机，果然看到了他和他那矬爆的发型。

“我们得好好谈谈了，小偷先生。”大家把毛拉围在当中，摆出轮流暴打的凶狠架势。

回到415时，金氏鼻青脸肿地坐在床上。看到我们，他哭号着：“有人打我，有人打我……”

“别担心，我们已经帮你把犯人抓回来了！”排长温柔地安慰他。

06 拯救女兵Apple

就像是一切误入歧途的少年，毛拉也是在生活各种寂寞苦闷的情况下结识的刀哥等人。社会青年那一套蛮能发泄压力，一来二去大家就混得挺熟。

这人一熟就难免要暴露下限。刀哥一伙开始怂恿毛拉一起搞点小偷小摸的副业。偷走老蜗的电脑对毛拉来说，既是偶然，也是必然。偶然是因为老蜗那天晚上正好没玩游戏，笔记本正好就摆在桌上，门又正好没关……必然是因为我们学校在疏于防范这点上做得比别的学校好，在业界很有口碑。别的不说，我跟春菜当初就是在翻墙的时候认识的——女孩子都能翻过去的墙，能有多大的防盗作用啊！

刀哥他们怂恿毛拉收了那台笔记本，一边跟他灌输“窃本不算偷”“反正你手头也很紧，就当勤劳致富了”之类反动思想，一边暗示他“这点儿种都没，我们以后不带你玩了”，软硬兼施。毛拉就这样迈出了三观尽毁的一步……

“总之你小子快把电脑还我！你要动了我的游戏一根汗毛就等死吧！”在听毛拉复述了一遍前尘往事后，老蜗拿蘸了盐水的皮带响亮地一抽地板。

“我没动我没动！我会还我会还！”毛拉吓得屁滚尿流，“但……但那之前，你们把相机借我好不好？”

“里还醒又信鸡（你还想要相机）？”一灿一口烟喷到毛拉脸上，在毛拉的咳嗽声中，他冷冷地将烟灰弹在他头上，红亮的烟头，仿佛随时会在他眉心着陆，鬼畜攻气场全开！

“如果不把相机带回去，小苹果可能……”

毛拉言简意赅地把小苹果的现状交代了一遍，听得苹果汁们纷纷沸腾。

“一群痞子，也敢学人玩绑票！”大卫举起搓衣板，照着毛拉的翘臀狠狠PIA了一下。

“自己躲在幕后，让兄弟冒险，你们老大港片看太多了吧！”容嬷嬷抓着一大把牙签，强忍着不扎毛拉。

“还兄弟咧，明显跟他只是玩玩而已。谁会对这种乳臭未干的毛孩子认真喔。”烂操阴阳怪气地点评。

“中二真悲哀，有饭吃有书念还觉得全世界都欠自己，非要拿节操致我们终将逝去的青春。”我不甘落后地参与到这出虐待战俘的大戏中。

在肉体与精神的双重折磨下，毛拉濒临崩溃，他颤抖着说：“不管你们信不信，我是想帮她的……”

我们相互对视，遗憾地认识到这场SM要画上句号了。排长下令道：“那行。立刻带我们去找那个刀哥。”

“这么多人去不行的！”毛拉忙说，“刀哥开一家网吧，自己待在里屋。这个时间泡网吧的许多是他的熟人，很可能会帮着刀哥对付我们！”

“那就来嘛，一张大合照搞定。”老蜗抚摸着封印相机酷酷地说。

“把他惹毛了，删了小苹果怎么办？”毛拉急道。

至此我们可以断定，这小子的确挺关心小苹果的。他的担忧也有道理，这么说我们空有犀利道具，却不能尽情施展？这太郁闷了吧！

看来，首要任务是把小苹果从Shift+Del的命运中解放出来，该怎么做？我们陷入了思考。

“既然现在的小苹果可以拷也可以删……”半晌，还是锅炉工最先开口，“是不是也可以QQ对传？”

真不愧是415的膀胱兼智囊，他又突破盲点了！

接下来，我们花了二十分钟制订作战计划，大卫把跪键盘的毛拉扶起来，严肃地对他说：“要救出小苹果，就看你的了，你真的愿意冒这个险么？”

“嗯！”毛拉点了点头。

这个世界上的苹果汁又多了不折不扣的一瓶。

07 随手转发拯救妙龄女青年

毛拉在凌晨三点的时候回到网吧。那时，啤酒肚正在柜台后面上网。而整个网吧的班底由耳环、鼻环、染发、刺青和香烟组成，验证了毛拉的担心是正确的。

“回来了？搞定啦？”啤酒肚看到毛拉，迫不及待地问。

“呐。”毛拉微微一笑，把手中的相机亮给他看，“刀哥在里面吗？”

"在。快快，让我感受下！"啤酒肚兴致勃勃，洗剪吹基友的下落被完全无视。

"我怕刀哥等急了，还是先拿给他吧。"毛拉说着，径直走向里屋。啤酒肚十分扫兴，但也无可奈何。

里屋门锁着，毛拉敲门、通名，刀哥好一会儿才过来开门。毛拉第一时间呈上相机，讨好地说："总算到手了。"

"干得不错，没看错你啊！"刀哥接过相机，心花怒放，大力拍着毛拉的背。

"操作方法好像挺简单的，您研究下。"毛拉趁机说，"那个，我跟她说说话？"

刀哥的兴趣已经完全集中在了相机上，"嗯"了一声就算是答应毛拉了。不过毛拉扑到电脑前时，他还是不怒自威地补充了一句："我蛮喜欢这妹子，你别给拷走了。"

"不会不会……"毛拉应着，用身体挡住屏幕，一只手飞快打开了QQ，输入号码与密码。

屏幕上的小苹果满面泪痕，不知刚才遭遇了些什么。毛拉紧皱眉头，冲她用力一点头，用这个动作鼓励她再坚持一下。

"喂，直接按快门就能把东西收进去？"刀哥问。

"是。不过好像得是生物才行，您别乱拍啊，都还不知道复原的方法呢……"毛拉头也不回地说。

然后他听见了一声惊心动魄的"咔嚓"，回头看见相机对准自己，他的心在那一刻彻底冷了。

什么都没发生。当然了，我们怎么可能交出神器！哪怕刀哥得到相机的可能性只有一毛钱，我们也必须坚决扼杀在萌芽里！否则后果不堪设想。毛拉带走的相机，是金氏迫于舍友的淫威而含泪提供的友情赞助，用途是暂时转移刀哥的注意力，只要不拿人做实验就不会穿帮——结果这货居然直接拿毛拉开刀了！

毛拉没事，刀哥疑惑地问："怎么回事？"

"我也不知道……"

刀哥这时注意到了毛拉在上QQ，立刻察觉了他的企图，恼羞成怒地将相机朝地上一砸（后来听毛拉复述这一段时，金氏当场哭了出来）："你他妈玩我？！"

刀哥向毛拉冲过去的时候，我正在415宿舍里开着QQ，等待刚加了好友的毛拉将小苹果的照片发送过来。之前的经验表明，那样一来，小苹果就会从刀哥电脑里消失，而迅速出现在我们的电脑里！

遗憾的是这个计划还是流产了，毛拉正要执行传送操作，刀哥从后面勒住他脖子，把他从座位上粗鲁地拽起。毛拉一晃，胡乱按下鼠标，小苹果没被发送，倒是打开了 QQ 的“远程协助”功能。

没用过远程协助的可以立刻开 QQ 试一下。总之一旦同意协助，你就能看到和操作对方的电脑。我看到刀哥的电脑了！天啊！桌面不要太下限，好多日文名的文件夹都让人有打开的冲动怎么破！

桌面有个摄像头，我双击打开了它，于是我看到了那个房间，看到刀哥正把毛拉按地上狠揍……

“哎呀呀呀！”容嬷嬷乱叫。

“快把小苹果传过来！”大卫吼道。

刀哥似乎没发现我正在远程操作他的电脑，仍旧专心地教训毛拉，这就为我赢得了宝贵的时间，我将鼠标移到小苹果的照片上，点击右键。

这个时候，我忽然福至心灵，不知从何而来的自信控制着我，让我坚信自己找到令小苹果恢复原状的办法了！

打印！

小苹果是以数据的形式在相机、U 盘和电脑里存在的！打印是让数据脱离电子设备而“实体化”的最简单方法！

这个房间里是有打印机的，我不顾一切地按下了打印键……

正对毛拉施虐的刀哥，眼前一黑昏了过去。

于打印机的出纸口神秘现身的小苹果，所做的第一件事就是举起音箱，用尽全力砸在刀哥后脑勺上。

08 女神的圣斗士

将小苹果传回 415，的确可以让她脱困，但那样一来毛拉的安全将得不到保障。气急败坏的刀哥，没准会将他打成不孕不育。而小苹果若能变回 3D，至少不会像 2D 那么脆弱，如果她够机灵，还能趁机帮毛拉一把。

如果我说上面就是我在电光石火间产生的全部想法你们信吗？反正我绝不会承认自己只是心血来潮想试试按了打印键会有什么后果。

无论如何，总要靠圣斗士保护的废物女神竟然起到了“站起来星矢！你们不是还有生命吗？”之外的作用，实在令人惊喜。这花瓶女主逆袭大反派的设定，简直比肩《钢铁侠 3》啊！

小苹果和毛拉都安全了之后，下面的事情也就没什么悬念了。老蜗、排长、烂操这415的流氓三巨头当时是跟毛拉一起去的，他们带着相机埋伏在网吧外。当接到小苹果已经安全的消息后，他们几乎是大摇大摆地进去接走了我们的人。

刀哥和洗剪吹被我们封印在了相机里。放任坏蛋不管的话，也不知道他们会做出什么报复行为，要说把他们交给警察吧，没准儿毛拉会被拖下水。真烦！所以，在感受到痛改前非的诚意前，先委屈他们在二次元的世界坐坐牢吧。当然也不排除我们会迅速忘记这个设定，毕竟我们记忆好差的。

老蜗的命根子总算接回去了，我是说他的电脑总算拿回来了。当时他那个激动啊，跟在电线杆前雀跃“我的病有救了！”的患者有一拼。玩游戏的老蜗再次成为415不可或缺的一景，静若瘫痪，动若癫痫。

至于毛拉，这次遭遇能不能让他从中二病毕业，谁也不知道，但作为一瓶新晋苹果汁，他非常明白自己要的是什么……

“谢谢你帮了我。”分别之际，小苹果对毛拉鞠躬。

“本来就都是我的错，而且……我确实曾经不想让你走。”毛拉有些惭愧地说。

“但你还是帮了我，那就够了。以后不要再干坏事啊，好好读书吧。”

“我一定会好好读书的！”毛拉大声宣布，“我还会考上你们的学校！”

前一句话很有志气，后一句话很没出息啊！即使是身在这所学校的我们，也完全不觉得这是个能让家人感到骄傲的地方！

而毛拉的最后一句话更让人吃惊：“到时候，请学姐你做我的女朋友！”说完后，他根本不等小苹果回答，羞涩转身，狂奔而去。

总觉得这货的性格设定前后差了很多！目送他走远，415的苹果汁们产生了不同程度的危机感。小苹果却天真地笑了：“呵呵，真是个孩子。”

她总是这样。明明喜欢她的人那么多，她却似乎一个都没打算接受。到底为什么？她究竟怎么想的？

“这次真的多亏有你们，我请大家吃饭吧。”小苹果对我们说，然后天真无邪地拉拉大卫，拉拉八达。

“好……好啊！”两人受宠若惊，烂操则一脸的羡慕嫉妒恨，至于老蜗，他沉浸在与电脑的破镜重圆中，没空吃醋。

女神就是女神，轻易就能让圣斗士抛头颅洒热血而甘之如饴。女神并不需要付出太多，因为她的轻轻一笑，已经是圣斗士最大的荣耀。

报应抽奖事件

chapter 6

大叔喝完珍珠奶茶，将空杯丢向一个垃圾桶，没中，在地上滚啊滚，他不以为意地走掉。

“大叔，你应该捡起来。”我批评道。

“麻烦。清洁工会处理的。”他满不在乎。

“正所谓勿以恶小而为之，勿以善小而不为。”

“听不懂！什么乱七八糟的。”

“如果美女的领口都能像你的智商这么低就好了。”我遗憾道，“总之干坏事会有报应的，你别不信。”

“这就算干坏事啦？能有什么报应？”

“比如，你将永远找不到妹子，继续跟我同居。”

大叔以闪电般的速度跑过去捡起垃圾时，我很欣慰，同时感受到一阵淡淡的哀伤。

01 爱的传教士前来拜访

那个一身干净白衬衫、皮肤白皙、牙齿也雪白的年轻人，我们后来给他起外号叫白白。不仅因为白是他的主色调，更因为许多人看到他第一反应都是“byebye”。

白白在发传单，厚厚一沓 A4 纸上印着密密麻麻的字，有人经过时他就笑容可掬地递上，“请看一下。”大部分人都很给面子，接过来看了一下，然后随手就丢了；更多人则直接无视了他。

我和烂操那时候从图书馆出来，手里都拿着书。白白看到我们，热情地递上传单。

“对不起，没手拿。”我表示谢绝。

“什么来着？新开张的辣妹夜店？”烂操则感兴趣地接了过来。

原本很高兴有人搭理自己的白白，闻言脸色大变：“怎会是那种东西！这份传单是让生活更美的呼吁。”

我伸脖一看，只见传单标题写着“让世界充满爱”。哇咧，好土。内容就更土了，苦口婆心地奉劝大家要日行一善，从我做起，从身边的小事做起……敢情这个白净斯文的家伙是个传教士呢。

“俗话说善有善报，恶有恶报。”白白认真地说，“只要人人都献出一点爱，世界将变成……”

烂操很没礼貌地打了个大哈欠。

“你们不相信吗？”

“我倒是知道很多好心没好报或者逍遥法外的事情。”烂操说。

“不不，不能这么想。正所谓不是不报，时候未到，时候一到……”

“统统菊爆？”烂操迅速接上，然后发出响亮而低俗的淫笑。有时还真是不想跟这种人走在一起啊，被误会跟他一个档次可怎么办！

“如果做好事有钱拿，我很乐意。或者至少给我个妹子。”烂操嬉皮笑脸地说，“走咯。”

我跟烂操一同离去。白白呆在原地，无奈又意味深长地目送我们，然后认真地弯腰捡起满地传单。

说实话，我挺敬佩这种有信仰的人，可惜境界不够，没法像他那么虔诚。其实我有努力日行一善啊，我正凭一己之力 Hold 住整个 415 的高雅格调……

烂操回到宿舍，把白白的事当笑话讲给大家听。只有容嬷嬷若有所思地说：“其实我们应该向他学习……”而八达迫不及待插来一句：“所以你赶快做做好事，请我吃饭！”嬷嬷便立刻闭上了嘴。

这就是大环境的现状，一群如此庸俗的人，不作奸犯科已经是在爱国，怎么能奢求更多呢？

02 一闪一闪亮晶晶，那是烂操的眼睛

当天晚上，烂操做了一个梦。他原本非常渴望梦的内容能桃色缤纷，为此特地从图书馆借来了《人体艺术》等风流倜傥的读物，结果却事与愿违。据他回忆，也

记不清那晚梦见了什么，只是有个声音在说："……就按照你的想法，管理这个学校看看吧。"

对烂操而言，这是一个多么无聊的梦啊。至少也得是个酥胸半露的妹子娇羞地对他说："奴家的身子这就交给你管理了……"才有意义啊。

天光大亮，烂操醒来时，看到满眼的文字。

完全悬浮在空气中的文字，烂操以为自己还没睡醒，揉了揉眼睛，文字还在。

"哎，怎么回事？"问话的是八达，作为415起得比鸡早的代表人物，他刚用金氏在一无所知下赞助的卫生纸完成一轮排便（这厮将大清早排泄的行为简称"早泄"，我真心觉得415的文艺气质就是这么给一点点熏没的），刚回宿舍，就看见了这幕奇景。

"你也看见了？"烂操问。

"你又是怎么回事？！"八达大张着嘴。

这俩声音洪亮地一唱一和，让我们这些或沉睡或赖床的人不得安宁。起床气严重的排长当场吼道："吵死了！现在都几点了还不睡？！"

"现在是早上八点。"锅炉工边打哈欠，边平静地回答老年痴呆的排长，然后加入了吃惊的行列。

烂操的双眼，正在发光。

"那个，大家都是兄弟，你别这样。"裸睡的大卫不好意思地扯了一下被子，遮住自己如玉的肌肤。

"你在说什么疯话？"烂操问。

"你不是看到我的玉体所以两眼放光？"大卫问。

"……"

总之当时的情况是：烂操双眼射出的光，在空气中投射出一幅屏幕，上面写着密密麻麻的字。看得更仔细些，那竟是些名字，我们学校所有人的名字！话说这样的烂操真像一台放映机啊，本来他的三角脸就酷似三脚架了……

"怎么会这样？烂操你是不是乱捡了什么东西吃啊？"嬷嬷关切地问。

"你以为我是金氏还是八达？"烂操在表达不爽的同时拉了两个人垫背。

"辣过（那个），"一灿开口了，这货醒来的第一件事就是抽烟，此刻他缓缓吐出一口白雾，用烟头指着空中的屏幕，"债花酿（在发亮）。"

满屏名字中，的确有几个在闪耀，其中之一是武则天的。嬷嬷情不自禁伸手去摸，然后他惊讶地发现，这个空气屏幕居然还是可触式的！武则天的名字被他一碰，竟打开了一个新的页面，出现了武则天的照片，旁边还有三个小图标，分别画着汉堡、爱心和一个“×”。

嬷嬷在莫名其妙中随手点了那个汉堡，然后页面就关闭掉了。武则天的名字也不再闪耀。

“这到底是在玩啥啊？”金氏怪叫，他装满猪油的脑袋不是为了急转弯而存在的！

“不能关上吗？”锅炉工拍了一下烂操的后脑勺。

结果屏幕竟迅速消失了，烂操的眼睛也不再发光。

“我到底是怎么了？”烂操求助似的看着我们。

我们严肃地交换了一下目光，在极短时间内达成共识——再睡会儿。

03 那件疯狂的小事叫妈啊！烂操变成了上帝

我们来到教室里，看到武则天正在大口吃汉堡。

汉堡！我们立刻想起之前烂操的投影，这里面有什么关联吗？

“一早就吃这么好喔？”嬷嬷看着心上人沾满沙拉酱的厚唇，温柔地问。

“是啊，赚到啦。”武则天显得很得意，“不要钱的。阿妙说她没有胃口，所以请我吃。”

阿妙是 520 宿舍的一员，戴发箍，各方面都十分平凡。在天然蠢萌的小苹果、威武雄壮的武则天与文静神秘的眼镜娘这三座大山的压迫下，她的存在感几可忽略不计，415 的美女点评会上从来不会提到她。我们向她看了一眼，她正一言不发地坐在位子上看书，无趣的背影一如既往。

武则天一边舔着手上的面包屑，一边心满意足地对嬷嬷说："你知道吗，我本来买了包子当早餐的，看到路边一只野猫挺可怜就喂了它，没想到接着就吃到了汉堡，真是好心有好报哦。”

好心有好报？我跟烂操交换目光，那不是昨天白白宣扬的爱之理论吗？而烂操似乎在梦里不知道被谁赋予了某种权利或者说责任，该不会……

“话说那老东西怎么还不来？”排长自言自语。他难得来上一次课，教授却姗姗来迟，难免不爽。

“排长，你怎么可以说他是老东西？论年龄，他在你面前也只算小辈！”金氏立刻打抱不平。

“所以你在我面前只能算细胞是吧？死胖子。”排长微笑地掐住金氏的胖脸。

教室外忽然传来叫声："教授昏倒了！”班上立刻一阵骚动，岩班长一马当先冲了出去。

在排长面前只算小辈的教授，生理年纪毕竟不小了。而最近天气热得离谱，他又没做什么防护措施，因此还没进教室呢，居然有了进棺材的趋势。

“快送他去医务室！”岩班长对大卫喊道。这俩经常一起打球，因此惺惺相惜，大卫连忙配合岩班长，一个瞻前一个顾后，抬着教授就走……

课是上不成了，我们心安理得地返回 415。一进门我就对烂操说：“你能不能再像早上那样来一次？”

“你以为我是什么！怎么可能做到！”烂操拒绝。

“试试看嘛。”

“怎么试？这样啊？”烂操做了个斗鸡眼，结果眼睛立刻射出光芒，满是名字的屏幕再现。

启动了，还真是毫无美感可言的开关啊！

我如愿以偿地看到岩班长和大卫的名字正在闪耀。我学着之前嬷嬷那样，把大卫的名字点开，果然在他的照片旁边也有一组图标，分别是一瓶水、一碗饭、一颗心和一个 ×。

我想了想，按下心。

“谁能告诉我段段在干什么？”从昨晚到现在都没下过床的老蜗从被窝里探出头问。

“等大卫回来就知道了。”我说。

大卫回来的时候不是一个人，身边还跟着小苹果。他们有说有笑，羡煞旁人，直到宿舍门口才分开。

“你们怎么在一起？”八达酸溜溜地问。

“因为我是一个好人啊。要不是我出手相救，教授早就……”大卫扬扬得意，岩班长的功劳被自动屏蔽，“回来时我碰到了小苹果，你们是不知道她怎么夸我的呢。她觉得我特可靠，特善良，我趁机约她出去，她也答应了……”

一番拉仇恨的话听得苹果汁们羡慕嫉妒恨，而我兴奋地大叫：“烂操，你变成上帝了！”

大家用怪异的眼神看着我，一灿平静地吐槽：“辣，偶应该素私家摸你了，阿蜜托胡（那，我应该是释迦牟尼了，阿弥陀佛）。”

我赶快解释自己的想法：根据我的判断，烂操现在掌管着一套“因果报应系统”，在我校范围内，一切做了好事、传递了正能量的人，名字就会闪耀，而那些图标代表他们将会得到的“奖励”，所谓“善有善报”！武则天就是这么吃到汉堡的，而我为大卫选择的“心”——很明显是跟爱情有关的奖励啊！

事实摆在眼前，大家不得不信，顿时觉得烂操高大闪光起来。曾几何时，他仅仅只是一根狼牙棒，但是现在，俨然已经变成了按摩棒！（烂操：你们……不会说是金箍棒啊！）

“好赞，这种因果报应非常立竿见影呢，而且奖品还能自选！”嬷嬷摩拳擦掌，我打赌他在想武则天。

“不过，那个 × 代表什么？”老蜗问。

“试试就知道了啊。”排长说，“刚才岩班长不也做了好事？他的奖品还没发呢。”

于是我们进入岩班长的页面，看到他的奖品选项分别是：一份写着“10”的考卷、一颗篮球、一个 ×。估计考卷代表加分，篮球代表一次关键的投篮，至于 × 嘛……排长事不关己地按了下去。

后来我们跟岩班长打听这两天有没遇到什么好事？他努力想了想，说没有。

明白了，× 代表本次机会作废！还好我们不是拿自己做实验，否则煮熟的鸭子飞了，就太可惜啦！

04 我叫红领巾，就住在中国

这天之后，415 摇身一变，成了道德帝集中营、心灵美同好会、学雷锋兴趣小组和陈光标批发市场。

金氏走在路上，看到一团废纸，立刻“含辛茹苦”地弯下胖腰，将纸团捡起，在众人讶异而赞许的目光中丢入垃圾桶，然后轻轻离去，深藏功与名。

公车上来个老奶奶，排长立刻像被座位发射出去一样弹起来，在“老哥你别客气，你明显比我更需要坐”“老奶奶我真的是大学生”的对话中让座。

隔壁的阿童木回到宿舍，惊讶地发现锅炉工在帮他们宿舍烧水。“谢谢啊。”阿童木说。而锅炉工羞涩地露出了牙龈，说：“这都是我应该做的！”

大卫在上完课后主动留下来，擦完黑板擦地板，擦完桌椅擦窗户，浑身脏兮兮的他，看着一尘不染的教室，在拂面微风中露出了和煦的微笑。

喔喔，我没写错吧，这真的是 415 吗？再这样下去我们会集体评为十大杰出青年也说不定！原本我们就因为各种极品事件而在全校小有名气，如今投身公益，更显鹤立鸡群，闪瞎狗眼。

“不做不知道，原来生活中被我们忽略的坏习惯如此之多，而改正那些不过是举手之劳。”我说。

“本来觉得又脏又累，还有些难为情，但实际做完，收获的充实感却是难以言喻的。”烂操说。

“说来可笑，过去的自己真的很肤浅，浑浑噩噩，完全没想过心灵的富裕才是真的富裕。”八达说。

415的圣人们齐聚一堂，边喝热茶边进行清爽的交流，光芒四射。

“说以里萌王唇木有想得到森马的恋头（所以你们完全没有想得到什么的念头）？”一灿说。

“那当然呀！一灿，难道你质疑我们的动机？”容嬷嬷泪眼婆娑，难以置信。

“虽然大家是哥们儿，但饭可以乱吃话不能乱讲，你这是对我们的亵渎！”金氏正色。

“呵呵，随他去吧，有些人永远不会懂什么叫奉献。而我们也不是为了让他们懂才去做这些的，不是么？”排长轻吹茶面，宛如得道高僧。

一灿微笑着：“横好。千望表烂偶抗到里萌凑奖森马的（很好。千万别让我看到你们抽奖什么的）。”

我们又纷纷指责一灿这人太严肃太不解风情，然后催促烂操赶快启动“因果报应系统”。虽然早知道我们是这种尿性，一灿还是“……”了一会儿。

可喜可贺，除了忙着玩游戏的老蜗和冷艳高贵的一灿，415其他人的名字都在闪光！努力是值得的！比较遗憾的是奖品的类型仍然略显单调和小气。没办法，我们做的好事，本质上微不足道，而奖品的质量估计是跟好事的质量成正比。

“不知道要做多少好事，才能换到一个升本科的机会。”锅炉工自言自语。

“如果我把全校的厕所都扫一遍，小苹果有没可能当我女朋友？”大卫浮想联翩。

“我好满足，以后我也要继续捡垃圾。”八达倒是没有不满。对一个买彩票中了牙膏肥皂都会很高兴的人来说，一个盒饭就够打发他了。

可我们不是八达，我们有更大的抱负，我们想做些更有分量的好事！

机会很快就上门来了——当天下午，一辆采血车开进了我们学校，号召义务献血。

如果说让座啊捡垃圾啊这种算是公民道德底线，那献血应该属于比较高层次的善举了吧？一次献血可能拯救一条人命！没说的，我们一窝蜂去了，包括一灿和老蜗在内。而除了被质疑“大爷您是来输血吗？”的排长以及看脸就觉得血管里流的都是猪油的金氏外，其他人都顺利地献上了。

除了献血，捐款也是人类的一大美德呢。于是我们上网找了家靠谱的慈善机构，将自己的爱心转账过去。最有钱的金氏这次总算扬眉吐气了，一出手就是一千，而八达则本着“舍不得银子套不着银行”的原则，从牙缝里硬是抠出一百块捐了出去。

这次的“善报”果然不一般：金氏的妈妈来电说他们被人邀请暑假去海南玩，吃住全免；一个编辑说想征用我发在网上的一些短篇，稿酬从优；老蜗在游戏中各种开挂大杀四方，莫名的系统 Bug 让他忽然多了 N 套神装备……

劳动致富，各取所需，这样的感觉真好啊。

至于 415 的头号屌丝烂操，则每次都明明白白选择“心”，渴望一份真感情。

05 该出柜时……不，该出手时就出手

一个星期六的晚上，烂操去学生街买宵夜，遇到了阿妙。对，就是那个请武则天吃汉堡的阿妙。她当时独自在一家烧烤店等生蚝，隔壁桌有一群赤膊汉子喝高了，对她展开调戏。

“美女要不要一起来喝一杯啊？”他们吹着口哨。

阿妙皱眉，明显厌恶，但生蚝还没上呢，况且大庭广众下她也不觉得那些人敢怎么样，只好视而不见。

“别不理人啊，来交个朋友嘛。”一个在发达的胸肌上文了骷髅的男人摇摇晃晃地过来搂住阿妙。阿妙吓得叫了起来。

烂操当时正在店门口等他的烤串，闻声朝店内一看，就看到了自己班上的女生被吃豆腐，他赶紧跟老板说：“喂，有人在闹事！”

“不会吧？可能只是在开玩笑而已……”那个身板儿恨不能比排长还单薄的老板怯怯地说。

“靠。”身而为人的正义感驱使着烂操快步插入阿妙和醉汉之间，赔着笑说：“兄弟，这是我马子，给个面子别闹哈。”

阿妙当时非常意外，而醉汉们面面相觑。有刺青的那个忽然推了烂操一下，推得他摔倒在一张小桌子上，凶道：“谁是你兄弟？干吗要给你面子？而且我怎么她啦？当哥是流氓喔？”

“靠，你们再敢乱来我就报警。”这是烂操唯一能撂的狠话了。

醉汉们大笑起来，也不骚扰阿妙了，架起烂操就离开了这个烧烤店。沿途人人侧目，却无人敢惹。

烂操总算明白了逞英雄的下场，他差点儿吓尿了，想象着他将代替妙龄少女让这群禽兽宣泄。

要不怎么有“急中生智”这个词呢，烂操忽然灵机一动，他猛地一挣，身上那件廉价T恤一下就给撕破了，他便光着膀子没命朝学校跑去。

“追！”“想跑！”“打得他认不出自己来！”醉汉们骂着追了上去，虽然一个个面红耳赤，脚步却挺稳。

当烂操跟我们追忆这一段时，我们都以为他是在逃命，甚至为他捏一把汗，却不料烂操此举有着深邃的内涵。眼见越来越接近学校，他不顾一切地施展斗鸡眼——那个满是字的屏幕出现了！

烂操的“因果报应系统”管理权限只限学校内，所以他在把那些家伙往学校引！

满目的名字中，大部分是烂操不认识的，但随着醉汉们踏入学校路灯的照射范围，有四个被黑雾笼罩的名字忽然出现了，烂操赶快点开它们，果然看到了醉汉们的照片，旁边则有酒瓶、拳头、× 这三个选项。

既然善有善报，恶当然也有恶报！烂操匆匆忙忙地在拳头和酒瓶上乱按一气。

“看你丫往哪跑！”一个醉汉猛地抱住了烂操，另一个则把胳膊抡得像风车，然后一拳朝烂操砸来！

准确砸中了同伴的脸，那家伙跟截木头似的倒下去，嘴里滚出一颗断牙。

“啊靠，你怎么打自己人啊？”刺青男急了，举着手中的酒瓶抗议，而肇事者误以为他要揍自己，赶紧先发制人……

很快，这些家伙扭打成了一团。都说酒后吐真言，可这架势俨然是要吐白沫啊！

最终烂操毫发无伤，战果也完全符合设定：两个人被拳头打晕，两个人被酒瓶砸晕。这个故事告诉我们，拥有良好的酒品真是太重要了。

烂操有惊无险地滚回宿舍，向我们哭诉他的遭遇，听得我们心惊胆战，纷纷安慰：“好了好了，都过去了，我们一定不会把你被四条大汉玷污的秘密说出去。”

“可我没有。”烂操说。

“说多了都是泪，你说没有就没有吧。”

“真的没有啊！”

“我们懂的，人生如此艰难我们何必拆穿……”

过了大约半小时，宿舍门口出现了阿妙的身影。她边敲门边往里张望，看到烂操忙问：“你没事吧？”

“哦，没事没事。”烂操说。

“他们没有打你吗？你怎么脱险的？”

“他们……醉得东倒西歪，我趁机溜了。”

阿妙仔细观察烂操，的确不见有伤，她彻底放下心来：“谢谢你。我第一次遇到这种事。”

“应该的。”烂操男子气地挺挺胸。

“那……那我走了。”阿妙似乎想说什么，但找不到话题，“谢谢你。”

“不客气，再见。”

阿妙前脚刚走，排长就感慨道：“没想到有生之年，我能看到女生来找烂操。”

“并且还是年轻的女生。”金氏说。

“并且还没有血缘关系。”八达说。

“鬓且还八素乃子赠他（并且还不是来指证他）。”一灿吸了口烟，淡定地补了最狠的一刀。

“你们这群人渣！”烂操举起椅子要跟我们拼命。

“我们是在为你高兴啊。”大卫忙说，“要知道，女孩子很容易对见义勇为的男生产生好感，说不定你可以跟她发展一下喔。”

“我对那一款没兴趣，小苹果还差不多！”烂操说。

然而，就是从那天开始，烂操与阿妙的故事开始了。

06 虚荣是一种病，噢一种病

第二天烂操来到班上，发现许多女孩对他投来钦佩的目光，这非常奇怪。要知道他长得是如此富有杀伤力，娇弱的女生瞥他一下都可能长针眼。经过了解，原来是阿妙把昨晚的事跟她宿舍人说了，然后经由武则天的大嘴巴在班上广为流传。武则天虽然蛮横成性，肯定一个人时倒也不遗余力，她拍着烂操的肩膀说：“看在你天良未泯的分上，我帮忙刷新了一下你在女同胞心目中的印象，不用谢了。”

意识到这种“大加分”的局面正是自己的“善报”后，烂操窃喜不已，对阿妙更是好感大增。他向她看去，两人目光碰撞，相视一笑，有别于点头之交的礼貌笑容，而是带着点默契。

下了课回宿舍的路上，这俩走在了一起。

“你们意外地很谈得来嘛。”八达评价。

“没有，刚好顺路而已。”烂操说。

“你觉得是刚好，也许人家有意在等你呢。”嬷嬷逗他，“因为跟你走在一起太有安全感了嘛。”

“骚老娘们儿你说啥呢！”烂操装模作样地 PIA 了容嬷嬷一下，小人得志之情溢于言表。

乍看之下，烂操的春天来了，或者说还没来，但至少能感受到近了，更近了，春姑娘的脚步近了，世界开满了花赶趟儿……但天地良心，我们其实都认为，即使是阿妙也不会看上烂操。他们也就是一起经历了一场风波而已，等过两天就路归路桥归桥了。

但到了傍晚，烂操用叮嘱内人的口吻对我们说：“晚上我有约，不用等我吃饭了。”

“本来也没人要等你。”我吐槽，“你跟谁有约？不会是阿妙吧？”

“说对了。她为了感谢我，答应帮我写一份报告。我觉得有些不好意思，所以准备请她吃饭。”

这种暧昧而又自然的互动！排长说：“真的假的啊，你们干脆在一起算了！”

“就说她不是我的菜了。”烂操遗憾地耸耸肩。

虽然这货嘴上那么说，事实是，在接下来的一星期内，阿妙渐渐成为与他接触最频密的女生，没有之一。当然没有之一了，本来烂操最常接触的女生就只有容嬷嬷而已啊。可现在，他常常跟阿妙一起去超市，一起去图书馆，我帮你提东西，你借作业我抄……

老实说这种“旁人看着有内幕，真相其实很纯洁”的案例，我并不陌生，甚至有点不舒服。这不就是我和春菜持续了很久的“闺密模式”吗？虽然我现在也开始对异性之间是否有纯友谊持保留态度了。

烂操还是会每天抽一点时间来给我们发奖励，至少八达是会缠着他做这件事的。毫无疑问，八达是全校最执着于蝇头小利的人。虽然献血捐款这种事不能每天做，但随手的小恩小惠却可以积少成多。八达会提水去灌溉无人打理的花圃，收集肯德基的剩餐送给流浪汉，冒着被挠的风险爬上树去救下不来的猫……拜执着所赐，他的小日子现在过得不错，人品也渐渐开始有口碑。

看啦，如果全民都能信奉因果报应，的确有可能为精神文明建设添砖加瓦。不过烂操很懒，光应付自己人就够烦了，他可不想再为第十一人操心。

但烂操最近开始主动关心起了阿妙。阿妙虽然不出众，烂操与她接触下来，发觉她的人品还是不错的，比如她会告诫烂操路边的野花不要踩，比如在食堂吃完饭会把餐盘收拾一下。阿妙的名字也是每天都发亮的，烂操会精心为她选择奖品。

“别选‘心’。”大卫提醒。

“为什么？”烂操问。

“选了，阿妙搞不好会收获别的感情，而不是你。”

“我跟她不是那种关系，要说几遍啊？”烂操嘟囔着，却还是为阿妙选了别的奖励。

他就这样，令人费解地负隅顽抗着。但他的努力一天一天被瓦解，因为阿妙一天比一天变得积极。

不再是“偶然碰到”，她会主动找烂操去一些地方。

不需要烂操邀请，她也会提议一起吃饭。

她甚至会落落大方地提一袋水果来 415 投喂。

还有一件事绝对不是我们的错觉——阿妙跟烂操走在一起时，距离明显近了！这可是非常微妙的细节啊！如果一个女生对你没意思，那再怎么样，你们之间必然留有至少可供一阵风穿过的空隙，一旦这个空隙被有意无意的胳膊碰撞给填满，就说明俩人之间开始容不下其他东西了，哪怕是一阵风！

“在一起！在一起！”现在我们撞见烂操和阿妙，总会故意这么乱叫，烂操就瞪我们，反而阿妙的态度要坦然得多。

“她迷散里了，杰对似迷散了（她迷上你了，绝对是迷上了）！”见多识广如一灿都不淡定了。

“这几乎是在倒贴了吧？”我说。

“唉！如花女子，为何作践自己？！”排长摇头叹息，“更扯的是你居然还没有把她吃干抹净？”

是的，我们搞不懂烂操。他明明超想要女朋友的不是吗？如今梦想成真了，怎么反而退缩？如果说这代表了烂操的本质非常羞赧纯真，我就去跳粪坑。

“奴果她似过大美旅，里找就接搜了吧（如果她是个大美女，你早就接受了吧）？”一灿一针见血。

“知我者一灿！”烂操连连点头。

“擦，所以你是在嫌人家不够漂亮？”嬷嬷鄙夷地看着这个外貌协会的家伙，“既然没兴趣就早点拒绝她啊，玩什么暧昧！”

“你不懂，有女孩子在意自己的感觉简直是……”

烂操不愧是屌丝中的战斗丝。从他身上可以看出此类生物的可悲心态：本身条件没多好，却又好高骛远，女神一抬脚他就屁颠屁颠跑来跪舔，同时不排斥其他异性的接近，但那仅仅是为了满足虚荣心……

我们开始轮番炮轰烂操，劝他脚踏实地认清现状怜取眼前人，并为阿妙大说好话。因为我们觉得这女孩太不容易了，我们应该支持她！我们告诉烂操爱情里最重要的是相处而显然阿妙非常好相处，阿妙虽然不算貌若天仙但也别有一番风味，阿妙看起来就是安安稳稳过日子的类型……“最重要的是，你真的认为宇宙里会有哪个女神看上你吗？！”这句话是大卫指着烂操鼻子说的，为了将丫永远踢出苹果汁的队伍，他不惜放出了最狠的大招！

我们说爽了，说够了，留给烂操一个思考的空间，看得出我们的教育还是有效果的，烂操眼中的迷茫与纠结正慢慢退散。

半夜时，烂操收到了阿妙的一条短信，内容是：“你觉得我怎么样？”

烂操回过去一条：“很好啊。”

“那我做你女朋友好不好？”

07 爱的初体验

烂操和阿妙真的在一起了。

真的在一起了啊啊啊啊啊！

生活其实改变不大：要走路就一起走，要吃饭就一起吃，要上课就一起上。如同绝大多数的学生情侣，但我们还是羡慕极了。放眼415，他竟是目前唯一一个非团员！阿妙是静静之后，第二个在415留下案底的媳妇，而且感觉上会比静静更有生命力，我们忍不住要对烂操献上由衷的祝福。

“反正你们很快会分，及时行乐吧。”排长说。

“阿妙应该是兵器控，等她对狼牙棒的兴趣降温了，就会去找一个菜刀脸的男人的。”大卫说。

“女人，每个月都有生不如死的那几天，为转嫁压力，往往就会做出更生不如死的事。”锅炉工说。

“靠，之前鼓励我接受她的不也是你们吗？！”烂操抓狂，而我们吹着口哨看向别处。当朋友彷徨时推他一把，然后在他幸福时落井下石，这才是友谊的体现啊！

烂操有一点很好，那就是优柔寡断时很欠杀，下定决心后却会贯彻到底。所以他是真的开始认真对待这段感情了。没事发个短信啊，吃饭自觉买单啊，有什么好玩意都想着阿妙啊……傻笑的次数也在增加。

阿妙对烂操就更好了，有了女朋友的身份后，她名正言顺地出入 415，把他的衣服拿去洗，给他削苹果，帮他做作业——为此，阿妙煞费苦心改变笔迹，这必须是真爱啊！

眼看一切就要遵循岁月静好、白头到老的节奏发展，有一件事倒是有些奇怪。

烂操在晚上清算大家的“报应”时发现，阿妙的名字上罩着一层朦胧黑雾。这代表她……做了坏事。之前阿妙做的只有好事，这一度成为我们判断其人品的标准，没想到她也会犯错啊。

“跟了烂操，就是她最大的错。”我们摇头叹息。

“滚！”烂操不以为意，他别的本事没有，替女友挡挡灾还是可以的，他毅然选择了“×”，取消掉阿妙本该承受的惩罚。

如果随手捡垃圾都可以算是好事而得到“善报”，那么阿妙的所谓的“恶”完全可能只是鸡毛蒜皮的小事。烂操这样想。

怪就怪在自从他们开始交往，阿妙的名字每天都要被黑雾笼罩。

“看来跟烂操交往真的是罪过。”“是的。罪大恶极，罪无可赦！”我们做出耳语的样子，声音大到楼下都能听见。

“滚啦！”烂操把他的拖鞋踢过来，继续点掉阿妙的“恶报”。

当类似的事情一再重复，我们想吐槽烂操都失去了新鲜感时，嬷嬷问：“你们最近交往得很不顺利？”

“谁说的，跟原来一样，或者说更好了。”烂操说，“而且这几天，我们几乎形影不离，我怎么没发现她干了什么坏事？”

“人家也许回宿舍干的。”金氏说着中肯的发言，却被烂操把另一只拖鞋盖在了脸上。

过去每天做好事，现在每天做坏事……这怎么想都有些别扭。于是，跟阿妙交往的第五天夜晚，烂操悄悄前往 520 宿舍，在他的潜意识里，是希望能够撞见些什么的。

结果他鬼鬼祟祟来到窗边时，撞见了眼镜娘。

“……晚上好。”烂操不知所措。

“阿妙在。”眼镜娘端着脸盆，要去洗澡的样子。她不爱说话，对不熟的人更是言简意赅到了极点。

但眼镜娘的这种性格却让烂操觉得很安全，可以交流些私事，他就问：“能不能耽误你几分钟？”

“问阿妙的事？”眼镜娘不愧冰雪聪明。

“是的，她……没什么不对吧？”其实烂操也不知道怎么问。

换了男人婆武则天，这会儿可能已经指着烂操“我擦，这么打听自己妹子算什么意思”地骂开了，而要是天然呆的小苹果则可能“咿——我去帮你问一下你等等噢”地跑去找阿妙，但对方是眼镜娘，她歪着头认真想了一下，回答：“有。她这段时间心情不是很好，具体你得自己问她，我也不清楚。”

眼镜娘提供了非常有用的情报，且不算是背后嚼人舌根。她说完就走了，烂操则原地浮想联翩。

这时阿妙出来了，她皱着眉，确实有些凝重的样子，看到烂操勉强舒展开，说：“来了怎么也不叫我？”

“啊哈……刚来。”烂操掩饰。

“有事吗？”

“没啊，找你聊聊天咯。”

阿妙凝视了烂操几秒，下定决心般说：“走，我们换个地方。”

她拉着烂操就走，两人十指紧扣。

来到了一个暗处，不等烂操说什么，阿妙闪电般在他唇上印了一记。

“……”烂操幸福得险些没当场爆炸，而阿妙迅速松开了他，匆匆忙忙地跑了。啊，她一定是害羞了，毕竟这是最珍贵的初吻啊！

烂操在那一刻喜欢阿妙喜欢得无以复加。

08 什么叫情什么叫义不过是大家自己骗自己

听烂操巨细靡遗地炫耀完他的初吻细节后，我们的共同感想是把他从楼上丢下去。这货太可气了！他何德何能……当然对此一灿是不屑一顾的。如果把他的感情经历比作环球旅行，那烂操这个吻大概只类似于去邻居家串了个门。

不管怎么说，经此一役，烂操是死心塌地想把大学的剩余时光都押在阿妙身上了。男人真是单纯的生物啊！

第二天一早，烂操小跳步地跑去上课。这家伙过去逃课成精，如今这么积极，简直是天地异变的前兆。我们知道他其实是迫不及待想见阿妙，想到这俩从平行线到初吻之间的闪电进展，总觉得烂操在大学期间就当爹也不是不可能啊。

但阿妙不在班上，很意外。因为咱们班，或者说任何学校的女生都比男生规矩，阿妙更是每天必出席的典型。

见不到阿妙，烂操当然有些失望，问武则天，她说：“阿妙好像是去医院了。”

“医院！烂操你做了些什么？她这么快就……”排长开着为老不尊的玩笑，被烂操大逆不道地拿本书直接捅进了嘴里。

烂操发短信问阿妙怎么了，无回复。

打电话，则是关机的状态。

烂操在纳闷中度过了一上午。其实不只是他，我们也纳闷。不是纳闷阿妙怎么神神秘秘的，而是纳闷她到底为什么会这么中意烂操。

“说起来，阿妙该不会是你的‘奖品’吧？”我问，“如果是的话，也许冥冥中有某种力量操纵着她，那这么多的不自然就都说得通了。”

“屁。我最近很少做好事，但阿妙对我的喜欢却是持之以恒的，才不是你说的那样。”烂操否认。

烂操再见到阿妙的时候，已经是黄昏了。当时他跟我们一起在健身中心锻炼。那阵子，校体育馆推出了健身月票，我们一起办了，每周去练几次，美体塑形。

体育馆靠近学校后门，当我们从健身中心出来准备去吃饭时，夕阳余晖中慢慢走来一个人，烂操“啊”了一声，那是阿妙，她看起来失魂落魄的。

“阿妙！”烂操抛下我们，跑向女友，“你去哪里了？一整天都找不到你。”

烂操一边问，一边很自然地把手搭在阿妙肩上，却被“啪”的一声打掉了。

这可真新鲜，我们忍不住驻足围观。

“你怎么了？”烂操有些委屈。

“怎么会这样？”阿妙盯着烂操。

“啊？”

“怎么会这样啊？！”阿妙激动地抓住烂操，“你不是应该，你不是应该带给我好运才对？怎么会这样？我还有哪里做得不够啊？”

“？？？”烂操状若智障。

“你还想要什么？要我陪你上宾馆吗？”阿妙说着说着流下了眼泪，不知情的人听到这种话会以为她被烂操握住了把柄，“行、行，只要能让我没事，随便你！”

“够了！到底是怎么回事？！”烂操几乎是恼羞成怒地大叫。

而阿妙，脚下一软坐在地上大哭起来，一份讲义夹从手中滑落，那竟是一份病历报告。

一个神秘的声音同时在我们的脑中响起。

“现在你们知道充满目的性的所谓善举，会带来什么后果了吧？”

那个白色的身影，在悄无声息中再度登场。

小看报应者，必将为报应哭泣

阿妙从来都没有喜欢过烂操，她只是在很偶然的情况下发现，每次接近烂操，就会有好事发生：打工的地方给她涨了工资，发票后的刮奖每刮必中，竞争激烈的奖学金花落她家，一位教授表示乐意推荐她毕业后去某家大公司……

"她的这些好运全都来自'善报'，那么你们知道她做了什么好事吗？"白白问。

"有屁快放！"烂操铁青着脸说。

"她做的好事，就是跟你走得很近，近到大家都错觉她在追你。"

"这也算是做好事？！"烂操怪叫。

"你的虚荣心不是得到了很大的满足吗？"白白说，"那个时候，你并不喜欢她，却非常享受这种被倒贴的滋味。她身为女孩子，不顾他人眼光投你所好，这种牺牲当然算是做好事。"

"这根本是为了她自己吧！功利性那么强。"八达吐槽。

"呵呵，这跟你们近期所做的事情有什么区别呢？"白白说。

我们集体语塞。这段时间，415 勤学雷锋，但根本不是因为我们人品好，而仅仅是为了得到奖励，跟阿妙没有本质的不同！

"那时，你并不喜欢她，更没打算跟她交往，你要的只是一个自己受欢迎的假象。而阿妙扮演了你想要的角色，你没有损失，她当然该得到奖励。"白白侃侃而谈，"可是，当你真的接受了她，你需要的东西变成了真情实意，她却依旧提供虚情假意，这就是一种赤裸裸的欺骗了，好事也就变成了坏事。"

原来如此。

一切都说得通了：为什么跟烂操确立关系之前，阿妙的名字每天都在闪，而在确立了关系之后，闪光就变成了雾罩。

"跟你暧昧所得的'奖励'渐渐不能满足她，她希望有更大更好的运气，于是提出了做你女朋友。"白白说，"主动亲吻你，也是出于相同的理由。很可惜，这时的她演出越卖力，罪恶指数也就越高。"

烂操已是欲哭无泪。

"知人知面不知心啊……她居然这么贪婪，为了虚无缥缈的好运可以做到这个地步……"嬷嬷悲天悯人地说。

"呵呵，那是因为在她身上发生了一些不好的事情，她很害怕，所以才会寄望看不见摸不着的'运气'。何况，在你们的人为操作之下，'奖励'的发放几乎是有迹可循的，有心人很容易就能察觉：‘只要做好事，就会有好报’。她是将烂操当成了自己的救星吧。”

“不好的事情？你指什么？”烂操忙问，“明明她会受到什么惩罚，我都给 × 掉了的！”

“那又是另一个天大的误会了，你们觉得 × 是取消当次奖励或惩罚的意思吗？”

“不是吗？！”

“不。× 代表‘抵消’。比如你正面临某个厄运，但你做了好事，按 × 就可以得到抵消该厄运的奖励。同理，也许你正面临一个好运，但你做了坏事，这个时候点击 ×，好运就会被抵消掉。”

白白又说：“你们最早是在班长身上做实验的吧？其实那时候，他本该被高空抛物砸伤的，但是你们点了 ×，这个厄运就被抵消掉了，变成没发生过。而在你们看来，× 是白白浪费掉一次机会。”

“……”烂操差点从椅子上摔下去。

“你刚才不是问阿妙遇到什么不好的事情？其实她身体一直不太好，可能表面看不出，其实内心对此很不安，因此才会那么迷信你带来的‘好运’。”白白说，“提出跟你交往的隔天，她正要去医院做检查，她主动向前迈了一大步，也是希望得到你的保佑。”

“……”烂操真的快哭了。

“然后呢，她体内其实长了个瘤子，幸运的是良性的。可惜，你帮她选择了 ×，抵消了这一好运，于是瘤子的检查结果变成了恶性的。”

“……”超展开之多，足以让密集恐惧症患者病发身亡！白白还嫌不够，又补充道：“检查结果出来，阿妙不能接受，决定去另一家再检查一遍。为了得到更多的好运加持，她亲吻了你。然后你继续给她点 ×，于是新的检查结果是……瘤子变大了。”

至此我们总算明白了，为什么今天阿妙拿着病历报告回学校时，会如此不人不鬼，甚至说出陪烂操上宾馆这种重口味提议。可怜的人，她完全不知道之所以走到这个地步，完全是自作自受、自以为是的结果！

此刻，我们在 415 听白白讲述一切的前因后果。阿妙不在，不出意外，她再也不会来这个宿舍。

静默了好一会儿，烂操忽然跳起来掐住白白的脖子：“都是你不好！都是你安排的对不对？你为什么要让我摊上这种事？”

“凡做好事，必有回报，否则不如不做——这不是你们的观点吗？”白白无视烂操的暴力，面不红气不喘道，“愚昧的世人啊，我只是希望你们能懂得一个道理，真正的善良是纯粹的、无私的、发自内心的、不带任何功利的。你们应该重视做好事本身，而不是做了好事将得到多少回报，否则‘消费善意’的事情还将不断重演。”

毕业很多年后，我去了许多地方旅行。在新加坡等东南亚华人聚集的地方，我惊讶地看到那里的环境有多好，人有多么绅士。本该肮无可脏的夜市恨不能一尘不染，大家都自觉把垃圾丢到指定位置；不会有凑齐人数就能召唤出一个绿灯的奇葩规则，大家都自觉遵守交通秩序；问路必得到亲切指点，热情起来甚至会带着你前往……那时我感到由衷的惊讶。原来活得很 nice 的全民默契是真的存在的，那些甚至不能叫公益行为，因为就像吃饭喝水那么自然。

然而人家之所以能这样，也并非一朝一夕，而是日积月累。目前我们的观念与他们差得太远，若不一点一点从身边小事自觉做起，又谈何改变呢？总是要改变的吧。

啊，这真是一段苦口婆心的励志发言。就说我们的故事非常正能量了！

但是那个时候，我们对此只是了解，还不到理解的地步。但白白似乎觉得这就够了，他拍拍烂操：“不好意思了，赋予你的权利我已经收回。以后我仍会用我的方式来推广公益，希望你们都能参与进来。可以肯定的是，即使做了好事或坏事，不能马上得到奖励或惩罚，但报应是必然存在的，必然会发生，只是早和晚的问题，你们不要觉得世界不公平。”

这人又恢复了那种传教士嘴脸！我问：“你到底是谁？你什么都知道，你有奇怪的能力……难道你是上帝？”

“呵呵，非要说的话，只限你们学校的范围吧。”白白微笑，“抱歉，吓到了你们。”

于是，在未来人、外星人、猫女、魔女、幽灵、死神以及各种各样的诡异事件之后，415 的怪谈日记上又添了浓墨重彩的一笔……

白白向我们挥挥手，就要离开，烂操忽然叫住他：“能不能把阿妙的肿瘤变回去？我是说本来就是良性的吧……”

“据我所知，未来你们不会再有交集。即使这样，你也希望她好好的吗？”白白问，脑后似乎有光圈闪耀。

“是的。”烂操哭丧着脸，重重点头。

白白笑了：“我就是想看到这个，这就是一种无条件的‘善’啊。我答应你，就当是对你的奖励。”

白白消失了，烂操原地发呆。我们看着他，有冲动想说些风凉话，却还是忍了下来。这样的同情算不算一种善意呢？日行一善，就从这时开始做起吧！

宅男吸血事件

chapter 7

Talef of the Unufual Youth

415

大叔最近追《吸血鬼日记》，之后兴致勃勃推荐给我。

“这片不是你最讨厌的类型吗？里面帅哥很多啊！”我吃惊。

“可是妹子们很爱啊，为了跟她们有共同语言，我不得不看。”大叔说。

“所以你都跟她们聊些什么？”

“比如马鞭草的那个马鞭，到底是指抽打马的鞭子还是某种器官？”

……什么样的妹子才会跟你聊这种话题啊喂！

01 进击的汪星人

老蜗被狗咬了。

415 的头号宅男老蜗，以其下半身嵌在被窝里、上半身长在电脑上的奇葩生命形态享誉全校。懒虫排行榜上他占第二没人敢占第一，他占第三，第一和第二就只好都空着了。

不喜欢课堂也不喜欢课外活动，吃喝购物全都遥控我们代劳的老蜗，目前唯一能够自理的只剩下排泄。某天大卫无意瞥见丫在淘宝上搜好用的成人纸尿裤，还是大流量的，吓得他雪白的肤色都变透明了。在我们的强烈反对下，老蜗才不甘愿地打消了宿舍茅厕傻傻分不清楚的企图。

我们觉得任由老蜗这么发展下去实在太可怕了，于是商量着再不能这么惯着他，我们要懂得说不，要学会拒绝的艺术！于是那一天，老蜗边打游戏边跟嬷嬷说：“啊，今天不用帮我打饭了，我想吃泡面。”

嬷嬷响亮地回答：“不！”

老蜗非常无奈，所以当天中午还是吃嬷嬷给他带的快餐。嬷嬷对自己的坚定感到特别自豪。

等等……有什么地方不对劲啊！

好在不是每个人都像嬷嬷一样，因为伺候娘娘太久而在骨子里深深地刻下了奴性。于是又一次，老蜗提出让我们谁帮他充话费的时候，我们各种找借口推掉了。

第一个推掉的人是我，理由张口就来：“啊我刚好有事，你找烂操帮你充呗。”

然后烂操也说：“我有事，找锅炉工帮你充呗。”

然后锅炉工也说……

轮到一灿的时候他已经推无可推，他就抽了一口烟，笑笑：“偶八费葱急（我不会充值）。”

“充值都不会，你还会什么啊！”老蜗明显感受到了排挤的气氛，生气地说。

一灿没有理他，径直走开，用行动告诉老蜗，他虽然不会充值，却会充耳不闻哦。

老蜗没办法了，我们大学那会儿还不流行在网上充话费呢，他只好自力更生。他下床的动作之缓慢、之抗拒、之痛苦，仿佛不是在下床，而是在下崽。

从我们学校的后门出去，会看到一座公园，因为临湖而建，便叫“光明湖公园”，绿化和规模都还可以，深受广大人民群众欢迎。开阔的地方，总有乐此不疲的中老年人在跳健身舞；不开阔的地方，总有如胶似漆的情侣在伤风败俗。怕草坪不干净，有些情侣幽会时还会自带凉席，往地上一铺，摆上瓜果饮料，就可以开始谈天说地了。越是草木繁茂的地盘越受欢迎，常常天还没黑就有人去占位了。那些地方的蚊子也是最多的，但是情侣们想得周到，一旦驻扎进去就会立刻喷洒杀虫剂或者点蚊香……

好吧离题了，总之老蜗当时是要穿过这个公园去往一个能充值的报刊亭，就在那时他遭遇了汪星人。

当时太阳刚落，华灯初上，正是居家约会的好时机。老蜗说他什么也没做，只是走着，忽然听到一阵急促的“汪汪汪汪”，然后一条汪星人不知从哪里窜出来，狠命咬住他的右小腿。那是一只博美，个头不大力气不小，老蜗看着它的双眼正闪烁一种不正常的红光，只觉得下半身一片冰凉麻木，不知道是不是传说中的吓尿。

汪博美的主人随后赶到，目睹爱犬的咬人现场，他吓得面如土色。而汪博美大概也咬够了，松开老蜗，摇着尾巴欢快地跑回主人身边。

……

再见到老蜗的时候，他的腿上包着绷带，走路一瘸一拐。汪博美的主人还算有良心，立刻将老蜗送去医院打疫苗，完了再叫车把他送回来，又往他手里塞了一笔营养费兼精神损失费，总之就是各种抱歉，各种反省，生生地把他的火气压了下来。

“丫还说自己的狗从不咬人，只是这两天不太对劲。我呸！”老蜗跟我们倾吐完遭遇，不爽地嘟哝。

而我们看着这样的老蜗，竟然情不自禁地产生了一种……很抱歉的感觉！如果我们愿意帮他跑腿的话，他就不会受伤了呀。可以说老蜗的伤不只是汪星人咬的，我们也有咬的份。顿时我们殷勤极了，这个对老蜗嘘寒问暖，那个给老蜗端茶送水，完全是用癌症晚期的标准在伺候他啊！

至于老蜗，非常认可我们的犯罪感，自然而然地接受了一切照料。除了请他吃东西的时候他说没胃口之外，身体的神秘变化那时还真看不出来。

02 日访吸血鬼

到了第二天早上，415在八点左右陆续醒来，个别人会睡到十点，当然老蜗通常直接睡到下午。即使是被汪星人施暴过的昨夜，他依然轻伤不下火线地奋斗了整个通宵。

我们生活极有规律的八达同学刚刚完成了每天起床后必做的功课——大便，返回宿舍，他走到窗户边，将窗帘“唰”地拉开。

阳光立刻洒了进来。照在最靠近窗户的九号床与十号床上，照在正呼呼大睡的老蜗裸露在被子外的香肩上。只听老蜗发出一声惨叫：“哎哟！”

所有醒了和还没醒还有半梦半醒的人全都睁开了眼睛，因为那声叫唤太响太惨烈了，属于除非遭遇了彪形大汉的性骚扰否则绝不该轻易叫出的分贝。我们看到老蜗缩在他的床铺角落里，正紧张地吹着他的左肩头：“呼！呼呼！”那德性十足是被什么给烫到了。

被什么给烫到了？我们看向八达。烂操率先提出批评：“你是不是趁我们都在睡，跟老蜗玩滴蜡啊？”

“滚！我就拉拉窗帘，谁知道他干吗鬼叫。”八达翻了个白眼。

“你只是拉窗帘？”老蜗深表怀疑地看着八达，顺势将身子往外边探了探，“哎哟！”他又发出了一声惨叫，整个人跌回了角落里。

这次我们看清楚了，老蜗刚才碰到了阳光。那一瞬间，他的皮肤居然就跟丢进水里的烙铁那样，“哧”地腾起了青烟！

“把窗帘拉上！拉上！”老蜗有些气急败坏地叫道。

八达莫名其妙地照办了，我们纷纷下床来围观老蜗，只见他身上照到太阳的地方居然烧焦了。“你是吸血鬼啊？”我条件反射地吐槽。

“说什么风凉话！”老蜗没好气地骂了一句，我们却都情不自禁地后退了一步——乖乖，离得近了，才发现他的嘴里居然有上下四颗尖锐的獠牙！那十足就是吸血鬼的獠牙啊！

我们的反应让老蜗察觉了什么，他伸舌在嘴里舔了舔，表情变了，赶紧爬下床跑到镜子前。

镜子里没有老蜗！嗯，据说吸血鬼是不会映在镜子里的。

气氛顿时更诡异了。金氏率先捂住丰胸尖叫道：“我的血管里流的都是猪油，不好喝的！”

“别玩了……”老蜗有些焦急地说，“我不是吸血鬼！”

“尖牙、怕太阳、不能照镜子，还说不是？”烂操痛心疾首，“想不到你既不浓眉也不大眼，居然也背叛革命了！”

“好吧，就算是吧。那又怎样？大家兄弟一场我不会伤害你们的。”老蜗信誓旦旦地说。

大家却仍是各种忌惮。

说起吸血鬼，我可是行家。看过各种各样吸血鬼主题的电影、动漫和小说，变成吸血鬼的人类总要面临残酷的怀疑与背叛，最后自暴自弃。身为舍长，我会让这种事情发生在宿舍里吗？

我，不能！

我与老蜗四目相对，用坚定的目光锁定他的慌乱。可怜的老蜗，此刻多像一个溺水的人，而我大爱无疆的瞳孔就是他的救命稻草。

我轻轻向老蜗点了点头，意思很明显：交给我吧！你相信我吗？

老蜗也向我点了点头：我信！

于是我出其不意地把窗帘又给拉开了！

“咿呀呀呀呀——”更多的阳光似瓢泼大雨一样洒进来，毫无防备的老蜗被浇了个彻底，一面惨叫一面飞起，直接从十号床飞到了我的一号床上，身上冒烟不止。

喔喔，真不愧是吸血鬼，运动神经果然超凡呢。我微笑着对目瞪口呆的各位说：

“大家看到了，吸血鬼很好对付的，所以我们不要怕老蜗。”

“你就没有第二种说服他们的方式吗？！”老蜗躺在我的床上呻吟。

但显然我的战略非常奏效，人从来只会害怕未知的威胁。大家互相看看，窃窃私语。排长走到老蜗面前，低下头，嘴巴渐渐挨近。

“喂喂你要干吗？！”老蜗大叫。

结果排长“哈”地长出一口气，老蜗一个翻身，从床上栽到了地板上，全身抽搐。

“真的耶，吸血鬼怕大蒜！”排长有些兴奋，“其实昨晚我吃了很多大蒜，到现在还没刷牙！”

我怎么觉得就算人类被这么一熏也扛不住？不过这气氛不错啊，大家重新接受老蜗了！

“记得吸血鬼还怕十字架的！”大卫把他的格子衬衫拿到老蜗面前，“你看你看，好多十字喔！”

“啊啊啊啊——”老蜗在地上乱扭。吸血鬼对十字的恐惧类似有些人的尖端恐惧症或密集恐惧症，看到了十字形状就会浑身无力，严重起来甚至吐血身亡。

一件衬衫就能制服的怪物，换你你怕吗？

于是剩下的时间里，415从惶恐不安的预备役血奴集中营摇身一变成了吸血鬼科学实验站。我们将听过的各种吸血鬼传说在老蜗身上一一施展验证。

据说吸血鬼会怕银制品。一灿就用他戴着银戒指的手一遍又一遍帮老蜗顺毛，每顺一下老蜗都会像经历炮烙之刑般鬼哭狼嚎。

老蜗想要去上厕所，但据说吸血鬼在不被邀请的情况下是没法进入室内的——于是我们站在厕所里，眉开眼笑地看着老蜗憋得跳脚却仍要低声下气地哀求我们请他进去。

据说吸血鬼没法跨过流动的水——所以我们邀请老蜗进厕所之后，故意把一盆水打翻在他与便池之间，然后眉开眼笑地欣赏老蜗憋得跳脚却仍要低声下气哀求我们放过他的膀胱……

我成功了！在我的英明指引下，大家不再害怕老蜗，我们又是相亲相爱的一家人了！这样的智慧有时候我自己都会害怕。对了，为什么老蜗看我的眼神好像充满杀意？

“对啦，我想起一件事。”锅炉工说。

“求求你们这群人渣放过我吧！”老蜗热泪盈眶。

“不是啦，我是想说，你怎么会变成吸血鬼的？你最近被吸血鬼咬了吗？”

喔喔，玩得不亦乐乎的我们居然忘记了最原始的设定。老蜗显然不是那种天生的纯血种吸血鬼，而是典型改造后的二手货。这就要求先得有个吸血鬼咬过他，跟他进行名为“初拥”的仪式。

“初拥个毛。”老蜗说，“我只被狗给咬过！”

03 汪星人也要当吸血鬼

虽然被狗咬成了吸血鬼实在太扯，但目前什么线索都没有的我们还是只能将嫌犯锁定成那位汪博美。狗的主人曾给老蜗留下了联系方式，叮嘱说万一有什么不妥就再去找他，倒是蛮知书达理的。想必他不会知道，自家萌宠闯下的祸远不是那么简单。

我们原本想让老蜗一起去见狗主人的，可天气好得不像话，万里无云，气温高达三十五度，对吸血鬼来说真是分分钟灰飞烟灭。老蜗向外瞄了一眼，立刻把退堂鼓当成架子鼓狂打一气。

“平常懒也就算了，这件事你都不上心？”我们严厉指责。

“我不是懒啊，我超上心的！”老蜗可怜兮兮地说，“你们想啊，如果我以后一直是吸血鬼，就不能去上课了，就不能随便出门而只好拜托你们帮我带饭买东西，就只能在深夜里玩游戏……”

这跟本来的你有什么不同！听着真火大！于是我们不由分说地把老蜗拽起来，给他涂上大量嬷嬷提供的防晒霜，然后戴上帽子墨镜围巾口罩手套，再披上风衣穿上雨靴，想说武装到这种地步多少能抵御一下了吧？

就在我们这么操作的过程中，老蜗中暑了。

没办法，只好我们替他去了。

“我们”是一灿和我。一灿跟老蜗是同乡，此行义不容辞；我则是对这事儿特感兴趣，必须要全程参与，回头才好写成小说嘛。

我们顺利地来到了汪博美的家，门刚打开就看到一个天真的小脑袋，正是那罪魁祸狗！我和一灿立刻双双后退，要是也给咱们来一发就完了。虽然我个人认为一灿这种花美男才值得变成吸血鬼，老蜗这种头发凌乱皮肤黝黑眼袋浮肿的货色只配变成木乃伊。

“小闹，乖，进去！”一个穿着烟囱裤衩的老伯呵斥着把汪星人抱起，想必这就是老蜗说的苦主了。我对他随手抱起这等危险物种的行为表示惊恐。

老蜗人不能来，但事先联系过老伯说有俩朋友要来问些事情，所以老伯很热情地把我们请进屋，问道："那位同学怎么样了？"

"八肿摸样（不怎么样）。"一灿说。

"还肿着？"老伯自责，"都是我没管教好小闹！"

"偶民就素想嗡嗡狗滴死（我们就是想问问狗的事）。"

"死？"老伯激动，"它是有错，但罪不至死啊！"

我觉得放任一灿跟人沟通下去将会浪费非常多的篇幅，于是插嘴道："您的狗常咬人？"

"第一次！绝对是第一次！"老伯信誓旦旦，"其实它胆子特别小，还怕生。"

"真是看不出来啊。"

"唉！可能最近太热了吧。昨天白天，小闹一整天都没有活力，老躲在阴影里，喂它东西也不吃，直到天黑下来才恢复了一点精神。"

"昨天开始的？前天呢？"

"前天很正常，就是晚上被一只蝙蝠给咬了。"

"蝙蝠？！"

"是啊，你们懂的，有时候会有没头没脑的蝙蝠飞到家里来嘛。一只忽然落到小闹身上，好像还咬了它，害得它受了不小的惊吓。昨天的反常也许跟这个有关系吧。"

我跟一灿对视。蝙蝠一直是吸血鬼的Logo。如果说那只蝙蝠咬了汪星人，把它变成了吸血鬼，倒不是不合理。然后汪星人又咬了老蜗，把他也给变成了吸血鬼……

这时我注意到，那汪星人正在一片洒满阳光的地板上吃狗食，边吃边摇尾巴。

它不怕阳光了？它还能吃东西？吸血鬼唯一的食物不是只有鲜血吗？难道真像老伯说的，它正常了，就因为咬过了老蜗？

"你怎么看？"我问一灿。

"系夫它成精似吸鞋鬼，氮素八造花森了森马似又好了（似乎它曾经是吸血鬼，但是不知道发生了什么事又好了）。"一灿若有所思地说。那认真而俊美的表情配上这闹着玩儿似的普通话，让人不禁忧伤。

好在我跟一灿很熟，所以大致能听懂，我的结论其实跟他一样。不过，咬了谁就能把吸血鬼的属性转移给谁，这倒是没听说过。也许那只蝙蝠原本也是正常的，只是因为某个原因吸血鬼化了，然后在咬了汪博美之后痊愈了？

谁知道呢，这个世界有太多无头无尾的怪事了。

再问也问不出什么线索了，我跟一灿就告别老伯，返回 415。

让人意外的是，我们刚进门就遭遇了辅导员！

我们的辅导员姓许，一个三十来岁的浮肿女纸。刚入学的时候，我们还见过她几面，可是随着时间的流逝，她开始像排长那样的垂暮之人，见一面少一面。以至于每次看见她，我们都要花时间回忆一下这人是谁。

“你们俩野回来了！”辅导员看到我和一灿，恶狠狠地丢来一句，总觉得这话她是想要配一个吐痰动作说的，但身份不允许，“你们宿舍也算是极品了，旷课数目全系最多！你们真的是来上学的？！”

我们当然知道自己的大学生涯有多荒唐，不过这话从一个根本没管过我们的人嘴里冒出来，听着还是有点别扭。

“尤其是你！”辅导员话锋一转，矛头指向老蜗，“你也太逆天了吧！上个学期挂了几科有没有数过？重修课去过一次没有？这学期以来你有上过一节课没有？”

不知道为什么，辅导员一边骂老蜗，一边有意无意地看向排长。给我们造成一种排长是老蜗亲爹而辅导员正在家访的错觉。

众矢之的的老蜗坐在他的床上一言不发。老蜗也是有点儿痞气的，此刻他正在展示一种名为“谁鸟你啊”的精湛演技。

“朽木不可雕！”辅导员彻底被这种态度激怒了，她重重一跺脚，“你就等着接受处分吧！”

她说完刚要走，老蜗忽然叫道：“站住！”

辅导员转过头，只见老蜗向她走来，一双眼睛深邃地盯着她，辅导员激动的表情渐渐趋于平静。

我心里一动：吸血鬼除了一身弱点外，本事也不小啊，其中一项就是催眠！

“老实了？”老蜗的声音充满魅惑。

“特老实。”辅导员乖巧地回答。

“说说，今天怎么忽然来找我了？”

“还不是因为上头下令要抓纪律嘛！任务摊到各个辅导员的身上，没办法只好干点儿实事啦，否则谁关心你上没上课喔。”

“所以你私人对我没意见咯？”

“当然啦。我甚至记不住你。刚才见面第一个想法是这人真是又黑又丑。”

“最后一句是多余的！”

我们惊喜地看着辅导员对老蜗有问必答，像个服服帖帖的机器人。

“总之这事给我解决掉，你要抓别人我不管，别搞我——还有我宿舍的。”

“好的。亲，还有什么需要吗？”

“……这种客服口吻是怎么回事？”

“因为我平常都不务正业在搞网店呢。”

“走走走！”

辅导员就跟我们鞠了一躬后走掉了。这简直太让人兴奋了！老蜗喜滋滋地摸着下巴自言自语：“当个吸血鬼其实也不错嘛。”

04 吸血鬼骑士

夜幕又一次降临了——啊，我写这种句子写得好烦。下次我要用充满新鲜感的描述来代替，比如：

节操又一次粉碎了。

嗯……好像有哪里不对呢。

总之，白天时候的老蜗，虽然躲在屋子里不必直接照射太阳，但四周都充斥了紫外线的环境显然还是让他很不舒服。要知道真正的吸血鬼白天可都是在幽森的古堡里躺棺材的呢。不过天一黑老蜗就开始精神了，一双眼睛跟贼似的闪闪发亮。

他已经体验过了吸血鬼的催眠能力，现在想要试试其他的。

“吸血鬼应该要有斗篷。”我建议，“好像有些能力必须结合斗篷才能发挥出来呢。”

可是宿舍里哪儿有斗篷，最后老蜗将就着把蚊帐拆下来裹在了身上。嗯，真是洁白无瑕的斗篷啊。

“感觉是有点不一样，”老蜗兴奋地说，“身体都变轻了哈。”

“对啊！吸血鬼是可以飞的！”我也激动了，“带上我带上我，我们去外面飞一圈！”

“我也想去！”“也带上我！”“算我一份！”其他人听了立刻嚷嚷。

“你们以为我是吸血鬼还是公交车啊？尤其是金氏，我让你上的话就要变标本了。”老蜗瞪了大家一眼，此刻的他已经从上午时人尽可欺的屌丝摇身一变成为人人争相巴结的白富美，可扬眉吐气了，“段段先说的，段段上来吧。”

“哦耶！”我得意地冲大家一抬下巴，登陆老蜗。

变成吸血鬼后的老蜗气力也增加了不少，毫无难度地背着我来到窗前，他张开双臂，蚊帐随着夜风轻轻飘动，那气质，多么像精神病院跑出来的啊。

但是下一秒，精神病人老蜗带着我飞起来了！只听呼啦一阵风响，我就来到了空中！哦哦哦哦那感觉太奇妙了啊！就像是坐在只剩下一节的过山车，老蜗以极快的速度、极疯狂的轨迹在空中飞行着，蚊帐鼓起的轮廓看着仿佛蝙蝠翅膀，除了颜色不太对之外真的好像吸血鬼伯爵啊！

“哈哈哈哈！”老蜗大笑。

“哈哈哈哈！”我抓紧他，也跟着笑。

然后下一秒我就想哭了，因为忽然飞来了一大群蝙蝠，就是这个！吸血鬼伯爵身边常常有蝙蝠环绕的，问题是我怕老鼠以及跟老鼠长得很像的蝙蝠以及会吃老鼠的猫头鹰啊啊啊啊！那群蝙蝠近在咫尺地拍打着翅膀发出尖叫，吓得我毛骨悚然，手一滑直接从天上掉下来了！

不过老蜗还算是仗义，见我坠落了，立刻一个急转弯加俯冲，在我“肝脑涂地”之前以公主抱的姿势将我稳稳托起，总算有惊无险。

当时的地点是通往学生街的一条僻静小巷，没什么人……没什么人不代表没人，有个人目瞪口呆地看着我们，明显受到了惊吓。那竟是小苹果。

415 的苹果汁中，老蜗是比较特殊的一名。他虽然也喜欢小苹果，却没有过任何实质的追求行为，只是单纯觉得她挺萌的。像这样与小苹果面对面的机会对他来说不多，却偏偏是以披着蚊帐、抱着我的造型……

但是小苹果的震惊只维持了一会儿，嘴就瘪了。啊她居然哭了！我们都有点儿手忙脚乱。

“都怪你害我摆出那种 Pose，把她吓哭了！”老蜗说。

“啊靠，都怪你打扮得这么惊悚才对吧？”我反唇相讥。

可是小苹果哭哭啼啼告诉我们的却是另外一个故事：她的手机刚刚被偷了。

“我刚从永辉超市出来，有个人从我身边挤过去，等我发觉口袋空了，就赶紧追上去。”小苹果眼泪汪汪，“我让他把手机还我，我愿意给他五十块，但是他不肯。”

我和老蜗同时无语，知道是谁偷走手机的就叫人啊！自己追上去是多有种啊！还跟丫讨价还价五十块买回来？我不知道这到底该算是天真还是不知天高地厚了……

“我就想要回手机，别的都没想。”小苹果继续眼泪汪汪，“里面有好多重要的号码啊。”

“别哭别哭，告诉我那个人什么鸟样，往哪边走了，我帮你拿回来。”老蜗温柔地说。

小苹果就抽抽搭搭地提供了线索，老蜗背起我，帅气地说了一句：“交给我吧。”然后猛然展开那身蚊帐，“咻”地化成夜空中的一道蝙蝠白影，飞出老远，我都能看到小苹果那张合不拢的嘴。从没有用心讨好过小苹果的老蜗，简直是一晚上追平了大卫他们的成绩啊！

偷走小苹果手机的，是一个穿蓝白 T 恤的光头。目标明显，老蜗又居高临下，很快就发现了嫌犯所在。丫跟几个哥们儿在一个烧烤摊喝酒撸串儿呢。

“敌众我寡，不宜强攻，只能智取。”我觉得不能白来一趟，遂贡献计谋。

结果老蜗说：“智取个屁！”一扇翅膀，大大咧咧地降落到了光头那桌前。这货懂不懂什么叫低调啊！非得这么招摇吗？！而且这样不就显得刚才认真思考战术的我特别二吗？！

光头等人正把酒言欢，突如其来的老蜗让他们呛到了，等看清对方趿着拖鞋披着蚊帐的造型后，他们不约而同地露出“为什么要放弃治疗”的表情。

“你！”老蜗牛气哄哄地指着光头，“偷走的手机交出来，饶你不死。”

光头以及他那几个瞅着也不像好人的同伴交换目光，集体“呸”了一口，地上瞬间出现一摊痰迹。好恶心！好不文明！丫们凶道：“小子，有种！”

老蜗踘踘地冷笑了一下，然后一下子只剩了残影，他像风一样呼啸着刮到光头身后，呼啸着把丫的双手反剪到身后，对方直接傻了，老蜗从容地从他口袋里掏出一个粉红色的缀满心型碎钻的诺基亚。

“这是你用的哦？”老蜗嘲笑，继而发现背面贴着个大头贴，上面正是光头的形象。

啊靠，还真是他的！这个死变态！

老蜗又从他的另一边裤袋里掏出一个浅黄色的，嗯，这次没错，是小苹果的了。

老蜗如入无人之境的行为彻底激怒了光头，但老蜗的力气又大得让他反抗不能，只好向其他人求救：“你们愣着干吗？痛扁这个神经病！”

光头的弟兄们立刻抄起椅子酒瓶筷子烤串等凶器，朝老蜗包围上来，值得欣慰的是，他们完全无视了我。我干脆拿起一串鱿鱼，边吃边看戏。

唉，真不是我想省字数，整个战斗过程不到一分钟就结束了，吸血鬼的速度真的快如闪电啊，老蜗不费吹灰之力躲过攻击顺便施以还击，现场尸横遍野的时候，我嘴里的鱿鱼都还没咽下去。

烧烤摊老板吓得躲一边报警去了。

“好了好了，东西也拿回来了，我们走吧。”我赶紧对老蜗说。

老蜗却没有挪动脚步，我看到他正盯着那个光头。那货的胳膊刚被玻璃碴划破了，正在流血。老蜗看了好一会儿，抓起那胳膊，舔了一下。

一个打扮得像精神病院逃出来的吸血鬼在舔一个光头中年糙汉脏兮兮的胳膊！我关于吸血鬼的浪漫幻想都快碎成渣了。而老蜗在舔了一下鲜血后，表情竟然跟便秘数日后终于畅通了一般快乐似神仙，让我一阵心寒。

“老蜗！我们走了！”我大声喊。

正沉浸在吸血快感里的老蜗这才回过神来，他有些慌张地舔了一下嘴唇，“哦哦”了两声，带起我直冲夜空。

05 我和小伙伴们都惊呆了

吸血鬼就是要吸血的，这我早就知道。就像是蚊子，你让它吃饭来维持生命显然不现实。但是白天的时候，老蜗并没有流露出那么强烈的对鲜血的渴望。肚子饿的时候，他吃着我们给他买的韭菜炒猪血、卤水血豆腐、鸭血粉丝汤之类，也一样津津有味，让我们觉得人跟吸血鬼真的可以和平共处的。

但老蜗尝过鲜血的滋味后，曾经沧海难为水……

行侠仗义回来后，老蜗把手机交给小苹果，博得了她脉脉含情的目光。再然后他回到 415，对大家添油加醋地吹牛，完了继续他的游戏事业……看起来似乎没什么不对劲，大卫、烂操他们甚至都对他有些羡慕嫉妒恨了。只有我觉得，老蜗似乎开始强忍着什么，我总能在他脸上捕捉到不自然的表情。

这导致我当天晚上难以入睡，我在下意识防备。

凌晨三点，我等待与害怕的事情终于发生了。我迷迷糊糊地听见一声轻微风响，睁开眼睛，看到老蜗悄无声息地停在了大卫的床头。

黑暗中，老蜗的双眼正在闪烁着红光。“啊！”我大叫一声，闪电开灯，其他人被惊醒了，大卫更是跟老蜗打了个照面。

老蜗正大张着嘴，獠牙寒光闪烁，典型要开动的节奏啊！大卫尖叫一声，长腿一伸，老蜗被蹬飞出去。

我和小伙伴们都惊呆了。容嬷嬷脸色苍白地说：“老蜗你快告诉我，你刚才只是想亲大卫对不对？”

显然老蜗也想找个什么借口解释刚才的行为，但是容嬷嬷给出的选项根本是把人往沟里带，他一时陷入沉默。

“大家兄弟一场，没想到你会对我下手！”大卫悲愤，“但是不得不承认，你很有品位。放眼整个宿舍，数我白皙粉嫩，肤若凝脂，吹弹可破……”

现在是自卖自夸的时候吗？大卫你在暗爽什么啊？！

看老蜗的样子是想跟我们解释的，但一张口獠牙就特别醒目，让人不寒而栗。八达轻声问排长：“你嘴里的大蒜味还有吗？”

“靠，我今晚刷牙了！”排长抗议。

“你居然做出刷牙这么不要脸的事！”大家痛心疾首。所以怎么办？万一老蜗真的克制不住血瘾，我们该怎么对付他？现在是黑夜，视野范围内也没有十字。

结果老蜗努力捂住了嘴，转身飞出了窗户，我们还没反应过来，他就消失了。

毕竟是兄弟啊，原则还是坚持住了。只是不知道会不会有人代替我们，成为老蜗的牺牲品。

话又说回来了，老蜗吸血之后，就会恢复原状了吧？而那个被吸的家伙则会成为新的吸血鬼……

我们被这个插曲弄得睡意全无，又怕老蜗会杀个回马枪，只好集体熬夜。熬了没一会儿就各自东倒西歪，而金氏更是睡得跟死猪一样。我们想了想，把他的衣服悄悄掀开，露出肥腴的肚皮，希望就算老蜗来吃回头草，金氏也是他的首选。

一夜就这么过去了。

次日清晨，八达风雨无阻地起床大便时，看到老蜗还是没回来，赶紧把我们叫醒。

“没回就没回呗……在他把那身病治好前，我绝不许他碰我……”嬷嬷说着梦话。

“天亮了啊！再不回来会晒死在外面了吧！”

我们这才发现问题严重。今天是多云，但谁也不能保证下一秒会不会出太阳，只要仍是吸血鬼，老蜗就危在旦夕啊！

这时对面宿舍区传来闹哄哄的声音，不知为什么我们直觉跟老蜗有关，赶紧起床，穿好衣服刷好牙洗好脸吃完早饭后，心急如焚地赶往那里。

该宿舍区的入口处有两个大型垃圾桶，就是《进击的巨人》里的兵长能在里面跳绳的那种尺寸。好多人围着其中一个。某清洁工大妈拿着扫帚在狠敲：“开门查水表！”不对，她说的是：“有病啊，一个大男人躲垃圾桶里！快滚出来，别妨碍老娘干活！”

围观群众窃窃私语，有人帮大妈去掀桶盖，我们听见里面传来闷闷的求饶声：“不要啊，不要！”

果然是老蜗！好死不死，这个时候太阳从云缝里露出来了，简直跟舞台的追光似的朝着垃圾桶罩下来。人群外的我们想阻止，垃圾桶的盖子已经被果断掀开！

“呜喔喔喔——”老蜗发出一阵撕心裂肺的惨叫，我们纷纷掩面，谁也不忍心看到老友灰飞烟灭……

可是，什么也没发生。老蜗鬼叫一阵后发现自己好好地站在垃圾桶里。然后那个清洁大妈一挥扫帚，把他给扫了出去。

一身恶臭的老蜗，只穿着裤衩站在阳光下，表情呆滞，嘴里的獠牙已经没有了。

……

事实证明，现在的老蜗看见大蒜也不怕不怕啦，不怕不怕啦，不怕不怕不怕啦……他失去了吸血鬼的弱点和能力，他变回人类了！

老蜗告诉我们，昨晚他强忍住不侵犯我们，外出暴走，真的就像毒瘾发作那么难受和神志不清。醒来发现自己躺在光明湖公园里。看看是阴天，他赶紧狂奔回校，半路发现有阳光蠢蠢欲动，只好躲进垃圾桶……

“肿鸡（总之），”一灿说，“里鸭定咬了随，才费变肥乃（你一定咬了谁，才会变回来）。”

我们点头。老蜗是汪博美的替死鬼，必然也有人当了他的替死鬼。不知那是不是我们学校的？我们同情那个倒霉蛋，又庆幸 415 从吸血鬼的阴影中解放了。

此刻，外面的天气是多云转阴，对于那个菜鸟吸血鬼来说，这算是一种缓刑吧？

06 特种部队：吸血鬼猎人 415 别动小组

未来三天，学校里开始流传起一个怪谈：只要在晚上去光明湖公园，就会遭遇神秘蝙蝠的袭击！

说起这个怪谈的，首先是最爱去公园幽会的那些情侣。三天之内，总共有四对情侣出事了。据事后口供，他们什么也没做，就只是在树林里散步兼卿卿我我而已，忽然就被大群蝙蝠给包围了，想跑的时候，一股不知名的力量飞快袭来，把他们双双打昏。

据说，受害者不分男女，脸都被抽肿成了猪头，好可怜！消息传开，人人自危。

一些手头不是那么方便的情侣只好另想其他办法。

415 的我们知道这事后，心情很复杂。

蝙蝠、来无影去无踪的神秘力量……这怎么看都是吸血鬼干的好事啊！说得更确切些，是老蜗的继承人干的好事。这家伙不简单啊，它似乎很清楚，一咬人就会失去力量，所以没见闹出什么吸血事件，倒是活用力量整人，尤其是情侣！

“我们是不是应该做点什么？”容嬷嬷问。

“你个老妖婆多管什么闲事啊！”金氏率先反对。

“早些年虐待紫薇的时候怎么不见你这么正义？”烂操冷笑着搬出百玩不厌的梗。

“可只有我们知道对手是吸血鬼啊，也只有我们知道怎么对付它。”容嬷嬷解释，“再说，放任那家伙胡闹下去，我们以后怎么约妹子去公园呢？”

这倒是个很实际的问题。顿时一群没有妹子的人开始认真地困扰起来。最终排长一拍大腿：“去吧！”

于是，我们开始做对付吸血鬼的准备。

我们先去永辉超市买大蒜，一大串一大串拿网子装的那种；然后又去学生街买十字架，那种廉价小饰品地摊上特别多；银弹我们弄不到，但我们的心里装着足够的淫荡，说不定也能起到一定作用！至于阳光，这个最强的武器却因为近日的天气而形同虚设，再加上公园本身草木繁茂，无论隐蔽还是遮阴都特别方便，那个吸血鬼真是占尽天时地利啊！

好在我们有人数上的优势，除非一次性把我们团灭，否则光一个金氏就能压死它。

我们选在夜里十点出发。这个时间，应该很适合吸血鬼出没吧？

因为先前接二连三的骚动以及夜已深，公园的游客少了许多。我们抵达的时候，只看到一盏盏朦胧的路灯，散步道上、长椅上、草地上……一个人都没有。

“真够冷清的。”八达说，“我们进去吧。”

“等等。”锅炉工阻止，“吸血鬼看到我们这么一大帮人，会出来么？”

一语惊醒梦中人，这话的确有道理。“那我们是应该分散开？”老蜗问。

“坠好还系挑粗一过淫捉饵，影射粗洞（最好还是挑出一个人作饵，引蛇出洞）。”一灿提议。

“那该挑谁好呢？”金氏一边说，一边打死一只正在叮他的蚊子。

看着金氏胖胳膊上那一小摊血，我们露出了奸笑。

“又是我？”金氏大叫，“我不干！凭什么啊！”

“这么艰巨的任务只能托付给最可靠的人。”

“屁咧！根本是看我好欺负！”

“知道就好，死胖子你就直接说干不干吧。如果敢说个不字，今晚起你就去睡厕所！”

金氏泪流满面地屈服在了集体的淫威下。

因为光明湖公园是个开放式的公园，所以我们喝令金氏沿着一条主要的散步道前进后，便各自循不同路径潜入，然后借助草木的掩护，鬼鬼祟祟地监视与跟踪金氏。

喔喔，这感觉还怪像野战游戏的哩，好刺激哦！

当然金氏的心情完全相反，他在我们的唆使下，将袖子与短裤都往上卷了不少，以便露出更多白光光的脂肪，真是肉欲十足的诱惑呢！

金氏走着，我们亦步亦趋地跟着。

刚开始，我们沉浸在自己营造出的惊险气氛中，神经紧绷，全情投入；半小时后我们开始打哈欠，打蚊子，觉得自己奇蠢无比。

也许一开始就错了？我们应该找个妹子来，那吸血鬼不是专攻击情侣吗？还是说它早就发现了我们？

我正想着是不是撤退算了，忽然发现金氏没了。

真的没了。从我的角度完全看不见他，我赶忙打大卫手机："警长警长，我是白鸽我是白鸽，立刻汇报金氏现在的位置。"

"白鸽你妹……猪仔不见了啦！"

埋伏在不同位置的大家一合计，确定金氏失踪了。更残酷的是，我们当时都有些不耐烦，以至于谁都没发现他是什么时候和怎么不见的。玩笑开大了喂！

好在一排松树后迅速传出窸窸窣窣的声音，以及金氏慌张的呼喊声"救……"

我们立刻朝那里奔去。

07 谁笑到最后，谁就能活到最后

拨开茂密的叶丛，我们发现松树后居然有块空地，至少四个人在场。那里正是路灯的死角，特别阴暗，我们只能判断某个独一无二的轮廓是金氏的。那另外三个围着他的是……

"十字架！"我大叫一声，大家纷纷掏出团购的十字架，瞄准那三个可能性吸血鬼。结果他们毫无反应，推开金氏就想跑！

居然不怕十字架？我们带着疑惑追上去，很快又给堵住了。他们仨背靠一棵大榕树，与我们的包围圈形成对峙。

"哎，是你啊？"老蜗睁大眼睛。

我也认出来了，不就是之前偷小苹果手机的那个光头吗？世界真小啊！

“你什么时候被他咬的？”

“你们在说什么，我听不懂！”光头恼羞成怒。

“装？试试这个！”最擅长狐假虎威的烂操抡起一把大蒜砸上去，光头三人立时满脸嫌恶，但那跟吸血鬼的恐惧不是一回事。

“你们不是吸血鬼？”我们愣了。

“他们的确没有要吸我的血，把我拖进树丛就要我给钱。”金氏心有余悸地说。

“所以你这笨蛋就只是在从事偷抢拐骗的老本行？真令人失望。”老蜗摇头。

“靠！你们这群小鬼别太嚣张！”光头爆发了，掏出一把匕首吓唬我们，“让开，我们要走了！”

这些家伙就算不是吸血鬼，至少也是社会不稳定因素，人多力量大的我们怎能放虎归山！

“让开啊啊啊！”光头乱挥着手，刀子刺进了身边的榕树里。

这也许只是个无意识的耍狠动作，却猛然开启了通往真相的大门——

我们同时感到脚下一动！地震了？不，土壤里有什么在躁动，那是……树根？！只见眼前那棵大榕树一下子活了！其特有的长到垂地的须根像鞭子那样呼呼挥起，劈头盖脸地抽在了光头身上！然后其中一束须根将丫的脚一卷，用力甩了出去，正正砸中另外两个同伙，三人一起嗝屁。

这一切发生得太迅雷不及掩耳，我们被吓得药不能停好吗！我们要找的吸血鬼不是人类，是棵树？！

“我我我想起来了……那天晚上脑子不清醒，是有抱着树啃来着……”老蜗的记忆复苏了。

树都能变成吸血鬼？既然汪星人可以，植物当然也可以。反正也只是诅咒的转移罢了，而且这样一来就说得通了。植物不比动物能到处行走，也没有可以吸血的牙齿，于是袭人事件来回都发生在这个公园。吸血鬼化赋予了它强大的生命力，这货现在搞不好还有智商啊！

“还、还等什么？”排长发号施令，“进攻！”

我们赶紧把身上的十字架和大蒜统统没头没脑地砸过去。

“呼——”大榕树全身的树枝都在疯狂晃动，就跟一大堆蒲扇同时发力那样卷起了一阵风，顿时飞沙走石，我们的视线大受阻碍，紧接着“吱吱吱吱吱吱～”恐怖的尖叫声响起，蝙蝠大军应召而来！它们或舍身成仁抵挡大蒜与十字架，或冲锋陷阵对我们频频施虐，啊啊啊那种感觉太恶心，我不玩了妈妈！

五分钟都不到，我们就全军覆没了。而榕树虽然在我们最初几下攻击中断了些枝丫，但跟那枝繁叶茂的整体相比，却只是九牛一毛。我们想逃，榕树却似乎察觉到我们知道它的底细，用坚韧的长须将我们的手脚捆起，不打算放虎归山了！

415陷入前所未有的大危机！怎么会这样子咧！这明明只是屌丝日常幻想喜剧而已啊！

转机总是在最绝望的时候出现。一直占尽上风的榕树，忽然颤抖了一下。当时它正向锅炉工伸去长须，眼看就伸到了，却猛然一缩！

“像我这样笑！”锅炉工勉强从地上爬起，我们看向他，这人正在用一种特别蠢的方式发笑：就是那种将嘴尽量咧开，咬牙切齿的笑法。众所周知锅炉工嘴很大，每次一笑总是会暴露最多的牙龈和牙齿。这就能让榕树害怕？不科学啊！但我们也顾不上那么多了，慌忙照做。

十人份的傻笑光波齐齐放送！被我们围在正中的榕树抖得更厉害了，抖得连刚才那样发动攻击召唤蝙蝠都做不到，阿弥陀佛我太高兴了。

一灿边笑边将他的拳头重重地按在树身上，消灭吸血鬼的最好办法是用木桩钉它心脏，但对方是棵树，谁知道心在哪里。不过一灿戴着银戒指，虽然是镀银的，还是给榕树带来了一定的痛苦。

不知过去多久，大榕树安静了，一动不动，似乎又恢复成了一棵普通的树。它的脚边满是断掉的长须与枝叶。

所以这是，赢了？我们面面相觑，脸上的傻笑却仍不敢松懈。半天才抱成一团，欢呼雀跃。

“老锅！你为什么让我们那样笑？”我们争先恐后地质问大英雄。

“你们仔细看。”锅炉工指着自己的牙笑道。

原来如此……不理解的人可以立刻去照照镜子：当你笑得咬牙切齿时，牙缝与牙缝之间就会形成一个个错落有致的小型十字架！当这些十字架乘以十，再嚣张的吸血鬼也只能败啊！

08 误杀，是一场盛大的寂寞

其实，以吸血鬼的生命力，那棵榕树未必就已经挂了，也许我们一转身它就复活了也说不定。但事情有时就是这么富有戏剧性：那棵榕树还是死了。原因特简单，持续了三天的阴霾结束了，阳光普照，榕树既然是吸血鬼就不可能不怕太阳，然后它又没法躲……

总之，那棵榕树原来的位置，只剩下了网络小说站上随处可见的大坑，不出意外是给晒成灰了。

从此，光明湖公园再没出现过莫名其妙的袭人事件，广大情侣可以放心做些不可描述的事了，可喜可贺。

只剩下最后一个问题：为什么榕树会专门攻击情侣？总不成一棵树会是“死死团”的成员吧？

“那棵树本来并没有攻击我们的意思。”嬷嬷回忆，“是在那个光头的家伙划了它一刀之后吧？”

“芥末梭起乃，偶细乎抗到素散有淫刻鸟琴棱闪，还有爱星鸡肋的（这么说起来，我似乎看到树上有人刻了情人伞，还有爱心之类的）。”曾近距离接触榕树的一灿恍然大悟。

原来是这样啊！变成了吸血鬼的榕树，其实根本没有伤天害理的意思，它之所以攻击某几对情侣，纯粹是因为他们在别人身上刺青秀恩爱的行为欠抽！原本不能动也就忍了，终于获得了力量，那还不有冤报冤，有仇报仇啊？

我们对不起大榕树。它花了多少心血时间才长成现在这样啊，那些随意践踏他人心血的无良人士，才是真正的吸血鬼！

梦境彩排事件

chapter 8

室友大叔已经奔四，生活依然得过且过。我觉得这样实在不好，就问他："大叔，你没有想过未来吗？"

"少看不起我，我每天都在想！"大叔说。

"跟我说说，你都怎么想的？"

"首先是早上。小未来掀开我的被子大叫：主人该起床啦！而我抓着被子撒娇：除非你唱一首《甩葱歌》！'真拿你没办法呢！啊啦渣渣啦粒粒啊滴滴……'"

"……谁在跟你说初音未来啊！"

01 谈笑有基友，往来无妹子

锅炉工问我："段段，去不去超市？"

"去干吗？"

"听说最近新出了一款很好用的电热杯……"

我们管锅炉工叫锅炉工，只是出于好玩，没想到这货会如此受用，甚至人生的方向都就此定型。两年来他为我们烧水无数，出场自带"咕嘟咕嘟咕嘟"的 BGM。有时候我会认真地想，如果当初我们给锅炉工起的外号是掏粪工，也许他现在已经是时传祥那种能被毛爷爷接见的全国优秀劳动模范了。

不过大二以来，锅炉工除了烧水这个很有前途的本职工作外，还多了个老师的身份。每个月总有那么几天……不对，是每周总有几天要去给一个叫朵朵的幼儿园萝莉当家教，其实就是个男保姆啦。因为朵朵是单亲家庭，她的妈妈、锅炉工叫"姚姐”的那位女子工作很忙，常常要加夜班，所以就需要锅炉工这种老实巴交的学生协助看护女儿，教书不过是辅助。不过，因为朵朵很萌，姚姐又很漂亮，所以即使锅炉工操着卖白粉的心拿着卖白菜的钱，也依然甘之如饴。

话说锅炉工叫我一起去超市，我就答应了，我正想去买卤肉饭呢。超市的卤肉饭是我们大学时代最重要的粮食之一。在热腾腾的白饭上浇一大勺浓香的、混合了肉丁、豆腐干、高丽菜和香菇丝的酱汁，搅拌均匀后的美味足以让人在这个垃圾学校再战三年。

买饭之前，我们在超市里随意地逛着。锅炉工还真去研究电热杯了，我则走进了生活用品区。昨天，我把枕头拿去晒太阳，结果不幸晒进水沟，后来虽说洗干净了，却总觉得枕上触感有异，已经不再是原来的它。呵呵，那就让我们好聚好散吧。于是，我就来挑一个新的枕头。

“帅哥要买枕头？”一个女营业员凑了过来，“我向您隆重推荐这一款！”

被隆重推荐的是一款竹炭枕，绿色的枕套显得十分清爽。大妈口沫横飞地普及这种枕头睡了多么涨姿势，价格也不贵，我有点心动。

“不过我不需要两个。”我看到包装袋里共有俩枕头，一个深绿，一个浅绿，“可以只买一个吗？”

“买两个才划算呀。你可以跟女朋友一起睡嘛！”

“问题是我没女朋友。”

“那就跟男朋友一起睡嘛，喔呵呵呵。”

这个喔呵呵呵是什么意思？你就不能说“早晚会有的啦”吗？受到羞辱的我转身就走。

“别这样嘛帅哥！”营业员可怜巴巴地拦住我，“一个也好，你拿走吧。其实这枕头卖得特差。当初一共就只进了两对，半年才卖掉一对，剩下这一对老板吩咐说有人要怎么卖都成……”

啧啧，想不到这家超市如此随便，不过这也正合我意。于是，我拿下了那个深绿枕头。营业员迅速将另外那个孤苦伶仃的浅绿枕头包好，重新放回货架。

这时锅炉工欣赏完电热杯来找我了：“你买枕头？这个好睡吗？”

“据说很好睡。不过你总是睡得那么投入，应该用不着它。”

“你又知道我睡得投入了？”

“当然了，常说梦话就是睡得投入的表现。”

415里睡相不好的人一抓一把，比如金氏经常睡下时头冲门口，睡醒后变成了脚冲门口。比如裸睡的大卫刚开始还会用被子给关键部位打码，一旦睡熟后，那马赛克就会随着他的辗转而在全身神秘游走，遮住脸而曝光其他部位的时候就特别有羞耻 Play 的感觉。

比起来锅炉工算是睡得很安分，直到我们发现这人会说梦话。有次他早早上床了，而我们还在看书聊天，忽听锅炉工说："听，是谁在唱歌。"

我们以为锅炉工还没睡，就都安静下来侧耳倾听，结果他又说："啊，原来是水快烧开的声音！"

这两种声音有一毛钱的相似吗？而且你居然在梦里还烧水！是有多爱干这件事啊！也是从那时起，我们知道了锅炉工会说梦话，只可惜内容太没有爆点了，至少说个银行密码啊！

"姚姐……"锅炉工若有所思，"最近好像睡得不太好，黑眼圈很重。我在想是不是该买个什么给她改善下睡眠质量。怎么说也受了她不少照顾。"

"哎哟，你还敢说对人家没意思？坦率地承认吧，男孩子就是这样变成大人的……"我用肘部顶锅炉。

"放心吧，我对她的意思肯定不如你对春菜的意思。"锅炉工很懂得怎么对付我，轻易反击了回来，"说起来春菜怎么样了？"

"跟她男朋友好得很。最近还要参加一个主持人大赛，生活充实着呢。"

"而你却是如此空虚……"

"闭嘴，臭三八！回去吃饭了！"

锅炉工贼贼地耸耸肩，与我一起走向熟食区。

02 早知道是这样，如梦一场

回到 415，吃过午餐，我便立刻对深绿枕头进行开光仪式。结果刚要躺下，嬷嬷就说："别睡午觉了。下午的马哲课要提前半小时，马上就该走了。"

"可是嬷嬷，有一种学习方式叫逃课。"烂操说。

"那个教授会点名啦。"

"辣就拜托里了（那就拜托你了）。"一灿说。

"你以为我们是为什么让你这老女人活到今天？"显然也不打算上课的排长冷笑。

"但万一教授要求每个点到的人都站起来……"

"那你就在点到我的时候站起来嘛！"老蜗用难以置信的口吻说，似乎惊讶嬷嬷连这点常识都没有。

“啊靠，那我怎么办？”嬷嬷大叫。

“就活该被记旷课啊！”金氏说。

嬷嬷坚定地给了我们每人一个中指。不过以我对他的了解，万一真要点名，他必然会像怪盗基德那样一人分饰多个角色。嘴上那么说身体却很老实向来是嬷嬷的萌点所在。

调戏完嬷嬷，我将后脑勺挨上深绿枕头，开睡了。

不知道是心理作用还是枕头确有奇效，我立刻被一种异样的放松感包围了，身体似乎轻盈了许多，迅速进入了梦乡。

我梦见了415。梦里，排长、烂操、金氏和一灿在斗地主，老蜗在打魔兽。嗯？这不就是我睡下之前宿舍里的景致？但我又确实在做梦，我第一次如此清晰地意识到自己在做梦。

这时电话响了。嬷嬷焦急地通知我们：“大事不妙，有点名！没法代，你们快来！”

于是整个宿舍一片兵荒马乱，大家抓起书本匆忙赶去教室……可还是迟了。我们被拦在外边。教授板着面孔问：“你们为什么迟到？”

“拉稀了。”我们异口同声。

“那就继续去拉吧。”教授冷漠地否定了这个低智商的答案。然后当着我们的面在点名簿上画了个大 ×，更扬言将让我们的期末成绩也呈现拉稀效果……

我在这时醒了过来，发现自己仍然躺在宿舍的床上。回味刚才的梦，竟是历历在目。

“段段，做春梦啦？”烂操瞥了我一眼，淫笑道。

“是的。梦见你和金氏在一起了。”我说。

“靠！你快去死一死。”

“嗯，我也打算再死一会儿。”说完我又躺了下来。

我又一次进入了梦乡，不过这次的梦和上次略有不同。这次，梦里的我在教室。

马哲课上到一半，教授果然开始突击点名，不过这次我不用怕了，只苦了仍然在宿舍里的老蜗他们。年迈的排长几乎跑断了他的老寒腿，俊美的一灿频频对教授放电，却仍无法改变他的心意……

马哲上完了，下面的课是语文。有了之前的教训，再没谁敢逃课了，415全员老实地待在教室里。

结果这节课上得极其无聊，关键是没点名！大家纷纷产生一种被骗婚的感觉，骂声不绝。

我又一次醒了过来。

两次我都只睡了五分钟，但是梦的节奏却很快，唰唰就是一下午，并且都超级真实。这是偶然吗?

“喂，我们去上课！”我对一灿他们说，“下午肯定会点名！”

“你怎么知道?”正抓着一手好牌的金氏不甘地问。

“反正去就对啦！”我说完，拿起课本率先出门。我也不是什么勤快角色，如今以身作则，到底是吸引着排长他们放弃了打混。只有老蜗，他在游戏和上课中痛苦地抉择了一秒，最后选择了游戏。

我们赶到教室的时候，已经开始上课了，我们以迟到的名义入场，教授并没有为难我们。

然后！课上到一半，那老家伙还真的拿起了点名簿！“下面我们来点一下名……”

除了老蜗，415 全都安全过关了。排长他们看我的目光惊讶极了。“那一会儿的语文课还上么?”他们问。

“不上。”我犹豫了一下，还是决定参考第二个梦中的情报，“语文课不会点名的！”

事实再次证明了第二个梦的准确度：直到下课，留在教室里的同学们所翘首以盼的点名都没有发生！

03 梦里梦里见过你

又买到好东西了。

如果说人生如戏，那么这个枕头显然可以起到一个提前彩排的作用。彩排的目的是为了发现问题，然后要么回避，要么修正。这样等到正式演出，就可以将犯错的风险降到最低——就像刚才，我在梦中分别彩排了去上课和不去上课两种情形，然后对症下药，随机应变，带领小伙伴们奔向了更加美好的未来。这是多么让人喜闻乐见的剧情啊！

虽然我们曾经提出过“有难同担，有福各自享”的美好口号，但实际上更多时候遵循的却是“你有什么不开心的事说出来让大家开心一下”和“我的东西是我的，你的东西也是我的”原则。当人渣们知道了我那个深绿枕头的妙用之后，它就立刻被充公了！我曾要求大家至少洗完头再枕上去，排长摆出要拿枕巾擦鼻涕的架势问：

“你刚才说什么了？”我立刻说：“大家别客气，随便用吧！就像在自己家一样。”

大卫第一个睡了我的枕头。他马上要去打一场重要的篮球赛，因此决定先将战术在梦里过一遍。结果醒来时脸色苍白，说自己打得太投入不小心踹到了岩班长的要害。我们安慰他，这就是彩排未来的意义啊！待会儿上场可千万悠着点。“嗯！”大卫就反复提醒自己：悠着点悠着点悠着点悠着点……结果看到岩班长时，紧张过度的他忽然飞起一脚，正中目标……岩班长无法上场，比赛惨败。

烂操又看上了一个妹子，就在梦里反复尝试追她，从轻轻一拍人家肩膀递上写着“在吗？”的纸条，然后扭头就跑的纯情羞涩作战一直尝试到戴着墨镜叼着烟，跩跩地拦住人家去路嬉皮笑脸问一句“陪哥玩会儿？”的浪子不羁作战，无一不是以妹子最终选择报警而落下帷幕，烂操不依不饶非要试出个结果来，我们忍无可忍将他打晕在床上然后把枕头抽了出来。

八达也参与使用了深绿梦枕，醒过来后我们问他彩排了一些什么？“午餐吃刀削面。”“为什么这种东西需要彩排？”“因为我想吃刀削面，但一碗八块太贵了啊！现在好了，用这个枕头做梦好有真实感，就像是真的吃过了呢！我现在可以毫无怨言地去吃食堂的快餐啦！”……八达，梦枕不是这么用的啦！而且横竖是做梦为什么不做大一点啊？为什么非得吃刀削面啊？穷死你算啦！

其他人也是各种乱用梦枕。排长泡眼镜娘，嬷嬷讨好武则天，老蜗反复制订游戏的战略……拜这群前仆后继的实验品所赐，我对梦枕的了解不断加深：

一、使用梦枕睡觉，可以清楚地意识到自己在做梦，并控制自己在梦里的行为。

二、只要想着自己最在意的事情入睡，梦就会围绕该主题进行。

三、梦的内容是以现实为基准的。变成超人打怪兽这种 YY 型的梦不成立。

也许还有其他，但暂时就是这么几个结论也已经够用。因为说老实话，我们彩排的东西都很鸡毛蒜皮，达不到影响人生的高度。换一个更积极更厉害的人，应该会有更具意义的用法吧。

我于是想起了春菜。她最近要参加一个高校主持人大赛，虽然春菜一直是一个外向自信爽朗的女强人，但面对这种比赛还是有些紧张，每次碰见都肯定要我帮她顺顺台词。

如果她知道能在梦中预先体验一次赛事，肯定会很高兴吧？这样一想我顿时觉得把梦枕给老排他们用简直是好猪都被白菜拱了……不对，是好白菜都被猪拱了。我说：“喂，枕头还来！”

“下一个轮到我，你排最后去！”金氏嚷嚷。

“擦队似很木有公德星滴啊（插队是很没有公德心的啊）。”一灿说。

这群渣还真把这当自己的东西了！不过，看着他们猥琐的脸和油腻的头发不断往梦枕上蹭，我自己用都要考虑考虑，怎能拿去玷污春菜？

我忽然想起超市还有一个梦枕，忙火速出门。

谢天谢地，那个浅绿色的枕头果然还在，我毫不犹豫结束了它的单身生涯。那位营业员大妈见我帮她们擦了屁股，十分喜悦，讨好地跟我说：“谢谢帅哥！祝你和女朋友睡得香甜！”

“就说我还没女朋友啦！”

“那祝你跟男朋友睡得香甜！”

买个枕头的原因必须这么狭隘吗？！

买好了枕头我就去找春菜。她是跟学姐们一起住的。当时是下午，学姐们都去上课了，春菜独自在宿舍里，我走到门口时听见她说：

“最美的梦是什么？是西伯利亚的白雪翩翩覆盖住了脚印，是阿尔卑斯的牧草一笔笔刷绿了蓝天，是金黄的银杏树叶宛如降落伞般开满一地，是我现在站在这里，通过努力让你们记住我。大家好，我是参赛选手 ××……”

我直接喷了出来。春菜转头看到门口的我，登时大窘，喃喃道：“我、我在准备主持人比赛的开场白啦！”

“哎，你不是要参加相声大赛啊？”

“你刚才听的是第五稿了，还是不太满意。”

“我觉得很好啊，非常爆笑呢。”

“会太矫情吗？不知道观众听了都有什么反应。”

“大概是笑得嘴都歪了吧。”

春菜羞愤地把手里的本子丢过来：“你这人怎么这么讨厌啊！人家正发愁呢！”

“所以我给你带来好东西了。”我把枕头拿给她，“这个一定能帮到你的。”

春菜先是意外我送她这个，然后笑了：“你怎么知道我最近都睡不好？我连梦里都在练习呢。谢啦。”

嗯嗯，要的就是这种热衷度。估计春菜一躺下绝对能做跟比赛有关的梦。我决定了，暂不剧透给她，惊喜正是送礼物的浪漫！

接下来的时间，春菜请我当观众，认真展示起她的主持人风采，一本正经的样子虽然老让我想笑，但我并不讨厌这样的气氛。不，我甚至喜欢极了。

百年修得共枕眠

“都怪爹爹没用，害你受了那么多的委屈……你瞧你都瘦了……”

“段段你在嘀咕什么哪？”

“没事……”

我擦着眼泪，把怀中的深绿梦枕放下。经过了禽兽们长达一天的轮番蹂躏，它已经不是最初那个白璧无瑕的它。如果把它拟人化，现在肯定已经忙不迭地从我怀中挣脱了，当我想要伸手搭住它的肩膀时，它竟如触电般猛地一缩，颤抖着说：“别碰我！我脏……”

总之梦枕回到了我手上。应该的，否则我今晚枕着什么睡啊？

不知道春菜是不是也已经睡下了。她一定梦到了主持人比赛吧？我一边想，一边进入了梦乡。

我开始做梦了。梦里是大白天，我在学校附近的光明湖公园。风和日丽鸟语花香，让人不禁感叹这样的日子宅在宿舍里睡觉该多棒啊！

这时，一个人影远远地跑了过来，是春菜。她一边接近我，一边拖长声音问：“等——很——久——了——吗？”

我不知道这是个什么梦，但条件反射地接上了台词：“没有啊，我也只是刚到而已。”

“喔，那走吧！”春菜说着，挽住我的胳膊。

我整个傻了。春菜的动作熟练自然而亲昵，闻见她近在咫尺的发香，我不禁呼吸急促。什么情况？！

“你干吗呆呆的？没睡好？”春菜在我面前挥手，然后捏了一下我的鼻子。这种情侣般的节奏是怎么回事啊？！我终于忍不住问：“那个，我们什么关系啊？”

春菜闻言，脸色一变，松开我缓缓后退，然后崩溃地掩面哭泣：“嘤嘤嘤你这个死没良心的，居然问出这种问题。我早就看出你不怀好意始乱终弃，但没想到居然是玩失忆这么老的梗……”

所以在这个梦里，我和春菜是……情侣？我愣了好一会儿，去拍春菜的肩，她顺势跟我十指紧扣。

“想起来咯？”停止假哭的春菜冲我做个鬼脸，“快走吧，不然赶不上看电影了。”

“喔喔……”原来我们要去看电影。

我很顺从地被春菜拉着就走，手心传来的触感如此清晰、真实，是梦又怎么样？

我祈祷这个梦不要太早醒来。

……

第二天清早，我在晨曦中醒过来，回味着梦中种种，感到一种异样的宁静，同时又十分困惑。

为什么我会梦到跟春菜交往？梦枕的规则之一不是以现实为基础吗？而现实中我跟春菜就不是那种关系。还是说，那只是一个单纯的梦，与梦枕无关？

去上课时，我遇见了神采奕奕的春菜。我有些不好意思，感觉像是对好朋友做了坏事。

“哟西，这不是阿春吗？”我像平常那样打招呼。

“哟西，这不就是阿福？”春菜宛如他乡遇故知般惊喜。这是我们之间默契十足的三八式问候法。

“昨晚睡得怎么样？”我别有用心地问。

“很好啊，你送的枕头很舒服。”

“有做什么梦不？”

“做了个，记不太清了。我很少记得住自己的梦。”

我越发觉得奇怪了，难道那个浅绿梦枕不具备“彩排未来”的机能？否则春菜这会儿应该巴拉巴拉跟我说她在梦里提前经历的比赛啊。不能彩排也就算了，为什么春菜使用浅绿梦枕的时候，我会梦到她呢？

我产生了一个想法，但很模糊，还需要验证。

回到415，我看到老蜗枕着深绿梦枕睡着，不用说又在为魔兽大业未雨绸缪了。我过去把他给叫醒。

在415，叫醒人的方式是多种多样的，比如边扇当事人耳光边咆哮：“别睡啊！一旦放弃就什么都完了！撑下去很快会有人来救我们的！”比如连串小粉拳把当事人给打醒然后嗔道：“讨厌讨厌，就知道睡，也不陪人家说说话，你果然不是真的爱我！”再比如在当事人耳边天真而欢快地喊道：“咪咪，快醒醒！快醒醒！练功啦！练功啦！”……

当然了，不管哪种方式最后都会演变成殴打事件，如果你不属于抖M养殖基地415的一员，请谨慎使用。

我用“睡什么睡！你看隔壁小明一早就起来，这会儿都读几页书了！你还考不考北大了！”模式把老蜗骂醒，然后不等他扑上来扁我立刻问：“你刚做了什么梦？”

“还能是什么梦！我揍死你——”

“没梦到春菜吧？”

“不是我夸口，我连她长什么样都不太确定！喂，你就是怕我梦见你马子所以才妨碍我开战前会议？！”

我不理睬老蜗，把梦枕砸他脸上让他继续纸上谈兵去。看来深绿梦枕本身的功能没出什么问题，接着就是下一个实验。

春菜有午休的习惯，我知道。当天中午，我去她的宿舍找她，看到她睡下后火速跑回 415，以迅雷不及掩耳之势拿出被我事先锁进柜子的梦枕，然后开睡。

我又来到了梦中。这一次，我和春菜面对面坐着，中间的长桌上搁了好几本书。这里是图书馆，而春菜正在做题，抬起头时，她对上我的目光，笑了一下。

“阿春。”我叫。

“嗯？”她说。

“我们还在交往？”

春菜拿笔轻敲我的额头：“单词背太多，傻啦？”

我摸摸额头，笑了。我想我知道是怎么回事了。

恐怕我们都弄错了梦枕的正确用法，它一开始就是用来测真爱的，所以才会是成双成对卖啊。两个枕头之间有一条无形连线，可以把两个睡下的人拉到同一个梦中，略过相爱的过程，直接在情侣模式下展开交往，进而判断两个人是否合适。

单独使用梦枕，只能彩排“一个人的未来”，一起使用梦枕，彩排的则是“两个人的未来”！

弄清楚之后，我放松了下来。看看桌上的书，是四级考试的习题集。嗯，春菜一直跟我说，考过四级以后找工作什么都会方便一些，不过我一直不上心。而现在，我们是男女朋友了，一些努力就成了必需的义务，为了我们的未来。

为了我们之间，更好的未来。

05 如果梦醒时还在一起……我就去死

我开始觉得，有什么不对。能在梦中跟春菜卿卿我我当然好，但梦醒之后，春菜却还是小猫的女朋友，两人还是手拉手闪闪发光地从我的狗眼前经过，这不是衬得我好像一个变态吗？拿有家室的闺密 YY 那是人干的事？！

这些日子，春菜对我的态度一如往常，果然如她所说，她总是记不住自己的梦，这令我松了口气。如果春菜每次见到我都面露嫌恶，我肯定会崩溃的。但也正是因为她的“记不住”，让我一时舍不得摆脱幻觉。醒醒啊我！这种侥幸心态已经相当接近电车痴汉了啊！

如果不是星期五下午的遭遇，我都不知道自己什么时候才能下定决心。

那天中午，我吃饱饭后照例抱着深绿梦枕上了床。是的，最近我养成了可耻的午睡习惯……我舒舒服服地躺在床上，调整姿势，很快进入了梦乡。

我出现在了一个熟悉的屋子里，这是我家。我正坐在沙发上看电视，而厨房的方向传来阵阵香味。我爸我妈我妹妹貌似都不在家。

等等这是什么剧情？难、难道这就是传说中的同居？！所以春菜正在做饭？！我正坐着等吃？！

我的心跳一下子快到堪比过山车，没想到进度条一下子被拉得这么后，我还没做好心理准备！那句名言是怎么说来着？吃喝已经到了，拉撒还会远吗？……不对不对，我已经语无伦次了你们懂那意思就行！

我傻傻地盯着厨房。抽油烟机的声音已经停了，有脚步声向饭厅传来。我瞥见了一抹曼妙的摇曳，那是最能展示女性贤惠的围裙的一角……

然后，我就彻底石化了。

从、从厨房出来的不是春菜！而是小猫啊啊啊啊！为什么会是小猫？！搞清楚这件事之前，谁帮我形容一下看到个一米八五的西北汉子穿围裙是什么滋味？！是那种还绣着蕾丝花边的款式啊！围裙下边有穿衣服这件事让我感到前所未有的感恩……话说回来就小猫的身材而言，那围裙简直就是幼儿园小孩吃饭时围的围兜！小猫正用戴着隔热手套的一双铁臂端着两碗红油直冒的兰州拉面，见我看着他不禁粲然一笑：“好了，让你试试正宗的大西北风味！”

脑子里忽然开始单曲循环“我家住在黄土高坡，大风从坡上刮过”，怎么破？！

事后我了解到，小猫待在春菜宿舍时犯了困，反正没其他人，春菜就让他在自己床上眯一会儿，用的正是浅绿梦枕。于是有了我和他的梦中邂逅。深绿梦枕一般是给男方睡的，浅绿梦枕则属于女方，所以小猫正在扮演“女方”啊！我必须抬起头来仰望的女方！被油烟熏出来的汗水正在肌肉上汗毛之间璀璨生辉，就算说服自己这是个女汉子我都做不到啊！

“你怎么了？”小猫奇怪地看着正在出汗跟发抖的我，甚至体贴地上来抚摸我的额头。呜，那手大到直接把我的小脸给覆盖了，我甚至产生了下一秒他“喝呀”一声吼，把我的头捏爆的错觉，赶在吓尿前我转身就跑！每次我都是睡到自然醒然后离开梦境的，这会儿不知道怎么摆脱啊？

“到底怎么啦？”小猫的语气里带上了焦急，作为女朋友啊，不对，作为男朋友……更不对！总之他还真是情真意切无微不至啊！我恨我感到温暖！

“一定是生病了！”小猫擅自作出结论，然后等不及我反应过来，一个有力的公主抱已经让我离地。呜呜，除了小时候骑在爸爸肩头上街去玩之外，多久没有人这么轻易将我举高高了！可这么顺其自然下去整个世界都不会好了啊！

感谢三观，危急关头，我终于吓醒了。睁开眼睛，我发现自己出汗出到全身都湿了，隔壁床的锅炉工看我一眼大叫：“段段你怎么尿床尿到全身都是？！”

“滚！我差点被先奸后杀！”我把梦枕跟那些不堪回首的记忆朝锅炉工丢过去。

“什么情况？说说说说。”嬷嬷的腐女雷达立刻启动，感兴趣地追问道。

“说你妹！再吵就灌你藏红花！”我凶道。

“段段，整头八用的发给偶（枕头不用的话给我）。”一灿说。

我想象了一下小猫把一灿抱起来的情景，这俩是我大学里接触过最帅的男生，这种 CP 搞不好很有市场……不对，我在想什么，我坚决拒绝。为了挽救这篇的节操，我要将下一个受害者扼杀在襁褓中！

大家纷纷起哄，说我小气，排长甚至捋起袖子打算来抢了。不得已，我只好说出我的苦衷。

415 陷入沉默。半晌排长长叹一口气，拍拍我的肩：“没有体谅你的苦心真是不好意思。”

“没、没有啦。干吗那么客气。”我有点不习惯。

“虽然宝贵的第一次给了同性，但总算那只是个梦，你不必太自卑。”排长说。

“不是啊！我在那之前就醒来了啊！”我大叫。

“排长你非要揭段段的伤疤吗？！他受的苦已经够多了！”八达激动地提出批评。

“都别说了！以后这就是我们 415 一号绝密，谁再提，我第一个翻脸！”烂操厉声宣布。

“为免段段触景生情，那枕头咱们暂时都别玩了。直到段段肉体与内心的伤痕复原为止！”老蜗也加入了慰问的阵营。

在社会主义大家庭 415 的关怀之下，我的贞操问题已成定局，我只能哭着靠在一灿的肩头，而他轻拍着我的肩膀心疼地安慰：“吼了吼了，都过去呢（好了好了，都过去了）……”

这还不是最残酷的。最残酷的是后来我偷偷听到他们瞒着我议论：“没准段段从此会性情大变，我们都防着点儿，尤其大卫，你最好暂时别裸睡了……”

我怎么会有这么一群人渣舍友啊！

06 睡美人

周六，锅炉工跟往常一样背起背包，准备出门去带孩子。因为周六姚姐要上全天班，就需要锅炉工全天帮忙照顾朵朵。

是的！大家千万不要以为本次故事的重点是我梦中失贞。不是啊！况且我没有失贞！那件事起到的作用，是终于让我以外的人知道了浅绿梦枕的存在和作用，从而让锅炉工面对昏睡不醒的姚姐时能够第一时间作出判断。

却说锅炉工来到朵朵家门口，刚一敲门门就开了。朵朵眨巴着水汪汪的大眼睛说："老师！妈妈死了！"

锅炉工脑子里如火车呼啸而过，从煤气中毒到割脉自杀到过劳死等等可能甚至还乱入了一丈红，他赶忙问："你说什么？"

"妈妈起不来了！呜呜呜……"朵朵的鼻涕流下来了，眼看就要号啕大哭。

"别哭别哭，带老师去看看。"

朵朵就一边把眼泪鼻涕往袖子上蹭，一边领着锅炉工走向卧室。锅炉工虽然在这个家出入多次，但都是在客厅活动，侵入女主人闺房的无礼事件是第一次做，稍微还有点害羞呢！

首先映入他眼帘的是躺在床上的姚姐，一身睡衣十分朴素，但老实的锅炉工还是有些不知眼睛该往哪儿放。而姚姐紧闭双眼，神情凝重，一动不动。

"妈妈！老师来了！"朵朵爬到床上，一边摇晃姚姐的胳膊一边大喊，然后再次泪汪汪地看锅炉工，"你看！妈妈死掉了！"

"这样不是死掉了啦……"锅炉工哭笑不得，同时也有些疑惑，因为朵朵动静很大，姚姐按说不该无动于衷。锅炉工就叫姚姐起床，叫了半天后开始怀疑她是不是什么病犯了，可那样的话，又显得太过平静了。

这时，锅炉工猛然注意到了姚姐的枕头——那是一个跟我们这几天睡得不亦乐乎的梦枕一模一样的枕头，只是它的颜色是浅绿的！

"不会吧……"锅炉工嘀咕着，把枕头从姚姐脑袋下边抽走。姚姐仍旧没有醒来，她似乎睡得很沉很沉，比金氏还沉呢！使用了梦枕然后睡不醒，很容易让人想到——难道她在梦里出事了？

我就是在这个时候接到锅炉工电话的，他说："段段，快到我碗里来！"啊不对，他说的是："快到我当家教的地方来！出事了！"

因为锅炉工的口气实在很焦急，所以我忽略掉"就跟你说你的伴侣只该有热水壶啊"。

之后，我来到了朵朵家，第一次见到那个传说中的萝莉，发现她真是萌不虚传，我摸出个糖说："呼呼呼想吃不？想吃就叫一声欧尼……"立刻被锅炉工赏了个爆栗："我不是叫你过来扮怪蜀黍的！跟我进来！"

作为梦枕的资深用户，我一眼看出姚姐的浅绿梦枕跟春菜的一模一样。记得营业员说过，在我之前还曾经卖出过一对梦枕。难道买家就是姚姐？

"深绿色的枕头也在吗？"我问。

"找过了，这个家里没有。不知道在谁手上。"锅炉工不愧思维缜密，能做的事情已经都做了，"跟深绿的枕头有关？"

"也许……大概……可能……"我分析着，"比如，有谁通过深绿梦枕，跟姚姐出现在了同一个梦里，然后他对姚姐做了些什么，害她无法回到现实。"

"做了些什么？就像小猫对你做了些什么那样吗？！"

"这个梗能不能别再玩了！"

"这么说来，姚姐前阵子一直说她老做噩梦，睡眠质量都变差了。"锅炉工猛然想起。

我们越发觉得这事不简单。可无论原因出自深绿梦枕还是别的什么，现在都只能靠推理，我们又不是柯南，怎么推得出来！

"如果，"锅炉工沉吟片刻后说，"我现在用这个枕头睡觉，能不能进入姚姐的梦里？"

这个谁也不知道，因为没有参考例子。不过，如果说梦枕是现实与梦境之间的通道，那么理论上，锅炉工应该可以循着那通道走进指定的梦境。

"可是，使用这个枕头睡觉就会默认变成某人的另一半。你真的做好准备了？"我说。

"应该……不会吧？姚姐比我先进去，某人已经有她了。"

"不要妄自菲薄，你还可以当小三啊！"

"滚啦！"

这时，朵朵抓着锅炉工的袖子弱弱地问："老师，妈妈什么时候才醒呀？"哦，那模样实在是我见犹萌！

"朵朵乖，老师一定会让她醒来的。"锅炉工摸摸朵朵的头，温柔宛若慈父，然后转向我，“我非进去不可，否则不知道这事该怎么办。你在外面接应吧。”

“好的。”我郑重地拉过朵朵，“交给专业的吧！”

“朵朵，你要乖乖听这个大哥哥的话。当然也不能什么都听。”

锅炉工意味深长地叮嘱完，枕着浅绿梦枕躺了下去。身边就是姚姐，他深吸一口气，闭上了眼睛。

07 为什么不干脆放弃治疗

锅炉工来到了一个陌生的地方。

人潮熙熙攘攘，都是年轻的面孔，附近似乎也有学校，但肯定不是我们那所。锅炉工冷静地回忆了一下，想不起自己是谁的小二或者小三，他不禁有些失望。原本都做好一进梦里就发现自己被个壮男搂着的心理准备了，现状却是这样。这要怎么找姚姐？

一个人从身边经过，锅炉工拦住他，试探着问：“你认识姚佳吗？”

那个人却并不理睬锅炉工，径直离去。

锅炉工又去问一对正有说有笑的妹子，结果她们光顾着自己有说有笑，完全忽略了锅炉工的存在。

问了几个后，锅炉工发现这里的人个个都跟游戏里的NPC一样，只负责担任布景，不提供互动需要。NPC还会提示任务呢，这些家伙却屁事也不干！

问到后来锅炉工自己都有点懊恼，于是又看到一个大爷迎面而来时，他自暴自弃地问：“你妈贵姓？”

大爷却停住了，瞪视着锅炉工。锅炉工一惊：怎么突然有反应啦？进而他发现，整条街的人都停下了脚步，从四面八方向他看了过来。

“我没别的意思……”锅炉工尴尬地摆着手。

所有人都像是被控制的牵线木偶，迈着整齐的步伐向锅炉工走来，锅炉工心知不妙，拔腿就跑！

所有人默契地加快了脚步，顿时演变成全民大追捕！锅炉工只擅长烧水不擅长跑步，很快就气喘吁吁，街道狭窄没什么地方可以躲，眼看就要被抓住了！

“你是谁？！”锅炉工大叫起来，他开始断定有人在搞鬼了，那必然是困住姚姐的人，“有种就出来！！”

NPC们面无表情地缩小着包围圈，锅炉工毫不怀疑自己会被N马分尸，他又急又怕，再次大叫：“你有本事抓女人！你有本事出来啊！臭流氓！大变态！”

这一次，NPC 们都停下了脚步，脸上不约而同地浮现出了同样不爽的表情，四周的场景忽然开始扭曲变形，所有人都不见了，锅炉工眼花缭乱一番后发现自己来到了一座富丽堂皇的别墅里。

不远处的一张沙发上，坐着个跷二郎腿的男人，他一边喝着红酒，一边冷冷地看着锅炉工。

锅炉工明白，这就是那个幕后大 Boss 了，他开门见山地问：“姚姐呢？”

“姚姐。”男人重复了一句，他意外地非常年轻，看起来就跟我们差不多岁数，“叫得还挺亲热。你是谁？”

“我是她女儿的家庭教师。”锅炉工说着推了推他那硕大的黑框眼镜，“是你把她抓走的吧？你这样是犯罪，快把她放了！”

男人笑了笑，打了个响指，就像是一道幕帘在眼前被拉开了一样，锅炉工看到一个朴素的房间，姚姐背对他坐在一张床上。

“姚姐！”锅炉工的惊喜被疑惑掩盖，因为姚姐居然穿着一身青春洋溢的校服，这是制服 Play 吗？可当她转过身来，锅炉工看到的却又分明是一张学生般青涩的脸。

“小陈！”姚姐看到锅炉工，大喊一声。对了，锅炉工姓陈，这是个并不重要的出厂设定，就让我们忽略吧。“你怎么在这里？”

“我来找你，朵朵很担心你……”锅炉工激动道，“你怎么会是这个样子？”

姚姐的脸上掠过一抹红云，吞吞吐吐地说：“你现在看到的，是我上高中时候的样子……”

锅炉工不愧是 415 最聪明的人，他迅速联想到之前的街景，同样弥漫着一股怀旧而青春的气息，难不成那是姚姐的母校一带？再看眼前那个同样年轻的男人……“他该不会是你的同学吧？”

“是的。我们是高中同学，然后，他还是……”姚姐看着那个男人叹了口气，“朵朵的爸爸。”

事情忽然从奇峰迭出的好莱坞魔幻大片变成家长里短的国产生活剧！锅炉工傻眼。姚姐解释：“我们在大学里确立了恋爱关系，刚毕业就结婚有了朵朵，生活了一阵才发现彼此很不合适，矛盾太多了。再后来他失踪了半年多，我申请了离婚，自己带朵朵……”

锅炉工长久以来所疑惑的这个单亲家庭的内幕终于得到了解答，姚姐的前任这时讨好地说：“对不起，过去是我太不成熟，一直没做好当一家之主的心理准备……

给我机会，让我补偿你们吧！”

姚姐像是没听见，自顾自继续解释："再听到他的消息，才知道他失足从高处摔下来，变成了植物人，在医院躺了两个多月了。怎么说他也是朵朵的爸爸，我有时候就会去看看他。天气热了，我看医院的枕头透气性不好，就买了个新的给他……”

“梦枕！”锅炉工恍然大悟。

“我不知道那是什么枕，因为是成对卖的，所以其中一个我就自己用了，然后……我开始每晚梦见他，梦见我们一起生活，有过的矛盾一个也不少地重现了。我每天都会被这样的噩梦惊醒。昨晚，我在梦里对他提出分手，他很激动，无论如何也不答应，再然后，一切都变得很奇怪了……这个世界似乎开始围绕着他运转，我怎么也无法离开……”

锅炉工听得心惊肉跳。前任是植物人，所有的行动都只能在梦中进行，跟我们这些现实梦境两手抓的正常人不同。很明显，他在受到刺激后，脑部活动开始呈现异常，那令他可以更充分地通过梦枕驾驭梦境！相比之下我们就是一群战斗力只有5的渣！

“不会那么糟糕！让我们再试一试吧！一定会好起来的！”前任热切地恳求。

“认清现实吧，我们不合适。而且，已经回不到那个时候了啊！”姚姐哀伤而坚定地说。

“不！”前任抓狂了，“我本来已经连动都不能动，跟死人没有两样，你的枕头帮我打开了一个新的世界，这一定是天意，注定我们还有机会在一起！看啊，我把这里布置成我们上学那会儿，我跟你也像当时一样年轻！我们可以重头来过！”

锅炉工觉得前任的精神状态已经相当不正常了，连忙劝道："你这么想不开对大家都没……”

“你给我闭嘴！”前任怒吼，“你有什么资格说三道四？你算是什么东西？”边骂边脑补，“啊！难道你们俩背着我……”

“靠！你脑子坏掉了！放我们出去！”姚姐骂道。

“我不会放你们的！你们就永远在这里跟我做伴吧！”前任恶狠狠地说完，做了个翻手动作，锅炉工脚下的地面便骤然倾斜，让他摔了个狗吃屎。

“嘿嘿嘿……看到没？在这里，我无所不能！”前任危险地狞笑。

姚姐扶起锅炉工，两人的手很自然地握在一起。

“你们竟敢……”前任妒忌疯了，上前给了锅炉工一脚，把他眼镜都给踢飞了。

而现实之中，我和朵朵看到锅炉工的表情越发难受，脸上还浮现出了红肿。精神的打击完全反应在了肉体上!

“妈妈哭了！”朵朵提示我看姚姐眼角的泪。

我越发觉得不妙，锅炉工已经跟姚姐一样深陷梦境，不管是拿走梦枕还是泼他冷水，都无法让他醒来!

“老锅！你还好吧？！”我冲着锅炉工的耳朵大叫，也不知道他听不听得见。

事后锅炉工告诉我，他听见了，他就在听见的一刹那急中生智，问姚姐：“你先生住哪个医院？”

“他不是我先生！”姚姐纠正。

“随便吧，先告诉我！”

“他住在……”

“还敢反抗？！”前任一咬牙，地面上忽然伸出一只巨手，将锅炉工如同优乐美奶茶般捧在手心，然后往死里攥。

“……”锅炉工一边强忍住吐血的冲动，一边拼尽全力大声吼出姚姐告诉他的地点。换了别人，想要将梦里的讯息传达到现实中不太容易，可是——锅炉工原本就有说梦话的习惯!

我看见锅炉工的嘴巴张开，嘴唇颤抖，片刻后大声吼道：“长乐医院住院部A701！”

……

我用最快的速度赶到了那家医院，A701是一个单人病房，我在那里见到了姚姐的前任。他躺在床上，苍白憔悴伤痕累累，一个不知是老母还是保姆的女人陪着。那些都不重要，我一个马步向前一记左勾拳，扯掉了前任脑勺下的深绿梦枕。

他的一切力量都是梦枕给的，没了梦枕，他什么都不是。

梦境之中，正对锅炉工各种开虐的前任，忽然身子一软，而四周开始摇摇欲坠，怪异现象纷纷消失，锅炉工只觉一阵轻松。

“不！不要……”前任惊恐地对姚姐说，“再给我一次机会！再给我一次机会！”

姚姐怜悯地看着他，前任歇斯底里地对锅炉工怒吼：“你别以为现在跟她处得不错能代表什么！未来绝不是那么简单的东西！”

然后，这个噩梦就结束了。

锅炉工和姚姐，双双睁开了眼睛。

人生是梦的延长

08

生活恢复到原来的轨迹。

锅炉工依旧给朵朵当家教，姚姐依旧是个勤劳的单亲妈妈。已经不必担心那个极品前任会再跑到梦里作怪，安全起见，姚姐也不会再使用浅绿梦枕了。

“她有没有很感谢你？”我问。

“有啊，朵朵还把我当成大英雄呢。”锅炉工得意道。

“不错嘛，赶快乘胜追击，一口气攻下她！”

“攻你们家春菜去吧！”

锅炉工一拿春菜反击，我就蔫了。不过我是要去找春菜的，我要拿回浅绿梦枕，这种不知啥时候就会把她扯进危险的东西，还是赶快封印起来的好。

我假装不经意地抖出了一个妹妹很想要竹炭枕却到处买不到的谎言，春菜便硬是将浅绿梦枕往我手里塞。她也见过我妹妹的，两人相处愉快，身为大姐姐当然不能太吝啬。

“不好意思。我会买个新的枕头补偿你。”

“客气什么啦，咱妹喜欢就好。”

“话说，你真不记得枕着它做过的梦了？”

春菜看着我，我总觉得她的表情有一丝似笑非笑，“就说不记得了啊，干吗老问？”

“嗯嗯，没什么……”

毫无来由的，我想起锅炉工告诉我的姚姐前任最后说的话：“别以为现在跟她处得不错能代表什么！未来绝不是那么简单的东西！”

“不过，”春菜的自言自语打断了我的思绪，“虽然想不起具体内容，但依稀记得都是些快乐的梦。”

那些梦里，我和她牵着手，走过一段最奢侈的青春。

非常交易事件

chapter 9

毕业后的租房生涯不如大学时热闹，因为室友从九个锐减到了三个，但少也有少的乐趣。戴眼镜的白领 gay、憨厚淳朴的画家，还有跟我相识最久的宅男大叔，这样的组合槽点不要太多，聊天都火花四射。

有次我说："其实人身上的一切都能数值化的，视力啦，身高啦，体重啦，智商啦……"

"说得不错，但过度细化其实也没必要。"眼镜推推眼镜，"我就只喜欢用两个数字来衡量一个人。"

"哪俩数字？"我们问。

"1 和 0。"

……眼镜不愧是个 gay 啊啊啊！！！

01 深夜发吃，报复社会

"来吧。"烂操郑重地将右胳膊支在桌上。

"来了！"嬷嬷严肃地点点头，同样支起右胳膊。

然后烂操就握住了嬷嬷的手，十指紧扣。

"等等！为什么要十指紧扣？"一旁的大卫叫起来，"你们在掰手腕，不是联谊！"

嬷嬷闪电般抽回自己的手，用遭遇电车痴汉的眼神看着烂操，而烂操如梦初醒，虎目含泪："都怪我，做梦都希望能跟女孩子握手……"

这是 415 一个普通的无聊之夜。我们正物尽其用，宣泄身为屌丝的过剩精力。

原本我们是用门框进行引体向上比赛的，但金氏加盟后这个比赛就不得不废止了，并且 415 暂时没有门框了。后来大卫又建议掰手腕，这个相对比较经济了，谁料第一组参赛选手竟公然十指紧扣，严重破坏了神圣的比赛气氛！

在以“侮辱奥林匹克”的罪名勒令烂操退赛后，代替他 PK 嬷嬷的换成了金氏。他褪去衬衫，丰满的罩杯在背心下颤动，努力营造出胸肌逼人的错觉，瞬间便将赛事气氛推至白热化！

“悟能加油！敢输为师就炖了你！”排长鼓励。

“容嬷嬷！赢了，朕就翻你的绿牌子！”我呐喊道。

嬷嬷性格虽然娘，体格却很 Man，然而人称相扑界明日之星的金氏又岂会露怯？两人斗得是旗鼓相当，青筋暴起，甚至引发了激烈的桌震！

比赛的结果，金氏获胜。出了一身汗的他，与嬷嬷相视而笑，惺惺相惜：“你不错嘛。不愧是将紫薇玩弄于股掌之中的女人。”

“天蓬元帅过奖了，我可是从小听着您调戏吴刚的事迹长大的……”

这样的体力游戏一直持续到十一点，我们开始感到肚子饿，是该吃夜宵了。于是一个电话过去，阿玲跟她同事就端着馄饨面上门了。当然，没有八达的份儿。一直在蹭锅炉工电脑的他，此刻胸口剧烈起伏，正在用深呼吸的方式共享我们的食物。

跟往常一样，阿玲会顺势在 415 多待一会儿，名义上是为了收碗，其实是为了一灿。她还是挺懂得讨好我们的，每次进贡的外卖都分量十足。吃人嘴软，我们也都会意思一下陪她聊几句，让她不至于太寂寞。

“你们这里都几岁结婚？”聊着聊着，阿玲没头没脑地冒出这么一句。

“几岁？女的一般不超过二十五，男的三十之前吧。”排长回答。

“也有孤独终老的例子，比如……”我指着排长。

“滚！”排长拿筷子丢我，然后坏笑着问阿玲，“你们农村流行早婚吧？你这个年龄是不是该嫁啦？”

“是啊……”阿玲苦笑，“其实家里人现在整天催我，还给我安排了一个对象，好烦。”

“哦哦？什么样的人？”烂操启动八卦雷达。

“邻居，从小一起长大的。他小学读完就去打工，我们也好久没见了。”阿玲偷瞄一灿，“他……挺喜欢我的，常常打我宿舍电话……不过我对他没兴趣。”

这番话有点儿试探的意思，可一灿对阿玲根本没感觉，又怎会在意她喜欢谁不喜欢谁？他三口两口吃完夜宵，就去窗口抽烟了。

阿玲显得十分失望。这时我们也陆续吃完了，她就把空碗收一收，道了声再见离开了。

“不太对。”大卫自言自语。

“嗯，不太对。”我们异口同声。感觉上，有一件理应发生的事情，却没有发生。

“对了，八达！”金氏拍案，“八达居然没让我们留口汤给他喝！”

“也没让我给他剩一片豆腐干！”排长恍然大悟。

“他竟没有把每个碗都舔一遍就让阿玲收走了，这简直是天地异变的前兆啊！”烂操惊恐地大叫。

“吵死了。”八达完全不理会我们的羞辱，他目不转睛地盯着锅炉工的电脑，额头有汗渗出来。

“我的电脑怎么了？”锅炉工警惕地伸脖子过去。

故事就开始了。

02 土豪穷逼一相逢，便胜却节操无数

最近，八达迷上了刷淘宝。415 最爱刷淘宝的莫过于他和容嬷嬷。嬷嬷是女性，爱网购很正常，八达则是在挑选便宜货。然而便宜没好货，他就要反复货比 N 家，看评论、看信用、求打折、求包邮……也许花掉大把时间买到的东西只比实体店便宜几毛，但八达已经乐坏了。这人真是一分两分攒到结婚的样本啊！

当时是八达刷着淘宝，忽然鼠标不能动了，显示屏上一行字缓缓浮现：

亲爱的用户，我们已经充分感受到了您对网购的热情，故介绍您进入本平台，您可在此体会网购的全新境界。祝您消费愉快！

然后，字迹就消失了，与此同时页面一片雪白，八达慌了，以为遭遇了病毒，并且立刻联想到万一把锅炉工的电脑搞坏了要赔多少钱。而锅炉工也十分敏锐，察觉到不妥就立刻凑过来了。

这时响起一条语音提示：“请将手指放在 USB 接口上，建立您的账户信息。”

“哈？”八达极度莫名其妙，“这是干什么？”

“是不是整人游戏啊？还 USB 接口咧。”我说。

“USB 跟整人有什么关系？”

“你看，USB 不就是——you，SB？”

八达被冻得一哆嗦，手指鬼使神差地挨上了“你傻逼”，屏幕开始浮现图样了，是八达的名字和照片，还有三行醒目的数据：

体力：80

智商：75

颜值：88

“搞笑网站？”锅炉工说。网上常常有这种测智商啊测缘分指数之类的帖子。

语音又提示道：“尊敬的用户，您可以在本平台交易您及他人的身体数据，您的身体状况将随数据的改变而改变。”

八达注意到页面上有两个箭头，分别写着“拍卖”与“悬赏”。他先点击前往拍卖区的箭头，立刻进入到一个全新页面，那里有稀稀拉拉几个卖东西的帖子。对，就跟淘宝一样，只是标题都比较特别，比如“出售颜值5点，三万不议价”，或者“智商10点闲置，有意请来洽谈”。

八达又去了悬赏区，一条刚发了两分钟的帖子映入他的眼帘：“急求20点体力，有的敲我啊！”

就像淘宝有旺旺，这个奇特的平台也提供在线聊天工具，八达通过它问那个发帖人：“你要买……体力？干什么用？”

“哥今晚要嗨个通宵！但是白天已经玩了一天现在累死了！买体力当然是充电啊！结果拍卖区不是在卖脸就是在卖智商，靠！”对方巴拉巴拉打来一长串，“喂，你有没有多的体力？1点算你一百好了。”

“卖了！”八达条件反射，“不过怎么卖啊？”

“菜鸟吧你？鼠标悬在你的体力值上，会浮现出一个‘转让’按钮，点进去，输入我的ID和相应数字就行。然后给我你的银行账户。”

“这里没有支付宝什么的吗？”

“没那玩意儿。你不用担心我赖账，这个平台有人监控的。如果我敢不照规矩来，下场会很倒霉。”

“谁……谁在监控啊？”

“鬼知道啦！你卖不卖啊？”

八达就按着对方的指点，转了20点体力过去，嗯，的确是一点儿也不难。就在屏幕显示“交易成功”的刹那，他打了个大大的哈欠。

“怎么忽然困起来了？”八达揉着眼睛，“哎哟……还、还有点腰酸背痛……”

在八达进行离奇交易过程中一直默默围观的我们，这时纷纷醒悟：八达会累，是因为他的体力转出去了啊。现在他的体力只剩60点了，换算成考试分数，回家能换顿揍了。

但八达还是拖着疲倦的身体，走到楼下的提款机去查了查（他肯定不会开通网银或手机银行的，那不又得花钱么），回来时整个人都在哆嗦："真……真的多了两千块！两千块啊！"

两千块什么概念？八达是能靠两百块活一个月的人，扣掉寒暑假，两千够他活一年了，还能存一点！

此刻，我们的兴趣已经像古代示众用的犯人尸体般，被高高地吊起来了。这个不知什么人开发的系统简直太神奇了，竟能将人类简单粗暴地概括成三组数据构成，并进行买卖！

"这么说来，这些数据可信度应该还蛮高的。"嬷嬷自言自语。

"我也测测我也测测！"烂操说着，一马当先地将手指堵在了"你傻逼"接口上，屏幕上立刻出现了他的账户信息，内容为——

体力：82

智商：68

颜值：50

自取其辱的烂操，掩面跑出了415。嗯，真是一个毫无悬念的结果啊，我是说颜值那一块……有了这个前车之鉴，原本跃跃欲试的我们纷纷保守起来，谁也不敢贸然现眼了。

这时，一灿将烟头往桌上一摁——"啊——"嬷嬷被烫得发出惨叫——手指凑上了USB。

体力：85

智商：90

颜值：95

好、好惊人的成绩！颜值的部分我们早有心理准备，但一灿的智商居然也这么高！未来这货走上社会后成为415唯一一个自主创业并获得成功的大大，现在想想真不是偶然啊！

"一灿，你好牛喔！"我们敬佩地说。

"呵呵，森马流八流滴（什么牛不牛的）。"一灿说，"芥几八过系游戏（这只不过是游戏）。"

"但感觉真实性很高啊！"

"呵呵呵，表太单增，训其记南啦（不要太当真，顺其自然啦）。"

"至少颜值那块是名副其实的！"

"呵呵呵呵，贫藏星，贫藏星（平常心，平常心）。"

这货表现得挺谦虚但是越呵越多是怎样！其实在暗爽吧！后来我们不说什么了他

还“偶也八造为森马费有酱滴风速呵呵呵呵（我也不知道为什么会有这样的分数呵呵呵呵）”“偶宁为宁滴价级八系酱杰定滴呵呵呵呵（我认为人的价值不是这样决定的呵呵呵呵）”个没完。形象坏掉了喂！还有你的智商是被普通话水平给拖了后腿吧！

不管怎么说，对于这个送上门的奇遇，大家都表现得十分受用，最开心的，不用说是八达了。

03 不作死就不会死

众所周知，八达起得比鸡早。刚认识他时，我们觉得这是作息规律的表现，后来发现他是为了能趁我们睡觉尽情蹭牙膏、蹭洗面奶、蹭刮胡刀、蹭卫生纸……有次八达说他牙刷坏了，排长没二话丢了把新的过去，我们很惊讶他的大方，排长严肃地解释："否则的话，八达绝对会从明天开始偷用我们的牙刷！"我们闻言纷纷赞美排长的智慧，真不愧是从尔虞我诈的三国时代一直活到现代的人啊。

正因为八达拿生命在存钱，所以"第一桶金"对他来说简直犹如毒瘾。大号回来，他轻车熟路地打开锅炉工的电脑，进入收藏夹里的那个神秘平台。看到他的体力现在是70点。

嗯，很正常，体力不比智商和颜值，好好休息就会增补回来的。八达激动了，觉得自己可以靠贩卖体力发家致富奔小康，从土鳖变成土豪。

他赶快跑去拍卖区开帖："出售体力，1点一百。"还是昨晚的标准，很快有人来联系了。

"一百太贵了吧，五十如何？"

"抱歉亲，不讲价的呢。"八达回复。

"便宜点吧，我会给你介绍别的客人。"

"呵呵亲，我们是小本买卖，没在赚钱呢。"

"真的没商量？那我去别家买了。"

"不然给您包邮好吗？您是江浙沪一带的不？"

"这都什么鬼台词啊！"

总之八达的第二单谈崩了，但他并不灰心。正所谓由奢入俭难，他怎么甘心被人砍价一半呢？

不久又有人来询问了。看来，这个神秘的平台还蛮多用户的。只是新客人出价一个比一个低，相比之下，昨晚那个客人简直是业界良心。

八达比我们早起一个小时，但我们起床时，他一笔生意都没谈成。

“傻瓜。”锅炉工了解过情况后打着哈欠说，“深夜的时候大家都很疲倦，你卖体力当然有市场。但早上通常是一个人最精神的时候，体力就供过于求，也许有人会因为睡眠不足跟你买一点补魔，但肯定不会愿意接受你的抢劫价。”

“有道理！”八达赶紧去找第一个客户，“嘿亲！告诉你个好消息，小店今天大酬宾，1点五十可以有！”

“现在我只想出三十。”那厮也不傻，“不过，我可以一次买30点，今天我们考体育，我不想挂科。”

居然还是个学生！出手真阔绰啊！九百块比八达预计的少很多，虽然薄利，但至少可以多销嘛。他挣扎了一下，同意了。

“等等，你现在体力才70。”全裸的大卫卷着被子过来围观八达，“卖给他30可就所剩无几了啊。”

“没什么，今天没什么要用体力的地方。”八达无所谓地说着，像昨晚那样进行操作。

结果八达刚弄完就两眼翻白倒在了地上。我们忙把他扶上床，八达全身酥软，连坐着的力气都没有。

“好……好难受……”八达躺着，胸膛起伏，“骨头……好疼……”

我估计，健康人的体力普遍应该都在80以上，有运动习惯的大概能上90，70已经算有点羸弱了，60基本是弱不禁风，及格线以下则必然是体弱多病，因为身体一差抵抗力也就跟着差。八达这是作死啊！

“为了几个臭钱把身体都搞坏了。”大卫摇头，“那句话叫什么来着？人打头的，一时想不起了。”

“人尽可夫？”嬷嬷说。

“人面兽心？”烂操猜。

“人老珠黄？”排长道。

这都什么啊！你们在说自己吗？我听不下去了，说：“人为财死，鸟为食亡啦！”

“是的，这跟那些卖血卖肾的人有何不同？”金氏叹息，“我又想起了余华的名作《毁三观卖血记》。”

余华最好是写过那种书！我对这个宿舍稀薄的文化素养绝望了！

八达看上去虽然不好受，但一时半会儿应该死不掉，想到这对他是个很好的教训，我们也就懒得管了。

烂操不知什么时候坐在了电脑前，进入了他的账户主页。屏幕上，鲜红的50

点颜值还是那么触目惊心，烂操点着鼠标，开始浏览拍卖区。

“嘿，你是想买颜值吧？”锅炉工问。

“是啊！怎样！”烂操坚强地承认了。看来,他终于能够正视自己是个丑逼的事实。

“烂操你这样非常不对。男人不是看长相的，你这样跟那些整容的棒子有何不同？”我批评。

“啊呸！先天不足后天弥补，有什么不对了？！”

“可你有为金氏想过吗？你变帅了，他岂不是要沦为 415 的 King of 丑逼？！”排长跳出来维护基友。

“啊靠糟老头，你比我更丑好吗！”金氏大叫，“我至少头发比你多！”

“你下巴还比我多咧！”

两人吵了一会儿，纷纷打开自己的电脑，让烂操把网址发过来。喔喔这算什么，集体整容的节奏吗？415 要变成花美男集中营了吗？我开始有加入的冲动！

但三人又不约而同住手了，原因很简单——颜值很贵！最便宜的报价，1 点也要三千。颜值是不可再生资源，卖掉一点人就变丑一点。而如果真去动整容手术，至少得花五位数吧？就这还不能保证作品质量，搞不好打个喷嚏，鼻子就跟鼻涕一起飞出去了。这样一想，保证安全的三千块其实是童叟无欺的价位。

“嘿嘿！”就在排长和烂操陷入犹豫的当口,金氏忽然发出一声咆哮,“哥买了！”

这个土豪，他居然真的一掷三千，买了 1 点颜值！我们瞪大眼睛看着金氏，准备迎接沧桑巨变，结果等了半天，丫仍然胖到横跨两个时区。

“骗钱啊？怎么我一点都没变？”金氏怒敲卖家。

“菜鸟，第一次买颜值吧？”那人发来个嘲笑表情，“颜值呢，是身高、体重、眼睛大小、鼻孔大小、嘴巴大小等等的综合值。人没有十全十美的，肯定有几个地方在拉平均分。所以购买的颜值会被自动用来修订你形象最薄弱的环节，比如你发际线太高，买了颜值后就会变低一点（排长默默捋了捋自己的头发）；比如你青春痘太多，买了颜值皮肤就会变好一点（烂操不禁捧住了自己的双颊）……”

听了这种 NPC 式的设定说明，我们立刻明白了：金氏买的那 1 点颜值，肯定被用在减肥上了！ 415 有个电子秤，是金氏生日时我们送他的，鼓励其好好减肥，天天向下。金氏忙过去称。这货的身高和《进击的巨人》里的兵长一样只有一米六，但体重却能够顶得上三个兵长。一称之下，果然发现少了十斤！问题是我们完全感受不到啊！这要换了排长，少个十斤基本就没了。可对金氏来说，区区十斤不过是螳臂当车、蚍蜉撼树、以卵击石、愚公移山……不出意外丫一周就能吃回来。

三千块就这么飞了，金氏欲哭无泪。他本来以为至少那厚如肥肠的双唇能变薄一点的。

而当时，卧病在床的八达如同说遗言般轻声碎碎念着：“颜值……这么好赚喔……”

04 朋友如手足，智商如衣服

八达吃足了苦头。病患的体力可不像健康人那么好恢复，他在床上躺了两天，也才不过恢复到 50 而已。想想真令人后怕啊，如果丫当时把体力卖剩 20，现在我们搞不好该商量葬礼包多少了。

两天后有一件大事：计算机二级等级考试。我、嬷嬷、锅炉工和大卫都有报名。我们是 415 相对传统的人，做好了毕业后就去当个按部就班的上班族的心理准备，那样的话证书还是有必要的——当然，毕业后，我成了自由撰稿人而大卫跑去了日本，这是当时怎么也想不到的。

二级说难不难，但我们都不太有信心。下午就要上战场了，我们为此忐忑不安。

“所以有什么好考呢？浪费钱。”排长懒洋洋地躺在床上翻杂志，“我就干脆承认自己智商低好了。”

“排长切莫妄自菲薄！虽然你智商低，但你发际线高呀！”我安慰他。

赶在糟老头发飙前，玩游戏的老蜗忽然冒出一句：“低怕什么？现在智商不是可以买么？”

真是一炮轰醒梦中人！我们竟忽略了近在眼前的外挂！锅炉工连忙打开电脑，登陆那个神秘的平台。

智商掉了，当然不像体力那么容易捡回来，但也不会像颜值那样一去不返，所以可想而知，它的售价介于体力和颜值之间。拍卖区只有一个相关卖帖，真羡慕智商多到能出售的人呢，要知道 415 的口号之一可是“智商！全球奢侈品领跑品牌”！

智商的售价是 1 点一千。卖家很讨人厌，我们刚想还价，丫就立刻甩来一句冷艳高贵的英文，我们上网查了半天发现意思是“这都不能秒懂也配跟我讨价还价”。啊靠！我们恨不能把金氏打一顿出气。

这时一灿抽着烟问：“里萌为森马八债树色你买痔疮(你们为什么不在宿舍里买智商)？”

到底要怎样才能把智商念成痔疮！但我们在听懂后纷纷心花怒放：一灿不愧是智商 90 的高人！我们买不起别人的智商，可以买自己人的呀！415 还有六个人不需要考试吧？他们完全可以把智商免费转给我们，我们考完再归还不就行了？这主意不能更棒！

“可这几头看着智商都不高，转移到我们身上会不会适得其反？”大卫看着金氏们说。

"靠！轮得到你们这群低智商的嫌弃我们？"金氏们大怒。

"大卫你这就不对了，俗话说三个臭皮匠顶个诸葛亮，积少成多的智商可不容小觑。"我说。

"对，所以勉为其难用一下吧。"锅炉工点头。

排长、金氏和老蜗齐竖中指："去屎吧！"

"好啦别小心眼，回头我们请吃饭。"嬷嬷撒娇。

"别找我，下午我要跟工会一起刷 Boss。"专注游戏三十年的老蜗把脚伸出来冲我们摆了摆。

"下午生活部开会，而且我要见小镜。"排长冷笑，"你们自求多福吧。"

"我要泡个妹子，还想问你们要智商咧！"烂操说。

"虽然我没什么事，但，哼哼哼……"金氏叉住胖腰，正要说出一番屁话，我们却直接忽略了，抱住了一灿的大腿："智商 90 的土豪大大，行行好吧！"

"喂，我还没说完！"金氏不满地提醒，迅速被我们堵了回去："闭嘴！本来就没考虑你！"

金氏默默躲被子里哭去了。

一灿这人平时挺仗义疏财的，但那天他拒绝了我们："偶民舞蹈色下午有辣辛佛动，偶必须粗席（我们舞蹈社下午有纳新活动，我必须出席）。"

"纳新什么的你出脸就行了啊！哪怕你是弱智都会有八成女生捧场的！"

"口似，偶滴曾功女一向都系四层（可是，我的成功率一向都是十成）！"一灿非常认真地说。

我们顿时绝望了。金氏从被子里默默伸出手来，我们都装没看见。

然后，我们不约而同地注意到了八达。我大叫："八达！八达现在用不到智商！"

"对！而且八达心地十分善良！"大卫激动。

"我好像看到八达点头了！"嬷嬷惊喜。

"我听见八达说可以了！"锅炉工兴奋。

就这样，八达在一动不动的情况下签了卖身契。我们先陆续在神秘平台开户，然后操作八达的账户将智商以零元售卖给我们。我们这么做的时候，八达断断续续发出蚊子叫一样的抗议，可我们就像某口香糖广告说的一样，根本停不下来！

八达智商 75，普普通通。我们每人瓜分了 10 点。顿时气冲冲的八达，表情逐渐平静，逐渐痴呆……嗯，35 点的智商基本算弱智了吧？我们看着好心疼！

"回头我们轮流请你吃饭。"我代表嬷嬷们承诺，虽然我怀疑八达现在可能都听不懂人类的语言了。

然后，我们四个欢天喜地地跑出了415。多了10点智商的感觉真好啊！仿佛脑子里的任督二脉都打通了，神清气爽，耳聪目明，考试一定过！

我们的确考过了。

但更惨的事情也找上八达了。

05 智商诚可贵，颜值价更高

两个小时后，我们回到了宿舍。考试顺利结束了。出于对八达的感激和歉疚，也因为正好到了吃饭时间，我们特地去校外小吃店打了一份让八达魂牵梦萦的腊味烧鸭双拼炒饭，大份，加豆腐干，加卤蛋。相信只要一亮出来八达就会从讨债鬼变身跪舔狂魔。

一灿、排长和烂操还没回来，看来正忙于各自的事业。金氏在睡觉，呼声震九霄，老蜗照例在玩游戏，见我们回来，晃晃脚丫子打了个招呼，真是越来越偏离人类常识了！八达呢？他软绵绵地趴床上，面前摆着锅炉工的电脑，他的手在键盘上游走着，满面天真，很像那种虽然生病了但有得玩就万事足的小孩子。

我冲八达举了举便当："给你买了丰盛的晚餐赔罪喔。本子拿来吧，我们把智商还你。"

从我们的角度，八达的脸正好被笔记本遮住了，听了我的话他把头伸出来了，我们大吃一惊！

这……不是八达，是个陌生人啊，一个很丑的陌生人！我该怎么形容那种丑呢？这么说吧，往他面前一站，烂操帅如一灿！啊，竟然押韵！

这个丑丑的家伙，发型和衣服跟八达一样。八达很像台湾演员张震，而这个人很像刚刚遭遇地震。我们产生了不祥的预感，男大十八变也不是这样啊！

嬷嬷从那人手里抢过电脑，进入神秘平台，一看八达的账户主页，颜值：20！

这货真是八达！他在什么情况下卖掉了60点颜值？！看看后台的操作记录，居、居然只卖了一块钱？！

这绝对不会是正常智商的人会认可的买卖。可是在过去的两小时里，八达的智商的确是硬伤！我们不禁展开脑补加推理：那会儿的八达，就像是一个无知无畏的熊孩子，他误打误撞进了账户主页，胡乱敲了几个数据就把颜值上架了，然后刚好有个谁看到了，面对这从天而降的馅饼，傻瓜才会不接！

我们四个陷入漫长的沉默，而丑八达因为我们拿走了笔记本而开始发脾气地乱蹬乱叫，十足小脑残。

“先把智商还他吧……”半晌，嬷嬷说。

账户里原有数据与买入数据是分开显示的，我们将 10 点外来智商物归原主，为了弥补良心的不安，又每人给八达打了 5 点体力，让他的体力值恢复到了 70 以上。至于寒酸的颜值，就真的无能为力了……

“你们这群人渣回来了！”八达一骨碌从床上坐起来，“趁我行动不便 A 走我的智商，这是人干的事？我不管，你们每个人都要给我租金！”

可怜的八达，他似乎已经忘了自己干过的蠢事。见我们同情地盯着他，他随意地摸了一下自己的脸蛋：“干吗这么看我？我脸上有什么？”

他立刻意识到了有哪里不对。415 夸人有一套学问的，如果一个人长得不好看，我们就会说他“五官端正”，意思是阿弥陀佛，至少丫的眼睛嘴巴都好好地长在该长的位置没有满脑袋乱跑。现在的八达正是标准的五官端正啊！

八达颤抖地摸出一面镜子，刚照了一下就鬼叫起来！但即使打击如此大，他也没有很传统地将镜子失手摔碎，多么节俭的本能啊！

“总之我丢了 60 点颜值。”过了一会儿，八达平静地说，“就算 1 点只卖三千，也能卖到十八万，咱学校附近的房子一平差不多三千吧？也就是我丢掉了一套房子。”

说完他微笑了一下，义无反顾地要从窗口往下跳，我们哇哇大叫地抱住了他。

“别想不开啊！事情其实没那么糟！”嬷嬷大喊。

“没那么糟！你倒是说说还能怎么更糟?！”八达自暴自弃。

“比如你的颜值也许 1 点可以卖六千的，所以你丢的其实是两套房子啊！”

八达顿时铁了心非跳楼不可，我们几乎拦不住他。以前怎么没发现嬷嬷是高端黑啊！

“我、我们可以去找那个买家！”锅炉工急中生智，“好好跟他说，也许会愿意还回来的！”

这招完全是死马当活马医，我们都还没把握拾金不昧呢！可目前也只能试试看了。

我们看交易记录，拿走八达颜值的买家 ID 叫 Honey。八达现在很不冷静，嬷嬷就代他留言：

“哈尼哈尼，在吗？”

“哈尼哈尼，我需要你。”

“哈尼哈尼，别不理我。”

对方没有反应，嬷嬷苦恼地说：“好像不在。还有这人的 ID 叫着好别扭哦。”

是吗？我怎么觉得你叫得很投入啊！你是变态吗？我们是救八达，不是要约会啊！

这时哈尼有反应了，他发来个问号。

嬷嬷忙说："我是之前卖给你60点颜值的那人的朋友，他是在不清醒的情况下操作失误的，你可不可以把颜值还给他？"

"你开玩笑吧？"那边显然冷笑了一下，"他出来卖，我买了他，大家你情我愿。"

这话听着不太对喂！嬷嬷说："你知道失去60点颜值意味着什么吗？你不还他，让他以后怎么办？"

"丑逼就不要学人谈什么以后了。"

丧心病狂的一句之后，哈尼再也没有任何回复。而我们集体爆发出一句："擦！"把一个路过415门口的人吓得拔腿就跑。

哈尼不愿归还颜值，若是主流购物网站，也许还能想办法仲裁一下，但这个平台如此诡异，我们翻了半天也找不到主持正义的第三方。

"看来只有一个办法了。"八达叹了口气。我们一起看向他。

然后这货就又作势要跳楼了啊啊啊！你是真没有第二件事可以做吗？

八达哭了。顿时，我们内心的苛责无以复加。我、嬷嬷、锅炉工和大卫霸王硬上弓地拿走他的智商值，金氏和老蜗虽然跟他同在一室却漠不关心，我们共同促成了八达的现状。现在他哭了，我们都说不出话来。

如果非要说，那就是：他一哭，更丑了……

06 丢脸 ing

一转眼，三天过去了。这三天，我们就没断了帮八达想办法，包括寻找申诉机构啊，问那个交易平台的老鸟拿主意啊，死缠烂打地给哈尼留言啊等等，但情况一点儿也没有改善。我们计算机二级四人组在八达面前更是抬不起头，走路夹着尾巴，好吃好喝伺候。唯一欣慰的是，八达虽然一副放弃人生的节奏，对免费的食物依然来者不拒。每天我们都能看见他胡子拉碴地靠着墙壁发呆，然后我们递一份便当上去，他接过去吧唧吧唧吃得一粒米一滴酱汁都不剩，然后继续靠着墙壁发呆。

嗯，看来暂时不会寻短见了。

但这样毕竟不是长久之计，八达总得振作起来积极面对余生的，我们也不能养他一辈子啊。

事情的转机是阿玲带来的。

当时，阿玲像往常一样送着外卖，半路邂逅了一灿，"你好啊。"她忙积极地打招呼。

“好。”一灿礼节性地回应。

“你看来好累哦，这几天很忙吗？”

“蛮则拉稀（忙着纳新）。”

“你出马的话，一定会吸引来很多女孩子。”阿玲对一灿口音的领悟完全是无师自通级别。我们曾经讨论，或许是她悄悄录下了一灿的声音，回去反复播放，练习听力，以便跟心上人说话可以无缝对接。

一灿没有回答阿玲，只是笑了笑，摸烟出来，却发现打火机熄火了。

“啪！”阿玲变魔术般掏出一只打火机擦亮了，一灿有些意外，但还是却之不恭地把烟凑了上去。阿玲满足地笑了。不抽烟的女孩子却自带打火机，理由当然只有一个。这一刻她必然已经等了很久。

阿玲跟着一灿，一直跟到415。一灿问她：“偶民树色有能订了外卖（我们宿舍有人订了外卖）？”

阿玲这才发现自己太投入了，她是要去别家送外卖啦，但她还是随机应变道：“没、没有，不过你们早晚会订的吧？我就提前送来了。”

“……”这个借口拙劣到我们都懒得吐槽。况且那几天八达太过低气压，宿舍气氛因此不敢太活跃。

“咦……”阿玲注意到了在墙角四大皆空的八达，他陌生的容颜让她感到很奇怪。而八达这时才发现有外人来了，慌忙扯起被子遮头盖脸。

但阿玲却一脸的恍然大悟：“我说他看起来像谁呢，原来是像你啊！”

“里梭森马（你说什么）？”一灿察觉到了什么。

“就、就我之前和你说过的，我那个邻居啊，小时候一起长大的，后来他去打工就很多年没见了……然后最近他爹妈和我爹妈忽然谈起我们的婚事。”一灿难得主动问自己，这让阿玲有点激动，“总、总之因为这个缘故，他最近老缠着我，给我打电话什么的，昨天还来找我。我很吃惊，他的样子变了很多，以前很难看的，现在变帅了。我看着他总觉得有点脸熟，现在终于想起来了——”她看着蒙在被子里的八达，“他很像你。你的脸为什么变了啊？”

415一片沉寂。

颜值是一个人外形的换算，比体力和智商都更具辨识性。如果那个“哈尼”因为买了八达太多颜值而导致身上带有几分八达的影子——也很正常啊！

当然，不能说长得像就肯定是因为买了对方的颜值，但阿玲说过，她那个青梅竹马从小就其貌不扬，一般来说丑逼通过打扮化妆，变成丑A是有可能的，怎么也不可能进化成帅哥吧！

“我们得见他一面。他住在哪儿？”嬷嬷问。

“我不知道。我们没有在交往啊。”阿玲说。

“电话总有吧？”

“都是他给我打的，打到我们员工宿舍里，我没有手机，也没有他的号码……”

难道只能守株待兔？我们失望。

“不过，要知道总是有办法的。”阿玲忙说，“我可以打回家问我爸妈，让他们去问。”

“吼足意，坏去（好主意，快去）。”一灿说。

阿玲看着一灿，脱口而出：“我可以提个要求吗？”

“森马（什么）？”一灿问。

“我……我如果……能帮上忙……你可不可以……可不可以做我……”阿玲目光炽热，却因为过度紧张而结结巴巴。

我们都预感到了她要说什么，都为她的勇气和冲动吃惊。

一灿却扬手阻止她继续说下去：“里耕偶唐条件（你跟我谈条件）？”

“不是……我只是……”阿玲试图解释。

“偶季节，里就八般了（我拒绝，你就不帮了）？”

阿玲的表情从慌张变成了后悔。一灿挥挥手：“表里般，债见（不要你帮，再见）。”

阿玲的眼圈一下子红了，她跑出了415。我们还是第一次看到一灿对女孩子这么不客气，即使是已经分手的前女友静静，他也顶多是表现冷淡而已！

“一灿，阿玲本质不坏的，她未必是想趁火打劫啦，她只是……有点缺心眼吧？”妇联主任容嬷嬷说。

“对啊对啊，况且八达危在旦夕，就算阿玲要你入赘她家，你也先答应了再说嘛！”烂操煽风点火。

一灿皱着眉头抽烟，完了把烟头在桌上碾灭——“哎呀！”金氏发出惨叫——“偶就似八喜翻被猥亵的感杰（我就是不喜欢被威胁的感觉）。”一灿看了看八达，“八过李萌缩得米辍，偶债去早她吧（不过你们说得没错，我再去找她吧）。”

“喂喂，你们来看。”这时，隐藏角色老蜗开口了，“这是不是让八达没脸见人的那货？”

我们凑过去，果然看到了那个Honey，他在悬赏区发了个帖子：“求颜值，越多越好！”发帖时间就在几分钟前。

“这货到底是有多丑？难道我们八达还不能满足他吗？为什么还要找别的男

人？”烂操激动。

“也许是腻了八达的风格，想砍掉重练。”我说。

一灿迅速在老蜗电脑前坐下，通过自己的账号跟哈尼联系道：“偶卖给里（我卖给你）。”口音不标准就别勉强用拼音输入法啦！

哈尼回复：“先让我看看你长得怎么样。”

哦呵？这货开始精挑细选起来了，但这话听起来怎么像在逛窑子。一灿调整摄像头，拍了自己的两个角度丢过去。

那头沉默了好一会儿，回复道：“很好，我要买10点。怎么卖？”

眼见哈尼霸占了自己的脸好一阵，这会儿又公然移情别恋另结新欢，八达的丑脸上露出悲愤的表情。

“1点一万。”一灿打过去。我们大惊，这么高价是逐客的节奏啊！

“你值这个价，但我买不起。10点算我五万怎么样？”哈尼回复。

“吼吧。随烂偶记者用钱。荡偶米有硬汉丈夫。”一灿打完这段又删掉，吃力地筛选出正确读音：“好吧，谁让我急着用钱，但我没有银行账户。”

“我给你现金，找个地方见吧。”

至此，我们对一灿真是钦佩有加。对的，我们的目的不是跟哈尼交易，而是要夺回属于八达的颜值。可这货藏身网络，显然不会让我们轻易得逞，所以必须先将他从二次元拉到三次元！一灿说的每句话都是在钓鱼！

双方约定了在中亭岛碰头。下线后，一灿对我们笑笑：“酱多吼，偶民口以靠鸡鸡救八达了（这样多好，我们可以靠自己救八达了）。”看来他还真是不太想吃阿玲那棵回头草……此外什么叫靠鸡鸡救八达啊！

“万一他不肯退货怎么办？”八达担心道。

“敢不退！把他先奸后杀！”排长敲桌子。

“我们一群人出现在中亭岛，会不会太显眼？”大卫说，“如果他察觉了，跑了，就再没机会了。”

原本轻松下来的气氛又重新变得严峻。锅炉工说：“不然这样，我有个办法……”

07 岛国动作片拍摄现场

中亭岛其实是一条步行街，傍江而建，必须过一座桥才能抵达，故称为“岛”。新修的缘故，目前还比较冷清，大多数商铺都在招租。只有晚上路灯亮起时会有人去散散步，吹吹风，一些小贩则趁机摆摊。选在这个地方交易，的确可以掩人耳目，可如果那个哈尼更鬼头鬼脑一些，也非常容易察觉出我们的埋伏。

为了不打草惊蛇，登陆中亭岛的只有一灿。

他穿过一间间贴着广告铁门紧闭的商铺，走向步行街的深处。偶尔遇见野猫野狗和席地而眠的乞丐。

终于看到那个可能是哈尼的人了。他站在一根路灯柱下，身高超过一米八，虎背熊腰。阿玲说过她的青梅竹马在工地干活的，如果丫跟哈尼是同一个人，这么强壮就不奇怪了。走得近了，一灿发现他的眉宇轮廓确实很像八达，而哈尼见过一灿的照片，也瞬间认出了他。

据一灿描述，哈尼的表情瞬间变得杀气腾腾，一双牛眼在他身上不客气地剐来剐去。

“先耕里道歉，偶木有颜集卖里（先跟你道歉，我没有颜值卖你）。”一灿说，“相谎，里鸡前买鸟偶朋友滴颜集，侵烦给他（相反，你之前买了我朋友的颜值，请还给他）。”

哈尼像所有初次听一灿说话的人那样拧着眉头理解了半天，然后笑了起来：“我说怎么有人来网购却连银行账号都没有！果然是个陷阱！我要不答应，你预备把老子怎么着？”

一灿什么也没说，眼睛盯着他，掏出烟来点。

哈尼一把夺过那烟，狠吸一口后丢在地上，恶狠狠地骂道：“自作聪明！以为老子真稀罕你的脸？！呸！不是老子被你钓了出来，是你被老子给钓了出来！”

一灿还没反应过来，已经被那厮揪着衣领提起，不愧是混工地的啊，果然身强力壮！他瞪着一灿骂道：“阿玲怎么就看上你这种小白脸了？！”

“里果蝇系她滴（你果然是她的）……”

“对！老子跟她青梅竹马，认识很多年了！要不是老子早早离开村子去打工，也许我们早就在一起了！没想到啊，多年不见，她居然会被你这种小白脸勾引！”哈尼越说越悲愤，“不就是喜欢帅哥吗？老子也能变帅！但她为什么还是不喜欢我？为什么还是不喜欢我？她还给我看你的照片，说这才是她喜欢的人……”

一灿明白了，敢情从他给哈尼看照片的那一刻起，对方就已经开始将计就计了。“晃叟（放手）。”他冷静地说。

“老子知道自己长得不怎么样……老子最恶心你们这些糟蹋良家妇女的小白脸！约你到这儿，就是要为民除害！”陷入某种狂热设定的哈尼说完，抡起拳头就朝一灿的俊脸砸上去！

“啪！”一灿接住了那一拳，同时，他用另一只手抓住了哈尼揪住他领口的手。

“小白脸，想跟老子比力气？！”哈尼双手一个反握，顺势将一灿的两条胳膊都扭到了背后。

但一灿只是冷笑了一下，轻描淡写地又将双手反扭了回来，顿时演变成哈尼受制的状态！

“？！”哈尼震惊，体格健硕的他，力气居然没有苗条的一灿大，这不科学！不等他想出挣脱的办法，一灿又用单手将他高高举起，用力一丢——哈尼像球一样摔到了十米开外，在地上连续翻滚！

“我……我懂了！”哈尼勉强爬起，瞠目结舌，“你……你身上……”

是的，这货倒也不笨。一灿当然不可能在毫无准备的情况下单刀赴会，我们九个人，一人给了他 10 点体力，现在的一灿，体力值是破表的 100+！

“别以为我会怕你！有种再来！”哈尼怒吼。

一灿闻言，猛地一踏地面，瞬间跃至仰面朝天的哈尼面前，一只脚不偏不倚地踩在他分开的双腿之间……还差大概两厘米的地方。地砖粉碎成了蜘蛛网，一灿的表情宛如鬼神。

“好，好，我还！”哈尼吓尿了，边作掩护状边大叫，“我还可以了吧？！”

一灿大显神通的时候，我们在通往中亭岛的那座桥头待命，以防万一。八达显得十分忐忑，不停伸长脖子朝桥的那端眺望。忽然他的脸庞开始变化，无精打采的鼻子变得坚挺，流离失所的龅牙缩回了嘴里，晦暗松弛的皮肤恢复了青春的光彩……

八戒走了，八达回来了！又是那个冒牌张震了！我们欢呼起来，计算机二级四人组尤其高兴！

那边厢，一灿看着哈尼用手机上网完成了操作，从貌若天仙变回了巨灵神、天蓬元帅、太上老君那样的天仙。知道八达的危机已经解除，一灿松了口气。而哈尼恼羞成怒地吼道：“满意了吧！给老子滚！”

“吼（好）。”一灿说，转过身想了想，补充道，“她肿摸想系她滴似，荡偶八喜翻她（她怎么想是她的事，但我不喜欢她）。”

“得了便宜还卖乖！阿玲哪里不好了？！”

“里也迷森马八吼（你也没什么不好）。”

“我……我很丑！”

“偶八觉得阿拧辣里吼抗（我不觉得阿玲哪里好看）。”一灿往嘴里夹了一根烟，“荡，酱滴她还素有酱滴里喜翻，里以后也费遇到一过淫，不嫌里兰抗，增新喜翻里（但，这样的她还是有这样的你喜欢。你以后也会遇到一个人，不嫌你难看，真心喜欢你）。”

一灿说完就走了，没有回头。哈尼对阿玲的心意有没有变化，没人知道，但他对一灿的仇恨，应该就在那一刻烟消云散了吧。

08 他和她还未相爱

大功告成，415 战队凯旋，在校门口遇到了阿玲。我们主动绕开，留给一灿和她一个独处的空间。

“我要到了他的联系方式，也知道他住哪里了！”阿玲急切地对一灿说，“我告诉你，你什么都不用答应我，没关系。对不起，我当时不是那个意思……”

一灿摆摆手：“米似了，似琴解杰呢（没事了，事情解决了）。”

“最近家里人一直在逼我，我很怕最后不得不听他们的……我不想对你提要求的，但我不知什么时候才能让你知道……我一时冲动就……就……”

“表梭了，偶八债意了（别说了，我不在意了）。”

“你……会讨厌我么？”

一灿看着阿玲，看着她卑微的眼神，无奈地叹了口气，摇摇头，阿玲激动得眼泪都出来了……

另一边，我们已经走开了老远。我回过头，望着阿玲和一灿，想起接触过的未来人曾预言他俩将在一起。那到底是什么时候，将以什么形式发生？直到现在，我还看不见苗头。

“话说八达，吃过这次的苦头后，你应该不会再去那个网站了吧？”锅炉工问。

“去啊，怎么不去？”八达说。

“靠，见过鬼还不怕黑。什么时候你再因为失误操作而缺胳膊少腿，我们可不管你了！”大卫说。

“我不会再拿自己去交易啦。”八达意味深长地看着我、嬷嬷、锅炉工和大卫，“不过，我也许会像某些人一样，趁别人睡觉或是其他时候，用他们的账号做点儿小买卖。只要不太过火，一定会得到原谅的吧？”

我们四人瞬间石化。这……这家伙，根本就没有原谅我们嘛！他的早起无人能及，搞不好某天我们起床，真会发现自己已经变得五官端正了啊！

八达打着如意算盘走远了，我们鬼叫着追了上去。

“别那么做啊啊啊！请你吃一个月的饭总可以了吧？！”

外星驾照事件

chapter 10

历时一个月，晒成黑木耳，我终于考到了驾照。回想被教练凌辱咆哮的一路，真是感慨万千。但教练也是为我好啊！于是我深情地给他打去电话：“这段时间谢谢您，以后我一摸到车子就会想起您的。”

教练在电话那头不耐烦地说：“开车小心点吧。以后我一看到车祸就会想起你的。”

说好的依依惜别呢？！

01 开放的VS开车的

我在学校花园邂逅了大卫。他光着膀子躲在一片小树林里，雪白的肌肤分外醒目，下半身被草木掩映，有没穿啥一时难以定夺。

在415，大卫一向以高海拔、方框脸、白皮肤和裸睡癖支撑着存在感，也许他已不满足于此，所以通过裸奔来寻求突破，总觉得集体去给他探监已成定局！我叹了口气，拿手机给他拍了一张。

“啊靠！”大卫发现了，“你干吗？”

“你妈妈一定很想你。”

“快删掉啦！”大卫跑过来，哦，他穿着运动短裤的，手里还抓着件背心，看来是打球热了才一脱了之，如此缺乏梦想的真相。

“好吧，你在里面干吗？”我问。

大卫把我拉进小树林，透过一排铁栏杆，我看到一个穿着喇叭裤的男生。喇叭裤耶！还是粉红色的！感觉好骚包！那人正在跟小苹果聊天。怪不得大卫鬼鬼祟祟呢，原来是情敌警报被拉响了啊！

我跟大卫一起侧耳倾听，骚包正对小苹果说："……喜欢一个人，当然希望给她最好的呀，所以，我不得不一再来找你呢。"

小苹果脸红红地说："我什么都不懂啊。"

"呵呵，我懂就行，我只希望能常常看到你……"

这话是多么露骨！大卫听不下去了，用力咳嗽几声吸引了两人的注意，然后说："小苹果久等啦！走吧，吃饭去！"

察觉到大卫的来者不善，骚包对小苹果微微一笑："你有事我就不打扰了，改天再来找你。"

目送骚包离去，小苹果莫名其妙地问大卫："我们有约吗？"

"好像我记错了。"大卫不负责任地说，"对了，那个人是谁啊？"

"不认识，好像不是我们学校的。这两天老远远地看我，刚才是我们第一次说话。"小苹果说，"好像是个富二代吧，老说要给他喜欢的女孩买辆车。那就买呀，找我做什么呢？我又不能给他意见。"

我和大卫双双为小苹果的天然无语，这人至今没被拐走真是奇迹啊。那个骚包很明显是在钓鱼嘛！

"你喜欢车不？"大卫忽然问。

"喜欢，但我不会开，有人能开车带我兜风就好了。"小苹果可爱地笑了。

大卫瞬间就脑充血了："等我有了车就带你。"

"那你得先有驾照，"小苹果笑着说，"还有把衣服穿好来！"

这天回 415 的路上，大卫热血沸腾地对我说："我要去学车。"

02 进击的驾校

大学生学车其实挺好，有时间有优惠，而且也算多一门生存技能，将来开出租也许还能邂逅嫁入豪门的初恋女友，多浪漫呀。大卫在宿舍里这么一号召，大家都表示很有兴趣，然后跟他说哥最近没空。

不过我还是有空的。那正是有事没事心血来潮的年纪，最终我陪大卫去了。驾校是他在网上淘的，说是离学校不远，刚开业不久还在优惠期。

我们走着去的。大概十分钟后来到一条逼仄的街巷，左右楼房个顶个的破落不堪，路面窄得让行人一秒变冤家。这要换了金氏非卡住不可，就算是排长那样的瘦子，也顶多只能容纳一百来个。

“这里有驾校？”我怀疑地问。

“应该没错啊。”大卫挠着头，东张西望。

光线不足行人又少，这条街显得冷冷清清，怎么看也没有足够的空间可以开一所驾校。

忽然我们看到一个胡子像超级玛丽的大叔从一条胡同里走了出来，忙问他：“你好，附近有驾校吗？”

“有啊。你们来应聘教练？”玛丽显得挺高兴。

“我们来学车的。”这种误会太离谱了吧！

“学车？”玛丽恍然大悟，“这里没驾校。”

“刚才不还有吗？！”

“我弄错了。”玛丽敷衍地挥着手，一转头胡子猛然翘起，“嘿！谁让你出来的？！”

我们循声望去，看到了一个梳马尾的女孩子，尖鼻子薄嘴唇，不算很漂亮，但皮肤很好。她正面无表情地从一条胡同里走出来，战战兢兢的样子仿佛刚学走路的小孩，走着走着就歪了，脸在墙上磨啊磨。

“都撞墙了还不往右！”玛丽气冲冲地上前，一把抓住马尾的头发就往胡同里拖。我们都看傻了，这是要先奸后杀的节奏吗？！

马尾一副服服帖帖的样子，我和大卫却无法坐视不理。我们赶紧跟了进去，却发现这是条死胡同，尽头处是一堵墙，玛丽和马尾已经双双不见。难道翻墙跑了？我们幻想着玛丽扯着女生头发翻墙的样子，这是什么 SM 的玩法吗？

我们走到墙壁前，犹豫着要不要攀上去看看。大卫先伸出手，结果他的手一挨上墙壁就没了。

就没了啊啊啊！没入墙壁了！他又把另一只手放上去，也没了，再迈前一步，整个人都没了！那墙是幻影！我顿时明白那俩人去哪儿了，急忙跟上。

穿墙而过后，视野豁然开朗。我看到了直路、弯道、斜坡、路标、指示线、红绿灯，等等，那个驾校原来在这里？但我一辆车也没看见！

本该跑车子的地方，移动的却是人。一个威武雄壮的汉子在窄道上走猫步，身子摇摆如企鹅；一个又矮又胖的妇女在上坡，膝盖却完全不弯曲，整个人如同挺尸；一个正太在跑步，猛冲一阵后紧急左转，不幸摔倒，脸贴着地滑出去了……

所以这里是什么地方啊！残疾人复健基地？

这时我们发现了那个被虐的马尾，她正披头散发地站在玛丽面前，一会儿被弹额头，一会儿被踢小腿，还被用一种我们听不懂的噪音骂。好惨！他们也注意到了我们，玛丽露出吃惊的表情，再开口就是人话了。

“你们怎么进来了？出去出去！”

大卫勇敢地上前，将马尾护在身后，正义感十足地质问：“你怎么能这样对她？”

“多管闲事，快点走！”玛丽叫着，竟握起拳头，当胸一击，打得大卫踉跄后退。我一看丫居然动手了，赶紧抄起一块砖砸过去，不偏不倚落在玛丽脚面上，玛丽失去平衡摔倒在地，脸上却没有丝毫痛苦。

“嗡嗡嗡嗡……”玛丽一边怪叫一边手脚乱划，像在仰泳，却怎么也爬不起来。

骚动引起了其他人的注意，几条汉子朝着我们冲来——他们的动作真心扭曲啊！有的同手同脚，有的边跑边踢正步看着跟跳芭蕾似的，有的双手不动脖子动个不停，有的跑一半撞墙去了……所以这里是精神病院吗？！你们是从《进击的巨人》剧组穿越来的吗？！

我和大卫对视一眼：“溜！”大卫随手牵起马尾，带着她奔跑起来。马尾饶有兴致地观察着我们的动作，然后学着晃胳膊抬腿，跌跌撞撞，十分别扭。

我们跑了几步就停住了，因为我们找不到进来的入口了。呆了一会儿我们注意到一间办公室模样的房子，本能地改变方向，朝那里跑去。我和大卫踹门的时候，马尾像是刹不住脚步一样撞了上来，我们三个乱七八糟地摔进了房间里。

我摸着撞疼的地方爬起来，忽然发现面前直挺挺地躺着个人，看着跟死了一样，眼睛却又睁着，吓得当场倒吸一口凉气！转头又看到另一具死不瞑目的人体……不、不对！这个房间里堆满了这种人体啊！

“咿呀呀呀呀呀——”我跟大卫抱头尖叫。

就在我坚信自己即将在这个精神病院占有一个床位时，耳边响起一个女声。马尾面无表情地对我们说：“冷静点，地球的朋友。”

03 啊啊，那一天人类回想起了被驾照支配的恐怖

原来这次遭遇的是外星人！其实也不是第一次了，曾几何时就有两个杀马特星人逼我们把大卫推上全校人气 No.1 的宝座。那真是一场精彩大战。

马尾安抚我们时，“骑行种”已经把这里包围了，玛丽走进屋来，破口大骂：“野蛮的家伙！莫非想偷我们宝贵的座驾吗？！”

座驾？那似乎是车的意思。这里哪有车？

“这些就是我们的座驾，是我们参考地球人的身体制造的。”马尾指着满屋人体解释，“它们表面像人，其实是交通工具。不能动是因为没有人操作。”

“这里到底是什么地方？”大卫问。

“驾校啊。”马尾说。

“谁家驾校长这样喔！”

“我们的驾校就是这样的。”马尾很有耐心，“我们没有实体，要想不被地球人认出来，就只能藏在座驾里。地球人的构造太复杂了，所以要在驾校里练习。”她看向玛丽，“他是我们的教练。”

原来如此。这么说大卫在网上搜到的那个驾校信息是面向外星人的！我说这里的人连路都走不清楚呢，原来真是初学者。马尾被骂也可以理解了，初学者怎能擅自外出？而玛丽对她那么不客气，也是因为马尾的形象对外星人不具意义，只是一部“车”罢了。

喵的，全都想通后我有一种药不能停的感觉。

“你们为什么要装地球人？为了侵略？”大卫问。

“想侵略还用这么麻烦？我们可是有控制地球人大脑的技术。”玛丽嗤之以鼻。

“我们喜欢地球，想跟你们和平共处。”马尾没有表情，语气却很诚恳，“总部对此也很重视，拿不到驾照不许上路，就怕暴露了身份引发冲突。”

“驾照！”高端洋气上档次的科幻质感呢？！

“就像你们的驾照是能熟练开车的证明，我们的驾照是能完美扮演地球人的证明。为此，我们还必须经过科目一、科目二和科目三的考试。”

够了，你们已经很入乡随俗了，我刚知道外星人也有这么屌丝的规矩……

“不会就你一个教练吧？”大卫问玛丽。

“我们驾校刚成立，还在招聘。”玛丽没好气。

“你的技术好像不怎么样，摔了都爬不起来。”

“那、那是偶然而已！休想侮辱我！”

“话说当时你为什么打我？”

“我没有想打你，我只想把你推开而已！”

“推人是用手掌而不是拳头啊……”

“……”

众人看向玛丽，他显得尴尬极了。看来这家伙属于低空飞过的类型，虽然有驾照，但还是半桶水。这样的教练岂不是误人子弟？

“老兄。”我拍着玛丽的肩，“凭你现在的反应，我就能看出你不适合当教练——你正在害羞对吧？”

“地、地球人害羞时怎么做啊？”玛丽方寸大乱。

“应该这样啊！”我示范他左手捂脸，右手兰花指，小碎步泪奔。玛丽虚心地照做了，看着他娘不拉几地跑远，我跟大卫笑成傻逼了。

“你们不要说教练坏话，他也很不容易。”一只骑行种说，“现在学驾驶很贵，也就这里比较便宜。教练虽然只比我们强一点，但他教得非常认真！”

“你们把他打击成这样，以后谁来教我们啊？没有驾照就不能融入地球的生活！”另一个骑行种绝望。

呃，我们是有些过了，俗话都说了人艰不拆……

这时，马尾握住了大卫的手，她的十个指头动得又慢又笨，看来是努力在摸索操作方法，她说："你们来做我们的教练好吗？"

“好主意！”“让地球人教我们模仿地球人，最好不过了！”“怎么早没想到？”……骑行种们都嗨了！

也许是因为马尾握得太热情，大卫不禁呼吸急促，鬼使神差地说:“可……可以啊。”

“教练，请多多指教！”外星人们异口同声。

我和大卫对视，情不自禁地摆出了“我是教练我最屌”的Pose。

04 我们不生产教练，我们只是415的搬运工

上一次我们被外星人牵着鼻子走，这一次却轮到我们来牵外星人的鼻子，这种皇帝轮流做明年到我家、三十年河东三十年河西、农奴翻身做主人齐夸党的政策好的感觉实在是太赞了啦。不过就凭我们俩应付十几个学员还是略显吃力，于是我们想到了可爱的舍友们。

“你们今天去学车了？”听完我们交代来龙去脉，烂操怪叫，“擦，不叫我！”

“你反射弧可以再长一点，我叫过的！”大卫说。

“原谅他，他的眼里只有妹子没有车子。”我说。

“我有！会开车的男生多有魅力你知道吗？”烂操愤愤，“我今天撞见一个追小苹果的小白脸，丫狂吹自己的驾驶技术，小苹果听得一愣一愣的！”

“难道是昨天那货？”大卫显然想到了那个骚包，“靠，他还真是死缠烂打！”

“我真怕小苹果会把持不住。试问世上有几个女生能抵抗车震的诱惑？”烂操

严肃地说。

“……立刻跟全世界的女生道歉！”

“好了，不要跑题。”我说，“你们要不要去教外星人走路啊？”

接触外星文明是多么奇妙的事，不过415也算是身经百战了，所以大部分人的兴致居然不是很高！

“当教练，”八达忽然问，“应该有学费拿吧？”

“没问过，谁知道外星人用不用人民币？”我说。

“他们的科技应该很高超吧？就算不给钱也可以给别的吧？外星人的好玩意，那价值……呼呼呼……”

八达的假设瞬间点亮了415助人为乐的开关，老蜗喃喃：“外星人的游戏机是什么样？”锅炉工神往：“外星人不知道用什么烧水？”烂操激动：“外、外星人能制造高仿真人体，如果送我个美女……”

“看来没办法了，为了星际友谊，只好帮你们这一次了。”金氏酷酷地对我们一笑。

“啊不，金老板您贵人事忙不来也没关系，其实我们不缺人手。”我和大卫异口同声。

Σ－口－！←金氏的笑容立刻变成这样。

“活该，装逼被雷劈了吧？想去？求我啊！”排长无情地嘲笑金氏。

“老排长，瞧您这话说的，好像您就有份似的！俺们也没打算让您干这样的粗活啊！”我立刻说。

Σ－口－！←排长的表情也变成了这样。呼呼呼，此刻我跟大卫就好像大企业的面试官一样，玩弄这些肤浅应聘者的感觉真好啊。

我们就这样愉快地迎来了第二天。天一亮，我们十个人便浩浩荡荡地杀向星际驾校了。来到那堵墙壁之前，我以过来人的身份介绍：“这个就是入口了，穿过它就能到驾校。”

“好棒噢！我先来！”活泼可爱的容嬷嬷一马当先地冲上去，“咚”的一声巨响后，他一脸鼻血地晕了。

“抱歉，为了不暴露，传送门平常都关着呢。现在打开了。”墙后飘来一朵萤火虫般的光团，声音是马尾的。看来，这就是她原本的样子，的确“没有实体”。

“别介意，虐人和被虐都是嬷嬷的最爱。”我们说着，绕过嬷嬷的“尸”体走进驾校。立刻看到列队迎接的学员们，为首的竟是玛丽。

“教练好！”他们异口同声。

“你也在呀？”我打趣玛丽。

“是、是的！我认识到了自己的不足，希望能跟你们一起学习，同时用自己的经验帮助大家！”

“不错喔，欢迎你来到段段 Family。”我有点喜欢这个坦率的家伙了。

当时，马尾的“座驾”——那个少女的身体正在一处墙角坐着。光团进入后，少女的眼睛有了光芒，但她还不能熟练地使唤身体，怎样都爬不起来。见烂操有献殷勤的冲动，大卫忙伸出右手：“我拉你。”

“谢谢教练。”马尾伸出左手。

然后两只怎么握都不对的手就僵在了空中。大卫哭笑不得：“你该伸相反的那只手才对啊。”

“哦……”马尾声音窘迫，表情却看不出，换了一边手后她总算站起来了。“你跟我吧？”大卫问。

“等等！”烂操横刀夺爱，“人称我为驾校顽童，我保证会发掘出你的全部潜力！你该来我这儿！”

“对不起，我还是选大卫老师。”马尾抱歉。

玛丽小声嘀咕：“她是我们中驾驶素质最差的，教她的人要辛苦了……”

“还有没有女的啊？选我选我！”烂操哀号。

立刻有两坨大婶状的外星人出列了，烂操一口水喷出来：“不是有各种座驾吗？你们为毛长这样？”

“报告教练，我们是先把自己的年龄换算成地球年龄，然后才选择合适的座驾的。”

“……所以你们连内在都是大婶吗？！”

其他外星人也开始选教练了。俩胖子拉走了金氏，一个瘦骨嶙峋的老头看中了排长，有应付儿童经验的锅炉工当仁不让地接受了两个正太，八达将一个年轻英俊的男生推给嬷嬷：“这款适合你喔！”“为什么啊？”“你不觉得他鼻孔很像尔康吗？”“……”

一通忙碌之后，所有外星人均名花有主。

415 的集体教练生涯就这样开始了。我该怎么形容这个心力交瘁的过程呢……这么说吧，我们提前尝到了为人父母的滋味，每次交流“你的学员练得怎样了”“啊已经会站了”“已经可以靠自己走两步不会摔了”时，就很有一种家庭妇女集会的感觉啊！总觉得随时会开始讨论送孩子进哪家幼儿园比较好！

之前说了，外星人拿驾照也必须考科目一、二、三。科目一是笔试，我好奇地问玛丽讨了份模拟卷，看到上面写着诸如此类的题目——

正确的走路姿势应该是什么样？

A. 迈出哪只脚就摆哪只手

B. 迈出哪只脚就摆反方向的那只手

C. 无论迈出哪只脚都必须双手一起摆

D. 迈出哪只脚手都不用摆

还有如此认真严肃的探讨：

下一步就要踩到狗屎（一种地球动物的排泄物）时应该怎么做？

A. 迅速将脚移开

B. 脚尖发力，将狗屎踢飞

C. 及时将脚悬在狗屎上空，等待专业人士救助

D. 不要大意地踩上去

然后判断题也是非常奇葩：

座驾出故障必须暂停修理时，应在周围设置安全警示，以防地球人靠近。

对（ ）；错（ ）

我问玛丽你们的安全警示是什么样的？玛丽说："就是把人造血液吐一地嘛。"这是什么的警示啊！

还有这种题目。给出一张胖子照片，下面问：

刹住脚步的功能失灵时，如果周围有这么一个人，应该毫不犹豫地撞上去来减速。

对（ ）　错（ ）

这题选"对"的外星人你们想过金氏的心情么！

还好，我们的学员都已通过笔试，进入实际体验"开车"的科目二阶段了。科目二的考题很死板，就是在驾校内沿固定路线绕一圈，将起步、停止、直行、倒退、加速、减速、转弯、急转弯、连续转弯等逐一完成。只要错一步，就立刻取消考试资格。

鼻孔大如尔康的学员问嬷嬷："教练，请问怎么走才能保持笔直呢？我总是走着走着就歪掉了。"

嬷嬷想了想："你找一个始终在眼前的参照物，让它保持与道路边线的水平距离。距离不变，就没走歪。"

"明白啦！就用这个当参照物吧！"尔康摸着鼻尖。

从此这人走直线时，眼睛都会变成斗鸡眼，紧盯着高高皱起的鼻子，鼻孔顿时更大了！外星人的可塑性真强啊！虽然的确没走歪了，但感觉好可怕……

烂操的大婶学员每到转弯时，规律摆动的手脚就会乱掉，乱得最厉害的那位，双手还神奇地交搭了起来，两条腿也盘得犹如打坐，整个人就以一种休闲与庄严并重的姿态倒在了地上。

于是烂操教她们：每当走到转弯处就果断立正，然后向左转，然后继续正儿八经前进。虽然这跟传统意义上自然又灵巧的转弯不同，但好歹是转成功了啊！只是每次看都有军训的错觉……

其他人也各显神通。金氏教他的胖学员在上坡时急刹车，不幸失去平衡，三个人一起滚下来，把在坡下慢腾腾移动的老蜗和他的学员像保龄球一样撞飞了……而火暴脾气的排长在短时间内骂他的老学员骂上了瘾，什么“告诉你多少次了都记不住，脑子被猪啃了？！”“快撞墙了就迅速回正啊！你听不懂吗？耳朵长来卤的？！”……这家伙从奇怪的角度进化成一个真正的教练了啊！他一开骂，我们的学员就纷纷一抖，然后深情地看着我们，那目光分明是庆幸自己的选择……

不过最惨的还是一灿的学员，他们不止一次地哭诉说就算使用最先进的翻译机也无法破译教练的语种。到后来一灿只好不说话，改用肢体教学，他们练习的角落永远安静无声，仿佛聋哑学校。

至于大卫那边，玛丽说得没错，马尾的天赋果然不佳。我们休息时，大卫还得一遍又一遍地指导她。不管方向感还是协调性还是记忆力，马尾都非常令人捉急，这要是地球人，绝对就是马路杀手啊！

我们每天在驾校的时间大概二到四个小时，大卫却要六个小时。他跟马尾越来越熟。

“教练，”在又一次灰头土脸地扑街后，马尾黯淡地说，“我很没用吧。”

大卫是没啥脾气的人，何况对方还是个女的，就算耐心已经被一万匹草泥马践踏而过，他仍然强颜欢笑：“还是有进步的，再多练练。”

“我觉得这种练习太不自由了。地方有限，规矩又多，地球人正常情况下会这样走路吗？”

“听说学车也是一样死板，应试教育嘛。实际上了路，还是得靠自己随机应变。”大卫说，“甚至我们上学也是一样的，走上社会才会发现学了很多没用的东西，但这些过程又是必需的。”

“教练您懂我。”马尾显得很高兴。

大卫凝视她，当时正是傍晚，夕阳的余晖照在马尾脸上，虽然是人造面孔，那一刻竟也十分好看。大卫看了一会儿，喃喃道：“你们要融入地球人的生活，不可能只学走路吧？要学的应该还很多……”

“是的。但总部认为走路是能接触到最多地球人的一件事，曝光身份的可能性也最大，一不小心还可能给你们造成伤害，所以必须最为谨慎对待。地球人的其他行为，我们也会陆续学习。”

“真辛苦啊。”

“没办法，移民就得有这样的觉悟。但我们的时间概念跟你们不一样，所以这个过程也不算漫长。”马尾说，“况且我们在学走路的同时，也能将地球人控制肌肉的方法掌握个大概，以后再学其他的就很快了。”

“你该学一下怎么控制脸部肌肉。”大卫说，“你总是没有表情，地球人看了会很别扭。”

“我是想学的。教练您教我吧！”

“那就先学……笑吧。”

大卫做了个笑容给马尾看，马尾一边琢磨，一边牵动嘴角，先是一高一低，慢慢调整得相当可人。

“教练。”她笑着说，“我喜欢您！”

05 爱上一辆跑车，可我的家里没有车库

我们当教练的日子就在吵吵闹闹、热热闹闹中流逝了。万事开头难，经过了最初的艰难磨合之后，我们和外星学员之间渐渐默契了起来。包括资质最差的马尾也能像模像样地走两步了。

当我学开车时，发现要练的东西其实就那么多，熟练掌握后，剩下的就全是感觉和经验的事了。想必外星人学习驾驶人体也是一样吧？

刚开始学车，教练会寸步不离地坐在我身边喊打喊杀，后来就放任我自己练习了，考过科目二后，我仿佛变成了教练人老珠黄的发妻，他都懒得看我一眼。在星际驾校的日子其实也差不多，当外星学员们可以四平八稳地绕场一周而不至于缺胳膊少腿后，我们就不再形影不离地跟着他们了，顶多就是看到哪个动作又离谱了上去纠正纠正，而排长这时就会不失时机地大开骂戒，他的老头学员已经被骂出快感，每次都会露出陶醉表情，甚至因此故意犯错。大变态！

等到准备得差不多了，这些外星人就去参加科目二的考试了。那是一个宁静的白天，考试的地方我们不方便去，于是那天难得地都去上课了。

我们坐在教室里，看着窗外的云朵发呆。这些日子每天都好充实，现在闲闲的还真不习惯。（教授：……所以就认真听课怎么样？！）

大卫出神得尤其专注。这货每天都会被烂操邪恶地追问对自己的弟子下手没，所以我们也大致知道他跟马尾的那点事儿。虽然在之后的接触中，我们判断出马尾的“喜欢”没有那种意思，只是单纯的喜欢，可显然大卫当时有所触动。

我们不禁窃窃私语：“大卫最近忧郁了好多哦。”“他才不是一个没有故事的男同学……”

“你们别闹。马尾的本质不过是一辆车罢了。”大卫不耐烦地说。

“大卫我看错你了！想不到你的爱如此肤浅！”八达拍案而起。

“车又怎么样？有爱不就够了吗？历史上跨物种配对的例子还少吗？”排长义正词严。

“反正你将来也只能娶充气娃娃，就当成是提前体验会怎样嘛！”烂操非常不能理解。

大卫捏着拳头准备揍我们时，一直欣赏着窗外风景的一灿冷不丁说了句：“又素辣过家佛啊（又是那个家伙啊）。”

离窗口近的人纷纷将目光投出去，喔，原来是那个骚包！话说他这段时间很积极地来找小苹果，已经引起校内所有苹果汁的敌意，他显然在等小苹果！

好巧不巧，这时下课了，大家三三两两地离开教室。烂操跑到小苹果面前对她说：“嘿，你待会儿从北面的楼梯走吧。”

“为什么？”小苹果好奇。

“那个骚包又来堵你了！”

“啊……”小苹果露出了困扰的表情，看来她也不是很欣赏那种追求方式。

“别怕，我保护你撤退。”烂操趁机说。

“滚。”中国好闺密武则天一巴掌把烂操推开，然后勾住小苹果的肩，“有什么好躲的？跟做贼似的。讨厌他就直接说，敢再纠缠就骂过去！”

“不用那样啦。”小苹果忙说。

“这么说你对他还有点意思？”武则天逗小苹果，“那就更简单啦。正好他好像很有钱，是做男朋友的好人选呢！反正不管怎么样，先下去再说吧。”

小苹果就跟被包办婚姻一样傻傻地让武则天领走了，武则天经过烂操身边，故意撞了他一下。气急败坏的烂操捏紧了拳头，对嬷嬷吼道：“臭三八！”

第N次代心上人受气的嬷嬷伏在我的肩头哭了。这是真爱啊！我把手温柔地放在嬷嬷背上，然后扯起来推开："臭娘们，真恶心！"

总之我们也跟着下了楼。虽然大卫最近因马尾而稍微有点动摇，但他还是很在意小苹果的，他的脚步比我们都快。

结果我们刚走到楼下就听见武则天在怒吼："擦！你丫的吃了豹子胆了！还不放开！"——只见骚包正不顾一切地抱住小苹果，不规矩的双手从她的脖颈开始游走……小苹果完全吓傻了，居然不反抗，只顾着发出"嘤嘤嘤"的哀鸣。

"放开啊！"武则天举起课本狠砸骚包，丫却毫不动摇，嘴里呢喃着："再一会儿就好，再一会儿就好……"

我们都被如此痴汉的行径震惊了。就算不是苹果汁，身为人类也不能允许这种事存在！烂操激动地喊道："妈的，我都还没摸过……"立刻被八达揍翻在地。

我们上去围殴骚包，下手绝不留情！大卫和嬷嬷分别去掰他非礼小苹果的双手，骚包终于忍无可忍了，他忽然双手向后一挥，"啪啪啪啪！"我们一群人都被打翻在地！武则天吃惊地张大嘴巴，然后跺脚喊："你们这群没用的东西！"……妈的下次我要申请打这个女的。

"大卫去叫保安吧！"锅炉工扶扶歪掉的眼镜说。大卫是我们中运动神经最好的，脚程也最快。他应了一声，拔腿就跑。

大约跑出了十来米，大卫听到了马尾的声音："教练！"抬头就看到了那团光芒，"教练，我们考过科目二啦！都考过啦！"

"啊啊，那就好。"但大卫没心情表示祝贺，他又朝前跑了几步，忽然停下来，"帮我个忙！"

"什么？教练您说。"

大卫带着马尾去而复返，他远远地指着抱紧小苹果的骚包："就是他！给我教训他！"

救星来了！我们都特别高兴，都对外星人的战力充满信心。骚包也注意到了那团悬浮的光，他一下子慌了，松开小苹果就跑，速度居然非！常！快！等马尾飘到近前，他已无影无踪。

饱受咸猪手染指的小苹果这时才有了反应，抱着武则天哇哇大哭，我们一边安慰她，一边破口大骂那个淫贼。大卫皱眉问马尾："为什么不追上去？"

"……"马尾沉默了很久，缓缓道："那个人是我的同胞，那副样子是他的座驾。"

我们大惊，忽然理解了那家伙的离奇体力。怎么外星人伪装地球人久了，就会产生跟地球人一样的兴趣吗？！

"他跟我还是……情……情侣关系。"马尾又抛出一颗重磅炸弹。

06 教练，我想考驾照

科目二已经get，科目三还会远吗?

科目一是笔试，科目二是在驾校里考，科目三则是实际上路。从理论到模拟再到真刀真枪实践，步步为营，层层递进，不可谓不科学。

走路所需要的技巧，其实科目二都已经学完，科目三主要是测试驾驶员在实战环境下的应变能力。以开车来说，就是看到红灯要停啦，看到斑马线要双闪啦，并道要打转向灯啦之类的。外星人要面对的，大概就是人潮拥挤时怎么走，有人朝你撞过来怎么躲，地上有香蕉皮怎么破之类的考验吧。

科目三考试在公众场所进行，在那之前，我们这些教练带着学员们去实地体验了一番。我们领着他们先走一遍，然后让他们自己走一遍。第一次上路的学员都显得如履薄冰，一会儿怕踩到花花草草，一会儿怕踩到别人的脚，旁边有人手机响都会吓尿，嬷嬷家的尔康过于信赖斗鸡眼，结果不幸走到了马路中间；八达的学员身高捉急，没两步就被人潮给席卷去了相反方向……

大家都认为科目三比科目二难多了。但没办法，考试就是这么残酷，只好尽量练习。对此大卫很伤脑筋——自从撞见骚包男友对小苹果上下其手，马尾显然大受打击，这阵子的练习都没什么干劲。我们策划的几次实地体验她干脆缺席了。

“我知道得也不是很清楚，但她好像跟男朋友分了。”玛丽大叔告诉我们，“来地球前，他们就是一对。我知道得也不是很清楚，但是那男的很早就有驾照了，还开得特别好。没想到他会做出这种事啊！她完全不理他了，具体我知道得也不是很清楚。”

够了！你个大八卦明明知道得比谁都清楚！

那天我们实地体验完返回驾校，见到了马尾，她以光团形式悬浮着凝视天空，人形座驾倒在地上。大卫忙上前责备：“你是怎么回事？不打算考了？”

马尾一句话也不说。

“别想那个人渣了。我们争口气，先把驾照拿下好不好？”大卫像极了一个操心女儿高考的家长。

“对不起，教练。”马尾歉疚地说，“我其实不在乎拿不拿驾照了。驾照让我们更接近地球人，但那未必是什么好事情。”

大卫一听，这很明显是恨乌及屋的节奏啊！看来即使对于外星人，爱情也是最过不去的那道坎。

“好，随便你。”大卫放弃亲爹路线，切换进冷艳高贵模式，他耸耸肩，“反正是你的事，你不急我急什么？我是你谁啊？同胞都不是，对吧？”

马尾再次沉默，大卫等了好久等不到回答，彻底生气了。比起旁敲侧击，有话直说才是他的风格，别忘了他是个专注裸睡三十年的坦率少男啊！

“有句话我必须告诉你！”大卫恶狠狠地说，“你考驾照是为了自己，不是为了他！你因为他而放弃是对自己不负责任！而且那家伙没节操是他的事，我们还没投诉他给地球人的光辉形象抹黑呢，你居然觉得这是他太接近地球人的错？！啊靠，那他怎么不接近我啊？我对喜欢的人可专一了！”——总觉得说出最后这句时，他肯定有一瞬间的心虚。

这番热血发言后，大卫觉得很爽，表情十分扬眉吐气，然后大概又觉得刚才那样挺装的，于是脸迅速红了。而马尾静了半晌，忽然进入了她的座驾之中，然后一手捂脸，一手翘成兰花指，泪奔了。

大卫沉默了好一会儿，问旁观的我们：“这是几个意思啊？”

“教练不是说过这是地球人害羞的表现吗？”玛丽大叔看着我。

“呃，所以她……”

我拍拍大卫的肩膀：“没看到她又回座驾里去啦？这意思大概就是‘教练，我想考驾照’吧？”

07 超高校级的科目三考试

隔天便是科目三的考试。415教练团全体出动，反正考场设在公众场所，我们为什么不能在场？我们要送自己的学生最后一程！（谜之声：施主，不吉利啊……）

让人欣慰的是，当我们赶到考场——某座天桥下面的时候，赫然看见了马尾的身影。大卫与她四目相对，一切尽在不言中。

“有没有信心？”大卫问。

“我会尽力。”马尾说。

“那就好。”

“谢谢您，教练。”

马尾他们报名去了，已经有驾照的玛丽大叔跟我们一起站在天桥上，他指着楼梯下的那块阴影给我们看，原来那是另一个空间的入口，本地的外星人驾管所就设在里面。这附近都安好了监视探头，到时候每个驾校的学员将陆续上阵接受测试，合格或不合格都会被电脑记录在案。

我们暗暗为各自的学员捏了把汗。

等待的时间并不久，很快就轮到我们驾校了。具体的路线就是从一个花圃前的起点出发，先过天桥，抵达马路对面的人行道，顺势下行，绕过隔离墩、绿化带、自行车棚、街边长椅等障碍，然后走斑马线过马路，折回起点。全程长约一千米不说，那个路段的机动车道和非机动车道早就混为一体，沿途更是密布幼儿园、快餐店、超市、地下车库等雷区，地上还有人无良乱丢的果皮纸屑！就连身经百战的地球人走起来都不自在，何况初出茅庐的外星人！真是变态的设定啊！

我们的人一个赛一个紧张，其实在这种地方磕磕碰碰多正常啊，所以科目三的要求只是能够在限定时间内平安走完全程，不给别人造成困扰也不暴露身份即可。不过大部分的学员一见这种阵仗就蒙了。就算之前科目二完成得很出色，这会儿也忽然裹足不前、左右不分、四体不勤了。有的撞了，有的拐了，有的滑倒了，有的走到马路中间激起一片喇叭声……情况比想象的更恶劣啊！

这会儿在走的是尔康，那无依无靠的模样让嬷嬷心疼不已，正欲上前，玛丽拉着他："您要干什么？"

"我去帮他。我可以混在人群里领着他走，不会被发现的。"嬷嬷说。啊，昔日坏事做尽的容嬷嬷真的变了！再不是旧模样，是陕北的好江南！

"对喔！"我们纷纷来劲，这个场合不浑水摸鱼简直对不起"415 作弊大本营，天天好心情"的口号！

"不行。他们如果不能靠自己过关，说明驾驶技巧还不够成熟，那样即使拿到本，早晚也会暴露身份。"锅炉工理智地一推眼镜。

"是的。我很有体会。"玛丽大叔以身作则。

我们又萎了。虽然我们在大学的考场上各种作弊，但前提是都了解未来这些东西用不上，（肯定会有人唱"你怎么就知道用不上"的反调，但……马哲、微积分什么的在你生活里很常用喔？）可考驾照这件事是需要真材实料的啊，否则只会害人害己！

所以我们只能默默祝福自己的学员。我隐约看见排长的老花眼因为担心而蒙上了眼屎。

尔康不合格，金氏家的双胖都挂了，老蜗的学员全程近乎散步，但居然过了，排长的老弟子和锅炉工的幼齿弟子占了形象的便宜，一路得到谦让……

马尾排在最后，终于轮到她了。大卫教练紧张地把手指当瓜子啃不停。

马尾一直都不是个有悟性的驾驶员，中途又缺了几次课，但今天她的表现竟然还可以，至少是稳扎稳打，我们看在眼里，也只觉得她走路的姿势比较僵硬，仅此而已。

她甚至巧妙地迈过了一块香蕉皮，“好！”大卫看得投入，不禁爆发出一声喝彩！

意想不到的人物就在这时出现了。

透过摩肩接踵的人群，大卫发现了——骚包！他不知道从哪里冒出来的，一边挥着手，一边朝马尾跑去，一副千万里我追寻着你的节奏。大卫毫不犹豫冲下天桥，在最短的时间内移动到了骚包面前。

“是你？”骚包一愣。

“你来干什么？是你捣乱的时候吗？！”

“请让开，我要跟她说话。”

“让你妹！除非踏过我的尸体！”大卫说着，摆出篮球场上经典的防守架势。

骚包懒得跟大卫啰唆，抬脚就往他左边绕，但大卫一个利落转身，速度快得恨不能出现残影，仍然横在骚包面前！爱徒正在奋斗，做师父的又怎能被轻易过人？

“让开！”骚包急了。

“野猴子，想挡下本天才就试试看吧！”大卫已然樱木上身。

骚包做了一个假动作，迅速冲向一处缺口，但大卫及时看穿了他的阴谋，朝着同样的方向一跃——他们撞在了一起！大卫惨叫一声，飞出数米，外星人的力量果然不容小觑，大卫摔在了马路中央！

“啊！”天桥观影团集体吃惊。

是的！剧情到了这个地步，必须出来一辆车了！一辆集装箱车仿佛窥准时机般呼啸而来，车轮正对着大卫的双臂，这一碾，大卫就要变维纳斯了啊！

那是电光石火的一瞬，在我们都来不及反应的时候，一个人影像疯了般飞奔而来，整个前半身俯得几乎贴到地面，脚下的节奏却如同最绵密的鼓点。她逆着人潮，如一条激流中的泥鳅，一路错开数人，带倒了一整排栅栏，扑到了大卫身边，将他拉进怀里就地一滚，于千钧一发之际避开了集装箱车！

“妈呀——”集装箱车司机一路哭着开走了。

从大卫遇险到脱险，前后不到五秒，迟钝的路人甚至不知道发生了什么事。我们呆了好一会儿，哇哇大叫着跑下天桥。

已经有两个脸色铁青的大汉扶着大卫和马尾走向楼梯下的那片阴影，我们迅速跟了进去，骚包也匆匆忙忙地跑了过来。

阴影之后是外星人的驾管所。一个空旷的房间里有许多座椅，上面坐着许多人，不用说都是考生。角落里倒着另一些人，大概是备用座驾吧。一面墙上满是荧光屏，能观察到考场的角角落落，其中一个显示着天桥下，有人注意到了一大群人消失在楼梯下的奇景，但入口已及时关闭，他们想破头也不得其门而入。

马尾关切地问大卫："教练您没事吧？"

"没……没事……"大卫惊魂未定。

骚包一把抓住马尾的手："可算找到你了，为什么不理我啊？我有很多话要跟你说。"

马尾用力甩开他的手。

"对了，你刚才在考试……"骚包挠挠头，"我太着急见到你，连这都没发现，对不起。"

"晚了！"一名看起来是考官的外星人厉声吼道，"我没见过这么乱七八糟的考试！你，不合格！"

马尾跟大卫在同一时间举起拳头冲骚包一通乱打，我们也一拥而上帮着打。

"外星人中你也算最不要脸的了！非礼地球人又耽误旧情人！"人太多了，我被挤了出来，就用骂的。

"非礼？……冤枉！"骚包鼻青脸肿（真的造得好逼真！）地哭号，"我、我是想说你快可以拿到驾照了，我想定做一部全新的座驾送给你当礼物……"

大家停下了手，骚包的指尖发出一道光柱，在空气中投射成一个跟小苹果相似度极高的立体影像，身边悬浮着各种数据。

"这个女孩子非常多人喜欢！我观察她、接近她、抚摸她，都是为了采集数据，然后仿造一部座驾啊！到时候你开起来，回头率肯定特别高！喜欢一个人当然希望给她最好的啊！"

好吧，还有什么可说的。这份心意的地球版就是为了讨好女朋友而送她一辆新款跑车对吧！

马尾那趋近Max的怒气值迅速烟消云散，她收起所有锋芒，扶起骚包说："你……干吗不早说？"

"在地球上不是很讲究给女孩子惊喜吗？"骚包说着，居然转头问我们，"你们说对不对啊？"

"对——"看来骚包从头到尾都把小苹果当成车在看待，我们是真打错人了，基于一点点抱歉，我们有气无力地回应他。

"不过，误会解开了就好。"骚包深情地拉起马尾的手，"别再生我气了，嗯？"

马尾娇羞地点了点头。妈的，看得好火大！果然还是再扁丫一顿算了。秀毛的恩爱啊！

"你们玩够了吧？"外星考官一脸黑线地说，"玩够了就快点离开，一个月后再来补考吧。开新座驾？还早着呢！"

“等等，她为什么要补考？”大卫问。

“为什么？她没有按规定走完考试路线。规定是随机应变地结束全程，不是她这么胡来的！”

“你判她不合格才是胡来！”大卫严肃地说，“你们考试的目的，是为了让自己更接近地球人吧？一个真正的人，看到有人遇难会不想去帮忙而只是继续考自己的试吗？如果她那么做了，才真的完全不像个人！她这么做，比你们任何一个都更接近人类！”说着对我们吼道，“你们说对不对？”

“对！”我们和我们的学员外加骚包一起气吞山河地回答。

那考官显然是第一次听到这种理论，完全傻掉了，喃喃念叨着：“这种情况是第一次……我得跟总部商量一下……”

他们开会的时候，马尾走到大卫面前，认真地对他说：“教练，我真的很喜欢您。”

“啊，”大卫苦笑，“教练我，也很喜欢你。”

08 拿本快乐，祝你快乐

马尾最终拿到了驾照，还得到了一项奖。看来外星总部的家伙并不是死脑筋，大卫的理论有好好地传达给他们了呢。而我们其他的挂科学员也在未来的补考中陆续过关，成了有本一族。

不过，结局还是有些美中不足，我们没有拿到预期的学费。总部虽然放过了马尾，却对地球人参与驾校培训这件事提出了批评，认为这跟“不暴露身份”的原则严重矛盾。我们这群名不正言不顺的教练因此集体下岗，想要蹭外星科技什么的，当然也就不可能——对此，最悲伤的莫过于八达，下一站土豪梦碎，他又只能吃糠度日了。

可大卫是例外的。在道别的时候，马尾轻轻附在他耳边说：“教练，我会补偿您的。”

“不用客气啦。记得安全驾驶！”大卫说。马尾笑而不语。

隔天大卫就收到了马尾的“补偿”，小苹果来415找他：“哎，我们什么时候去看电影？”

“啥？！”烂操、八达、老蜗的耳朵都竖了起来。看电影！这不就是传说中的约会？大卫莫名其妙。

“不是说好一起去看电影的嘛。”小苹果嗔怪，“定下来快点告诉我哦。”

我忽然想起之前玛丽说过：“我们可是有控制地球人大脑的技术……”

我相信大卫一定也想起了吧。因为他的表情在若有所思后变成了笑容，就像他教给马尾的笑容一样。

缘分牵线事件

chapter 11

室友大叔暗恋一位名叫小北的腐女小学教师，经常对她旁敲侧击，各种暗示。一次他在Q上深情地对小北说："总觉得有一条线连着你和我……"

"其实我也这么觉得。"小北在那头羞涩地说。

"是吗？你、你觉得那会是一条什么线呢？"

"当然是网线呀！"

面对这过于科学的答案，大叔心碎成渣。

01 中国好闺蜜

春菜给我短信，说去吃夜宵。我很高兴地说"好"。

"这么晚还要出去？"容嬷嬷问穿鞋的我。

"没办法，男人很多应酬的。"我不耐烦地说。

"别再用这么可笑的借口了！"排长拍桌，"应酬应酬，你每天都应酬，却让我们嬷嬷夜夜独守空闺！"

"承认吧！你对嬷嬷根本不是真爱，你是去找别的女人对不对？！"烂操尖着嗓子发出控诉。

"虽然嬷嬷的肚子是不争气，但这能怪他吗？！"锅炉工激动地说。

"你们错了，我并不介意他能不能生。"我迅速进入角色，"我所不能忍受的是他不守妇道！他背着我偷人！这也可以算了，问题是他的对象竟是金氏！"

"什么？！金氏？！嬷嬷，你实在太不要脸了，你给我滚粗偷情界！"大卫惊恐。

"怪不得你胸平如镜，原来是被金氏给压的！"八达恍然大悟。

"这件事我们绝不能当作没听到，今晚就把这对奸夫淫妇浸猪笼吧！"老蜗冷不丁加入演出。

"足浓钻精似，也涮似冰妓奴归（猪笼装金氏，也算是宾至如归）。"一灿点头给予了高度肯定。

"你！们！找！死！"金氏仰天咆哮，捋起袖子冲向始作俑者老排长……

家庭伦理片一秒转型动作片，415再度陷入兵荒马乱。赶在卷进去前，我拔腿就跑。

不厌其烦地强调，春菜是我的闺密。我们长期被人擅自配对，但随着她在大二情人节时找到了绰号"小猫"的男朋友，关于我们的谣言便不攻自破。我跟春菜现在还是经常一起玩，但比起巅峰时期已经不可同日而语，这么晚见面更是难能可贵。

赶到约定地点，我看到了春菜的背影，立刻以慢动作边跑边拉长声音喊道："等——很——久——了——吗——"

但春菜一转过脸我就歇了，她眼睛里有泪。

"怎么了，我晚到了点但你也不用哭嘛……"

"去你的。"春菜擦擦脸，"我跟他吵架了。"

"他"肯定是小猫了，那个来自大西北的骚年，男人味十足却对春菜千依百顺，真难得他们会吵架。

"好可怜。是不是他非要你穿女仆装不可啊？"

"他好像还有女朋友。"

见春菜一点开玩笑的心情也没有，我只好正经起来："你不能只凭'好像'就发出如此严重的指控。"

"我撞见过几次他和一个女孩通电话，语气很亲密……还在他的空间里看到一个女生的暧昧留言，虽然他很快就删了……还有啊，他……"

我没耐心听春菜如数家珍，打断说："既然有这么多证据，那还不如列出来跟他好好谈谈。"

"谈了啊，他很生气，说我多心。"

"嘛，要我去跟他说吗？"

"你跟他说什么啊？"春菜吓一跳，"你们本来就有点……"

男生一般很难接受女朋友有个异性好友，所以小猫表面上客客气气，背地里必然不太待见我。好在对此我和春菜都有自觉，自从他们交往以来，我们就很少有公然勾肩搭背之类举动了。

这样一想还有点不爽。既要维持闺密的定位，又要保持距离；既要在别人的爱情出了岔子时帮忙排忧解难，又要控制自己的腹黑心理蠢蠢欲动……

“好吧。”我无奈地说，“你要么直接跟丫分了，要么以分为前提再谈一次。但我估计你舍不得他，瞧你都哭成酱了。啧啧，真丢人。”

春菜吸吸鼻子，嘟哝：“我哭是因为想起讨厌的事情了，你又不是不知道。”

嗯啊，是想起前任了吧。那个跟春菜从中学开始交往却在上了不同大学后另结新欢的陈世美。虽然此事已是老哏，春菜显然还耿耿于怀。毕竟是刻骨铭心的初恋啊。小猫如果重蹈丫的覆辙，那就太作死了。

话说回来，我表面劝和不劝分，内心其实有点不以为然。究竟我是下意识觉得帅哥都不是好东西呢，还只单纯是心理阴暗而已?

还真是讨厌这样的自己啊……

02 磨人的小妖精粗线了

我陪了春菜两小时，安慰她、吃宵夜和聊天散步，感觉回到了陈世美已成往事而小猫尚未到来的那会儿。真是怀念啊。

跟春菜分别后，我返回415，进门时鬼使神差回了下头，就见一道光从夜空划过。

“喔喔，流星！”我说。

“在哪儿在哪儿？”容嬷嬷很感兴趣地跑出来。

我想指给嬷嬷看，忽然发现没有必要，因为那流星变大了。确切地说，它向着我们宿舍飞来！

“哇啊啊啊——”我和嬷嬷齐声大叫，下一秒流星飞进了屋子，我们的视线被炽烈的白光剥夺，但那只是一瞬间。想象中一颗陨石或一架飞碟把415撑爆成贫民窟的杯具并未发生，只是桌上多了两样东西：一个包包和一个……人?！

巴掌大小，一头金发，背上长着透明的翅膀，穿着一身绿色服装，低胸加迷你裙，非常清凉。

“这是啥？”排长推推老花镜，疑惑地问。

“腰肌！杰对似腰肌（妖精！绝对是妖精）！”一灿叼着烟下结论。

“我还胸肌咧。”大卫说，“这是模型手办吧？”

“别争了，让我来判断一下这是不是手办。”烂操说着抓起小人，看了看胸口，看了看裙底。

你给我住手，手办才不是这么使用的！

这时那个小人醒了，它尖叫着伸手乱挠一通，在烂操那荒地般凹凸不平的脸上犁出了道道田坎。

“变态！变态！你们这群变态——”那个小人，好吧，也许真的是妖精吧，它的声音像虫鸣般清脆。

“闭嘴！”排长凶道，“什么叫你们这群变态？变态只有烂操一个而已！”

小妖精蜷缩着并拢双腿，双手掩住胸口，楚楚可怜，泪光闪闪：“嘤嘤嘤没想到人类已经堕落到了这个地步……趁着美腻动人的我昏迷之际不顾体积悬殊做出如此下限的事……嘤嘤嘤我表活了……”

“喂！”烂操涨红了脸，“我……我什么都没看到啊！你自己说你有毛可看的?！”

正掩面哭泣、又萌又可怜的小妖精，听了这话把手放了下来，脸上一滴泪都没有，然后它从凑得很近的一灿嘴里夺过烟，大口含住，深吸，吐出。

尼玛这一连串娴熟的动作完全是个抠脚大汉！童话里的小妖精才不是这样的！

“嘛——这就被拆穿了，真无聊。”小妖精用大大咧咧的姿势坐在桌子上，边抽烟边猥琐地笑着，“的确我们妖精是没有性别概念的，所以也没有值得偷窥的部位啦。你们肯定很好奇那为毛还要穿这么一身吧？噗！就是为了要你们这些笨蛋嘛！咩嘿嘿！”

我们交换视线，十字路口在彼此额头怒放。然后一灿伸手把烟抢了回来，重新叼在嘴里，顺道将那小妖精跟蚂蚁一样捏了起来。

同一时间，锅炉工默契地打开了他的法器——热水瓶。蒸汽滚滚喷出，一看就觉得好烫！

“拿杯子来，咱把这货泡了。”排长下令。

“不用那么麻烦，直接丢热水瓶里盖上瓶塞不就完了？”大卫的提议博得了我们的一致认可。

“等一下，你们不是开玩笑吧？”小妖精吓得头发都竖起来了，“杀、杀害妖精的罪可是很重的！”

“是哦，所以尸体一定得好好处理。”八达拿出一包番茄酱，“待会儿来蘸这个吃吧。”

“大腿鲜嫩，留给我。”金氏狞笑着擦了擦口水。

小妖精吓哭了，大颗晶莹的泪珠从双眸涌出，它语无伦次地说："我……我刚才是开玩笑的……妖精的世界纪律森严都不许开玩笑的……我很久没接触人类了所以有点人来疯……我不是故意的呜哇哇……"

我们纷纷忍俊不禁，什么妖精，也就听起来挺跩的，其实还不就是个小受？小看大人，吓死你！

"别哭啦。"容嬷嬷用指肚轻抚小妖精的头发，"调皮也要看场合。放心吧，大哥哥们吓唬你呢。"

"噗！人类真是比想象的更白痴！"小妖精一手掩嘴，用那种眼睛弯弯的超欠表情偷笑，"随便卖个萌你们就信，智商捉急！想也知道你们是在吓我啦！"

笑容僵在我们脸上，烂操闪电般攥住了小妖精。

"没有同情的余地了。"烂操的眼中燃烧着火焰，"谁去把我的内裤拿来，我要把它捂死在里面。"

"顶偶先给它匪浓（等我先给它毁容）。"一灿从鼻孔喷出白气，红彤彤的烟头在妖精的小脸旁摇晃。

"还是交给我吧。刚好想大便。"金氏不甘人后。

"你们有没听过人棍？"排长用小刀削着一根笔。

"对不起，对不起各位大爷真的对不起！小的我就是嘴痒就是犯贱，求求你们大人不计小人过，原谅我吧！原谅我吧！"小妖精魂飞魄散，彻底吓尿。

……

"你到底是什么东西？"十分钟后，不再重复作死和恐吓的我们展开和小妖精的对谈。话说415的历史上出现过形形色色的奇怪物种，这次难得有个如此童真的，却在极短时间里自黑到这种地步。我们是真心跟高端大气上档次绝缘啊！

"我是妖精啊……使命是给你们这片地区的缘分牵线搭桥。就叫我小叮当吧。"小妖精苦哈哈地说。

"小叮当！你他喵的也配这个名字？！"我们震怒，"从今天起，你改名小屁孩！"

看小屁孩那悲愤的表情，显然想要殊死反抗，无奈我们人多势众杀气腾腾，它只能含泪接受了新设定。

03 千里人缘一线牵

"喂，你刚说什么缘分牵线？"我问。

“好的，就让我为各位解释。”妖精一脸的放弃治疗，“你们知道，人与人之间存在各种关系。”

“比如肉体关系！”烂操眼睛一亮。

“呃……好例子。”小屁孩擦汗，“我们的使命就是创造和监督各种人际关系。谁打开一下我的包？”

跟小屁孩一同降临415的，的确还有一个钱包大小的包包，我们几乎忘了。四下寻找，它却已经不见了。

“不见了？！”小屁孩大惊，“那很重要的啊！”

“慌什么。”排长不以为然，“八达，拿出来。”

八达不情不愿地从他的抽屉里拿出那个包来。喂！你的动作也太快了吧！

小屁孩把包打开，原来是一套缝纫工具组，针啊线啊什么的，一些贤惠的女生经常会随身携带。小屁孩检查了一遍大叫：“不对啊，剪刀呢？”

“我没拿！不许你再侮辱我的人格！”毫无人格可言的八达竟不爽了。

“惨了……弄丢了？”小屁孩露出崩溃的表情。

“紧张兮兮的，这是些什么东西啊？”我一边说一边随手拿起一个插着针的线圈。

眼睛忽然一亮。我看到包括自己在内，十个臭男人身上都有纤细笔直的线延伸出来，连接到另外九人身上，而更多的线呈放射状通往宿舍外，那是真正的“千丝万缕”，看得我眼花缭乱。

那些线的颜色还不尽相同，连接415的是蓝线。

“这些线是怎么回事？”我松开线圈，奇特的景象就消失了。

“就说我是靠给人类牵线吃饭的了，那些都是缘分的线。”小屁孩说，“路人、友人、爱人、亲人、仇人……不同颜色的线，代表着不同的人际关系。你们多少也听说过吧，比方说爱人之间一般连着……”

“红线！”我们异口同声。

“人类真肤浅，只有谈情说爱的梗能获得转发。”小屁孩趁机损我们，“没关系的人，就搭不起线；有的人虽然认识，但只是点头之交，连接他们的则是白线；朋友之间的连线是蓝色的——就像你们宿舍这样了；然后爱人之间连着红线；亲人之间则是金线……”

没想到“缘分”竟然能用不同颜色的线具体表现，真有趣啊！我们每个人拿了个线圈，感受着全世界都变成盘丝洞的绚烂。

“其实不必我们做什么，人跟人也会自然牵起线：原本无线可连的陌生人，一旦认识了就会拥有白线；成为朋友了，白线会转蓝；相爱了，蓝线就变红……反过来，如果情侣分手了，红线就会恢复蓝色或白色，甚至断掉。这就是老死不相往来的节奏了。”小屁孩侃侃而谈，终于有点专业的样子了，“遇到那些该变却迟迟不变的线，就轮到我们上场了，创建良缘啊，剪断孽缘啊……”小屁孩说到这里又抱头鬼叫起来，“但是剪刀居然不见了！不见了啊啊啊！这可怎么得了？！”

这时，门口有一个前凸后翘的女孩经过，烂操猛地站起，拽着根红线就跑了出去，他一边像牛仔丢绳圈那样套住了女孩的脖子，一边将红线的另一头绑在自己手上。

“达令！就让你我激烈地相爱！”烂操喘着粗气，向着那女生拥抱上去。

然后他就被一个铁拳砸得四脚朝天，原来是那女孩的男朋友、住我们隔壁宿舍的一位铁汉，他恶狠狠地瞪着烂操：“找死啊？！发春也要看对象！”

烂操捂着飙血的鼻子，看着根本没套上的红线。

“傻帽，缘分线要用缝的！”小屁孩幸灾乐祸。

“……缝？”

“用那根针啊，不疼的，又不是人间的东西。”

烂操就将红线穿上针，朝着自己的皮肤勇敢一扎，的确毫无难度地穿过了，红线的一头固定在了他身上。烂操士气大振，再次发起冲锋。

刚才那女生正在走廊上跟铁汉聊天呢，见烂操卷土重来，吓得躲到男友身后，“靠，还来！”铁汉气急败坏，迎着烂操挥出拳头，然后被无形的针线利落穿过。

下一秒，铁汉的拳头松开成了手掌，轻轻揽住烂操的小蛮腰，顺势一个转圈动作，百炼钢化作绕指柔，他和烂操深情对视。

“喂！”那个女生大惊，但两名汉子都对她视而不见，眼中只有彼此，一副饥渴的肉食系表情。

他们变成情侣了呢，真是恶意卖腐的发展啊！

“负心汉！”与此同时，原本连接女孩和铁汉的那根红线迅速褪色变白，喔喔，她心碎了！情人转路人！

“看到了吗？多可怕的道具！千万不要随便拿来玩！”小屁孩严肃地发出警告。擦，你有什么资格说这种话，不就是你手把手教我们的吗？！

“太恶心了，快把他们的红线弄断。”大卫一脸嫌恶地看着新婚燕尔的烂操“夫夫”。

“没有剪刀是办不到的。”小屁孩摊手，“除非他们实在很不相配，否则再畸形的关系都会天长地久。”

可怜的烂操！话说回来，他和那铁汉完全沉浸在甜蜜的恋情中。是什么奇怪的开关被按下了吗?

“那么重要的剪刀怎么会不见？你这个不负责任的妖精！”我们批评小屁孩。

“我一直很负责！这次是意外！”小屁孩不服，“其实大概丢在哪里，我还是有一点印象的！那个地方有很多人，都穿着一样的衣服！”

“这算什么线索？需要统一穿制服的地方多了！”

“记不清了嘛！谁让我当时喝醉了……”小屁孩猛然刹住话头，片刻背着双手深沉地看着窗外，“你们长大就知道了，男人总有不得不借酒浇愁的时候……”

刚不还说妖精没有性别吗？这会儿倒是男人了！你这个上班时间喝酒的三俗妖精！怪不得登场方式那么横冲直撞呢，敢情酒还没醒是吧！

为了拯救失足的烂操，寻找剪刀势在必行。而那时我完全想不到，那剪刀落在了最麻烦的人手上……

04 线人

第二天到了。

我刚醒就看见隔壁那位铁汉兄给烂操买来了小笼包，二人你侬我侬，相互投喂，看得我不禁产生喉咙里有东西咳不出来又咽不下去的慢性咽炎症状。

“伤风败俗，不堪入目！”小屁孩正在老蜗茶杯里泡澡，见状发出恨铁不成钢的点评。

“你怎么还在这里？快去把剪刀找回来。”我说。

“我也想去。”小屁孩装可怜，“可昨天的着陆方式太疯狂了，我受伤了，飞不起来。我现在正集中力量自愈呢，你看，还搭配了温泉疗法。”

彻夜游戏的老蜗当时正酣睡，如果他知道自己的茶杯被拿去派这样的用场，一定会很难过。我暗暗决定不告诉他，希望老蜗能在没有负担的情况下将妖精牌洗澡水一饮而尽。

这时八达提着一袋葱油饼进屋了，他的另一只手抓着个线圈，很高兴地对我们说：“我跟早餐工程的大妈现在是死党哦！这是她请我吃的！”

出息在哪里啊喂，你不会去跟土豪做朋友吗?！大卫忍不住痛斥：“八达！蹭吃找我！放开大妈！”

“生活在一个屋檐下，做人的差距怎么那么大呢？”锅炉工摇头，“嬷嬷早上也带着个线圈出去了，但他就不是为了自己，而是为了我们——他说他要去找C语言教授，跟他建立亲人关系，然后请他把我们旷过的课一笔勾销。”

嬷嬷的情操果然高尚！我感动得说不出话。

“打断一下。”小屁孩在茶杯里说，“建立亲人关系要用金线。可我包包里的金线早用完了，那位朋友别是把金色跟屎黄色弄混了吧？”

“屎黄色的线……是建立什么关系的？”

“就是人类之间最三俗的纯肉体关系嘛！”

可怜的嬷嬷！教授虽然上了年纪，却仍然拥有广阔的胸襟和强劲的臂弯啊！我们担心得下巴都脱臼了。

“追颁嬷嬷队员一等功勋章吧。”排长站在嬷嬷有去无回的角度做出这个决定。我们点头赞同。

“对了段段，”八达边啃葱油饼边说，“我刚刚在楼下遇到你家春菜和她男人了，好像在吵架。”

我立刻想起之前春菜怀疑小猫脚踏两条船，小猫却拒不承认。本来这种桃色纠纷除非出动侦探，否则难有定论，但现在不一样了，现在我看得到“线”！

我跑出了415。

我在距离宿舍区十米远的一棵榕树下找到了春菜和小猫。当时小猫正有些气急败坏地说：“你这么不相信我，我们在一起有意思么？！”

我攥紧口袋里的线圈，整个世界又以密密麻麻的形态展现在我眼前。我看到春菜和小猫之间有一条红线，当然啦，他们是男女朋友。明知如此，我还是觉得心里有点酸溜溜的。

而小猫和我的连线是灰色的。哈，我们果然不是朋友，但也不算纯路人，据说仇人之间的线是黑色的，那么灰色应该还是有点敌意的吧？

还真是符合我们关系的颜色。

他们也看到了我，不约而同降低声音。我开始扫描小猫，人这一生不知要接触多少人，因此每个人辐射出的线都可说有成千上万，看得我很吃力。

“学长你在看什么？”小猫皱眉。

“没事。”我敷衍。小猫身上什么颜色的线都有，红线却只限春菜。我稍微有点失望。

但就在我正要放弃观察时，一条红线出其不意地映入了我的眼帘。它笔直地延向远方，不是热烈的大红色，而是一种淡淡的水红。

“小猫同学，”我说，“如果你心里有别人，还是告诉春菜吧。”

小猫有些恼怒：“请你不要乱插嘴好吗？根本不是你们想的那样！”

“你确定？”我循循善诱，“仔细想想，过去或者现在，你是不是还有过喜欢的人？比如刚刚开始互有好感的女生，或者是感情已经变淡但还没完全消失的前女友……”浅红的缘分线无非是代表这两样吧？

小猫的脸色开始不自然了，春菜看看我又看看他，更加疑惑。终于他下定决心般说：“是……有那么一个女孩子，我在老家交的女朋友，不过来这里前我们就分了，和平分手的。但她好像还喜欢我，常常会跟我联系。她也知道我现在有新女朋友了……相信我，我没做对不起你的事，只是……买卖不成仁义在……”

我想小猫未必对她全无感觉吧，但从颜色上看，那与他对春菜的感情确实不能同日而语。

“学长，我不知道你怎么知道的，但你既然知道，也就该知道我说的都是真的。”小猫像说绕口令，语气诚恳，多少也带点叫板的意思。

“阿福……”春菜看着我。

总觉得又干了蠢事。说真的我跑来这里，与其说是帮他们和好，不如说是有点卑鄙地期待揭穿小猫的真面目。但现在看来事情并没有那么严重，即使他们在吵架，彼此的红线还是绑得很牢。

所以我算什么啊？我和春菜之间，有的只是一条天空般澄澈湛蓝的友情线。我不想承认有那么一瞬间，我以为我们可能也会是……浅红色。

哈哈哈。

“没事了，阿春。”我说，“别吵架了，你们好好的。”

春菜露出了如释重负的表情，她竟如此相信我的判断。小猫也松了口气，趁机牵住春菜的手。眼看又要开始秀恩爱了，我赶紧转身就走。

“喂，阿福！”春菜喊我。

“老奶奶再见！”我边跑边喊，“我叫红领巾，就住在中国！”

我听见他俩在我背后笑喷了。嗯嗯，虽然非常神经病，但果然这样的退场方式比较适合我。

05 一剪没

当天晚上，我做了一个梦。

我梦见自己拎着一桶油漆跟在春菜后面，把我和她之间的那条蓝线玩命刷成红色，可不知道为什么，油漆沾上就褪色，来来去去，我们之间依然是蓝线。

然后小猫走来了，他拿着一把小剪刀，说："你不觉得这样很没意思吗？我来让你们一刀两断吧。"

我大叫："不要！"

"咔嚓。"剪刀开合。春菜转过身来，看着我的表情，迅速变得陌生又茫然……

我惊醒过来，发现自己正处于被围观状态。

"这是谁？"

"嬷嬷又带客人回来了？"

"老排的朋友吧？"

我爬起来，眼前是一堆陌生的面孔。有一个人，戴着黑框眼镜、穿着土爆了的衬衫，牙龈硕大；有一个人，瘦得可以忽略不计，满脸皱纹，老态龙钟；有一张床上躺着个胖子，胖得下巴跟胸口浑然一线，那肚皮隆得仿佛等待剖宫产……

这些人……是谁啊？

我正一头雾水，抽屉动了动，睡在里面的小屁孩探出头来，朝我看了一眼就大叫："你们这是闹哪样？！"它扇动翅膀，用不太灵活的姿势飞到我的床上。

它绕着我飞了一圈，语气几乎难以置信："你跟他们的线……怎么断光了？"

我知道这里是415，却不认得眼前的每个人，而关于缘分线的设定却还记得，登时一惊。

"喂，"一个白皙瘦高的方脸男生指着我问小屁孩，"你认识他？"

"你们本来都认识。"小屁孩说。

看起来没啥智慧的他们纷纷面露疑惑。我的心越来越凉，虽然他们于我形同路人，谈不上什么惋惜或伤感，但我意识到这是不正常的，有人剪断了我们之间的缘分线！

"有些人的关系的确很脆弱，说掰就掰了。"小屁孩自言自语，"但这不该发生在你们身上。你们十个的蓝线异常结实，就算有一天分开了、离得很远，也轻易不会断掉。"

"所以……"

“谁拿了老子的剪刀！”小屁孩咬牙切齿，“就是丫剪断了你们的关系！看，你的床位离窗户那么近，伸一只手进来就能办到了。你该庆幸他没有顺便剪掉你别的东西。”

你指什么啊喂！我后怕地夹紧了双腿。

“你们俩到底在说什么？”一个脸是三角形且满是痘痘，完全就一根狼牙棒的男生说。感觉上丫真没礼貌，这货也曾经是我的好朋友吗？

“你有没有办法恢复我跟他们的关系啊？”我问小屁孩，我可不想被赶出去。

“有是有，我就是干这个的。但是吧……”小屁孩从它的包包里找出蓝色线圈，“你们这几天玩得也太嗨了吧，是多没朋友啊！蓝线几乎用光了好吗？！剩下的这点只够修复一份关系。”

“啥？！”

“安啦，这个线圈还会生成新的线。等吧。”小屁孩灵巧地将蓝线穿在针上，我看到它的身体发出了光芒，有一种神秘力量过渡到了线上，让那蓝线变得更有光泽和质感。嗯，大概这么一来，绑上线的两人就不只是普通朋友而是好朋友吧。忽然有点尊敬它呢。

“话说回来啊，屎黄线倒是还剩不少，受不了被你的基友冷落不如就先用它代……”

我一拳把小屁孩揍扁成图案。这家伙果然只是个单纯的变态而已！

这时我忽然想到一件事：我被剪断的关系，只限眼前的这群臭男人吗？还是另有其人？

这玩笑可开大了！我忙掏出手机，寻找线索。

然后我发现不管是发件箱还是收件箱，不管是已接来电还是未接来电，有一个名字频繁出现。

春菜，那是女孩子吗？

那个掌握着剪刀的人，也剪断了我和她的缘分。

“喂，”我问这个宿舍中看起来最具节操的一位花美男，“你知道春菜是谁吗？”

花美男点点头，张口就是一句外语：“她素偶民童鞋，丫过旅孩纸。”

我努力破译出他说的是：“她是我们同学，一个女孩子。”我又问：“哪里可以找到她？”

花美男人不错，他用会增加搜索难度的口音配合手势告诉了我，原来就在对面宿舍楼。

我想那个春菜应该是对我很重要的人。既然暂时只能修补一份关系，就让女士优先吧！

我在十分钟后见到春菜。之所以还能认出她，是因为我的手机里有跟她的合照，当时她正在晾衣服。见我盯着她走近，询问地扬了扬眉。

对那一刻的我来说，那是我和她的初次见面。

很御姐的外形和身材，个头有一米七吧，长发披肩、鹅蛋脸、五官成熟美丽。应该是能干又受欢迎的类型，给我的感觉是高不可攀。往她面前一站，我俩就像是姐弟。

“有事吗？”

春菜的问话把我从不着调的思考中拉回，我张了张嘴，却不知道该怎么回答她。索性直接掏出线圈，先将蓝线的一头穿过自己，然后刺向她。

“你干什么？！”春菜吓坏了，也就是一转眼，我们之间重新建立起了联系。

我看着春菜脸上的惊恐退潮，她叫我：“阿福。”

“阿春。”我的语气有些颤抖，断掉的关系重新连线，我们的过去也一并回来了，我竟有些眼眶发热。

随即我发现春菜身上没有了红线。

看了又看，真的没有了。

“阿春，你还记得大明湖畔的小猫吗？”

“那是谁？”

果然不错，受害者不只是我，还有春菜。那个持有妖精剪刀的人应该也能看到人与人之间的缘分线吧，他绝不是觉得好玩乱剪一通，他在针对我们！

我又忽然想到可以把那个人找出来的！他那样对我，显然是跟我有仇。人生在世，有几个冤家很正常，但一般也不过就是互不顺眼的灰线，要是黑线，必然得是深仇大恨了吧？

黑线很醒目，我很快找到了。

“阿春，我要先走了。”我叮嘱春菜，“你乖乖回宿舍里待着，回头我再来找你。”

“喔。”春菜有些莫名。

“自己小心了。”我伸手把她的头发揉得乱七八糟。能肆无忌惮这么做，感觉真好。

剪刀手陈世美

我攥住那条充满恶意的黑线顺藤摸瓜。

黑线通往学校之外，我便出了学校；黑线划过整条学生街，我便横穿学生街；黑线的彼端还看不到，我的脚步因此停不下来。

此刻在我眼中，世界仿佛笼罩在一个巨大的蜘蛛网内，看久了还蛮反胃的，但我又不能放开手中的线圈，那会令我丧失黑线的去向。

不知不觉走了十几分钟，来到了让我陌生的街区，整个过程也远比预想的要曲折。那个幕后黑手到底是在哪儿啊？

在我想要放弃时，他出现了。

视线越过三三两两的行人，我看到一个背影，黑线毫不犹豫地连接着我和他。

偶然划过脑海的念头应验了，还真的是他——陈世美！

春菜的前男友陈世美。丫的烂杏出墙曾伤透春菜，后来还一度变身坏马，想吃回头草，来我们学校跟春菜求复合，结果在争执之下造成了春菜的重伤。

那时正是寒假。我在老家附近的工厂里发现一座小屋竟能通往平行世界，那里也有我和春菜，我们还是情侣关系……后来，肇事逃逸的陈世美也去了那个世界，并企图让那个世界的自己当代罪羔羊，当然最后他的阴谋破产了。他被关进了监狱里。

以上剧情有些同学听着可能略陌生吧，那一定是因为你们没有购买《青春奇妙物语 1》，那可是只收录在单行本里的彩蛋故事哦！

啊，我在做什么？情况这么危急，我怎么还能心平气和地打广告，真是太不应该了！请忘记上面的话吧。

却说陈世美当时因"故意伤人罪"锒铛入狱，虽然春菜顾念旧情没有落井下石，但客观上陈世美毕竟重伤了她，所以铁面无私的法律判他服刑两年。可现在半年都还不到啊！他怎么就出现在了监狱外？！

我赶忙掏出手机拨打 110，附近有派出所的。警察蜀黍应该很快会到。

但陈世美这时忽然拐入一条胡同，我怕跟丢，忙尾随入内。万万没想到刚迈进胡同，立刻有一只强壮的胳膊伸过来抓住了我的衣领，将我拽倒在地，如同拖牲口那样拖向胡同深处！

是陈世美！我用力挣扎起来，他一扬手，我在地上滚了两圈，狼狈不堪。

这是条死巷子，陈世美如同铁门一样堵住了出口。

"好久不见，阿福君。"丫狞笑着。他还是那么高大壮实，但失去自由的生活以及捡肥皂等日常娱乐显然深深地改变了他。胡子拉碴，眼窝内陷，看着不像越狱倒像是越戒毒所，他的右手捏着把小剪子。

“傻帽儿。”陈世美轻蔑道，“以为自己跟踪得很高明？半路我就发现了，将计就计把你引到这里来！”

“那东西怎么在你手里？”我不安地问。

“鬼知道怎么就掉在了我的牢房里。一捡起来我就看到了各种乱七八糟的线，稍微研究一下，就知道那剪刀是派什么用场的了。”陈世美有些得意地说。

我想起小屁孩说过，它在喝醉酒的情况下去了一个很多人都穿一样衣服的地方……原来那是监狱啊！一样的衣服是指囚服！一切都是那变态妖精的错！

陈世美四肢发达，头脑也不简单，这点我是领教过的。如今被他逼入穷巷，我不得不为自己捏一把汗。

好在这时传来了警笛声，喔喔！世界上最动听的音乐！我立刻对陈世美说：“你逃不了的，乖乖投降吧！”

陈世美又笑起来，仿佛我刚说了个段子，丫说：“你以为我是怎么离开监狱的？”

他竟然大大方方地走到巷子口去，这一带人不多，警察迅速注意到了他，他迎着警察举起剪刀——我看到，他们之间有着绿色的连线，那代表一种工作关系。是的，逮捕陈世美是警察蜀黍的工作。可陈世美手起刀落，“咔嚓咔嚓咔嚓”，绿线纷纷应声而断。

警察们的脸上一下子写满了茫然，陈世美对他们而言，变成了一个纯粹的路人。

这剪刀竟然如此好用！我明白陈世美是如何离开监狱的了。他只要窥准放风、探视之类人不在牢房的时机，切断跟狱警、狱友的关系，就可以化身成一个谁都不认识的局外人。就算仍有人试图阻止他也不要紧——要阻止，就必须发生交集，而他可以剪断一切交集！

干净利落地消去自己在警察及行人眼中的存在感后，陈世美重返巷子里。我甚至都来不及逃跑，又被他一脚踹倒，胸口闷闷地疼。

“把你手里的东西拿出来。”陈世美说。

“什么？”我喘着气。

陈世美索性自己动手，我发出被非礼的惨叫，然后口袋里那插着针的线圈就被搜走了。

“哈！”陈世美的眼睛亮了，“我剪断一些人的线后，也想过要用在自己身上，但不等绑牢就消失了。原来要用针啊！太棒了，我失去的都可以找回来了！”

陈世美果然不是一般的反派，如此举一反三，触类旁通。现在丫已经同时拥有了针线和剪刀，哪天变身美国总统的小伙伴也不奇怪啊！

我不顾一切地想突围，再次被打翻。

“玩够了。”陈世美冷笑，“我接着会很忙，没空陪你了。你想不想知道，我既然不怕被抓，又为什么要把你引到这里来？”

他弯腰揭开了一个下水道的井盖，像老鹰捉小鸡那样把我扯到井口。我当然知道他要干什么，大喊道：“不！不……”

被踢进下水道的感觉跟被从悬崖上推下去完全没两样。下面没有水，我直接摔在了潮湿而坚硬的地面上，强烈的异味扑鼻而来，而头顶那一小方光线迅速被井盖没收。

我的身体里传出闷响，疼得晕死过去。

07 我的前任是极品

后面的事都是春菜与小屁孩告诉我的。

如果不是我，陈世美不会锒铛入狱，所以他要怎么报复我都不奇怪。但抢到针线后，他的目标就变了，他发现自己可以有个新的人生！

他第一时间去找春菜了。

他出现在宿舍门口时，春菜正在为来访者烹制着闭门羹。但陈世美不由分说，一脚踹开了门。

与春菜同住的学姐们已经集体进入了大三实习阶段，白天基本不在。独自在床上听音乐的春菜看到门忽然就像预算不够的新番画面那样发生了崩坏，惊得坐直了身体，然后看到了陈世美。

“你……你怎么在这里？！”

“我……”陈世美竟有些吞吞吐吐，“我很……想你……”

“你该不是从监狱……天啊……”春菜目瞪口呆，“你、你快点走吧！你别再来找我了！”

“我们可以重新开始！”陈世美激动地说。

“不可能！你快走！我叫人了！”

“有可能的。”陈世美掏出了连着红线的针，这个举动配合他的伤人前科，形成了猎奇的犯罪预告，春菜警惕地退到了墙根。

“你到底想干什……”

陈世美轻易按住了春菜，霸王硬上线。

但是下一秒，“啪！”红线断了。

“妈的！”陈世美骂着，又穿上另一根。

“啪！”继续断。

陈世美像疯了一样再接再厉，这时一阵风刮进了宿舍，他手里的剪刀和针线就不翼而飞了。

来的竟是小屁孩！从 415 是可以看到春菜宿舍的，陈世美刚才的到访又实在太高调了，因此被小屁孩逮了个正着，他不顾一切地飞来回收失物兼英雄救美了！

看着眼前这只该出现在童话里的妖精，春菜又惊又喜，陈世美则有点恍然大悟，想是明白了道具的来历，他沙哑着问：“为什么我跟她的红线连不上？！”

“用很俗的话说就是你们缘分尽了。怎么都不合适的人，勉强连上红线也会被自动拆 CP 的。”小屁孩幸灾乐祸，“别太难过，告诉你个好消息，对面宿舍那群臭男人这会儿大概已经报警啦。”

陈世美的脸色更暗沉了。

“对了，那家伙呢？”小屁孩问春菜。

“谁？”春菜说。

“就那个什么段段啊，他不说来找你了？”

“阿福？对，他来找过我，后来又走了……”

“哈！”陈世美冷笑起来，“那家伙在哪里，只有我知道！把剪刀给我，不然那家伙就等死吧！”

春菜立刻呆了，小屁孩则大叫：“做梦！”

“给我！老子保证不是在开玩笑！你们真的不管他的死活？！”陈世美恶狠狠地说。

春菜焦急地看着小屁孩，小屁孩显得非常为难。这时，陈世美忽然像饿狼那样扑向了小屁孩，抢它的剪刀！小屁孩大叫着把剪刀举高，企图飞走，却被陈世美一把抓住。小屁孩拼了，两人展开体积悬殊的纠缠，春菜宿舍里的桌椅杯盘乒乒乓乓掉落一地。

混乱的结果是剪刀插进了陈世美的心口。

小屁孩放开剪刀，陈世美低头，倒吸着凉气后退，踩到了一块碎玻璃猛然滑倒，后脑勺重重地撞在铁架床上，眼睛一个翻白，终于晕了过去。

"……"春菜惊魂未定："他、他死了？！"

"吓的啦，吓的。"小屁孩拔出剪刀，上面没有一滴血迹，"又不是人间的东西，怎么会造成物理伤害？"

"你快想办法救救阿福。"春菜恳求。

"你打算怎么报答我？呼呼呼只要让我在你的胸前……"小屁孩流着口水，看到春菜的表情又吸了回去，"好啦……我已经想好办法了。这家伙跟你的阿福肯定是仇人，我们顺着他身上的黑线，就能找到那个苦逼……"它说着，猛然打住。

刚才插在陈世美胸口的剪刀，恰好将他与我之间的黑线弄断了！断掉的线立刻消失。

"怎么了？"春菜问。

小屁孩悻悻地解释，春菜立刻说："可以顺着线找到阿福？那顺着我这边的线找他吧！我跟他之间肯定有线连着的！"

"没那么容易。"小屁孩打量着春菜，"你跟那货是好朋友，但你肯定有不止一个好朋友，我看到你身上有很多条蓝线，但到底哪一条是连接那家伙的？"

又一个办法被判了死刑，春菜一屁股坐在地上。

"你仔细想想。"小屁孩一反常态地认真道，"究竟他对你而言，是什么样的存在？如果再也见不到他，对你又意味着什么？！"

春菜的眼泪就流了下来。

……

外面发生着什么，我不知道。

我睁开眼睛，鼻孔立刻被浑浊的臭气充斥，有什么东西聚在我身边轻扯着衣服，我一动全跑了。是老鼠？！我差点吓尿，想要爬起来，半个身子疼得像要裂开。天啊，我是受了多重的伤？！高位截肢下半身瘫痪生活不能自理……在我心里疯狂刷屏！

"救命！"我伸直脖子大叫，"救命啊！救命！"

声音在黝黑的下水道里四处碰壁，却传不出去。我越发感到绝望，该不会……死在这里吧？！

这里太黑了，我有一种被世界流放的错觉，仿佛再也见不到任何人。

心跳越来越快，牙关开始剧烈地打战。

那时的我还没有跟415的兄弟们恢复关系，但是多么奇妙，我的心里仍然泛起了痛苦。尽管我都不知道，我们曾经好到什么地步。

更加具体的不舍来自春菜。

春菜……我们会再也见不到面吗?

会再也见不到面吗?!

那么多的往事纷纷扰扰浮上心头：深夜铁门上的第一次相遇，天寒地冻的时候跑去她宿舍洗澡，寒假她在电话里对我哭泣，暑假她告诉我她有点想我，我们一起吃喝玩乐一起去拉赞助，一起在舍管突击检查时躲到一张床上……

在情人节快过去的深夜，我们手牵着手。

在平行世界与梦境世界，我们相亲相爱。

春菜……

我的眼前忽然有微光闪烁。

黑暗之中，仿佛浮现了一缕阳光，它像是有生命般循着我的胸膛向上蔓延。那分明是一条蓝线，却泛着金灿灿的光泽，犹如蔚蓝的天空被旭日渲染描边。

在外面世界有一个人，我们是闺密，超越了单纯的朋友关系与肤浅的爱情定义，我们是住在对方心里的家人，是无须用名分去衡量的彼此。

原来比起所谓的“在一起”，我更害怕的仅仅是不能再见到她。

“咣啷。”

头顶的井盖被吃力地掀开，光线透了进来，我听到她用哭腔问着：“阿福，你在吗？”

她背着光，但我能看清她。

她就是光。

08 另一道光

虽然一度痛得像要死掉，但我的伤其实没有想象的重，尤其骨头无碍。医生给我开了一堆膏药后说静养一周差不多就能好透了。这一定是我平常做了许多好事的奖励（么么哒）。

陈世美又落网了，他已没法再剪断警察与他的交集，我们也不必担心他会再来骚扰我们，一来这货刑期延长了，二来他和我们的线已经全被剪断了。

小屁孩总算拿回了所有失物，然后各种亡羊补牢。415 的十个臭男人总算破镜重圆，嬷嬷、烂操他们的糜烂私生活也得到了整治，从混乱中苏醒过来的他们好几天都以泪洗面。

小屁孩告别 415 前，我们有一番谈话。我说春菜找到我时，我仿佛看到我们之间的蓝线在闪烁金光。

“金线代表亲情，算是人类最美好最无私的一种关系吧。但不见得非得有血缘关系才能建立如同家人的羁绊。”小屁孩一反常态地认真，“当那女孩害怕会失去你、当你害怕再不能见到她，你们在彼此心中的地位就得到了升华，蓝线因此蜕变成了金线。不是她找到了你，是你们找到了对方。”

我陷入感慨，说不出话。

“死废柴！”小屁孩立马恢复三八，给了我一拳，“你们的关系多难得啊！我都想睁一只眼闭一只眼帮你干掉那情敌了，你装什么高尚！”

嗯，小屁孩之前曾不怀好意地问我，要不要修好小猫和春菜的关系。他们的红线不是被陈世美“咔嚓”了嘛。我犹豫了一会儿说：“要吧。”不是想装高尚，我只是觉得……如果搞那样的小动作，反而侮辱了我们之间的金线。

“随便你了。”小屁孩拍拍屁股，“哥要走了，想我就往地上丢块肥皂吧。”

“这是什么召唤方式啊喂！”我先吐槽，然后大叫，“等等，我还有事情要问，在下水道里时，我的线圈已经被陈世美抢走，为什么还会看见金线呢？事实上，这两天我眼前偶尔还是会浮出线……”

“过度接触妖精道具的后遗症啦，有些人的体质是会这样的，慢慢就好了。”小屁孩说，“好了，真走了。哪天能亲手帮你们绑红线，我会很乐意也说不定呢。”

“滚啦！”

那个玲珑精致的身影消失在我的视野，抬头只见漫天晴朗。

生活又翻开了新的一页。

415 一如既往，仍是个喧闹无下限的集体。大学已经过去一半以上，但我们依然毫无紧张感地享受着青春。未来的日子，应该还有无尽的怪事会来敲门吧？真是期待呢。

虽然偶尔看见小猫和春菜，还是会有点吃味儿。

某天出于改变心情的想法，我决定去染发。头上涂满黏稠的染发膏时，我说：“这东西感觉好像……”“便便是吧？”理发师立刻接上。

坐我隔壁的女生发出一声响亮的“扑哧”。

接着一个头盔状机器扣在了我头上，要开始定型了，我又抱怨道：“这玩意儿长得好像……”“马桶是吧？”师傅又忙不迭地跟上。

那女孩又忍无可忍地笑了，笑得我无法不注意她。

我们就这样认识了。

我问她叫什么名字，她说她叫梅子。

也许仅仅只是她刚染的酒红色长发带来的错觉，有一瞬我依稀看见，我们之间有一条红线。

童话联盟事件

chapter 12

Talef of the Unufual Youth

4 / 5

大叔第一次看到我写童话，惊骇程度如同看到我用护翼。

“夸张。”我白了他一眼，“我从小就喜欢童话，写童话有什么好奇怪。”

“可是你同时还写那么多无节操的段子和无厘头的小说！你让看惯你神精病文字的读者怎么想？全村的鸡鸭鹅狗怎么想？”

“滚，我知道自己在做什么就行。”我说，“倒是你，难道就没有一颗童心？难道就没有一部让你难以忘怀的童话作品？”

大叔想了想，不得不点点头。

“这就对了。你喜欢什么？”

“《金瓶梅》。”

……我居然跟这种人讨论童话！

01 一切从那本童话书开始的

我在图书馆里找了又找，一无所获，不禁叹息。

“亏这里还是大学图书馆，我想看的书一本都没有！”一同来借书的烂操抱怨。

“是的，擅自认为某些书不适合我们所以就不进，根本是歧视！”我赞同。

“恰恰相反，那些书可能正是我们这个年龄该看的啊！”

我凝视热血的烂操，问：“我想借的是童话，你想借的是不是会导致这个图书馆被查封的那种书？”

“你怎么知道？！”烂操好惊讶。我微笑地抄起一本书砍在丫脑袋上。

“我段段大好男儿，竟与你这淫魔同一宿舍……”我背诵着萧峰的名台词，瞥了一眼手中书的封面，又惊又喜，“这……这不就是……”

“《肉蒲团》？！”烂操双眼放光地坐起来，然后再次被我砍翻。

我找到的是一本《世界经典童话选集》，书皮很破，黄得厉害——从这个角度说，倒是跟烂操的需求相似。看了看目录，满眼的安徒生和格林，还有一千零一夜、日本民间故事什么的，虽然耳熟能详，对我来说已经很珍贵了，大不了重温一遍经典嘛。

办好借记，我和烂操离开了图书馆，烂操始终没能找到他想看的书，无奈借了《麻辣小妞不要跑》《腹黑村支书不简单》等文学“名著”。我已经不能理解这个人了。

尽管有这么变态的舍友，借到一本心仪读物还是让我十分快乐，想到把这书看完一定又能产生不少童话灵感，顿时更觉充实。

大学以来，我尝试写了各种文体，校园小说、纯文学、杂文、散文随笔、动漫评论甚至一些无病呻吟的诗歌——我都还记得有一首是这么开头的：“啊啊 / 郎 / 红豆不要在黑夜思念你的火焰”——唯独有一样东西不碰，那就是儿童文学。我喜欢把最爱吃的东西留到最后，梦想未来有机会好好经营这个梦想，在这之前得先储备好弹药。于是我常会在本子上记下构思，打打草稿，不发表也很开心。当然当然，我们 415 的回忆录也一直整理在案，只等毕业后找个《小说绘》之类的杂志好好连载。

我在返回宿舍的路上遇到了小猫和春菜。

“阿福！”春菜像每一次那样热情地冲我打招呼，“你去哪儿啦？”

“去图书馆借了本书。”我挥挥手中的战利品，“你们呢？”

“现在去吃饭，下午可能会去唱 K 。”小猫说，“学长要不要一起？人多热闹些。”

“免了，才不要当电灯泡。我还是在宿舍看书写东西吧。”我说。

小猫笑笑：“什么时候拜读一下你的作品。”

“他最好的作品都还没写出来呢。”春菜冲我挤挤眼，“你写得最好的是童话，对吧？但要等到毕业后才正式开始写。”

我很高兴春菜在男朋友面前表现出对我的了解，笑着点点头。

“童话？”小猫的语气十分新鲜，“现在还有人写童话啊……”

“怎么会没有，每年都有那么多童书出版。”我感到有些不舒服。

“不是，大男人写童话，感觉有点那啥。”小猫笑着解释。

我顿时更不舒服了，被冷落一旁的烂操这时委屈地说：“段段，我要先走了。”

“我也走了，你们好好玩吧。”我丢下这句便去追烂操了。春菜好像叫了我一声，我当没听见。

“你家春菜的男人真讨人厌啊。”烂操对我说。

“嗯。”我不否认，果然跟那家伙是没办法成为朋友的。

“个子高！人又壮！长得酷！腿又长！这种人怎么还没被抓起来枪毙啊！”

“……”我早该想到烂操讨厌小猫只可能是这种原因。

“你现在也无所谓追不追春菜了吧？”烂操话锋一转，“你之前不是说，认识了一个叫梅子的女孩？”

“我跟她只是朋友罢了。”我说。

“哦，那跟春菜呢？”

“……只是朋友罢了。”

回到宿舍，全员都在，我二话没说爬上自己的床铺，戴上耳机开始看书，想改善一下心情。结果才翻开书，我就愣住了。

第一页是《小红帽》，但是下一页却是《白雪公主》。

继续往后翻，我才发现这本书的页码根本是乱排一气，这还改善个毛的心情啦，简直让人更火大嘛！没办法，我只好找来一把美工刀将书钉撬开，准备跟玩拼图似的把整本书重新拼一遍，以正视听。

我做着这些时，烂操激动地叫道：“段段！不行！快把刀放下！为变心的女人自杀不值得！”

“振作起来！嬷嬷和金氏都随便你抱啊！”排长加入劝阻。

“你都要死了，我可以吃你的泡面吧？”八达边说边特自然地拉开了我的抽屉。

我想骂这群落井下石的人渣，忽然被一阵风给掀了个四脚朝天。哪来的风？我睁大眼睛，只见被我分尸的那堆零散书页正……正在发光？伴随着光芒，一个小型的风状旋涡正在生成，415 迅速被笼罩其中！

“花森森马四了（发生什么事了）？”一灿嘴里的烟都掉了。

“喂喂喂！”大卫的衣服一件件飞走了，他忙灵活地转动身体，好让自己光得更彻底些。

“我刚烧好的啊！”锅炉工痛心疾首地看着一壶被打翻的开水。

风的旋涡越来越大，我们竟不由自主地飘了起来，绕着那一堆书页盘旋。这到底是怎么回事？！我到底借回了什么书？！

“哇啊——”烂操一声惨叫，忽然被卷入了旋涡中心，我目瞪口呆地看着一页纸飞过眼前，上面有一幅插图，《丑小鸭》故事的插图，可那丑小鸭怎么越看越像烂操？顿时觉得这家伙更丑了啊！

不容我多想，嬷嬷也进入了旋涡中心，接着是老蜗、金氏、锅炉……

我试图抓住什么稳定身形，却是徒劳无功，终于，我也身不由己地向着那深邃莫测、宛如黑洞的所在飞去……

眼前一片绿意。

02 长大的彼得·潘

不知道昏迷了多久，我醒了过来。

鼻腔里充满了好闻的草香和花香，耳畔有人尖着嗓子在叫：“你没事吧？你没事吧？”

我睁开眼睛，看到鼻子前有个人……一个巴掌大的女孩！

“……小屁孩？”这家伙长着翅膀，全身发光，不正是所谓的妖精？上一章我们才见过妖精的说！

“你说什么啊？”小妖精如释重负地问，似乎是因为看到我没事。

但我怎么可能没事！后脑勺还阵阵剧痛呢。我伸手去揉，随即发现自己穿着一身绿衣服，胳膊大腿都很坦率地露在外面……等等，它们本来是这么短的吗？

我站起来审视自己，发现我现在竟是一个小孩子！擦，这是在演柯南吗？黑衣组织放学别走！我保证不打死你们！

“彼得，你怎么傻傻的，是不是撞坏脑子啦？”小妖精扇动翅膀，悬在半空问我。

“你叫我啥？”我问。

“彼得啊。你不会连自己的名字都忘了吧，彼得·潘！”

“……你是丁卡？”

“哦哦，好歹你还记得我呢！”小妖精很开心地亲了我一下。

我顿时明白了现在是什么情况。我借的那本童话书当时不一副开挂的样子吗？敢情我进入了书里的世界，还变成了其中的角色！很明显我现在扮演的正是童话界的不朽童星——小飞侠彼得·潘啊！

我不禁露出了苦笑：不知道是巧合还是有什么规律，我居然变成彼得·潘了。这个以不想长大、不会长大闻名的角色，还真是像我啊。

我是彼得·潘，那么这里当然就是永无乡了，远离地面的梦幻之岛。我举目四望，看到的风景都像是童话书的插图，精美鲜艳，萌不胜收。

来到异国他乡本来应该是很慌的，但我无可抑制地兴奋了起来！毕竟这种体验对童话控来说太可遇不可求了啊！感觉很像一场 cosplay 不是吗？

“我是彼得·潘，应该能飞吧？”我只是这么想了一想，整个身体就朝上浮了起来。

“噢噢噢噢！”我激动地大叫起来，真的飞起来了！飞行可是我最梦寐以求的超能力啊！世界仿佛变成了不会淹死人的巨大泳池！

我慢慢向上飘，仿佛一个气球。刚开始，没着没落没安全带没降落伞的悬空方式让我有点害怕，等发现自己怎样都掉不下来时就渐渐坦然了。我开始加速，风从发梢吹过，所见的视野越来越辽阔。永无乡——我看清了这片不算辽阔却无比精致的岛屿的形状，激动得恨不能当场尿裤。

“干吗跟第一次看到似的？”始终如影随形地陪着我的丁卡好笑道。

“就是第一次。”我说着指了个方向，宛如子弹般射了出去，用整个身体向天空发出邀请：不来一发吗？

飞翔的滋味不能更好！我的身边不时闪过白云和飞鸟，真不愧是童话世界呢！那些鸟儿居然会说话，它们说：“你大爷的赶着去投胎啊？”

丁卡在我身后拼了命地追，她一直在叫：“慢点！彼得！等等我！”但我却飞得更快，哇哈哈我以后拿了驾照搞不好是个飙车族！遥遥领先的感觉真棒真爽啊！

“轰！”

突然间，我听到一声巨响，什么东西带着长长的烟尾朝我飞了过来，我迅速闪过，发现那竟是……一颗炮弹！

谁会对彼得·潘开炮？啊，是了，永无乡的头号反派——胡克船长！

“彼得，没事吧？”丁卡气喘吁吁地飞到我身边，“我们快跑吧！”

我不说话，眯起眼睛远眺，只见一处河湾里停着一艘海盗船，骷髅旗迎风飘扬，甲板上有许多膀大腰圆的水手，为首的一个高吼着：“彼得·潘！下来让我撕成碎片！”

“是胡克！”丁卡皱眉，“彼得，走吧！”

“干吗要走？”我只觉得无比刺激。彼得·潘跟胡克可是一对相爱相杀的忘年基呢，并且彼得通常能赢，能飞就是最大的优势嘛。我连炮弹都能闪过，还需要逃？

原著里丁卡就是个贪生怕死又啰唆的家伙，我不理她，径直降落，那感觉就像玩跳楼机，刚在风中坐了十几分钟过山车的我已经无所畏惧了！

我的来势极快，海盗们来不及射击，我已经稳稳站在了他们的旗杆上，啊啊能飞果然太帅气了！我拔出腰间的匕首，轻蔑地把他们的骷髅旗割成了三角裤。

“你！”胡克怒吼，我扬扬得意，正想挑衅，忽然一愣。

呃……这家伙虽然穿着打扮都是海盗style，但为什么脸上蒙着一大块布呢？刚去过中东？我不记得任何一个版本的胡克船长是这种画风，我问：“你是胡克？”

“废话！”丫的声音充满野性，船被震得摇晃不已，简称船震，“想抢走白雪，我就看看你有什么本事！”

我问肩上的丁卡：“白雪是谁？丁丁家的狗？”

“你看那个人的海魂衫好美哦。”丁卡假装四处看风景。

“回答我啊喂！不是白雪公主吧？”

丁卡撇撇嘴说：“就是那货啊，你去人间拐来的。”

……我努力消化了一下当前信息，忽然明白了：那本神秘的童话书内容完全是打散的，于是书中的世界也就变成了混搭风格，不同故事的主角出现在同一片蓝天下。这就可以解释为什么彼得·潘本该拐走温蒂，却拐了白雪公主，这样说来蒙面的胡克船长搞不好也是某种特殊的伏笔技巧……

那么之前的剧情似乎是胡克抢走了白雪，彼得奋力施救，结果我忽然穿越到了这个世界，与彼得合为一体……然后我就各种试飞去了，歪打正着才又遇到了海盗。

“嘛，总之……你先把白雪公主还我吧。那样我就放过你，你可以去征服伟大航路，一定要成为海贼王哦！”

听了我的话，胡克沉着脸冲上来，一把大刀当头劈下，速度不慢，但彼得·潘飞得更快，我毫无难度地躲开并第一时间反击，我们的兵器撞在一起发出铿锵声响。

“彼得小心！”正打得兴起，丁卡高叫，我转头发现数名海盗围攻上来了，忙向后一倒，宛如仰泳般从他们腿间倒退着飞了过去，来到安全距离迅速还以颜色。

“妈的！”几名海盗杀红了眼，居然去摆弄那几门像马桶一样圆圆胖胖的大炮，试图把我轰杀至渣，但船又是忽然一震，一名海盗不小心把整箱火药都倒进了一根炮管，而另一名海盗鬼使神差地点了火。

“……”全船大眼瞪小眼，然后大炮开火了，“轰！”爆音和火光同时炸裂，但是没有瞄准，这失控的一发直接把一侧船舷击碎了！

“搞毛啊？！”胡克又惊又怒，然而来不及了，加了太多火药的炮管仿佛吃了太多的人一样轰然欲呕，第二发说来就来，比上次更猛！整艘船朝后一跳，居然从河里落到了岸上！

我简直傻了，也只有童话世界能看到如此美的画面：一艘海盗船歇斯底里地连连发炮，巨大的后坐力推动它头尾颠倒地朝前疾蹦，一路碾花撞树，根本停不下来！

我和丁卡已经逃到了空中，看着那船像耕耘机般在森林里犁出一条长路，并不断靠近永无乡的边缘，别忘了这是一座浮空岛，再暴走下去，它就会从空中直坠地面！

素未谋面的白雪公主还在船上，我想去救她，但那船完全是靠大炮做动力，不长眼的炮火一发接一发，流弹纷飞，使我又不敢靠得太近……

终于，海盗船来到了永无乡的边缘，弹尽粮绝前的最后一发炮弹，推得它完全飞出了浮岛，飞到了空中！

“彼得·潘！”胡克发出一声撕心裂肺的怒吼，整艘船开始如陨石般坠落！我用最快速度追了上去。我救不了一艘船，好歹得救几个人！

就在这个时候，又一件让我不敢相信眼睛的事情发生了。

永无乡飘浮在高高的空中，大地是遥远又模糊的一片。我追逐着陨落的海盗船而去，大地渐渐清晰，一样东西正以肉眼可见的速度来袭！

那是一条蛇？还是一条龙？

都不是！那是——豌豆蔓！

巨大的豌豆蔓从地面生长上来了！那是《杰克与魔豆》里的豌豆蔓啊！是杰克在利用它登天吗？不管是谁，他都要失望了。长势喜人的豌豆蔓迎面碰上急坠的海盗船，双方撞个正着！豌豆蔓直接被撞歪了，原本垂直于大地的弧度变得倾斜如滑梯，而海盗船就在那“滑梯”上有惊无险地返回地面……

“嚓嚓嚓嚓嚓嚓嚓嚓……”

噪音充斥耳膜，蔓上绿叶漫天飞舞，而海盗船开始支离破碎。我欲追逐而去，扑面的劲风却不断卷来各种碎片，几乎没有把我砸晕！我只能控制着速度，感受那巨大的轰鸣逐渐远去……

成为彼得·潘时的快感荡然无存了，一个早该思考的问题浮出水面：

我该怎么离开这个世界?

其他人，现在又在哪里?

03 魔法少女小容

四周围黑不溜秋，有蝙蝠和乌鸦拍着翅膀掠过。

一只蛤蟆跳上了脚面，触感湿冷滑腻。

角落里的汤锅沸腾着绿色汤汁，烟雾弥漫间，满眼影影绰绰的黑袍人影。

“……”容嬷嬷夹紧双腿，瑟瑟发抖地看着这一切。

“达令，你怎么啦？”一个甜腻的声音飘上来，容嬷嬷低下头闻见一阵芬芳……不对，看见一只喵星人边舔爪子边望着他。

“你在说话？”嬷嬷大惊。

“达令又逗我了。好好笑喔，喵喵！”那猫抱着嬷嬷的小腿，一蹭一蹭。

嬷嬷这才发现，他穿着一身及地长袍，金色的长发垂在胸前，胸……还挺有规模的，嬷嬷小心翼翼地打量了一下自己，确定他现在是女的。

……现在是女的啊！虽然在 415 档案里，嬷嬷的性别栏向来都是填成♀，可是如此真切地感受到，从此只能哭晕在女厕所，嬷嬷被震撼得心头狂跳——这要换了烂操，已经忙不迭用手去安抚那心口了！

嬷嬷前面的黑影转过身来了，是个造型跟他差不多的黑袍女子，她说：“安静点，女王就要来了。”

“女王是谁啊？”容嬷嬷心目中唯一的女王只有武则天。

“靴子，她睡昏头了？”黑袍女子问嬷嬷脚边的猫，嬷嬷这才意识到那猫原来还穿着靴子。嗯，穿靴子的猫……

“喵，我家达令显然在幽默。”靴猫说着推推嬷嬷，“好啦，咱们回家再玩。”

嬷嬷有一肚子话想问，这时响起了“嘭”的一声，这个昏暗的空间中央腾起一阵烟雾，在场所有人都忙将头低了下去，连同她们带着的蛇、蛤蟆、蝙蝠、乌鸦什么的，一起低成毕恭毕敬的姿态。

嬷嬷忽然有了点概念：在场的人都是魔法圈的吧？这黑袍杀马特的造型看着就像哈利·波特的同学啊！然后她们还都带着十分肥猪牛的宠物，这个现场看着也像是在举行什么非法集会。如此说来，嬷嬷现在的身份是……巫婆……至于那猫不必说是巫婆的好基友了。

虽然容嬷嬷一向人称中国好巫婆，但他不知道为毛就变得如此货真价实了。他努力回忆，只记得是一本书在作怪……“穿越”两个字浮现在他的脑海。

“所以这是书中的世界。”嬷嬷对自己说，“然后我变成了童话里常有的巫婆！”

这时，那个突然现身的女王开口了，穿着银色长袍的她，母仪天下地说：“同志们好！”

“女王好！”巫婆们齐声说。

“同志们辛苦了！”

“喂人民服雾！”

这励志的气场令嬷嬷“囧”到最高点。

“一个个来，汇报最近的战绩吧。”女王用霸道总裁的口吻吩咐。

“是！”一个巫婆率先出列，“我让一个公主陷入了永久的清醒，只要她一想睡觉，就会听见轰炸一样的闹钟声！”

“我把一个公主关在了高塔上，并给她的头发施了发际线魔咒，现在，秃顶的她已看破红尘，一心向佛。”又一个巫婆说。

“我把一个王子变成了青蛙，只有跟另一个王子当众接吻才能变回来！”第三个巫婆不甘示弱。

嬷嬷温习着这些设定，熟悉之余又觉得好像有哪里不对。而巫婆们汇报得十分起劲，热烈的掌声一阵阵响起，甚至有人在黑板上画着表格，显示本月业绩与上月同比有了很大涨幅。

轮到嬷嬷了，众巫婆看着他，女王问：“安娜，你呢？你最近做了什么？”

“帮阿天买宵夜。”

“啥？！”所有巫婆莫名其妙。

“达令你在说什么呀？”靴猫忙掩饰，“那个，我们家安娜最近在酝酿一桩大买卖，她已经盯上了一个做木偶的糟老头，准备骗光他的养老金。”

“怎么能做那种事啊？”嬷嬷大叫。

“喵哈哈哈，达令你也超期待吧？来，给我五！”靴猫跳起来跟嬷嬷击掌。

女王满意地说：“大家都表现得非常好。只有不断践踏肤浅的人心，才能壮哉我大巫婆协会。以后的日子也希望大家能再接再厉。下面，我来告诉大家一个与白马王子有关的好消息。”

巫婆们立刻骚动了起来，只见女王将手一挥，空气中浮现一块3D+Imax效果的屏幕，屏幕上的人头戴金冠、腰佩宝剑、身材匀称、俊朗非凡。毫无疑问，这就是全世界巫婆的克星与全世界公主的救星——白马王子！

那白马王子长着一张梦幻般的二次元脸，但嬷嬷却隐隐约约从那张脸上看到了另一组熟悉的五官……他几乎要叫起来了：那不就是一灿吗？！

果然如此，不是只有他来到了这个世界，一灿也来了，说不定415的人都来了！大家陆续跟这里的人合为了一体，而彼此间貌似还是能辨认出对方原来的样子？这个发现让嬷嬷激动极了。他还发现这些无恶不作的巫婆在看到一灿的瞬间，个个意乱情迷，宛如怀春尼姑。尽管，屏幕上的一灿王子并不是活人。

他是一尊雕像，一尊栩栩如生的雕像。

“这个白马王子永远在妨碍我们，将一个又一个被我们控制的公主救往了他的后宫，甚至不少国王和王子都为他春心荡漾！但到此为止了。这家伙不久前着了道儿，今天变成这样，再也休想动一动了！”

女王说着一捏拳头，整个屏幕支离破碎，一灿的脸孔仿佛毁容，不少巫婆的眼里竟然闪烁起了晶莹的泪花……

“该怎么救他呢？”嬷嬷急忙问。

“你说什么？”女王锐利的目光朝他射来。

“我、我是说，别让人救了他才好呢！”嬷嬷改口。

“不会的，那魔法可不是谁都能破解的。”女王傲慢地说。

“女王英明！”“女王威武！”“正能量！”“点32个赞！”“今日最佳！”刚才还心猿意马的巫婆们纷纷拍马。

“那么，散会吧，何时再聚，我会通知你们。”女王说，“在那之前，让我们齐唱会歌。”

女王起了个头，所有巫婆深情而认真地高唱道：

我——知——道——
我的未来不是梦
我认真地过每一分钟
我的未来不是梦……

嬷嬷机械地打着拍子，已经连吐槽的力气都没了。

歌唱完后就正式散场了，伴随着接二连三的“嘭”，巫婆们陆续以瞬移方式离开了，很快就只剩下了嬷嬷一个。

“达令，我们走吧。”靴猫说。

“……怎么走啊？”嬷嬷傻傻地问。

“你今天真是相当不对呀。”靴猫蹿到嬷嬷肩头，从他的兜帽里摸出一瓶粉末，朝着天上一撒，指挥嬷嬷道，“你念‘哗啦——突突突’。”

嬷嬷：“哗啦——突突突！”

一阵冲马桶般的天旋地转感之后，嬷嬷离开了那个黑漆漆的殿堂，出现在一个小而杂乱的屋子里。木地板上满是各种纸和书，墙上画着莫名其妙的符咒。瞬移成功了！初次的魔法体验让嬷嬷一阵兴奋。

“嘿，你多教我一点魔法好不好？什么骑扫帚、变身、阿瓦达索命之类的。”

嬷嬷对靴猫说，“还有救人的魔法，虽然那女王说一灿没得救，怎么也得试试……”

靴猫黄溜溜的眼睛瞪得很大很大，显然它对嬷嬷的怀疑达到了最高点，它忽然问：“你叫什么名字？”

“安……安娜啊。”嬷嬷意识到自己得意忘形了。

“全名呢？”

“安娜·卡列尼娜？”

“……我们是怎么认识的？”

“……是不是什么领养代替购买的活动……”

“够了！”靴猫断然叫道，全身的毛炸起如刺猬，虎视眈眈地盯着嬷嬷，“前任主人想淹死我，还好你路见不平拔刀相助，并让我成了巫婆的猫。这种事怎么可能不记得？你满口胡言又不懂魔法，难……难道你……”

04 我很丑可是我很温柔

当烂操发现自己变成了一只鸭子时，受刺激太大的他晕死在鸭槽里五分钟，然后被同胞们救醒。

“你没事吧呱？”一只刚帮烂操做了鸭工呼吸的鸭子关切地问。

“长得丑不是你的错，轻生就是你不对了咯！”一只母鸡悲天悯鸭地说。

“都什么时代了，已经不流行以貌取鸭，我们不会歧视你的嘎！”一只大鹅说。

“……这什么鬼梦，你们竟会讲话！”烂操茫然。

“嗨哟，你丫不也在讲话咯？”母鸡说。

“你们是家禽耶！”

“太没礼貌了，你以为你是谁嘎？”大鹅说。

“我当然是人啊！”

鸡鸭鹅一起笑了起来，叽叽喳喳呱呱嘎嘎的大合唱响彻这片农场。烂操刚要不爽，猛然反应过来自己跟它们一般高，再看看自己毛茸茸的翅膀和糊着粪土的脚蹼，阵阵发颤。

“……那个，谁有镜子借我照一下……”烂操艰难地说。

“镜子没有，不过你等等喔。”公鸡吹了声口哨，立刻有一条汪星人口水四溅地跑过来，飞快撒了一泡尿。

“照吧。”鸡鸭鹅狗们亲切地催促，烂操被羞辱的感觉更加剧了。

但他终于还是克服心理障碍照了照自己的尊容……嗯，确实只能是一只鸭，一只画风各种崩坏的鸭。透过鸭脸，烂操能看到他的人类原形，越看越觉得帅绝人寰。

“我怎么就长这样了呢！”烂操一屁股坐在地上，完全忘了他曾经不止一次地对我们表态过：“如果我能做鸭就太棒了。”

围观的家禽们把这话理解成丑小鸭的自怨自艾，纷纷善解鸭意地看着他，大鹅说：“你很丑，但你可以很温柔嘎！要有自信嘎！”

“我丑？我比你们好看一万倍！”烂操一挥翅膀。

“好可怜，脑子都坏了汪！”汪星人遗憾地说。

“储备粮懂个毛啊？我可不想被你们这样说！你们才丑，你们才傻！”

“看来真病得不轻咯。”母鸡说。

“不过我有点不爽起来了呱。”鸭子说。

“是该让年轻人知道一下啥叫礼貌了嘎。”大鹅说。

众家禽默契地擦擦嘴，围上来冲烂操一通猛啄，烂操大叫：“哎哟！好痛！”它们却毫不留情，啄够了改成拔毛，烂操痛哭流涕，魂飞魄散。

“好好玩！我也来汪！”愚昧的汪星人本来叼着根骨头在旁边看戏，终于技痒难耐，冲上去咬住烂操，原地三百六十度旋转后一甩，把烂操像掷飞盘一样远远丢了出去。

鸡鸭鹅狗齐齐注视着消失的烂操，母鸡说：“是不是太过分了咯？”

“没大没小，不打不行，接着它就会学乖了喔！”公鸡说。

烂操在空中飞行了十多米，标枪似的一头扎进了土里，身子在外脑袋在内，烂操一边挣扎一边欲哭无泪地在心里叫：“我做错毛了啊？”

眼睛上的泥土掉光后，烂操看到了一个小姑娘。他一惊，随即发现自己的脑袋闯进了一间地下室，那姑娘的个头很小，只有拇指大，肮脏朴素的穿着一看就是最炫民工风，搭配精致的面孔，仿佛一款特殊萌点的手办，她正躺在一张小床上睡觉。

“嗨……”烂操不往外拔脑袋了，先打招呼。

拇指姑娘竟没反应，烂操便把一只鸭翅伸进来，去掀她的衣服。

“喂！”拇指姑娘跳起来给了烂操一巴掌，“你是变态吗？什么鸭子会趁人睡着非礼啊？什么鸭子会对人类的身体感兴趣啊？”

烂操挨了打却很高兴：“你果然是会动的啊。”

“不会动不就被你给糟蹋了吗？”拇指姑娘凶狠地说，“这年头的动物怎么都这样，蛤蟆和鼹鼠完后，现在是鸭子！”

“你说什么呢？”

“我晕倒在野外，被一只蛤蟆救了，这里是她家。然后她介绍一只鼹鼠跟我相亲。”拇指姑娘一口气说，“什么事儿啊，救了本姑娘就能这样拉皮条吗？”

“童话世界竟有如此重口的包办婚姻，的确不能忍。”烂操同意，“不过你放心，刚才是一场误会，我是好人来着。”

拇指姑娘警惕地打量烂操，说：“你叫丑小鸭？”

“太难听了！叫我烂操就好。”

“……这有比较好听吗？！”

这时，拇指姑娘所在的房间之外传来了说话声，一个中年妇女笑着说：“东邪大爷，这次的小妞包您满意，我这好处费……”

“没说的，绝不会亏待妈妈桑你的！”

拇指姑娘慌起来：“蛤蟆和鼹鼠！你快让开，露个洞让我逃出去！”

然而门已经被打开了，当肥婆蛤蟆与猥琐鼹鼠看清了房间里的丫头和鸭头后，鼹鼠大叫：“妈妈桑！不是说好我排第一个吗？”

“大爷息怒！喂，你谁啊？这么丑还学人插队！”蛤蟆质问烂操。

虽然烂操毫无女生缘，却拥有为女生出头的骑士精神，因此人称“无头骑士”，他骂道：“全国扫黄如火如荼，怎么就漏了你俩丑货？”

“丑货！你是站在什么立场吐槽我们的？！”蛤蟆与鼹鼠捋起袖子就冲了上来。

烂操连忙抓住拇指姑娘，用力将她的翅膀和头从土里拔了出来，立刻有阳光射进了那间地下室，刚才还不可一世的鼹鼠立刻捂着眼睛满地打滚：“啊啊啊！闪瞎我东邪的钛合金狗眼了！”

“吃我的住我的，不报恩就想走？分明是不把我西毒放在眼里！”蛤蟆叫着，双脚一蹬冲出地洞，双颊一鼓一缩，朝着烂操与拇指姑娘打出一道凌厉的掌法！

“汪汪汪汪……”伴随着一阵欢快的狗叫，某汪星人出其不意地从草丛里跳出来把那蛤蟆叼住吞了下去，然后就没有然后了。

东邪西毒就这样泯然于江湖了。烂操和拇指姑娘大眼瞪小眼，哈哈大笑起来。笑着笑着，烂操忽然看到拇指姑娘背后伸出了一双昆虫的透明翅膀，他吃惊地说：“你……”

“哦，刚才差点儿就想飞走了，伤也好得差不多了。”拇指姑娘说着，翅膀嗡嗡震动，如蜂鸟般悬浮起来。

“等等等等，拇指姑娘是这种设定么？”烂操努力回忆着原本的剧情。

“什么拇指姑娘？听起来好土。”恢复了气质的小妖精说，“我叫丁卡，来自永无乡！”

与此同时，在这个农场的某处，有一头小猪边吃糠边叹气。

“今天挺热闹呢，好像那只丑丑的小鸭子又来事儿了。”一个声音在上面说。

“谁关心那个啊，我想回家……”小猪无精打采地说。

“哦，可怜的威尔伯，我知道你没法把这里当家，毕竟你分分钟都走在变成腊肠的道路上呢。”门框上正在织网的蜘蛛说，“但，放心吧，我很快就会完成我毕生的杰作，到时候你就会平安无事啦。”

05 你是我的小呀小木偶

满是刨花与木屑的地板上，散落着刀子、凿子、锤子、钉子，居中的一大块木头无人问津，静静地摆在那里。

排长坐在窗边，用树皮一般干皱且青筋漫布的手端着茶杯，杯中升起的热气消散在夜色中。

窗前一位肥胖的妇人经过，她对排长说："老爷爷，晚上好啊。"

“好尼玛！”

“老爷爷，您的小木偶造好了吗？”

“造泥煤！”

受到羞辱的妇人双手掩面哭着跑了，“哭个屁哭，劳资才想哭呢！”排长怒吼着，然后是一阵无法克制的剧烈咳嗽。等咳完了，他抬起头，看着一面破镜子。

镜子里的排长，头发花白，鼻梁上架一副小小的老花镜，满面皱纹，弯腰驼背，嘴里没几颗牙，瘦得皮包骨头，一句话，糟老头啊！

虽然已经习惯了被415的人“糟老头糟老头”地叫，如今终于修成正果实至名归，排长却悲愤得差点要两腿一蹬就这么去了。

排长不是没见过世面的人，他可以接受自己跑到这种地方，但怎么也不能接受他真的变成了一个老不死的！

正烦躁得懊恼出气筒金氏怎么不在身边时，角落突然响起“嘭”的一声，出现了一个穿黑袍的女生，她身边是一只穿靴子的猫。排长眯起眼睛："谁？！"

“糟老头，看你这样，现在正处于困扰之中吧？尿急尿频尿不尽吧？我们是来为你排忧解难的！五大受损，一个对策……”

靴猫上来就滔滔不绝，而嬷嬷与排长盯着对方看了五秒后，异口同声大叫：“啊！”

虽然面前站的是一个金发骚女，但是排长分明在她脸上看到了容嬷嬷叱咤风云的臭脸，而嬷嬷也透过眼前老者那层层叠叠的黄褐斑，看到了属于排长的黄褐斑！两人激动地抱在一起。

“到底怎么回事？”排长质问。

“具体我也不清楚，但我们应该是在一本书里，并且变成了跟自己气质接近的人。”嬷嬷苦笑，“你看，我现在就是个巫婆，童话里常有的那种反派，你懂的。”

“我懂你终于能名正言顺穿女性内衣的快乐。”

“……我还懂你终于能用上假牙的快乐咧！”

“所以怎么样啊，巫婆是会魔法的吧？快带我出去！”

“哎，我何尝不想呢？但我不知道怎么弄啊，而且其他人好像也进来了……”

嬷嬷帮不上忙，排长郁闷地抓了抓所剩无几的头发，但不可否认，见到同伴后，他感到安心多了。

“达令，你认识他喔？”一旁的靴猫疑惑地问。

“呃……认识，他可以算是看着我长大的。”嬷嬷说着附在排长耳边道，“巫婆总要到处做坏事的，我能见到你也是碰巧。”

“这猫不知道你的身份么？”排长也压低声音。

“本来有点怀疑，后来给我打混过去了。”

嬷嬷边说边回忆起之前靴猫的发难，它大叫着：“你满口胡言又不懂魔法，难……难道你……失忆了？！”

当时嬷嬷鬼使神差地“啊”了一声，靴猫一拍大腿痛心疾首：“我说呢！你是练了什么走火入魔大法还是乱吃药了啊？哎呀，这可怎么办……”

排长点点头：“原来如此，这喵星人意外很蠢嘛。”

“但还是怕它看出来，所以有时候得配合着出点巫婆任务。还有，巫婆跟人类不能走太近，会被怀疑的，我待会儿就要走了。”

排长不爽地啐了一口，嬷嬷说：“排长你不是觉得寂寞吧？”

“鬼才寂寞！”

“寂寞的话，你就做一个人来陪自己呀。”嬷嬷兴奋起来，“你知道自己现在是哪个角色吗？《木偶奇遇记》里的老木匠！来，你试试！”

排长勉为其难地捡起地上的工具，开始加工那块木头。

嘎吱嘎吱，做了一个脑袋……嘎吱嘎吱，做了一个身子……嘎吱嘎吱，做了一双手……

不试不知道，排长现在果然拥有老木匠的能力，工具在手，天下我有，左右互搏，神乎其技，渐渐嬷嬷只能看到刨花与木屑漫天飞舞，而排长的速度竟快出了残影。

不知过了多久，排长吁了一口气，工具在指间潇洒一转，利落收回腰间，举手投足霸气外露，不爱都难。

端坐在椅子上的，已经不再是一块木头，而是一个栩栩如生的小木偶，坚挺的鼻子很有代表性。出现了！人称童话航路七正太之一的匹诺曹！

“想不到老不死的不是只会做棺材，稍微对你刮目相看了呢。”靴猫用欣赏的语气说。

“接下来轮到我啦！”嬷嬷抽出魔杖。

“你真的能使用魔法？”排长问。

“据说巫婆天生就有魔力，只要集中精神念出咒语就可以释放，让愿望成真，至于能做到哪个地步，就看魔力和觉悟的高低了。”嬷嬷解释，“咒语类似魔力解禁的密码，魔杖其实是增幅器来着。”

“达令，你要干吗？”靴猫问。

嬷嬷将魔杖瞄准匹诺曹，大叫：“阿布拉卡塔布拉！”

蓝色的光芒像水一样绕着匹诺曹流动，不久，他的眼睛睁了开来，他踏上地板，开始抖抖手啊抖抖脚啊勤做深呼吸，他活了！

“达令，你干了什么？我们明明只是来问这个糟老头知不知道安利……”靴猫可能是太惊讶了，有些语无伦次。

“嘘。”嬷嬷神秘地说，“我的计划是先让这个家多一个人，以后就可以一骗骗俩。你别小看小孩子，他们烧钱的地方才叫多呢！”

靴猫露出刮目相看的表情：“天，达令你太聪明了，不愧是人称绿茶婊的女人！”

“……根本没有人那么称呼过我！”嬷嬷吐槽完，看向怯生生的匹诺曹，微笑着对他说，“你好啊，匹诺曹，我是一个仙女，是我把你变活的。只要你以后听爸比的话别让他受伤，总有一天会变成真正的男孩子哦！”

“谁是我爸比？”匹诺曹迷茫地问。

“当然是劳资我啊。”排长叉腰道。

“你？你怎么会是我爸比呢，你当我的曾祖父都嫌太年轻！”

排长微笑着拿来一把斧头，嬷嬷死死拖住他。

“爸比比比……”匹诺曹吓得魂飞魄散，“你就是我的爸比！爸比你好年轻好英俊！爸比头发好黑背好直……”

伴随着这些话，匹诺曹的鼻子不停地变长，变长，变长……很快就把天花板戳破了一个窟窿。嬷嬷和靴猫笑成傻逼了。

06 潘仔走天涯

身为一个超级路痴，我不是在迷路，就是在迷复仇者联盟（……什么屁话）。大学那几年，我常骑车外出暴走，人送绰号骑行种。碰见迷路也不怕不怕啦，迷路半天突然回到正确方向，反而有一种豁然开朗的快感。久而久之，路痴绝症越发严重，再回首那些忘记吃药还觉得自己萌萌哒的时光，真是悔不当初。

现在我在童话世界，如果秩序正常，也许还能靠场景来判断自己的位置，比如海滩也许是《渔夫和金鱼》的地盘，竹林搞不好有《辉夜姬》出没，高墙背后的花园或许正在演出《自私的巨人》……可当前世界完全是“贵圈真乱”的状态，白雪公主都上了胡克船长的贼船，谁知道我接着会遇见什么？

对了，我现在已经不在永无乡了。

当胡克的海盗船将杰克的魔豆重重压弯，然后以豆蔓为桥高速滑向地面时，我在后面穷追不舍，只因为我素未谋面的那个白雪公主在船上，可我终于没能赶在海盗船落地之前救出她。当我高速下坠时，一块扑面而来的木板砸得我晕头转向，我如失事的飞机般摔晕在一片高草丛里。当我恢复了意识匆匆赶往案发现场时，海盗船已经整个摔烂，一个大妈在船祸现场拾荒。我看得心一凉。

“小鬼你瞅啥瞅？”大妈警惕地看着我，“这疙瘩所有人都知道：这艘船被俺承包了！”

“……没人要跟你抢。”我摆摆手，“我只想知道，船上的人……”

“人咋地啦？不早跑光了吗？”

我一愣，剧情跟我想象的不一样。大妈生怕我不信，补充说：“这豆是俺儿种的，艾玛好家伙，老高了，俺们当时就跟这儿抬头可劲瞅哇，恁大一船就下来了，我一想哎哟喂，这一船人不得都摔死哇！就见他们个个拽了片叶儿呼——哧——飞了。”

我消化着大妈的东北腔，眼前浮现海盗们急中生智用巨大的豆叶当滑翔伞的雄姿，感觉还真是身经百战啊！这就难怪一具尸体都没有了，那么，白雪公主是被胡克带走了？丁卡呢？记得她跟我一起去追船了，难不成出了什么事？

“你整明白了，俺就接着干了。”大妈说着继续在废墟中淘宝。

“您儿子是叫杰克吧？他不在吗？”我已经没有了逗留理由，临走前随便问了句。

“那孙子眼见闯祸了，不知又躲哪儿去了，回来俺非削他！”

告别了愤愤不平的大妈，我陷入一个举目无亲的境地，最后只能漫无目的地飞行，祈祷运气好让我碰上丁卡，哪怕是胡克也好。不知道接下来做什么的感觉很糟糕，既然我现在是一个角色，那就应该想办法让故事继续下去。

没头苍蝇似的两天就这样过去了。第三天我来到了一座小镇，舞台背景变成了西北风格，在硕大的烈日下极目远眺，能看见荒凉的戈壁沙漠。而小镇上的居民穿着长袍，扎着头巾，习惯把东西顶在脑袋上走，一派阿拉伯风情。

这一路我都以“蒙着脸的男人”为追寻线索，还真被引到这种符合的地方来啊！

这小镇貌似是个边境，再往前则是无人区了，我可不想被晒出高原红来，正打算换个方向飞，转机来了。

“蒙着脸的海盗，还带着美女？”一个胡子翘翘的大叔说，“我见过啊！”

“你真见过？”我大喜过望，我只是在跟这位摆摊大叔买东西吃时随口问了句，想不到运气真好！

“真的。那位小姐太漂亮了，见过一次就很难忘得了。”翘胡子大叔面带微笑，也是醉了，“那男的跟我问路，眼睛和声音都很凶，也给我留下了深刻的印象。”

“他们要去哪里？”我忙问。

翘胡子大叔拿过一张馕饼，用一串羊肉串在上面画了个油汪汪的简易地图，然后递给了我：“喏，具体地点不知道，但方向是这样的。”

我如获至宝，感动得不知说什么好，而大叔露出善解人意的微笑，伸手示意我无须多言。

然后他把手掌摊开：“两百块，谢谢。”

……总觉得我被骗了。

07 胡克船长与四十大盗

沙漠无人区的某处，黄沙一望无际。目光所及没有多余的色彩，沉默的丘陵代替仙人掌成为沿路坐标，秃鹫的嘶鸣在头顶盘旋，热气腾腾，一派氤氲。

两匹骆驼沉默地走着，上面分坐着一男一女，全身防晒的装束与原住民无异。

“忍耐一下，就快要到了。”胡克头顶烈日张望着，“根据情报，应该就在这一带，等找到了那东西，我们就可以要风得风要雨得雨！”

“你……你放了我吧……”只露出一双眼睛的白雪公主颤抖着说。

“你又说这种话了！”胡克激动地提高音量，身下的骆驼一阵不安，“变成这个样子并不是我自愿的……我可以变回来的！”

“我不认识你啊！”白雪的声音带上了哭腔。

“够了！”胡克大吼了一声，白雪吓得一缩脖子，胡克勉强压低嗓门，“总之，很快你就不会这么怕我了，我保证！”

这时，一阵风沙刮来，胡克举起袖子挡住面罩，身边传来蹄踏声，他忙眯起眼睛转头，只见白雪公主笨拙地扯动着缰绳，驱着骆驼朝另一个方向跑了。

“白雪！”胡克悲愤地吼道，用力拍了一下骆驼的屁股，朝着她追了上去。

白雪公主的骑术非常一般，转眼便被胡克追上了，眼见胡克气急败坏地挡住去路，她试图让骆驼换个方向，结果匆忙之下整个人摔了下来，在沙地上打着滚。

我拿着翘胡子大叔的馕饼地图，一边强忍着吃掉的冲动一边参照着它飞行，忽然发现没必要忍了，胡克与白雪出现在了我的眼前！

“住手！”我一边将馕饼塞进嘴里，一边拔出匕首，朝胡克冲去！

“彼得·潘?！”胡克瞪大眼睛看着突然出现的我，立马做好了迎击的准备，却还是被我从骆驼上撞了下来。

“臭小子！”胡克的反应很快，一个鲤鱼打挺重新站起，顺势抓住我的胳膊，狠命朝地上一抡，我整张脸陷进堪比铁板烧的热沙里，祖国的花朵一秒就变成了残花啊！我发狠向上一飞，将胡克拖得稍微离开地面，但那家伙另一只手竟立刻挥刀朝我砍来，逼得我紧急闪避，跟白雪公主撞成一团。

“……”我的心整个悬了起来，炎热的天气消耗着我的体力，头晕眼花的我近战又没有优势，怎么办?

“阿……”白雪公主惊讶地看着我，想说什么，我突然环抱住她：“走！”

这个身体没什么力气，但好在我能飞，我咬紧牙关想要带着白雪逃走，却只能做到低空飞行，我们慌不择路摇摆不定，胡克也已经跳上骆驼，发疯似的追了上来，嘴里不停地骂着：“乳臭未干的小鬼！劳资要你死在这里！”

我的额头不断地冒着汗，总觉得下一秒就会被胡克追上杀掉，我只能努力地飞着，这时白雪公主拍着我叫道：“看前面！”

风沙正猛，我定睛一看，前方是一片张牙舞爪的岩区，一面高大的山壁前，若隐若现着一队人马，尘埃落定后我们看清了彼此，那是一群面目狰狞的壮汉，每个腰间都有弯刀，粗略一数竟有好几十人。

四十大盗！我的脑中立刻划过这念头，顿时“他们聚在这里干吗”也没有悬念了，那个头子模样的家伙不正站在山前高举双手要叫芝麻开门吗？

我和白雪的乱入引起四十大盗的警觉，他们居然整齐划一地拔出刀来，一边恶狠狠地打量我，一边色眯眯地打量白雪。强盗头子沉声道：“你们是干什么的？”

“当然是来抢财宝的了！”我想都没想就说，“我老大马上就到，识相的快滚，否则全都抓去警察局！”

四十大盗集体变脸，这时胡克也赶到了，此刻他的表情略有古怪，仿佛对眼前的阵容视而不见，一边打量环境一边惊喜地叫道：“是这里了！是这里了！”

“胡教主仙福永享寿与天齐！”我唯恐天下不乱地大叫一声，用尽吃奶的力气将白雪带到了一个稍高的地方，等胡克反应过来，已经被四十大盗重重包围。

“你想说这是一场误会吗？”强盗头子把玩着弯刀，逼视胡克。

胡克冷笑了一下：“不是误会，我的确是冲宝藏来的！”

“干掉他！”强盗头子勃然大怒。

穷凶极恶的强盗们一拥而上，大刀向鬼子头上砍去！我忙遮住眼睛，只听耳边传来一声不确定的：“阿……阿福……”

“……”我放下手，震惊地看着白雪公主，只见她缓缓将面纱摘下来，我看到了再熟悉不过的面容。

“阿春！”

08 美女与野兽与阿拉丁神灯

山谷之中不断爆发出激烈的打斗声与惨叫，但我的注意力已经被白雪公主，不，春菜给承包了。怎么会呢？春菜怎么会也在这里呢？

“我后来带小猫去找你了，”春菜说，“我知道他说了那种话，你肯定不舒服。”

想起小猫对我写童话的不以为然，我是不爽的，但春菜的心意又让我觉得那些都没什么了。

“他其实没恶意的，我批评过他了，你别生气咯。”春菜又说。

……结果除了照顾闺密的心情外，还是有为男朋友说话的意思在？我发现我其实是期待春菜在我面前痛斥小猫的，果然那是做梦。

“结果推开你们宿舍的门，就看到空中飘着一大堆纸，有几张插图画的还是你们宿舍的人，我真是惊呆了……然后忽然有一股力量，把我跟小猫吸到这里来了。”

“等等，你说小猫也来了？”我打断春菜。

“应该是吧……但我没见过他。我醒过来就发现我跟那个胡克在一起了，他逼着我骑上骆驼跟他来寻宝，我一直说他认错人了，他也不听。”

我陷入了思考：三次元的人来到这里，就会跟某个二次元人物合体，这点已是亲测有效。这么说在永无乡时，白雪还是白雪，而来到沙漠后，春菜降临，取代了白雪的人格。那么小猫呢？他变成了什么角色？嘛，其实我也没很关心。

“阿福，你知道这一切到底是怎么回事吗？”春菜焦急地问。

“你放心，我一定会带你出去的。”我安慰她，“等会儿，我们……”

这时，突然有一个黑影朝我射来，我紧急一躲才没被砸到，那居然是一个鼻青脸肿的大盗！我和春菜忙看向谷里，震惊地发现——胡克打赢了！四十大盗溃不成军，还有力气的都已夺路而逃，另一些则晕倒在了胡克的石榴裙下。胡克的装束已经破烂不堪，裸露的身体强壮魁梧，更长着黝黑的长毛！

我感到春菜一把攥住了我的手，正常，我也已经合不拢嘴了，始终犹抱琵琶半遮面的胡克，此刻素面朝天，那不是属于人类的模样，他长着——一颗狼头！胡克是狼人？！这是什么超展开啊啊啊啊！浑身是伤的胡克狠狠地吐了一口痰，手脚并用地攀着山壁上来了！而我因为太吃惊没能及时起飞，反应过来时已经被胡克一把掐住了脖子！

“咳咳……”之前怎么没发现，这家伙的手毛和指甲都长得很诡异啊！

“住手！”春菜忙对胡克说，“我们不会再跑了，你别杀他！”

“留着他再算计我吗？”胡克的狼眼中闪着血光，力道更强。

“你杀了他，就永远别想找到宝藏了！”春菜大声说。

我感到脖子轻松了些，连连咳嗽。胡克瞪着我们问：“什么意思？”

“你要找的宝藏就藏在山洞里，你知道开门的密码吗？”春菜问。

“密码？”胡克咬牙切齿，“我不知道什么密码。我从一个叫辛巴达的家伙那里听说了这个藏宝窟，他说里面有一样能帮到我的宝物，但没说什么密码！”

“那就对了，他知道密码，所以你不能杀他！”春菜极力维护我。

胡克哼了一声，双手抓着我们落回谷底，并且有意将我的粉臀在乱石上摩擦，剧痛让我从此对有些事情失去兴趣，啊多么痛的领悟！

胡克几乎是把我按在那山门上的，他凶悍地命令道：“打开！”

“你真的会放过我们吧？”我说。

“你敢讨价还价？”

“你为什么会是狼的样子啊？”

胡克口中的热气吹拂着我的脖子，吓得我不敢再问，急忙喊出那句地球人都知道的密码：“芝麻开门！”

一阵钝重的“咔咔咔咔”后，看似平平无奇的山壁果然现出了一个洞，胡克的眼睛一亮，激动地对春菜说：“开了开了！你等着，我马上就能变回来了！”

我心里一动，胡克本来不是这种画风？难道他跟《美女与野兽》的主角一样，是受到诅咒所以长成这样？他在寻找复原的方法，童话世界里什么道具有这种力量？

“恭喜你！”我飞快地对胡克说，“那么你快进去吧，好走不送，多加小心！”

本来已经一脚踏入洞窟的胡克，听了我的话后停下了脚步，他想了想，指着我说：“你，替我进去。”

“凭什么啊！我已经帮你开门了！”我抗议。

“你提醒了我，藏着那么贵重宝物的地方，怎么可能不设机关？”胡克高深莫测地冷笑，“正好你会飞行，就替我跑一趟吧。”

“你不怕我耍花样么……”我做最后的顽抗。

“你只要记住，白雪在我这里。”胡克说着，抓住春菜。

我恨恨地揉着疼痛的屁股，内心却已在敲锣打鼓，非常好，这货的智商果然需要充值，还真以为我多怕进洞似的！以为用春菜能威胁到我？恐怕他还不知道，那件素未谋面的宝物是什么吧！

在胡克的监视下，我飞进了洞窟，迎面是一条深入山腹的甬道。

我不知道四十大盗有没有真在里面安什么机关，但反正跟我无关，我全程飘浮，触动不了。除了视线暗点，整个进洞过程顺利得让人吃惊。

不久，黑暗的难题也迎刃而解了：前方有光亮闪烁，我忙加快速度，飞进了一个宽敞的洞穴里，正中间的地上堆积着各种各样的宝物！那些竟是来自金银珠宝的奢侈照明，如果在场的不是我而是八达，这会儿绝对已经激动尿了。

也幸好我不是八达，才没有耽于纸醉金迷而忘了正事。我很清楚我是来找什么的，幸运的是，它相对于这一洞的灿烂奢靡，十分不起眼，因此反而分外起眼——

阿拉丁神灯！

我激动地捧起那盏发黑生锈的油灯，迫不及待地摩擦起来，很快，从灯中飘出了……一阵恶臭……呃对不起我弄错了，那是一个尿壶。

还好真正的油灯就躺在不远处等着我，这次我再三确认过了，绝对是油灯无误！

我摩擦着它，只觉得手心越来越热，自动颤抖起来的油灯的嘴里冒出了一阵烟雾，在空中聚成了一个人形。

“神灯巨人！”我兴奋地大叫起来。尽管身陷危机，但这种看着自己童年的梦一个个成真的感觉实在太浪漫了！

“为了感谢你解开我的封印，我决定实现你三个愿望。”巨人居高临下地说。

呃……还是跟原作有点不一样，提供三个愿望貌似是瓶中巨人，而神灯巨人是无限流外挂，但这个世界已经如此混乱，我也不想强求什么。

“行，三个就三个。”我说，“等等啊，我仔细想想许什么愿。”

“好的，我会等的。”巨人礼貌地说，“还有两个愿望。”

“……慢着！刚才那就算是许愿了吗？别跟我开玩笑啊！”

“是的，我保证不跟你开玩笑，还有最后一个愿望。”

……珍贵的三个愿望转眼剩下一个！还能更奸商一点吗？！我恨不能把这货啃了，但我迅速闭上了嘴，如果脱口而出一句“滚”什么的，丫肯定会高高兴兴地说“那我走啦”，那就完蛋了啊！

这个时候，外面传来一声响亮的狼嚎：“小子！怎么样了？别浪费我的时间！”

我被吓了一跳，脱口而出：“干掉那条狼！”

“总算有个像样的愿望了。”巨人聊胜于无地点点头，妈蛋！是我的错吗？！话音未落，丫如一阵飓风般朝着洞外席卷而去。我赶忙跟上去看热闹，可惜还没赶到那边已经开打了，不断有惨叫传进洞来，让我恨不能大叫：“剧透死全家！”

后来根据春菜的复述，巨人大概只用了三招就打败了胡克：

1. 把他抓起来；2. 揉成团；3. 丢了出去。

……胡克船长就这样被秒了！神灯巨人果然强得离谱啊啊啊！

“你的愿望都实现了，我们也该说再见了。很想我老婆呢。”巨人对我挥挥手。

“……你居然还有老婆吗？等等先别走，优惠我一个愿望行不行啊？”我大叫。

“轻轻的我将离开你，请将眼角的泪拭去……”巨人哼着歌儿，消失在了天际。

09 老爸，老爸，我们去哪里呀

地震的感觉传来时，排长立刻抓牢小船，扯直嗓子尖叫：“救——命——啊——”

一段距离外，光明闪现，照得他如同置身隧道深处，排长边叫边玩命划船，企图追求光明，但光明怎么会看上一个糟老头呢，它冷艳高贵地离去，只留下大量海水，排长身下的船儿在水中滴溜溜打着转，他绝望地大叫："不要啊——"

仿佛一扇沉重的门被关上，凄厉的叫喊只能成为回声，在这令人窒息的空间徘徊，排长颓然坐下。同样的情境，其实已经重复N次了。

我们的排长现在在一条鲸鱼的肚子里。

为什么会在鲸鱼的肚子里呢？这都要怪匹诺曹不好。自从排长和嬷嬷合力把这小子带到世上后（这话没哪里不对嗯），排长便开始了相毛教子的生涯，作为回归现实前的消遣。那之后，小镇上每天回荡着排长宝刀未老的呐喊，众所周知，熊孩子匹诺曹整天不学好，原作中的老爷爷仿佛圣母，一次又一次包容他，而脾气火暴的排长是绝不会这么做的！

"逃学去看马戏了？考不上大学以后吃屎啊？！"排长举起匹诺曹就往火炉里塞。

"钱被骗了还敢回来？劳资生块叉烧都比你强啊！"排长拿刨刀猛刮匹诺曹的脑袋。

"你咋就不像别人家的小孩那么让人省心呢？干脆让你多几朵菊花好不好？！"排长冲着匹诺曹的屁股高举凿子……

……总之排长为了孩子的教育也是蛮拼的，后果是匹诺曹离家出走了。那天的夕阳很美，排长左等右等等不到他回来，一边咒骂着又去哪里野了一边开始认真盘算将匹诺曹变性成一个女木偶，以示惩罚。结果有人告诉他，匹诺曹登上一条大船出海了，这下排长慌了，连忙划着一艘小船去追，然后就给一条海王类吞下去了。

置身鲸鱼的肚子里，排长觉得自己变成了不知何时才能被拉出去的哪吒，鲸鱼隔三岔五还会吞点别的东西进来，排长就在那里面找食物，顿顿三文鱼、北极贝简直惨哭了。再然后他开始尝试趁鲸鱼张大嘴时越狱，可惜每次都以失败告终。

"死木偶啊！"第N次失败的排长悲吼，"害我吃了那么多苦，再看到你绝对劈了当柴烧！"

排长脚边的一大堆鱼里，有什么动了一下，排长忙用蜡烛一照，只见鱼群里好像有人，他惊喜地说："你是谁？谁都好，陪我说说话，我快憋疯了！"

然而当他将那个人捞出来，双方大眼瞪小眼。

"爸比……"匹诺曹看着老排，难以置信，然后他被老排闪电一般拉进了怀中，眼眶一下湿了，他大叫着："爸比，爸比……"

"爸你妹啊！"排长一把剥下匹诺曹的裤子，拿起一条鱼玩命抽打起来，"让你野！让你野！害劳资被关在这种鬼地方！害劳资……"

刚刚尝到一些亲情甜头的匹诺曹，满腔的愧疚与激动都化成了呻吟与泪水。

打爽了之后，排长质问匹诺曹最近的遭遇，才知道他离开自己后到了一个堕落岛上吃喝玩乐，慢慢变成了驴子，后来失足落水被鱼啃得恢复原形，又流落到了这里……

“回去再跟你算账！现在我们得先逃出去！”排长说。

“怎么逃……”匹诺曹哭丧着脸，恨不能当这里的钉子户。

“丫下次张嘴，就是决一胜负的时候。听好了，你需要做的是……”

黑暗之中，二人静默地等待着。

终于，期待已久的那一刻到来了，光线涌入，鲸鱼张开了嘴巴！

“就是现在！”排长从后面抱住匹诺曹，面朝鲸鱼尾端，“说假话！”

“我爸是李刚！”匹诺曹大喊一声，鼻子猛然伸长，犹如孙悟空的金箍棒一般顶着二人朝鱼嘴方向冲去！

“快快快，多说点！它要闭嘴啦！”

“我爸年薪过亿！”“我爸后宫很大！”“我爸让王氏集团破产了！”……

连环弥天大谎让匹诺曹的鼻子疯长，终于，两人来到了鲸鱼的体外！“咔吧！”鱼嘴猛然合上，将过长的鼻子咬断，但已经没意义了！

然而一波未平一波又起，因为海上正刮着巨大的风暴，满眼浪头像是成排的巨手，将两人抛来击去，险象环生！

匹诺曹变成了舢板，排长踩在他背上（左脚干脆踏着脑袋），用他断掉的一部分鼻子划水，匹诺曹自己也四肢猛划，可大海却宛如霸道总裁般持续虐着他们，渐渐两人都不行了……

“爸比，”有气无力的匹诺曹，忽然问趴在他背上的排长，“你看，那是什么？”

排长的老骨头几乎快散架了，他强撑着睁开眼睛，呆了。只见惊涛骇浪中，正有一个人影向他们高速游来，流线型的身姿曼妙轻灵，风吹雨打的容颜湿润圣洁。那是所有人渴望得见的海洋奇迹，是所有海上遇难者最浪漫的救赎——海的女儿。

10 南瓜马车的午夜，换上童话的玻璃鞋

人鱼公主在水中游泳，就像鸟儿在天上飞，排长父子被她送到了岸边。

“谢……谢谢。”排长看着人鱼公主半身泡在水中的美姿，竟有点害羞。

“别客气，尊老爱幼是中华民族的美德。”人鱼公主微笑，“而且，我可喜欢你们陆地人啦。”

“人鱼姐姐，如果你能上岸，我一定带你到处去玩！”匹诺曹说。

“好呀，一定有那个机会的！”

排长猛然警觉：“你是不是打算跟巫婆做交易，换一双腿？”

人鱼公主惊讶：“老爷爷，您是怎么知道的呢？”

“千万不能那么做！你会变成一个哑巴！”

人鱼公主的神色变得有些黯淡：“我知道巫婆一定会要我付出代价……可是除此之外，还有什么办法可以上岸呢？”

“当然有！”排长忙说，“比如……比如……”

这个时候，天空飘来五个字：那都不是事儿……不对，天空出现了容嬷嬷骑扫帚的倩影，扫帚尾上还坐着靴猫。

“老排！”嬷嬷惊喜，“我听人说你出海被鱼吞了，赶紧来救你，谢天谢地你平安无事！”

而靴猫凝视人鱼公主那硕大的鱼尾，吞了吞口水，人鱼公主赶紧缩得只剩一个脑袋留在水面上。

“你来得正好！”排长指着嬷嬷对人鱼公主说，“你要换腿，就找她好了！她不收钱！”

“真的？”人鱼公主惊喜。

“哦哦，人鱼公主吗？交给我了！”嬷嬷掏出魔杖。

“达令！”靴猫拦住嬷嬷，“你又要做白工了？这次不行！”

“听我说啊，其实呢我不是真心要帮她……”嬷嬷又要花言巧语。

“不行就是不行。”靴猫坚持，“她是海洋圈的，归另一个巫婆管，你帮了她，不管收不收钱都叫抢生意。”

“喔……”

“太好了，这次你总算听懂了。”靴猫欣慰。

但嬷嬷出其不意地亮出魔杖：“阿布拉卡塔布拉！”一道光束射向人鱼公主，将她提出了水面，与此同时，鱼尾慢慢变成了一双长腿，排长和匹诺曹的眼睛同时直了，但是下一秒，那双腿又覆上了裙子。

“唉。”排长和匹诺曹遗憾地叹气。

“小鬼！你叹个毛！”排长敲了匹诺曹一下。

“我……我有脚了！”人鱼公主落到地上，捏着裙摆摇摇晃晃地走了几步，激动得眼泪都出来了，“谢谢你！”

“达令！”靴猫气急败坏。

“好啦好啦，不要那么死板。”嬷嬷说着伸手过去，挠着靴猫的下巴，靴猫一下子软化了，一边在地上打滚一边说：“你老是酱不行的啦喵……万一被工会知道就完蛋啦喵……”

“……已经被驯得服服帖帖了嘛。”排长说。

“好了，你现在可以去找你们家王子殿下了！”嬷嬷笑眯眯地对人鱼公主说。

“你怎么知道我要去见王子？”人鱼公主脸一红。

“我还知道你救过他，对吧？”嬷嬷说，“勇敢追求真爱的女孩最赞了！我再送你一样礼物吧。”

这一次，嬷嬷变出了一辆南瓜马车，车上还有车夫，他又为人鱼公主变出一套华美的衣裙，脚上更穿着著名的水晶鞋，全身散发出优雅高贵的气质，香水甚至是草莓味儿的呢！

“哇——”人鱼公主惊喜得合不拢嘴，“太好了！这下我就能坐着马车去找王子了！”

在感人肺腑的气氛中，人鱼公主与大家一一握手，然后坐上马车离去，还不顾交通安全地把头手伸出窗外向大家道别。

“这乱的，人鱼公主套上了灰姑娘的设定……”排长嘟囔完突然想起，“等等，《海的女儿》的结局不是她被王子甩了，然后变成泡沫了吗？！”

“放心，原作里王子一直不知道她才是自己的救命恩人，所以才娶了别人。”嬷嬷说，“但现在人鱼公主能说会道，完全可以解除误会！”

“哦……”

“老排，你难道……”嬷嬷勾住排长的肩膀，表情神秘兮兮，“对她一见钟情了？”

“滚，臭三八！”

11 看风景的王子在高处看你

“不对不对！这个时候不需要用到翅膀！气流啊！上升气流你懂不懂？！没念过书啊！看前面啊看我干毛？你脑子是用来装翔的吗？！……”

绿野之上，高空之中，烂操笨拙地飞行着，而丁卡挥舞着一条皮鞭边骂边抽他，手法粗暴，惨不忍睹，但看烂操的样子却显然有些乐在其中，飞得也越来越好了……

“你看我现在是不是挺像样了？”烂操兴奋地问丁卡，“不飞不知道，感觉还真好啊！”

“哼，还不是我教得好。还有，彼得比你飞得好一千倍。”丁卡撇撇嘴。

理论上丑小鸭是有变成天鹅的那天的，那时候烂操就可以飞了，但鸭子的成长需要时间，丁卡却不打算奉陪，她赶着去找她家彼得·潘呢，可烂操死缠烂打非要跟来：“你这么年轻貌美，一个人上路多危险呀！让我陪你，好歹有个照应嘛！况且保护尤物人人有责，这是我应该做的！”

“说……说得好听！你又不会飞，难道要我带你啊？”丁卡被夸得心花怒放，但还保有最低限度的智商。

“这样，我们去找两只大雁，让它们衔着棍子的两头，我衔着当中……”

“麻烦死了啦！算了，我来想办法！”

丁卡是有办法让烂操飞的——她的身上有一种仙尘，当初彼得·潘能够带一群熊孩子去永无乡，也是托了这东西的福。于是，丁卡将仙尘撒在了烂操的身上，烂操立刻发觉地心引力对他失去了作用，二人就此展开一段说飞就飞的旅行……

大自然的风光逐渐退去，烂操和丁卡看到了一座宏伟的都城，他们径直飞入了城内，丁卡指着一座屹立于全城最高处的雕像说：“去那里休息一下吧。”

烂操点点头，翘首撅腚，自以为优美其实丑若中箭般滑向目的地。

烂操几乎是一头栽进那座雕像的两腿之间，呼哧呼哧喘气不已，丁卡鄙视道：“飞都能这么累，真是废物。”

“人家是第一次嘛。”烂操娇羞地说，台词本身已经构成了性骚扰，丁卡飞过来揍他，烂操放声淫笑。

“难巢（烂操）？”

忽然响起的声音让丁卡一愣：“你听到什么没有？”

“大概是风声吧，别管它，快继续呀。”烂操沉浸在打情骂俏的错觉中。体积相差悬殊并且跨种族都还 YY 得起来，真不愧是天字第一号屌丝啊！

“难巢，金滴似里（烂操，真的是你）?！”声音变得响亮而激动，烂操反应过来了，大喊一声：“一灿?！”

是的，眼前的这座雕像正是一灿！只见他头戴蓝宝石王冠，衣服上镶满金箔，手中的宝剑上也嵌着红宝石，整个人仿佛一座浓缩的藏宝库。

“噢噢噢一灿！第一次觉得见到你真好啊！”烂操边叫边一把抱上去，“话说你居然变成了雕像，从此再不能风骚走位，也算是苍天饶过谁……”

然后烂操松开手，他惊讶地发现，光彩夺目的装饰，一灿的皮肤竟呈现出一种苍白坚硬的质地，很像石头，摸上去却是刺骨的凉，那更像是……

“您是被冻僵了，对吗？王子大人。”丁卡绕着一灿飞了一圈，温柔地问，含情脉脉的语气让烂操大吃其醋，“这不是普通的冷气呢，含有魔法成分，怪不得融化不了。”

“里梭滴对(你说得对)。”一灿说，“里有木有棒华救偶(你有没有办法救我)？”

“这个……人家只是个法力低微的小冤家，恐怕帮不上王子的忙。”丁卡居然完全能听懂一灿的口音，说这话时，她带上了哭腔，显然是发自内心地感到内疚。

“表兰过，棱抗到里滴内随，偶就涮木有白冻(不要难过，能看到你的泪水，我就算没有白冻)。”少女杀手一灿深情慰问。

“你特么一辈子都给我冻着吧！”烂操悲愤怒吼。雕像版的一灿都能秒速泡到妞，这还有王法吗？！

“王子殿下，不如您告诉我是谁把您害成这样，也许可以作为解咒的参考。”丁卡真的很努力想要帮助一灿。

“偶八鸡道(我不知道)。”一灿轻叹了一声，“虫偶奶到芥过四姐后就一集似酱，老几里有些您睡的记忆，但八四很亲楚(我来到这个世界后就一直是这样，脑子里有些零碎的记忆，但不是很清楚)。”

“王子殿下好了不起，处境艰难，却还是坚持做一个安安静静的美男子，人家好希望给你生猴子。”丁卡深情地说。

“……尼玛他都这样了，不安静还能怎么着啊？！生猴子你倒是生啊！我看你怎么生，你生个花果山出来啊！”烂操发出激烈的吐槽。

“猴鸟难巢，先表缩恁多，般偶捉件四(好了烂操，先别说那么多，帮我做件事)。”一灿风度翩翩地说。

烂操本能地想说帮你妹，见丁卡一副赴汤蹈火的模样，只好道：“说！”

“把偶心散急钱滴都溪下奶，昏给群能(把我身上值钱的都撕下来，分给穷人)。”一灿开始执行快乐王子的天职。

“这里不是王都吗？还有穷人？”烂操说。

“借过国家，八像表面散辣末美好，旅完尤其八简当(这个国家，不像表面上那么美好，女王尤其不简单)。”一灿严肃地说。

于是接下来的时间，烂操在一灿的身上啄来啄去，嘈嘈切切错杂弹，金箔宝石落玉盘，然后大街小巷乱飞，看谁比较穷就施舍一发。至于丁卡，她被一灿王子的善良感动得死去活来，二话没说加入到快递的行业中来。

一灿在很短的时间内繁华落尽，唯余斑驳，原本烂操想恶作剧地把一灿扒光，后来觉得只会为他惹来更多粉丝，遂放弃。

扶贫期间，烂操问一灿："对了，你有没有见过其他人啊？"

一灿回答："有，八达。"

12 农夫与猪

一股香甜的气味随风而来，锅炉工发现，他早就饿了。

锅炉工走在一片森林中，穿一身打满补丁的粗布衣裤，腰间别着一把斧头，完全是童话世界里随处可见的农夫模样，朴实而又平凡。

锅炉工当时是要打柴的，但在深吸两口香气后，醉了，他便拉住气味的手，任由它带着向前而去。渐渐他看到了，在林子深处，坐落着一座糖果屋！没错！童话得不能再童话的糖果屋！华夫饼屋顶上落满糖霜，奥利奥砖墙的缝里溢出了奶油，窗户是颜色各异的薄脆冰糖，门前灯柱是一根根硕大的棒棒糖……总之就是糖尿病患者看一眼就要送去急救的节奏。

锅炉工正入迷地看着，一整扇椰子威化饼门忽然倒下，蒸腾而起的糖粉烟雾中，隐约出现了一个身影，锅炉工条件反射地后退，然而出现在他眼前的不是吃人的巫婆，而是一头——猪！而门之所以倒下来，是因为那猪把锁给啃了。

猪一边用猪蹄抓起糖果送入嘴里，一边看着锅炉工，双方的眼睛都越睁越大。

"金氏！"锅炉工大叫。

"好吃！"金氏也高叫。

"等等，不该是叫好吃吧？"

"因为真的很好吃嘛！"金氏抹抹满是奶油的嘴，扑上来，"老锅！"

这大概是锅炉工人生唯一一次抱猪的经历，猪所特有的臭味跟甜品所特有的香味混为一团，让他的表情复杂得像这篇故事。

"啊呜啊呜，你为什么会变成这样啊？"金氏边往嘴里塞冰淇淋边问。

"谁知道？你不也变成猪了？"锅炉说。

"啊呜啊呜，我们怎么会有这么悲惨的命运啊？"

"……麻烦你不要边大吃边说这种话，完全没有说服力啊！"

"我可不是每天都能吃这么好。"金氏说，"这个糖果屋的主人是个老妖婆，森林里的动物都怕她，不敢接近，还好她今天出门了，我乘机来体验一下。不过我们现在该闪了，她要回来了，我们吃不了兜着走。”

金氏说到做到，真的兜走了不少剩饭剩菜，然后带着锅炉离开了几乎被夷为平地的糖果屋。

“老锅，你这些日子是怎么过的？”金氏边走边问。

“很无聊，每天就是干活，我现在的角色叫杰克，穷人一个。”锅炉工指指自己，“然后杰克他妈脾气爆烂，我干啥她都看不顺眼。有次我弄到一颗能长到天上的魔豆，她打得我不敢回家。唉，也只有在烧水的时候，我才能感觉自己还活着……你一直住在这森林里？”

“不，我不是野猪，我是家养的，本来住在一个农场里，我在那儿认识了一只蜘蛛……”金氏说。

“诶，《夏洛的网》！那部童话我看过！”

“我家夏洛不可能那么有节操！”金氏大叫。

“怎么啦？”

“本来那蜘蛛说好，要在网上给我织出两个字：good pig。这样人类一看就会觉得我不同凡响，就不想吃我了。”

“对啊对啊，这个设定超有名的。没看过的读者务必去补课啊！也有电影版的！”

“可是我遇到的那个蜘蛛织出了什么你造吗？good meat！尼玛本来没想吃我的人一看食欲大增了啊！”金氏颤抖着口条咆哮道。

锅炉工同情地拍了拍金氏的猪颈肉：“所以你就跑到森林里来啦？”

“是的！”金氏继续对社会发出悲愤的控诉，“劳资费尽九牛二虎之力……”

“是九猪二豚之力。”锅炉工忍不住纠正，金氏狠狠一瞪他：“反正劳资很辛苦才逃出来就对了！跑到森林之后遇见了他，同居到现在。”

“谁？一头母猪？”

“滚！等会儿你就知道了。你可以尽情问他问题，他知道得比谁都多！”

正说着，一只兔子从他们面前跑过，金氏叫道：“喂，看到我哥们儿没？”

“在后面！哈，不自量力，居然敢跟我赛跑！”兔子得意地说完，一阵风似的跑远了。童话世界里的动物果然都会讲话呢。

“………龟兔赛跑？难道那个某人是……”锅炉工忽然反应过来。

“嗯啊。”金氏说，“我们这群人里，还有谁比他更像乌龟呢？”

在一棵大树下，锅炉工与金氏见到了老蜗。当时，他正把泥巴搓成一个个弹珠，趴在地上自己跟自己玩得不亦乐乎。他的脑袋和手伸在壳外，身体的其他部位则缩在壳内，这经典的造型，让人不禁想起他在宿舍里用被子包裹着自己猛打游戏的日日夜夜。只是时过境迁鸟枪换炮，蜗牛变成了乌龟。

“金氏你来得真好，陪我玩两把。”老蜗看到了金氏的猪蹄，懒洋洋地说。虽然是如此简陋的游戏，这家伙显然还是乐此不疲。

“玩个毛，看看谁来了？”金氏踩了一下老蜗硬邦邦的龟壳。

老蜗用慢得让人怀疑时间静止了的速度抬头，跟锅炉工打了个照面，“诶，阿锅！”

“老蜗！”虽然槽点无数，但他乡遇故知总是值得兴奋的。

“你来了就好了！三个人打弹珠更有趣啊！”

“……你不是在跟兔子赛跑吗？”

“是啊，但是乌龟不管怎样都会赢的不是吗？”老蜗奇怪地说。

“那前提是兔子半路睡觉，可我看刚才那只兔子干劲十足啊！”生性传统的锅炉工说。

前方隐约传来了喧闹声，过了一会儿，一只夜莺飞了过来，叽叽喳喳地叫着：“新闻快报，新闻快报，某兔子因为跑得太快撞上了树桩，已经被一位农民捡去。本次龟兔赛跑的冠军得主是——乌龟！”

老蜗得意地吹了声口哨，尼玛这是什么主角光环啊！

“……算了，那不重要。”锅炉工说，“老蜗啊，金氏说你对这个世界懂很多？”

“那当然了，别看我这样，我来到这个世界已经很多年了，没办法，乌龟就是长命啊。”老蜗始终维持着趴姿，“有时候什么也不做，就这么睡着，时间也很快就过去了……”

“你只是在这里宅了很久而已吧？振作一点啦！”锅炉工说。

“别小看我，这些年我也积攒了不少经验值。”老蜗自傲地说，“我记得某一年，我在海里打工，内容是招待善良的人去龙宫……”

“这些以后慢慢再说吧，有没有对我们的现状有帮助的情报？”锅炉工直奔主题。

老蜗露出扫兴的表情，但还是说：“根据我从各种 NPC 那里搜集来的情报，只有两类人有可能帮到我们，一个是神灯巨人。”

“哦，传说中什么愿望都能实现的巨人！”锅炉工点头。

“但那盏神灯在哪里，谁也不知道。所以巨人线暂不考虑。”老蜗说，“另一条线就比较靠谱了，那就是找巫婆帮忙，要知道巨人只有一个，巫婆却多得像米。”

“你认识巫婆吗？”锅炉工问。

“这就是这条线难打的地方了。巫婆基本都是坏女人，不可能帮人的。比如我们森林里就住着一个巫婆，整天拿糖果屋来吸引吃货。”

“实在看不下去的我，已经出手教训她了。”金氏自傲地说。

“还有，巫婆也分等级的，要回到我们的世界，恐怕得请巫婆老大出手才行。”

“哪里找那个老大呢？”锅炉工也觉得困难重重了。

不料老蜗对答如流：“巫婆老大现在在一个叫‘从前有个’的国家里，并且扳倒了那里的国王，已经成为一国之后，人称白女王。”

“这你都知道！”

“因为那货当上女王的第一件事，就是迫害国王的女儿，真是最毒后妈心啊。那个可怜的公主逃到我们翡翠森林后，白女王还派了人来追杀她呢。”

“等等，该不会是……”

“对了。”老蜗说，“那个公主就是白雪公主。”

13 巫婆总动员

时间是老蜗、金氏和锅炉工喜相逢的半小时前，地点是老巫婆容嬷嬷与靴猫的家。

“阿布拉卡塔……”容嬷嬷对着地图举起魔杖，“布拉！”

光芒闪现，魔杖与地图之间仿佛架起了一座电的桥梁，嬷嬷狰狞的脸庞更显扭曲，终于一松手，跟魔杖一起倒地。

“达令，你还好吧？”靴猫忙来扶他。

“又失败了……”嬷嬷看着什么变化都没有的地图说。

“我就说寻人启事魔法超累的啊！必须把魔力覆盖到全国再进行定位，达令你根本驾驭不了的啦！”

“可现在只有我最厉害，我如果不再努力一点……”嬷嬷垂头丧气地说。

“达令，你要找的那些到底是什么人？”靴猫问，“还有那个玩充气娃娃的老头，你们的关系绝不简单……”

“匹诺曹如果知道自己被说成充气娃娃一定会很伤心的。”嬷嬷打着哈哈。

“达令，回答我吧，你到底是真的失去记忆，还是……”

嬷嬷没想到被自己敷衍了很久的靴猫竟然认真了起来，一时不知道该怎么说才好。

“达令！”靴猫提高声音。

“我……”

不等嬷嬷继续说，只听“轰”的一声，一面墙突然爆裂开了，气浪推得他们摔倒在地，回过头只见两名巫婆站在墙洞后，她们一个头发如海藻、身形似礁石，另一个全身散发出糖果的香味。

“姐，就是这小婊砸跟你抢生意吗？”糖巫婆问。

“没错！人鱼公主那一单老娘已经跟了半年多了，不停给她打电话、磨预算，一有新的腿型就联系她，还煞费苦心准备赠品……你倒好，不但抢了这个客户，还走正能量路线！巫婆的脸都被你丢光了！我们今天就要清理门户！”

嬷嬷装作认真听讲的样子，一只手悄悄伸去摸魔杖，不等碰到，一道电光射在他手上，疼得大叫。

“达令！”靴猫大叫。

“不要动，小猫。”海巫婆用魔杖对准它，“你的主人已经完蛋了，等我们拿下了她报告女王，她就会被驱逐出巫婆圈，剥夺政治权利终身，你想陪葬？”

“它什么都不知道，放了它！”嬷嬷急道。

糖巫婆打量靴猫：“我刚好缺一个搭档，你识相点跟丫划清界限，我可以考虑收留你哦。”

靴猫平静下来了，然后它双臂一振，双爪像金刚狼一样酷炫地变长，朝着嬷嬷走去，忽而闪电一跃——

“啊——”糖巫婆掩面惨叫，靴猫佯攻嬷嬷，其实借助墙壁的反弹一下跳到糖巫婆面前，毫不留情地毁了她容。

“混蛋！别小看喵星人的忠诚啊！”靴猫大叫，“达令，走！”

“所以说我比较喜欢狗啊！”海巫婆欲攻击靴猫，嬷嬷及时捞起魔杖向她一射，海巫婆避开，嬷嬷趁机骑上扫帚，飞出屋子，经过靴猫身边时，两人的手默契地握在一起，双宿双飞。

“反了反了！”海巫婆掏出水晶球，用尽全身力气吼道，“各部门注意，捉拿叛徒安娜，这不是演习！重复一次，这不是演习！”

嬷嬷与靴猫骑上了扫帚后就用最快的速度飞行着，嬷嬷在风中大声说：“我连累你了！”

“什么连不连累，我自己选的。”靴猫舔着爪子，满不在乎地说。

“关于你之前问我的问题……”

“我不想知道了。”靴猫说，“你刚才对那两个家伙说‘放了它’……我第一次见安娜时，她对那些想淹死我的人说的也是这一句。你们的语气一模一样。不管你是谁，我都相信你……当然，我认识的安娜会回来吧？”

嬷嬷感到眼眶发热，用力点点头：“会！”

“那就好。嘛，达令，放松点，来！”

靴猫把头凑上去，嬷嬷娴熟地摸它脑袋，揉它耳朵，捏它下巴，靴猫发出阵阵享受的叫声……

身下的扫帚忽然紧急刹车，嬷嬷和靴猫差点儿给甩出去，定神一看，四周的天空竟出现了大量骑扫帚的黑影，形成天罗地网，封锁了他们逃走的所有方向！

“我看你还能往哪儿跑？”满脸抓痕的糖巫婆扬扬得意地说。

而正下方的森林里，老蜗正在对锅炉工说：“我们换个话题吧？我给你们讲讲海底龙宫的事，话说一个叫浦岛太郎的人……”

然后，他的话又一次被打断了，四脚朝天打着饱嗝的金氏说：“诶，上面飞的什么喔？”

14 新神奇四侠

锅炉工、金氏、老蜗一起仰头，看清了那是一大群巫婆的身影，金氏大叫：“糟了！我吃光了那老太婆的房子，她来找我算账了！”

“那也太看得起你了。”锅炉工不同意，“她们好像是在包抄谁？”

众巫婆已开始对嬷嬷发起攻击，嬷嬷本来就不是什么高级巫婆，此刻又寡不敌众，她的帽子不知被风吹到了哪里以至于披头散发，眼看再多飞几轮就要衣不蔽体、一丝不挂……

“啊啊啊啊——”可惜，在那样的画面无码流出时，嬷嬷中招，身子一歪从高空中掉下来了，惨叫声一直从天上传到地上，锅炉工三人都为这个堕落的小妞捏把汗，而当嬷嬷的身影落到近前时，他们异口同声：“嬷嬷？！”

“嘿！”锅炉工当机立断把金氏一踹，让他摔了个猪吃屎，而嬷嬷不偏不倚地落在了他的身上。

金氏的眼睛和舌头瞬间突出来，脑袋一歪，昏死过去。而嬷嬷毫发无伤地看着眼前的人。

“锅炉工……老蜗……金氏？！”嬷嬷用力地揉着眼睛，简直难以置信，“真的是你们？！”

“真的是我们！”锅炉工大叫。

“这个造型可真适合你。”老蜗赞美道。

“达令！”靴猫驾着扫帚俯冲到嬷嬷身边，一把扑到他怀里号啕大哭，“幸好你没事啊啊啊啊！”

“糟糕了。”嬷嬷被提醒，才发现这不是叙旧的时候，连忙抓牢魔杖，凝视天空。

“嬷嬷你这是惹上什么麻烦了？”锅炉工问。

“一定是五阿哥派来的打手……”肉垫金氏呻吟着说。

“我觉得比较像尔康的人！”老蜗判断。

“滚啦！”嬷嬷说。

尽管是如此危机的时刻，他们还是自然而然地吐起槽来，有效冲淡了紧张的感觉。跟小伙伴一起，总好过独自面对吧。

“没想到你还有同党啊。”一个巫婆居高临下地对嬷嬷说，“让我猜猜，那个男孩是你跟那个龟公的私生子，那头猪是你们一家三口养的。”

“放屁！”一句话骂了四个，简直不能忍！

胜券在握的巫婆们居高临下，放声大笑。

“哎，”老蜗这时低声说，“有一段时间，我的打工内容是诱惑别人来欺负我，好引出路见不平的人，完了招待他们去龙宫……”

“故事以后再讲啦。”锅炉工说。

“嘛，总之，我后来之所以被开除了，是因为忘记了把一份伴手礼送给那个浦岛太郎。”老蜗坚持讲完，“那东西呢，现在就在我身上。”

老蜗慢慢从龟壳里摸出了一样东西，众人围观一番，个个露出惊喜的表情。

“你们这群注定孤独终老的臭娘们儿，有种来啊！”金氏大叫。

嬷嬷他们也加入叫骂，各种挑衅不绝于耳：“You can you up！”“Kiss my ass！”“青妙一生推！”“神秘的快递家族求支持！”……

巫婆们被集体触怒，从不同的角度朝下方射出光波，而同一时间，嬷嬷他们一起抬脚，将老蜗的秘密武器踢向天空！

那是一个十分精美的日式锦盒，它旋转飞出，被巫婆们的魔法炸得粉碎，烟雾一瞬间在空中扩散开来！

那烟雾来得快也去得快，顷刻间消散无踪，再看天上那群老巫婆，已经集体变成了海贼王里的布鲁克，她们震惊地打量着对方的骷髅形态，然后争先恐后地风化。

老蜗的秘密武器，名叫“玉手箱”。在日本童话《浦岛太郎》中，男主救了乌龟而被带到龙宫，返回时得到了玉手箱作为礼物，结果一打开就变成了老头。但老蜗说了，丫工作不认真，忘了把箱子交出去而一直留在身边，能将年轻人一秒变老翁的道具作用在一群老巫婆身上，可不就是直接把她们挫骨扬灰？

“有一点可怜呢。”善良的嬷嬷看着风中凌乱的晶莹骨灰，叹了口气，然后与锅炉工们抱成一团。

“真是太好了，算上老排，415 一半的人凑齐了！”嬷嬷说。

“你见过那个糟老头啦？”金氏闻得基友下落，甚是关心。

“嗯！告诉你们，那家伙已经喜当爹了喔！”

这个时候，在距离翡翠森林不知道多远的小镇上，匹诺曹回到了家，立刻被排长劈头盖脸地骂道：“尼玛这么迟才回来！怎么不死在外面啊？！”

“我一放学就回来了啊。”匹诺曹委屈。

“闭嘴！你已经让劳资等很久了！”排长将一份报纸拍在桌上，“跟我进城！”

报纸的头条，刊登着人鱼公主的照片，旁边的文字是：邪恶巫婆落网，明日公开处刑。

15 进击的老人

月黑风高杀人夜，两个身影，一个佝偻一个矮小，一前一后地跑到了城墙下方。

“快。”蒙面的排长抱住蒙面的匹诺曹。

“您真年轻。”匹诺曹脸朝下，无精打采地说。

“咻——“鼻子延长撑住地面，将匹诺曹与老排顶向城墙上方，乍看略像撑竿跳。此刻的排长是那么轻灵俊逸，尖嘴猴腮配上伸缩自如的道具，好比孙悟空，虽然他险些没有一脚踩空摔下去。

“我看算了吧，你这体力能活过今晚已经是奇迹了。”匹诺曹嘟囔。

“闭嘴！”排长敲了一下他的后脑勺，“每一句都是多余的，你只管配合我就对了！”

他们的声音稍微大了点，有巡逻兵循声走来了，排长赶忙按住匹诺曹的头，两人一起趴下，总算没被瞧出什么破绽。

二人在墙头远眺，面前是雄伟的皇宫，黑夜模糊了视野，反而让人更觉一望无际，现实中连故宫都没去过的排长浏览着这片最炫宫廷风，自言自语：“天牢在哪儿呢？”

“谁知道。”匹诺曹说。

“不知道就闭嘴！”排长又敲了匹诺曹一下，然后忽然福至心灵，指着一个方向，

"你说，天牢在那里。"

"天牢在那里。"匹诺曹说完后，鼻子猛地长了一截。

"啊哈哈，看来不在那里！"排长欣喜若狂，"快，对准不同方位轮流说一遍！"

在排长糊涂一世聪明一时的主意之下，天牢的位置居然很快找到了。接下来，排长和匹诺曹开始靠着鼻子的伸长缩短，在不同的建筑物顶端移动。

"我爸是大美队！"

"我爸是丑逼！"

"我爸年轻力壮！"

"我爸快嗝屁了！"

匹诺曹交错说着真话和假话，其中真话每每换来排长一记重拳。

"我不干了！不干了！"匹诺曹终于崩溃了，"不帮你要挨打，帮了你也要打，你根本是虐待儿童！"

"哎呀，你小子敢造反？"排长拧了一下匹诺曹的头，"天牢就在眼前，干就对了，少给我叽叽歪歪！"

可就在这时，忽然有好几盏探照灯一同朝他们射来，夜空被照得如同白昼。

众多士兵包围了他们所在的建筑物，弓箭手已经就位，排长与匹诺曹暴露了！

"明天就是巫婆领便当的日子，英明的女王早就想到会有人来劫狱了。"一个长着蓝色胡子的长官得意扬扬地出列，"不想死的，就别乱动！"

"呸！"排长大怒，将匹诺曹整个抡起，匹诺曹大叫："我爸萌萌哒！"

"呼——"猛然伸长的鼻子打得蓝胡子翻倒在地，排长脚步盘旋，抱着匹诺曹原地转了横扫千军的一圈，包围他的士兵中最靠前的那排全体倒下。

"给我射死他们！"蓝胡子下令。

士兵们举起弓箭，箭矢如雨而来，匹诺曹的鼻子再度及时伸长，将排长带到空中，但匹诺曹的鼻子瞬间扎满了箭，"咔吧"断了，父子俩摔在地上，再度被包围。

"哎哟……哎哟……"排长现在的身体可是老人家的，这一摔简直要了命，他倒在地上呻吟不止，考虑到可能会被他拉住诬陷"就是你撞了我"，一时没人上前。只有匹诺曹惊慌地问："你还好吧？"

"糟老头和活木偶，好一对怪胎 CP。"蓝胡子舔着刀说，"看来明天的火刑得多添几把柴了呢。"

"用不着，那木偶不就是天然的燃料吗？"有士兵说。大家笑成一团。

"……"排长勉强爬起来，忽然一脚把匹诺曹踢倒在地。

“废物，什么忙都帮不上！”排长骂道，“枉我大魔法师乌索普赐予你生命！”

匹诺曹目瞪口呆地看着老排，不知道他在做什么。

“既然如此，我不需要你了！”排长把手按在匹诺曹脸上，“我要收回加在你身上的魔法，变回那个一动也不能动的废物木偶吧！”

至此，匹诺曹明白排长的用意了，他呆站原地，仿佛真的变回了普通的木偶。

“哎哟！”然后匹诺曹的脚又中了一箭，疼得惨叫。

“不知道你们在演什么，以为这样我们就会放过这个破木偶吗？”这次射箭的是蓝胡子，他随地吐了一口痰，“少看不起人了，老家伙！”

匹诺曹将脚上的箭拔了出来，痛苦而迷惑地看着排长：“你为什么……”

“你真是废物啊，演戏都不会。”出身415演艺学院的排长恨铁不成钢，“你要能忍住刚才那一箭，他们也许真相信你被我变回木偶了，那样你就有机会逃了啊！”

“你为什么要救我……你不是很讨厌我吗？”匹诺曹眼圈红了。

“是啊，所以你离我越远越好！”排长低吼，“到了这个地步，就算缺胳膊断腿也只能逃了！你去找我的巫婆朋友，让他帮你！知道没？！”

士兵们已经围上来了，排长不顾一切地冲向他们，麻秆腿假牙一起用上，为匹诺曹争取着时间，他大喊着：“滚啊！还不快滚！”

匹诺曹哭喊着：“我最讨厌你了！我绝不会回来救你的！”

那瞬间，匹诺曹的鼻子伸长到了前所未有的长度，瞬间消失得无影无踪。

“岂有此理！”蓝胡子大骂，“追！一定要抓住他！”又举起弯刀瞄准排长，“把这老不死投入天牢！”

16 肖申克的救赎

天牢是皇宫内一处独立的行政机关，两名狱卒从护卫兵手中接过了排长，拖着他前往位于地底深处的牢房。漫长的楼梯下出了十八层地狱的感觉，排长一路遭遇无情的颠簸，龇牙咧嘴地哀嚎：“你们给我记住……总有一天……”

“你先努力活到明早吧。”狱卒打开一扇门把排长踢了进去。

空洞的脚步声离去后，排长听见一声怯怯的询问：“老爷爷，是您吗？”

排长忙睁开眼，惊喜地发现此行的目标近在隔壁——那海浪般的长发，不就是人鱼公主吗?

“老爷爷，真的是您！”人鱼公主非常高兴，“您怎么也进来了？”

“嘛，闲着没事来串个门咯。”排长得知人鱼公主被捕后便匆匆进城，申请探监失败后不得已劫狱，但这些全被他按下不表。

不过人鱼公主并不傻，她隐约察觉到了什么，望着排长的目光充满了感动。

“别说我了，你为什么会被抓？啊，手怎么了？”排长注意到人鱼公主柔软的小手上满是伤口，“你们家王子呢？”

人鱼公主悲伤地笑了一下，说：“几个月前，我对白马王子一见钟情，千方百计想和他在一起，可直到我去找他，才发现他遇到了不测。”

“挂了？”

“不……您大概也知道，不久前，‘从前有个’王国出了大事：国王裸奔被指出后一病不起，终于驾崩，白女王继位，白雪公主神秘失踪，未婚夫白马王子追随而去……”

“未婚夫……”排长别的一概不知，却准确提炼了重点。

“我也是上了岸才知道他已名草有主。也是啊，他是那么出色的男子，无论走到哪里，都好像黑暗中的萤火虫一样鲜明、出众……但我还是想，即使不能跟他一起，留在他身边当个女仆也是好的。”人鱼公主的话充分体现了她那俯首甘为大备胎的圣母精神。

“你真是个傻孩子。”而排长的话则充分体现出了一个不图儿女为家做多大贡献一辈子总操心就盼个平平安安的老父亲的精神。

“可是，我连那样的机会也没有。”人鱼公主难过地说，“王子大人一去不回，出去找他的士兵们带回了一尊雕像，他变成了一尊雕像！为了表彰他的英勇无畏，白女王命人为他镶上许多金银珠宝，竖立在王国的最高处作为英勇与正义的化身，民间更称呼他为‘快乐王子’……从此，站在雕像前仰望他，成了我最常干的一件事。时间久了，我产生了一个疯狂的想法。”

“什么？”

“我觉得，王子大人还活着！我能在与他的目光交流中感受到他的内心。”人鱼公主斩钉截铁，“我把这事告诉别人，但没有一个人相信我。我想找仙女大人帮忙，却不知道去哪里找。最后我只能靠自己，我曾听过一种解除诅咒的方法……”

排长看着她的手指：“难道你的手指就是因为……”

“对，那个方法是：用蓖麻织成衣服，给中诅咒的人穿上。”人鱼公主说，“皇宫附近的一片墓地长着蓖麻，我就常常去那里采摘。谁知道这件事被蓝胡子发现了，以私下进行禁忌仪式的罪名报告给了白女王。”

“你可以向他们解释啊！”排长说。

“但是织蓖麻毛衣的过程是规定不能说任何话的，否则就不会见效。”

“……想出这种设定的人一定是抖S吧？！不过，你现在说话了……”

人鱼公主沮丧地说：“我被押到白女王面前时，尝试用写字等方式来为自己辩护，你知道白女王说什么吗？……‘我知道你不是巫婆，但我是。’白女王冷笑着说，‘你的情报出错了，蓖麻毛衣只能用来解除“野天鹅大法”。不过，既然你有意要帮那个王子，就是我的敌人，我不会留你在世界上。’”

“哈？！”排长大叫。

这时，一堵墙后面传来瓮声瓮气的一声：“吵死了，觉都不让人好好睡。”

“你居然睡得着？”排长没看清谁在说话，但还是不爽地反驳。

“在这里除了睡觉还有什么事可以干？”那人说。

“聊八卦啊！我刚就听了一个关于白女王的惊天八卦！”排长说。

“白女王！”那人的声音激动起来，“她很危险！非常危险！还没有人发现她的秘密吗？”

排长和人鱼公主对望一眼，排长问：“你谁啊？你认识白女王？”

“我？”那声音凄凉地啜泣一声，“以前看月亮时，大家都叫我皇阿玛，现在新人换旧人了，竟然问我是谁……算了，有过那种裸奔的黑历史，的确不值得被记住。但那不关我的事啊！我从镜子里看到的自己的确有穿衣服啊！虽然我是很喜欢裸睡，但我不会在这种莫名其妙的世界裸奔啊！”

排长跳了起来，趴在墙上冲另一头大叫：“大卫？！”

17 卖火柴的大穷逼

“听好了，十分钟内你必须把东西送到斯巴拉西老爷手上，不许偷吃。”

“知道了。”八达从一个长胡子的肥婆手中接过篮子。

“把这个穿上。”肥婆递上一件红色的女式斗篷，“别忘了你的艺名是小红帽。”

“小红帽是女的吧？怎么看我都是男的啊！”

“我们不是人妖面包屋吗？！”肥婆喉结翻滚，给了八达一巴掌，“而且斯巴拉西老爷就好这一口，你照做就对了！”

“……真的只是送外卖过去而已吗？你确定不会发生什么毁三观的事吗？”

“啰唆个毛，当初是谁说什么工作都愿意做啊？！不想干就滚！”

八达穿起红色斗篷，拉好帽子，忍气吞声离开了这家店，刚拐了个弯，他就迅速打开篮子，里面是一整条新鲜出炉的面包和一瓶红酒，八达迫不及待地掏出小刀，像削苹果一样巧夺天工地将整条面包焦香的外壳给削了下来，三口两口吃完，然后再把那去了皮的面包切成一片片吐司，又吃掉了其中两片。最后他打开那瓶葡萄酒痛饮数口，将剩下的部分倒入事先准备好的一个小一号的瓶子里。

八达的脸上很快浮现了红晕，他其实不胜酒力，但是有便宜可占却不占会让他痛不欲生。这么说吧，如果送的东西是一瓶农药，他都会试着喝两口。

接着八达飞快跑到了一座房子前，敲门，一个老头满脸堆笑地开了门："哎呀，亲爱的小红帽。"

"盛惠五十八块。"八达低着头伸手。

谁知老头竟牵住八达的手亲了一下，亲得他鸡皮疙瘩一直长到脚后跟，然后八达的肩也被搂住了，他吓得大叫："斯巴拉西先生请你自重！我们并不是那种上门服务！"

"哟，你不是为了钱啥都肯干吗？至少你们老板是这么说的。进来吧，我请你吃东西哦……"

"不要啊啊啊啊，我是卖艺不卖身的！"八达挣扎着，红酒和面包都掉在了地上，斯巴拉西先生不小心踩上面包，整个人向后一倒，后脑勺将红酒瓶压碎昏了过去。

八达呆呆地看着这超展开的一幕，突然听见一阵啪啪声，只见一只鸭子在不停地拍着窗户。八达飞快地过去开窗。

"八……"烂操刚要开口，八达拿个平底锅把他敲晕了。

当烂操醒来的时候，发现他躺在热水中，而八达正在给他褪毛，烂操大叫着蹬翻了水盆跳出来，八达连连跺脚："天哪，这得多少水费啊！"

"八达，看清楚，是我！"烂操拿翅膀给了他一耳光。

脸红红晕乎乎的八达瞪大眼睛跟鸭子对视，突然清醒了："烂……操？"

"对啦！"

"这么说你不能吃了！"八达沮丧如世界末日，"我还高兴了半天！我很久没吃肉了啊！"

烂操回忆了一下昏迷前瞥见的情景，昏倒在红酒中的斯巴拉西怎么看都是被谋杀了，烂操心痛地说："八达，我知道你很爱钱，但没想到你竟会为此走上犯罪的道路……"

"我没有！那货自己不小心！而且他还活着呢！"

“我是指那个。”烂操指指八达身边一个鼓鼓囊囊的包袱，那是八达从斯巴拉西家打包出来的，一把破伞露在外面，如此廉价的顺手牵羊非常像是八达会做的事。

“你们做鸭的不会理解我们人类。”八达吐苦水，“我怀疑我是这个世界的头号穷逼，取暖基本靠抖那种。我如果不做点昧着良心的事，怎么活下去，怎么撑到遇见你们？”

“你丫遇见我们后不照样在做昧着良心的事吗？！”

“现在不是说这些的时候，你怎么找到我的？”

“一灿告诉我的！同在一个城市，亏你没发现他。”

“哪里有空啊，我们穷人光是活下去都已经竭尽全力了。”

十分钟后，烂操带着八达来到了一灿面前。经过烂操与丁卡一天的努力，如今的一灿已是风吹鸡蛋壳财去人安乐。若不是夜幕低垂，早已掀起轩然大波。一灿笑着对八达说：“吼久八见啊（好久不见啊）。”

“我居然今天才注意到这尊雕像就是你……”八达痛心疾首。

“木撒，偶民现债八四见到鸟吗（没啥，我们现在不是见到了吗）？”

“如果早点注意到，我就不必挨那么久的穷了啊！”

……嗯，完全可以想象早点注意到的八达将一灿扒光成裸雕的情景。一灿不禁流下冷汗。

“你现在是冰雕？”八达摸着一灿的脚，只觉得寒冷彻骨，“怎么会这样啊？”

“据说是被魔法弄的。”烂操说。

“为什么不用火融掉呢？”八达说着从口袋里掏出一根火柴，划亮后凑上去。

“魔法冰块哪里是普通的火能融化的？休得冒犯我家王子大人！”忠臣丁卡立刻阻止，然后她呆住了。

烂操和一灿也都看呆了，只见八达手中的火柴焰苗袅袅，火光之中赫然浮现出一碗鸭汤来。

“……你是卖火柴的小萝莉？！”烂操一下子明白了这个设定，“也是，只有你才有资格扮演童话世界的头号穷光蛋！”

八达如同受到了侮辱，奋起道：“我才不是！只是我打工的那家店的老板认为女孩子比较好做生意，逼我男扮女装……”

“别废话了！”丁卡盯着那火柴，语气兴奋起来，“这个火柴能把人心里的欲望表现出来，显然不是普通的火焰！也许这种火焰可以……”

烂操推了一下八达，八达连忙掏出一整盒火柴，想了想，又收回去两根。

“……这都要省吗？！”烂操和丁卡齐声大叫。八达心不甘情不愿地把那两根也拿了出来，整把划亮。

火光熊熊燃烧，火光中出现了八达亲爱的奶奶……不对，出现了一灿人类的样子，八达将那把火焰挨上去……

一灿的身体开始冒烟，他没有烧起来，但是有一股黑色的寒气从体内被逼了出来……寒气散尽，一灿不再是那副呆若冻鸡的模样，他动了！

“咿呀呀呀呀呀！”一灿不动时已是红颜祸水，这一动简直是倾国倾城！丁卡激动得恨不能晕死过去，已经完全变成别的角色了！

“那么王子殿下，我们接着是不是摆驾回宫？”八达搓着手问，迫不及待想过几天好日子。

一灿缓缓摇着僵硬的脖子，浮现在眼前的，是一次女王陛下全城巡游时经过他面前，当时她看他的目光，轻蔑而又阴毒。一灿说：“偶民先早过地荒躲起奶先，进光其变（我们先找个地方躲起来先，静观其变）。”

同一时间，嬷嬷骑着扫帚，载着锅炉和靴猫在空中飞行，而地上是驮着老蜗的金氏，一行人走在通往排长家的路上，金氏抱怨：“干吗这么晚赶路啊？”

“不在犯罪现场久待是常识吧？”老蜗懒洋洋地说。

“是那群巫婆先动手的，我们是正当防卫！”锅炉工说。

“而且早点跟排长会合比较好。金氏也想死他了吧？”嬷嬷温柔地说。

金氏刚想唾骂，暗处传来颤抖的一声：“是仙女阿姨吗？”

“这声音……匹诺曹？”会管嬷嬷叫仙女的人一根手指就能数清。

“仙女阿姨！”匹诺曹头顶盖子从路边一个垃圾桶里跳出来，“你救救我爸比和人鱼姐姐……”

10 魔镜魔镜告诉我

“女王陛下开门呀，我知道你在家！别躲在里面不出声！”

卧室的门一下打开了，白女王对着蓝胡子破口大骂：“这是什么乱七八糟的叫门方式！太放肆了！”

“嘿嘿，你就不要太计较了，我毕竟以前是个粗俗的杀手。”蓝胡子笑着说。

“有什么事？”白女王不耐烦。

“你想不想堆个雪人？”

“……”白女王满脸青筋地开始捋袖子，蓝胡子忙说：“好好，不开玩笑了。是这样的，就在刚才，有人企图进监狱营救人鱼，已经被我们拿下了。”

女王脸色一沉：“什么人？”

“一个糟老头和一个木偶。木偶跑了，老头还在，已经打入重牢，跟那个昏君还有人鱼关在一起。”蓝胡子狞笑着说，“看起来明天的行刑不会那么顺利呢——但陛下请放心，我一定会将所有反贼一网成擒。”

蓝胡子说完，装模作样地单膝跪地，亲了一下白女王的手背，然后关门离去。

“又有麻烦了。”白女王说。

“麻烦还不止那一点呢。”位于角落的那面全身镜毫无征兆地开了口，“天亮后你们就会发现，白马王子不见了。”

白女王一惊：“他恢复了？怎么会……他现在在哪里？”

“我搜索不到，推测应该是精灵或者巫婆救了他吧，是她们对我的魔力进行了干扰。”镜子说。

“几个小时前我曾接到消息，一批精锐出动抓捕叛徒安娜……但现在我联络不上她们，什么人有能力一口气消灭那么多巫婆？！”女王凝视一颗满是雪花的水晶球，忧心忡忡，“还有，白雪公主那小婊砸，至今下落不明！”

“灾星降临了呢……不是一个两个，可能有十个之多。它们会令这片天空重现光明……”

女王走到镜子前，瞪视着里面自说自话的倒影，只见倒影伸手向前，二人以镜面为隔掌心相触，倒影说：“别怕，亲爱的，胜利终将是我们的……”

19 我从远方赶来，赴你一面之约

从前有个王国，很久没像今天这样热闹了。

大街小巷人头攒动，人声鼎沸，都在议论着今天的重头戏。这个国家的人，生活比想象的还贫瘠，所以公开处刑这种事对他们来说，有一种看Live版恐怖片的意义。况且来自皇家事务所的演员阵容是那么强大，看啊，大将军那一把引以为傲的胡子今天特别的蓝，比蓝孩纸都蓝，其他士兵也是个个雄赳赳气昂昂，将那被锁在囚车内，只能露出一个脑袋的巫婆守得水泄不通。

押送部队浩浩荡荡地向着中央广场而去。今天，广场是刑场。大把大把的干柴已经堆好，只等一声令下，就要上演干柴烈火露天 play。

丁卡问："王子大人，我们什么时候动手？"

王都最高的钟楼之上，一灿、丁卡、烂操和八达居高临下地俯瞰着这一切。街上人潮熙攘，简直像是黄金周出门的作死大队。一灿说："银太多鸟，恐怕又顶到他萌静心惨（人太多了，恐怕要等到他们进刑场）。"

"好的，王子大人，您真英俊。"丁卡已经病入膏肓。

"我有个问题：这有我什么事？"八达举手。

"呔！王子大人说过的话这么快就忘了吗？"丁卡秘书不爽地抢答，"王子说过，当他还是冰雕的时候，那个女孩曾多次去看他，还说过诸如'王子殿下我一定会救您'的名台词，有情有义有品位，绝不可能是巫婆。倒是那个白女王看着像绿茶，所以我们要劫法场。"顿了顿又补充，"王子真英俊。"

"……谁问你这个？我是说我现在就是个为生活男扮女装的穷逼，为什么非要参与这么凶残的行动？"八达大叫，"如果能飞倒还罢了，但你又说什么离开永无乡太久无法制造仙尘了，分给我们的话自己都没法飞……"

"呔！前生的五百次回眸才换到你今生为王子大人卖命的机会，得了便宜还卖乖?！没有战斗力又如何，你不还有贱命一条吗？"

"……一灿，我可以扁她吧?！"八达颤抖着请示。

"表万记灰宝，里滴佛才恒咬运滴（别妄自菲薄，你的火柴很有用的）。"一灿拍拍八达。

"倒是鸭子实在想不出来能做什么。"丁卡轻蔑地一瞥烂操，"煮了让大家饱餐一顿吧，这么丑又让人没啥胃口。"

此刻烂操最后悔的是没趁一灿动弹不得时将他毁容。

"表嗦会话鸟（别说废话了）。"一灿眺望刑场，"尊备心动吧（准备行动吧）。"

一条小巷内。

容嬷嬷的目光越过人潮，看着囚车上痛苦的人鱼公主，心疼地叹了口气。

"别在这里假仁假义了！"金氏激动地掐住嬷嬷的脖子，"如果不是你，皇阿玛也不会要将小燕子斩首，是你，是你害了她们！"

"……擦，还有心思玩这个？快想想怎么救她啦！"容嬷嬷大叫。

"还有我爸比。"匹诺曹泪汪汪道，从称呼就能看出他已经变成了父控。

"老排命挺好的，还能在这里收到个干儿子。"老蜗笑着，"小鬼，不要叫爸比，老排不喜欢的，要叫干爹！”

“说是木偶，其实用途应该跟充气娃娃差不多吧？嘻嘻……”金氏淫笑。

“……你们俩烂操附体了是吧？”锅炉工说。

“大哥哥，你不要怪他们。”匹诺曹阻止锅炉工，“我知道，猪先生和龟先生一定会帮我救出爸比的，因为他们都是好人！”

老蜗和金氏闻言无地自容，还好匹诺曹的鼻子瞬间伸长，打消了他们的愧疚。

“达令，你确定要跟这群变态合作？”靴猫靠在墙上酷酷地问嬷嬷。

“别看他们这样，认真起来是非常可靠的。”嬷嬷捍卫室友的名誉。

“嬷嬷，好无聊喔，跳个脱衣舞来看啦！”老蜗叫道。

“嬷嬷你用什么牌子的护翼？”金氏问。

嬷嬷掏出魔杖把他们俩电晕过去后问锅炉工：“老锅你聪明，你说这场怎么打？”

“我们这里面战斗力最强的就是你了。”虽然没戴眼镜，但锅炉工还是习惯性地做了个推扶动作，“营救小燕子啊不对，营救人鱼公主的任务就交给你了。”

“我虽然会魔法，但不可能是这么多人的对手！”嬷嬷大惊。

“你争取时间就好，比如把火堆弄熄。”锅炉工说，“至于老排那边，想来今天皇宫防守会比较薄弱，就由我们几个去救。猫同学给我们当保镖吧。”

“愚蠢的人类，想得美！”靴猫抱住嬷嬷大腿，“我要跟达令生死与共。”

“不，阿靴你跟他们去，有个万一，只能靠你保护他们。”嬷嬷说。

靴猫本想抗议，嬷嬷伸手过来，调教神技立刻令它酥软升天，有求必应。

“我也一起去。”匹诺曹说，“我一定要亲手救出爸比。”

他坚定的话语震撼了在场的人，金氏和老蜗惊醒后立刻凑在一起继续议论“果然是当惯了充气娃娃呢”……

“那么，”嬷嬷深吸一口气，遥望刑场方向，“准备行动吧。”

“哎哎，你看你看！”

随着我的指示，春菜抬起头来，恰好看到一只全身泛青的鸟儿飞过。“那是鹦鹉吗？”

“不是，是青鸟。”我说，“莫里斯梅特林克的作品，一对兄妹各种漫游仙境就是为了找到它，因为它代表幸福。”

“那你去抓它呀！你会飞，肯定能抓住的。”春菜忙说。

“不不，青鸟是抓不住的，那个故事其实是想说幸福就在身边。”

这时我们经过一条河，我福至心灵，把匕首丢了进去，不一会儿有个满头是血的老人拿着把长剑浮出水面问："这把亚瑟王之剑是你的吗？"

"不是，我掉的是个小刀。"我补充，"就在你脑门插着。"

"你很诚实，这把剑送给你吧。"

我拿着宝剑回来，春菜看着泛红的河水，笑得前仰后合。

"剑没什么用，不如来点吃的。"我说，"一直很想试试石头汤或者头上长樱桃的鹿啊。"

"阿福，"春菜看着我微笑，"你真的很喜欢童话呢。"

"你终于发现了我最大的魅力，来吧，现在投入我怀抱还不晚。"

"去——"春菜推了我一把，"总是没个正经。我是想说，那些觉得你幼稚的人，肯定是不了解你。"

"那必须的。一旦了解了，就必然想投入我的怀抱。"

春菜又笑了："所以你就这么想：小猫只是不想投入你的怀抱，所以故意说错话。"

我干笑了两声，兴致又低下去了。这是她第二次代小猫道歉了，看来真是很怕我跟他伤了和气。但她怎么就不明白，我本就没打算跟小猫变成敌人，却更没有变成朋友的必要。

她这种婉转的暗示显得多么小心和客气。我们之间什么时候有了这种微妙的距离？

"这么说来，不知道小猫现在怎样了。"春菜的脸上划过深深的担忧。

"等到了前面那个国家就能求助了。他一定没事的。"我说。

说来惭愧，我确实不止一次地期待过春菜与小猫分手的。他们每次吵架，我都暗暗祈祷。我甚至悄悄想过自己成为他们的导火索，春菜为了维护我而跟小猫翻脸……这些想法都太卑鄙了。而事实证明，他们的关系也没我想象的那么脆弱。

不想长大的彼得·潘，满脑子幼稚想法，终是无法匹配白雪公主。

风吹过，不远处的花田一片飞花，似乎是童话里的七色花？它们循着透明的路轨种满天空，如一道芬芳的彩虹，我们一同仰望，也成了风景的一部分。

但我知道她牵挂的是现实。

20 在千山万水人海相遇，原来你也在这里

某个时候。

之所以不说具体几点而是某个时候，因为我们没有显示时间的东西。当然有经

验的人可以靠太阳来大致判断，可惜童话里的太阳很忙，这会儿好像正跟北风比赛怎么扒光一个身材窈窕的旅人，无暇当钟。

即便如此，人鱼公主的死期仍是迈着坚定不移的脚步近了。

刑场之外已是人山人海，闲得蛋疼的民众在士兵组成的人墙外驻足围观，激烈探讨。而刑场内，同样有一圈士兵围绕着柴堆里的人鱼公主。不远处的审判台上，有人大声宣读着烧死异性恋……不对，烧死人鱼公主的理由，冠冕堂皇，例行公事。作为核心人物出席的白女王与蓝胡子将军亦在台上冷眼旁观。

“还不出手,真沉得住气。”蓝胡子俯身对白女王耳语,“也许我们防守得太死了，要不要放点水引他们出来？”

“不用多此一举了，直接行刑吧，看他们躲到什么时候。”白女王冷冷地说。

“OK！”蓝胡子高举起一只手，“各单位注意啦，1、2、3，Action！”

“我不是巫婆，我是无辜的！”人鱼公主绝望地高喊，但一名士兵立刻点燃了火把，朝着淋满油的柴堆掷出！

“哇——”人群中响起一阵激动的叫喊，但变故立刻发生：眼看那火把要落到柴堆里，却又神秘地飘浮了起来，摇摇晃晃地向柴堆外飞去。

“好好好好重……”丁卡使出吃奶的力抱着火把飞行，“王、王子大人您放心！丁卡浴火焚身也会完成任务……妈呀！”

眼看就要成功的丁卡，不慎被火星溅到了后背，手一抖火把掉了，可她还没飞出柴堆的范围！丁卡不顾一切地冲向火把，双手甚至义无反顾地伸向着火的部分……

“呼！”一阵劲风吹至，像吹蜡烛一样吹灭了火把，并将丁卡一把推开，丁卡在空中翻滚数圈总算稳住，完全不知道发生了什么事。

“呃！”有士兵发出惨叫，只见两个人影穿越人墙冲进了刑场之中，四面八方的士兵立刻一拥而上。

“八达！”一灿嘴里吼着，整个人却心无旁骛地直冲向人鱼公主。

“来了！”八达举起一个酒瓶豪饮一大口，然后划亮一根火柴，冲着火光将酒喷出——

“啊——”烈酒加火，令八达宛如有了喷火的功能，但这并不是吓退一片追兵的原因，是因为火中竟有些张牙舞爪的丧尸！八达将妄想借火投射的能力再创新高！

再说一灿，他则完全发挥出了白马王子出色的剑技，一路过关斩将大杀四方，寻常人等轻易无法靠近，人鱼公主看着他披荆斩棘来到跟前，眼泪夺眶而出。

“当啷！”一灿一剑斩断了铁链，重获自由的人鱼公主抱住了他，哭着大叫：“王子殿下！”而一灿单手揽住她，向外奔去。

蓝影飘动，杀气扑面，蓝胡子宛如从天而降般跃到一灿面前，狂魅一笑间大刀挥出，一灿迅速迎击，一卷一格化尽危机。但蓝胡子与其他对手都不一样，一灿又要保护人鱼公主又要迎战，略显吃力。

同一时间，另一批身材魁梧、头戴钢盔的士兵进入了刑场，他们粗鲁地推开被八达的喷火弄得军心大乱的人马，大步逼向八达。

“啊啊啊！”满脸通红的八达忙用更快的速度含酒喷酒，但新兵视若无睹，转眼已将八达重重包围。他们整齐地摘下头盔，轻松捏瘪，八达吓瘫了：这些家伙不是人啊！它们个个青面獠牙，额头长角，这是《一寸法师》《桃太郎》等日式童话中特有的鬼怪啊！

“雅蠛蝶！”八达企图用日语唤起它们的良知，但群鬼六亲不认，重拳齐下！

“阿布拉卡塔布拉！”

旱雷道道落下，不偏不倚劈中了每个鬼怪的天灵盖，八达看着它们五官喷烟地朝后倒去，扭头望向咒语传来的方向，那个刚才救了丁卡，现在救了他的人——

“嬷嬷！”

正与蓝胡子缠斗的一灿转头，看到那个穿黑袍举魔杖的女生时，嘴角露出欣慰的笑。

21 猫和老鼠

“向左向左向左啊！我要掉下去了！”

“不对！快点往右啊啊啊！你会不会开车啊！”

“你们两个都给我闭嘴啦！怕别人发现不了是吧！”

皇宫上空，锅炉工骑着扫帚，身后是金氏与老蜗，猪的重量与乌龟的构造都不太适合骑扫帚这种会对臀部造成负担的交通工具，分分钟飞出了坠机的节奏。

“……达令怎会认识这群白痴？”从另一路线前往天牢的靴猫远远看着三人摇头，“待会儿救不出人，没准还要搭进去三个……”

“希、希望他们能平平安安的……”匹诺曹说。

靴猫看着匹诺曹：“小鬼，你很怕啊？”

“啊？我、我不怕啊，不怕！”匹诺曹刚说完，鼻子立刻伸长了，他捂住鼻子苦笑，“我是第二次来了……上次把爸比弄丢了，这次如果再失败……”

“混蛋！还没打你说个毛的丧气话！真正的勇气不是不怕，是怕也得硬着头皮上！你敢来就已经很有种了！”

“可我不像猫先生那么厉害……”

“那是你不了解自己！”靴猫一挥手，“这样吧，我来帮你脱胎换骨，你先告诉我有多少觉悟？”

“很多很多！”匹诺曹坚定地说。

“好答案，忍着点疼哈！”靴猫说着，闪电般亮出双爪，挠向匹诺曹！

“呜……”匹诺曹惨叫，捂着脸蹲了下来。

“呵呵，都还没正式开战呢，就已经在内讧了啊？”

细密的声音从四面八方同时涌出，包围了二人。靴猫笑道：“小鬼，我们的对手来了。”

捂着脸的匹诺曹睁开眼睛，只见无数老鼠从墙角、地洞、树洞里钻了出来，个个全副武装，形成一支不容小觑的军队。为首的鼠王举剑瞄准二人：“承蒙白女王陛下看得起，派我等驻守在此，你们不要妄想活着出去了！”

“小鬼，做好准备，我可没有余力去救你！”

匹诺曹听靴猫这么说，忍不住偷眼看它，只见它眼睛瞪得像铜铃，射出闪电般的精明，耳朵竖得像天线，听着一切可疑的声音……反正就是特在状态啦！靴猫狞笑着：“嘻嘻，那个女王在想什么，让老鼠来对付猫？！她难道不知道我有个外号叫胡桃夹子？”

“猫先生……”匹诺曹迟疑地松开手，随即发现，他的长鼻子被靴猫妙手削尖了，宛如一支铅笔！靴猫一把将他扛在肩上。

“干掉他们！”鼠王怒喝道。

“喵！”靴猫宛如猛兽一般四爪着地冲出，同时质问匹诺曹，“小鬼！你觉得我们会赢吗？！”

“不会！会！不会！会！不会！……”

伴随着匹诺曹密集如机关枪的呐喊，他的长鼻子闪电伸缩犹如万千箭雨，横扫千军！

22 监狱风云

锅炉工、老蜗与金氏终于坠机在了天牢前。几乎被他们压断的魔法扫帚趴在地上呻吟不已。锅炉工挣扎着爬起来：“我会答应跟两只动物一起行动真是太蠢了……”

“我说过要来吗？我说过吗？！”金氏哀号。

“你们聊，我睡会儿……”老蜗缓缓缩入龟壳。

然后三人面前出现了许多长枪，是埋伏在监狱附近的士兵！三人慌忙举手。

“会动的扫帚、会说话的猪和乌龟……”一名士兵流着汗说，“女王陛下说得没错，我们的国家的确正受到黑魔法的威胁！”

“什么黑魔法？我们是一等良民。”锅炉工忙说。

“女王陛下吩咐过：一见乱党，格杀勿论！”士兵们齐吼。

锅炉工、金氏与老蜗差点儿吓出三泡尿，他们紧靠在一起，包围圈逐渐缩小。

“锅炉工！你聪明，快想办法啊！”金氏魂飞魄散。

“能……能想什么办法？！”锅炉工全身在发抖。

“我真得睡了，明天还要上早班……”老蜗完全缩进了壳里。

“喂！”锅炉工和金氏用力敲打龟壳，但老蜗死都不肯出来。

“对了！”锅炉工灵机一动，抓着扫帚站了起来。

“要反抗吗？！”靠近的士兵们纷纷如临大敌。

锅炉工二话没说，将扫帚的棍子部分用力捅进老蜗的龟壳，里面发出一声闻者伤心的哀鸣，锅炉工命令：“金氏！把它抡起来！”

死到临头，二师兄再也不敢怠慢，猛一发力将扫帚连老蜗一同举高，锅炉工又下令：“转！”金氏便原地旋转了起来，越转越快，“乒乒乓乓乒乒乓乓！”周围士兵的武器全数断折，部分靠太近的更是直接被拍飞了！

“哈哈哈！”金氏没想到自己竟然立下奇功，心头大喜。可随后又有士兵杀到，隔着一段距离举起了弓箭，眼看就要万箭齐发！

“丢出去！”锅炉工大叫。

“你确定？！”金氏嘴上这么叫，身体已经很诚实地松开了手。

那一刻的老蜗不是老蜗，而是美国队长的盾牌，他呼啸旋转着飞出，以巧夺天工的飘移弧度放倒一大票弓箭手，偶尔有人成功发箭，也被这样的来势弄折弄断。锅炉工又大叫一声：“回来！”老蜗便又打着转儿飞了回来。金氏的笨脑袋终于反应了过来：是与老蜗合为一体的那根魔法扫帚在起作用！它的加持，让老蜗真正成为一样进可攻退可守的绝世兵器！

“老锅！”金氏激动地大叫，“我他妈好佩服你啊啊啊啊！”

“……我有话要跟你们两个说……”龟壳里传来老蜗气若游丝的声音。

“不要大意！又有敌人来啦！”锅炉工叫道。

“来多少都不怕，交给老猪吧！”金氏已是一猪当关，万猪莫开。

“你们俩给我等一下啊啊啊！”老蜗涕泪横飞。

就这样，三人且战且退，有惊无险地下天牢。不断有狱卒前来阻挡，又被不断打倒。

地牢深处，大卫与排长分别抓着他们所在牢房的栏杆，眼巴巴地盯着上面。

“我听到了老蜗的声音！”大卫说。

“我听到了老猪的声音！”排长说。

紧接着是一串七荤八素的摔跤声，数名狱卒鼻青脸肿地从楼梯上滚了下来，一个人影和一头扛着圆形钉耙的猪影堂堂亮相。

415的半数人口，终于隔着狱门相见了。

“锅炉工，金氏，老蜗……”不见天日了太久的大卫老激动了，“终于又见到你们了！”

“金氏，士别三日，你竟俊美如斯。”排长对着肥头大耳的金氏赞叹。

“过奖了，你的老年斑又何尝不让我惊艳呢？”金氏立刻回击。

“先把他们救出来再吐槽吧。”锅炉工提醒。

“好，你们让开！”金氏霸气地举起无坚不摧的老蜗。

“等会儿。”排长说着，从笼子的空隙中跳了出去，“好了，你砸吧。”

所有人沉默地看着他，大卫：“你……这就……出去了？”

“啊，对哦！”排长这才发现他纤细到了什么地步。

“那我们为毛还要被关这么久啊啊啊啊！”大卫抓狂。

“……先砸笼子，再砸这老头。”锅炉工指示。

“咣咚！”巨响之后是连绵不绝的嗡嗡声，只穿一条裤衩、宛如蜥蜴一般的老蜗昏死在地上，穿着的龟壳已经完全碎裂，魔法扫帚也断成了两截，但牢笼只是稍微凹陷了一点而已。

这笼子竟比想象的更结实！众人面面相觑，不知所措。

这时传来了纷乱的脚步声，一大群士兵正向天牢的深处进发而来，有狱卒在慌张地叫着：“天牢重地，闲杂人等不得擅闯！”——领头的将士立刻骂道：“要不是为了抓乱党，请我我都不来！”

转眼金氏他们又被大部队包围了，刚才那位将士上前一步，正要说什么，忽然一愣，边搓眼睛边盯着笼子里的人看，嘴里喃喃着：“天……我没看错吧？您……您是……”

大卫用尽全身力气高喊：“你没看错，我是你们的国王！”

镜头一转，照见靴猫与匹诺曹背靠背坐在老鼠堆成的小山上。靴猫一边舔伤一边说："小鬼，没想到你很不错嘛。"

"都是猫先生的功劳！"匹诺曹擦着鼻子上的污迹说。

"哼，猫如果打不过老鼠，这世界就乱套了。"靴猫得意地吐出一颗碎牙，然后朝着监狱的方向看了一眼，"不知道那群劫狱的家伙顺不顺利，达令他们又怎样了呢？"

23 狼来了

"乒乒乓乓乒乒乓乓！"

一灿快剑连击，攻势凌厉且招式分明，纯粹耍狠使劲的蓝胡子渐渐不支，手忙脚乱地招架，"嘿！"一灿大喝一声，剑尖上挑，蓝胡子的刀飞了，一灿乘胜追击……

"咚！"一柄狼牙棒射来，将一灿的剑猛然击飞，一灿一惊，蓝胡子飞起一脚蹬在他的胸口，一灿踉跄后退，只见蓝胡子的身后是魁梧的鬼怪军团。

嬷嬷、八达、丁卡、人鱼公主迅速赶到一灿身边，他们个个身上有伤，一灿问："迷四吧（没事吧）？"

"这些鬼怪比想象的还要耐打，我的魔法作用不大。"嬷嬷不甘心地说。

"我……再也……喝不下去了……"八达在吐火的过程中死性不改地偷喝了几口烈酒，已是酩酊大醉。

"振作点！他们的大 Boss 还没出手呢，要为王子大人奋战到最后一刻啊！"丁卡边叫，边望向某处。

观刑台上，白女王气定神闲地坐着，不躲避也不参战，一派看戏的姿态。

"一群乌合之众，能撑到现在也不容易了。"蓝胡子一边刀头舔血一边说，"怎么样，是乖乖投降，还是马上死在这里？"

鬼怪军团挥着狼牙棒发出怪叫，一灿紧了紧剑，只觉得手心已经汗湿一片。

"看到狼牙棒就想起烂操了。"嬷嬷苦笑，"对了，你们见过他吗？"

"难巢（烂操）……"一灿还没说完，忽觉视线一暗，头顶有片巨大的阴影遮天蔽日，更有呼呼风响排山倒海而来。剑拔弩张的众人纷纷仰头，看见了——鸟！

密密麻麻、铺天盖地的鸟！喜鹊、乌鸦、麻雀、白头翁、燕子、斑鸠、百灵、云雀、夜莺、秃鹫、苍鹰……而飞在最前面的，赫然是一只——丑小鸭！

"各位同僚，我们已经接近战场，前方高能预警。此时此刻，千言万语在我的心头翻滚……"

“闭嘴吧！”一只杜鹃说，“你说的，我们帮你打赢这场仗，人类就再不捕鸟吃鸟，是不是真的？”

“还可以享受皇室认证，全体变身保护动物，受到尊敬与饲养，你丫没吹牛吧？”一只燕子嚷嚷着。

“这个当然！当然！”烂操信口雌黄，“我的朋友谁啊，王子！未来的国王！如果救了国王连这些待遇都没有，我第一个啄得丫鸡飞蛋打、断子绝孙！”

鸟儿们似乎对烂操的承诺非常满意，一只乌鸦问：“那该怎么打？”

“看好了，这个广场上，那四个家伙之外……”烂操居高临下，指手画脚，“……的其他家伙，随便虐就对了！”

“呱呱呱——”

“叽叽叽叽叽叽——”

“喳喳喳喳——”

“嘎嘎嘎嘎嘎嘎——”

缤纷多样的鸟鸣犹如不规则的战鼓，又像是各自为政的冲锋号，喧哗漫天的BGM中，一只只鸟儿开始俯冲了！

就像是乌云终于变成了雨，化整为零千丝万缕地瓢泼下来，群鸟以极快的速度加入战局，并且分工明确，井然有序，有的用极快的身法绕得敌人晕头转向，有的用锋利的嘴狠啄敌人的肉体，胆子小一点的就叼了石子来高空轰炸，懒得叼石子的干脆凌空排泄，糊住敌人的视线……一时间到处都是鸟都是鸟都是鸟！鸟的羽毛、鸟的叫声、鸟的粪便、鸟的影子，鸟的一切足以让密集恐惧症患者欲仙欲死死去活来。

一灿们看傻了，他们本想用合不拢嘴的传统模式来表达震惊，不幸发现这只会导致嘴巴变成鸟粪的容器，但他们即使不张嘴，内心也已经狂喜乱舞得无以复加！全世界的鸟仿佛都来了，它们无孔不入地攻击着在场的所有敌人，发展到后来，甚至默契十足地组成了一支巨大的箭头，风卷残云横扫千军，人挡杀人佛挡杀佛！

“救命啊！女王陛下！”蓝胡子全身的衣服和毛都已经被啄光，并且有变成蜂窝煤的趋势，他趴在观刑台前绝望地大叫，“您再不出手，我们……”

白女王此刻处于一个透明的保护罩内，承受了几次“鸟箭”的攻击后，保护罩已经布满了裂纹。白女王恼怒地喝道：“慌什么？我还准备了最后的撒手锏！”她一边说一边攥紧拳头，在空气中用力一挥：

“阿布拉卡塔布拉！”

“嘭！”遍地狼藉的战场上，忽然腾起一阵烟雾，烟雾中是一个高壮的轮廓。

鬃毛剑立，尖耳撕空，獠牙如刀，长尾似鞭！

狼！说得更确切些，那是胡克船长！白女王冷冷一笑，眼前浮现出猴年马月，胡克仿佛流星一般急坠在她后院的情景。

“你总算又可以派上用场了。我命令你：将这些家伙全、部、解、决！”

胡克紧闭的双眼悍然睁开，嗜血凶光激荡全场，恰看见鸟类大军迎面刺来，尖锐的鸟嘴宛如万千飞刀，瞄准了他身体的不同部位。

“白痴，叫大灰狼出来干什么！”烂操拍打着翅膀，极度小人得志，“给我把它扒光！”

“唧唧喳喳嘎嘎咕咕呱呱吱吱……”

鸟翼扇动劲风，搅乱了四周气流，胡克只觉全身的毛猎猎作响，他后退一步让身体更稳，同时猛一吸气——

狼口张开，风暴嘶鸣！“鸟箭”霎时土崩瓦解，鸟儿们没能啄光胡克的毛，反而被他的强风吹成了毁灭性斑秃，只见漫天落羽缤纷，曾经出奇制胜的一切溃不成军。首当其冲的烂操更是连羽毛带仙尘掉了个彻底，咿哩哇啦惨叫着飞远……飞远……

至此，这场惊天动地的大战正式脱离广场的局限，围观群众也在剧情暴走成灾难片前屁滚尿流四散奔逃，恐慌如流感一样向着整个王都乃至全国蔓延。

烂操终于从天上掉下来时，恰好落在一团棉花般的肥肉上，双方都发出了惨叫，然后烂操被提了起来，一头猪咆哮着：“你没长眼睛啊？！”

“……金氏？”烂操天旋地转地说。

是的，是金氏。大卫表明身份后便与金氏、锅炉工、老蜗、排长一道，在士兵的保护下离开了地牢，中途还遇见了赶来会合的靴猫和匹诺曹，一行人刚走出皇宫，烂操便从天而降。

转动着精武鸭脖将眼前的阵容一一辨认后，烂操几乎没有大小便失禁。非当事人无法想象，这是多么历史性的重聚。

“一灿、八达和嬷嬷在那边……”烂操指指暴乱的广场。

“好！好！”锅炉工说，“那么，就只差段段了！”

“谁叫我！”

他们整齐划一地转过头，就看到了我。是的，是我，我终于抵达这个国家了。尽管刚来就赶上了兵荒马乱，但比起一次性跟所有人重逢的喜悦，那些都不重要了。我不顾一切地飞向前，跟大家抱在一起。

怎样形容我们当时的激动呢？用排长的表情来说就是——老泪纵横。

24 彼得与狼

“你带一支队伍疏散民众，叮嘱那些还在家里的不要出来。”

“你将最精锐的兵力集中起来，包围广场。”

“你组织一队人马随时候命，防范可能发生的更大灾情……”

大卫手指挥挥戳戳，指点着这片童话江山，不断有将士领命而去，人人斗志昂扬。

“陛下您回来就好了……”将大卫救出牢笼的那位将士趴在大卫肩头不停抹泪，“那个狐狸精竟谎称您已死亡，还跟天牢那帮杂种串通囚禁您，欺骗我们的感情……”

“总算她没有真的干掉我，留着大概也只是当人质。”大卫和蔼地拍着那人的背，“别哭了，化悲痛为力量吧。”

“是的！陛下万岁！我要一辈子追随您！”那人破涕为笑，高呼着跑掉了。

大卫拍拍手，对我们微笑道：“别看我这样，好歹也是一国之君呢，调兵遣将的知识充满了我的大脑。”

“……喔喔，真让人佩服。”锅炉工说。

“是的，”我同意，“第一次看到有人光着屁股发号施令，那些视而不见的人得有多爱你啊。”

“哈哈哈，你们傻了吗？谁说我光着屁股？我现在正穿着最炫宫廷风。”大卫左右扭动着自己雪白的腰肢……嗯，这人完全继承了愚昧的国王的脑补能力呢，不知道为什么不太想拆穿他……

“总之，”坦荡的大卫国王朝鬼哭狼嚎的刑场望了一眼，“感觉那已经不是人类的力量能应付的了，没有战力的跟我一起撤吧。”

锅炉工、老蜗、金氏、烂操、排长点头不止，都觉得跟大卫国王在一起除了丢脸之外基本很安全。

“你跟你爸比走吧。”靴猫对匹诺曹说。

“那猫先生你呢？”并肩作战后，匹诺曹已经对靴猫建立起惺惺相惜的崇敬。

“我当然要去找我家达令。”靴猫说，“你爸比没几天好活了，好好照顾他吧。”

另一边，我也在与春菜暂别。

春菜，白雪公主，从永无乡到沙漠再到这个国家，我们的旅行到达终点。事实证明，这里是她的祖国。刚才就有一堆士兵冲她高呼格格千岁千岁千千岁，按照这个世界观来看，大卫国王还是她的爹爹哩，而一灿饰演的白马王子则是她的未婚夫……但春菜还不能清楚理解这复杂的一切，此刻她站在一旁，仿佛一个被排挤的圈外人。

"阿春，你也跟他们一起走。"我指着大卫们说。

"你呢？"春菜问。

"刚才他们说了，胡克那家伙正在捣乱呢。看起来是神灯巨人把他丢到了这里，然后又被白女王控制了。"我说，"不管怎样，我得想办法放倒他。"

"可你不是他的对手吧？"

"嘛，不要说得那么坦白。总之你先躲起来，要让他看见就麻烦了。"

春菜点点头："你要小心啊。"

我应声，将身一侧，朝着中央广场飞去。说真的，打败胡克的把握我是一毛都没有，但我很享受这种在女生面前逞英雄的感觉。

会飞真的很方便，一转眼的工夫，我已经来到了那是非之地。只见广场周边仿佛刚被强拆过，建筑物坍塌成了废墟，而废墟又在飞沙走石中消散殆尽，至于本来就一无所有的地方则被吹出了挖地三尺的效果，地面上刻着风的犁痕，深一道浅一道。

站在那狼人——胡克船长的背后，是眉目冷酷的白女王，她的魔杖抵着胡克的背心。那鲁货多！虽然童话中的大灰狼的确能吹倒猪圈，但不至于造成这种台风效果，敢情是有白女王这个外挂啊！

胡克无节制肆虐之际，蓝胡子与鬼怪都遭了殃，被吹得仿佛垃圾般东一坨西一摊。我在分辨率极高的地面上搜索着，很快就发现了灰头土脸昏迷不醒的嬷嬷们。我忙飞去查看，忽觉一阵强大的杀气袭来。

是胡克，他发现我了！置身连云都被吹跑的天空，我到底是太显眼了，远远的，我看到胡克双眼血红，他做了一个深呼吸，胸膛猛然胀起，罩杯竟能与金氏相比！

"呼——呼——呼——"胡克并未张开血盆大口，而是将嘴巴嘟成一个吹口哨的造型，这样一来，气流就变得又细又急，仿佛一把无形长鞭朝我劈来！我忙朝旁一闪，鞭风已将我刚才的位置抽成了真空，我加速疾飞，鞭风不依不饶地追着我打！啧啧，大灰狼不愧是童话世界最能吹的动物，我飞慢一秒都有可能被他的劲风摧枯拉朽，好在胡克的胸膛渐渐瘪了下去，我知道他的风能用尽了，立刻停止逃跑改为正面飞向他，不久前 get 的亚瑟王之剑银光闪耀！

我飞得很快很快，知道不能给那家伙任何机会，几乎在一瞬间我来到胡克面前，但是挥剑的刹那我却退缩了，就算是童话世界，就算对手是大魔王，杀生对臣妾而言果然还是做不到啊！我没有痛下杀手，而胡克已经趁机蓄饱了第二波攻击所需要的空气！

"嘿！"

我没有飞逃，绕着胡克高速兜起圈子来，我的本意是混淆他的视听然后伺机偷袭，没想到的是，当我电光石火地绕了几十圈后，竟形成了一座风的壁垒将胡克困在了其中。啊，我知道我该做什么了。我继续不停转不停转不停转，当我觉得差不多已经到了极限的时候，我向上飞起！

当那些被我搅动的气流旋涡随着我而猛然上升，那是什么后果？

一场小型的龙卷风！我没想到自己真的造出了这玩意儿！这旋风牵扯力极大，不仅胡克无法挣脱，就连白女王也一时手足无措。

我从龙卷风的顶端冲出，重重地落在地上，全身像是散了架，剧烈的晕眩感这时才排山倒海而来，这具正太的身躯被我使用过头了，简直动也动不了！好在我暂时不需要动了。

犹自暴走的小型龙卷风中，胡克与白女王正像两条滚筒洗衣机里的内裤般天旋地转，越转越高，越转越高……等到风势渐弱，精疲力尽的他们从天而降，发出两声响亮的吧唧声。

一切像是终于结束了。我暗暗祈祷他们千万别爬起来，因为我已经完全没力气了，甚至无法把脑袋调整到能观察他们的角度。

有脚步声蹒跚而来，我的心提到了嗓子眼。但随后，我看到了一灿、嬷嬷与八达互相搀扶的身影，他们来到我身边，一起瘫软下来，东倒西歪。

我欢畅地笑了起来。

多好啊，“415”又在一起了。

25 白雪公主与猎人

战争，总算是落幕了吧？

胡克与白女王昏厥之后，大卫麾下军队陆续进驻，接管了战场。蓝胡子、日本鬼怪等白王后的心腹爪牙则被捆绑了起来，也许是出于怨恨吧，士兵们给他们打的都是龟甲缚这种内涵很深的结。

一度退到后方的烂操六人也出现了，他们完全是拔腿朝我们冲过来的，大家撞在一起，乱七八糟地抱成一团，在地上翻滚。

“想不到你这小屁孩乳臭未干，居然挺能打！”排长揉着我的头发夸奖。

“嬷嬷，这一身好适合你哦，我帮你按摩胸口吧？”烂操关切地询问。

“八达你为毛穿女装？卖火柴的小女孩？……我好像懂了！”锅炉工说。

“一灿，据说你是我女儿的未婚夫，也就是说我是你岳父。快叫岳父！”大卫说。

“……随有烟（谁有烟）？”一灿瞥了一眼一丝不挂的岳父，默默转头。

“最终 Boss 也搞定了，我们什么时候能回家啊？好想打副本啊！”老蜗说。

“我想阿天了。”嬷嬷忧伤地说。

“急什么？我们可以先享受几天帝王生活。”金氏说。

“好主意，我现在饿得能吃一头猪。”八达看了一眼金氏，直咽口水。

嬉笑怒骂没点正经，这正是我最熟悉的 415。这样的氛围让我快乐安心，我热烈地参与着吐槽，不时看春菜一眼。也许是觉得我们十个人的团圆不该被插足，春菜正和靴猫、匹诺曹、丁卡他们凑在一起闲聊。

“放开我……放开……”

带着野性的嘶吼声疲惫地响起，是胡克船长。丫居然这么快就醒了？我一边想着别开玩笑了一边望向他，只见春菜一个激灵，朝胡克跑去。

“小心！”我想飞过去阻止，但身体不听使唤，反而把一灿撞倒了。“不好意思一灿。”我忙说。但一灿却似乎没有感觉，他盯着春菜，皱起了眉头。

“段段，辣过似（那个是）？”一灿问。

“是春菜啊，她也被卷来了，她演白雪公主。”我说。

“她是我的女儿，你是我的女婿，快叫岳父！”大卫拍打着富有弹性的臀部起哄，但一灿满脸的若有所思。我没有在意，踉踉跄跄走向春菜。

春菜已经奔到了胡克身边，二人打了个照面，胡克猛地挣开束缚，大叫：“啊！”

让我大跌眼镜的事情发生了：春菜和胡克抱在了一起！

“阿福！”春菜兴奋地对我大叫，“是小猫！他是小猫啊！”

我从震惊中回过神，不可思议地发现，胡克凶神恶煞的狼脸上的确浮现出了小猫的五官，就像是我过去看着 415 的其他人一样，这……这是怎么回事？！

我的脑子急速转着念：春菜说她是和小猫一起被吸进来的，之后她变成了白雪公主，那么小猫如果变成了当时离白雪公主最近的胡克，理论上不是不可能。但，为什么小猫没有取得胡克身体的控制权呢？

“……我一直都在黑暗中沉睡着，不知道自己在什么地方，偶尔想试着‘醒来’，总会看到一头野兽的身影……”小猫躺在春菜的膝盖上，絮絮地说着，“直到刚才，我忽然觉得身体变轻松了，好像锁着我的手铐脚镣都松了，我睁开眼，看到我的身体变成了这样……”

小猫说完，和春菜一起看着我，在处理怪事上，我的经验的确丰富得多，我想了想说：“只能认为，胡克船长本身的灵魂太强大了，可能跟他是半兽人也有关系，所以你不能取代他，反而被镇压着，直到他失去意识……”

小猫和春菜若有所思地点点头，春菜庆幸：“还好，都结束了。我本来还担心该怎么找你，没想到你就在离我们这么近的地方。”

我听着这些话，有些不是滋味，感觉又成电灯泡了，只好把目光投向别处，就看到了白女王被俩士兵押走，经历了刚才的折腾，她身上已经感受不到丝毫气质了，披头散发面如土色，完全就是个女屌丝。这么容易就能打败她，其实我有点意外。

白女王发现我在看她，忽然挣扎着停了下来，她问我：“想不想那头野兽变回来？”

我一愣：“是你把他变成这样的？”

而春菜叫道：“怎么做？”

“拿着……”白女王扯下脖子上的链坠递给春菜，“办法就在这里面……”

春菜本能地想接，被我拦住：“小心，不知道她又要什么阴谋诡计。”

“呵呵……你毁了他的人生，却连赎罪的勇气都没有吗？”白女王盯着春菜。

一段距离外，烂操们注视着我们这边，排长说：“啧啧，段段这是又要被 NTR 的节奏啊。”

“其实那狼跟那白富美本来就是一对，他才是第三者。”老蜗说。

“哎？什么意思？”嬷嬷问。

“白女王篡位后，白雪公主逃到了翡翠森林。白女王就派了一个猎人来追杀她，没想到猎人跟白雪公主一见钟情，把任务抛到了脑后。”在童话世界待得最久因此胸怀万千八卦的老蜗说，“那个猎人就是胡克。白女王知道他的背叛后很火大，用毒苹果把他变成了野兽，半人半狼的胡克常常会狂性大发，今天吹倒猪圈，明天 cos 外婆，偶尔有不知死活的小鬼利用他大玩‘狼来了’的游戏。”

老蜗又说：“后来胡克离开了森林，有只以前打工认识的海鸥告诉我，他袭击了一个叫辛巴达的航海家，抢了他的船干起海盗勾当。辛巴达有一块飞毯，胡克用它裹住整艘船，飞往天上的永无乡，要把被采花小鬼彼得·潘拐走的白雪公主救回来。”

众人纷纷喷水，而一灿猛然一震，一直在他脑中萦绕的，属于白马王子的模糊记忆，在那一刻复苏，他冲着我大叫：“段段！泥她远点（离她远点）！”

那边厢，我刚从白女王手中夺过链坠，一灿的叫唤让我手一抖，链坠掉下，春菜一把接住，然后，看到了藏在链坠里的小镜子。

春菜如同被魇住一样，呆若木鸡。

“哈哈哈哈哈！”镜子发出猖狂的笑声，“果然在你身上！可算是被我找到啦！”

春菜抱着头，痛苦地惨叫起来，我和小猫双双大惊！

冰雪奇缘

猎人胡克被诅咒成狼后离开了翡翠森林，成为寻找神灯的海盗，而白雪公主则被彼得·潘带去了永无乡。

这两件事之间还夹着一段插曲。那就是身为未婚夫的白马王子来找白雪公主了，但他没能带走白雪公主，相反，他变成了冰雕。

冰冻白马王子的到底是谁?

答案，现在揭晓！只见春菜不再挣扎，满头银丝的她面容平静地扫了一眼众人，轻轻一踏地面，以她的脚为圆心，寒气宛如涟漪，朝着四周扩散开去！

视野转瞬苍白！几乎只是一眨眼，我已屹立于一片冰原大陆，原本经过了之前的狂风大作战，这一带不是空白便是废墟，而今它们被冰雪打码，满眼的北国风光彰显着净网行动的喜人成果。

“阿嚏！”直到被冻得打了个喷嚏，我才清醒过来，我试着呼唤:“阿春，阿春。”

春菜却只是屹立原地，专心酝酿着千里冰封，万里雪飘，气温不断下降，不见跌停。

“阿春，你醒醒啊！”我颤抖着大叫。

“春菜……”小猫也叫，但是我们的声音迅速埋没在风声中。

“呵呵呵，省省力气吧，她是听不见的！”春菜手中的小镜子狂笑不止。

“你……你是魔镜吧？你对春菜做了什么……”我拼死质疑。

魔镜居高临下地回答:“我本来在不见天日的魔法禁地沉睡，是白女王挖出了我。她只当我是搜索引擎，不知道会在照我的过程中渐渐迷失本心。我驱使着她潜入皇宫，勾引国王……本来一切都很顺利，没想到她还是留了一手，赶在意识被我完全吞噬前将最高深的魔力全部转移到了继女白雪公主的身上。那之后，我们派兵追杀白雪公主，其实无形中反而把她推得更远。哼，那个小丫头除了失手把未婚夫冰冻外，根本不懂使用魔力。我渴望回收那份力量已经太久了！”

“怪怪怪怪不得那女人比想象的弱……敢情是个良心未泯的受害者……”丁卡缩在一灿怀中说。

“这么说，指挥所有巫婆兴风作浪的也是你，一切都是你……”嬷嬷气得直哆嗦，咬牙高举魔杖，一道虚弱的闪电将镜子轰碎了。

然而，魔镜的笑声却依然在我们耳畔徘徊，和着凛冽的风声，犹如魔音穿脑。

“啊！”金氏看了一眼脚下，吓得跳了起来。

结冰的大地，仿佛一面巨大的镜子，正咧开一张满是尖牙的嘴放声狞笑！

“呵呵呵，没用的，我可以将灵魂依附在一切反光物上，我可以是整个世界！”

绝望如海啸般吞噬了我，我觉得什么力气都没有了。而春菜一刻不停地释放着寒意，寒风暴鸣，雪舞盖天，冰锥拔地而起，在她周围开成触目惊心的花朵。

时间仿佛静止了，我从未觉得自己这么靠近死亡。讽刺的是，促成一切的竟是春菜。我想，如果她清醒后知道自己干了什么，要如何承受？

“学长……”

听见小猫的声音时，我几乎以为是幻觉，事实是他的确朝我匍匐而来，他说：“学长你……很熟悉童话……你告诉我怎么救春菜……”

我恍恍惚惚地看着小猫满脸的冰霜，脱口而出：“吻……能够破解所有魔法的真爱之吻……”

“是……是啊……学长……帮我一下……”

我知道小猫要做什么，我没有任何拒绝的理由。我气若游丝地说：“这是最后的机会了，一定要把她带回来。”

小猫轻微而坚定地点了点头。

我鼓起剩余的全部力气，让自己勉强飞高，然后借助自由落体以及体重，将亚瑟王之剑压进地面。

“混蛋！”虚弱的我这一剑并不能对魔镜造成重创，但结结实实触怒了它，同一时间，小猫四脚着地，朝着春菜奔去。

“呼呼呼呼——”寒风狂刮，我仿佛正被万千无形的飞刀凌迟处死，我知道这是魔镜的报复，我紧紧抓住宝剑，整个人如同一面破旗般挂在剑柄上。

英雄救美的重头戏是轮不到我了，至少让我在这里耍耍帅吧！

雪幕之中，有人缓缓走来了。锅炉工、金氏、烂操、嬷嬷、一灿、八达、老排、老蜗、大卫……没有壳的老蜗和全裸的大卫，这会儿已经跟冰棍一样硬邦邦了，不知道是什么力量支持他们走完这看似短暂其实无比遥远的一段路。然后，他们一个接一个地倒在了我身上，协助我将那剑压得更深一寸。

你们这群混蛋，可真是重啊！

至于我们所做的究竟能给魔镜带来多大伤害，已经不是最重要的了。我眯起眼睛，看到重重雪幕之后，小猫的身影已经靠近了春菜的身影，他们的头挨在了一起……

我本以为自己可以淡定地接受这些，我已经很习惯春菜的身份是“小猫的女朋友”，但……为什么，那一刻还是那么难受呢？

暴风雪渐渐止歇。变得清晰的视线里，小猫温柔地松开了春菜，春菜的一头长发褪去了银白，如罩寒霜的面容也恢复了人类应有的气色，而狼首人身的小猫也在发生着改变——啊，是了，真爱之吻对他同样有效，一举两得，童话真是方便啊。

“……干得漂亮。”冰冷的身下传来了魔镜的谩骂，“但是别以为你们就赢了！我还没死！”

是的，虽然春菜恢复了正常，但是她制造出来的冰雪世界却没有消失，换言之魔镜依然拥有绝对优势！

可是，随便吧，我彻底耗尽了力气。我被415的众人压迫着，感觉脸与地面已经冻在了一起。

“喔，是你。”

冰面上突然倒映出一个庞然大物，吓了我一跳，随即看清：是神灯巨人！“你……你怎么会在这里？”

“刚来的啊。我不说了我在找我老婆吗？但是世界之大我又路痴，找死了。还好这里忽然降温了，一看就知道是我老婆的魔法在起作用……”神灯巨人开心地说着，又挠挠头，“结果我看到是一个小姑娘在使用她的魔法。这怎么回事？你见过我老婆不？”

现场如此混乱，我怎么知道白女王滚去了哪个旮旯，但那不重要了，我敲着冰面对巨人大叫：“见过！是魔镜控制了她！快干掉它！”

“我已经不欠你什么愿望了，小盆友。”巨人摇着手指说，“不过你运气好，这是一件我乐意做的事，你看……”

巨人的拳头嵌入了地里，巨大的裂缝以他的手臂为源头张狂蔓延，我不能想象那是什么样压倒性的力量，但魔镜甚至来不及哼上一哼。

“当初就是这货迷惑了我老婆，害我被她封在了油灯里。”巨人吹了吹拳头上的碎冰，“所以，这个愿望就当是我送给你的。”

层出不穷的破冰声如华章渐次响起，迅速向四面八方扩展。霜雪消融，春暖花开。

27 童话和你，未完待续

一切阴谋的始作俑者——魔镜，像是某些人的节操那样碎得捡都捡不起来。

神灯巨人与白女王又在一起了，恢复了良知的白女王，收回了寄存在白雪公主身上的魔力。鉴于她所做过的坏事都是身不由己，国王特赦了她的罪，并委托这两个魔法系最强夫妻档从此以护国大法师的身份常驻“从前有个”王国。

以丑小鸭为首的鸟类大军果真得到了皇家认证的免死金牌；猪成为人们喜闻乐

见的宠物，反正养腻了还可以杀来吃；乌龟要求国王召集工匠为它打造一套全新龟壳，它已经无法忍受无套的羞耻，全裸的国王表示包在我身上，我认识一些能打造出傻瓜看不见的衣物的能工巧匠哟……

农夫杰克与卖火柴的小女孩均过上了丰衣足食的生活，小女孩从此吃饱了睡睡饱了吃，杰克没那么堕落，自强不息地研究烧水奥义。

匹诺曹变成了人类，因为他努力做了一个好孩子。现在，他与他的木匠老爸一起住在皇宫里，继续制造充气娃娃啊不是，木偶，人称皇室的享受，以超逼真官能体验驰名海内外。此外，匹诺曹很想撮合他的老父亲与巫婆安娜，因为他跟那只穿靴子的猫已经是生死之交。

白马王子与人鱼公主有情人终成眷属，举行了盛大的婚礼，普天同庆，歌舞狂欢。哦，国民们在内战中蒙受的损失，已经得到了护国大法师的强力修复……

“喂！”

正用鹅毛笔在羊皮卷上记着上述内容的我，被丁卡打断了思绪，我飘浮在宫殿里最靠近天花板的地方，除了她，其他人也的确很难发现。

“找了你好半天，你在干什么？”丁卡说。

“闲得无聊，整理点东西。”我说，“你家王子大喜的日子，你怎么哭成这样？”

“啰……啰唆！”丁卡红着眼睛踢了我一脚。

从昨天开始，丁卡的眼泪就没停过，王子结婚了，新娘不是她，人世间最正常的事情莫过于此。体积不同怎么可以谈恋爱？对此，烂操温柔地发出了“趴在我的胸口尽情哭泣吧”的邀请，然后被丁卡无情戳瞎了双眼。

经过那惊天动地的一战，丁卡已经了解到我们的来历了，她对我说：“听说你在你来的那个世界是个写东西的。”

“嗯……算是吧。跟大家经历的这些，我以后一定会写成故事的，现在先记下来，免得到时候忘了。”

“你们啥时候回去？”

“快了吧。”

“快点滚蛋，把彼得还给我。只有彼得不会离开我。”丁卡说着，在我的肩膀上坐下来。

“看开点啦，其实你们也算是最萌身高差呢。”我安慰她。

丁卡吸吸鼻子，说：“你家的白雪公主也是今天结婚，你不去看？”

我的心往下一沉，白马王子与白雪公主本是未婚夫妻，但现在已经解除了婚约，因为他们分别找到了人鱼公主和猎人胡克这俩真爱，然后在我的提议下举行了婚礼。

“有毛好看，在这里结婚又不代表啥。”我说。

“你真是傲娇。”丁卡白了我一眼，“怪不得你会变成彼得。你们真的很像，彼得从来不说真心话，他很任性，爱自己胜过一切，所以不会为了喜欢的人而放弃做一个孩子……”

我没想到会从她嘴里听到这些，半晌道：“其实也挺好。不管是做一个孩子还是做一个大人，至少他很明确地知道自己要什么，于是可以去争取，去牺牲。我……”

我想起情人节时，我与春菜手牵着手走过一条街。那是我们的心靠得最近的一刻，而即使是那样的时候，我也还在不安着彼此关系的改变。我其实一直都在茫然，想告诉她一些话，却担心一旦结果不如所想，两个人甚至回不到从前。如同我想过毕业之后以写作维生，但目测还是得成为随波逐流的上班族。我之所以迟迟没尝试写童话，就是害怕万一连这最后、最有爱的一条路都走不通，如何是好。

与其做出错误的选择换来失望，不如保持距离，骗自己那就还有希望。

我优柔寡断地呵护着美好的梦境，却没有义无反顾迈向未知的勇气。

见我好一会儿不说话，丁卡拍了我一下，说：“你露出跟彼得一样寂寞的表情了。好啦好啦，别着急，哪天你想通了就不会迷惘了。就像哪天彼得想通了成长跟童心并没有冲突，他也许就会愿意长大了。”

说着，丁卡大概是开始幻想彼得·潘长大后有多么俊美，露出了饥渴的表情，一下子把画风从心灵导师又调整回了花痴逗比，我不禁笑了：“你的话我记住了。以后如果真成了作家，我会写篇东西纪念这段谈话的，嗯……就叫《长大的彼得·潘》吧。”

这时，外面传来了礼炮响，还有震天的欢呼。

“……要不要去看看？”丁卡问我。

“嗯……”我点点头。

我们一道飞出了宫殿，来到了御花园。与婚礼有关的一切盛况立刻扑面而来。

盛况的焦点，所有人的注目所在，是两对新人。一灿与人鱼公主，以及小猫与春菜。

一切风波平息之后，我们仍没有脱离这个世界的迹象。我曾苦思到底还缺了点什么？答案是：婚礼。是的，相爱的人终于幸福地生活在一起，这是每个童话都需要的完美结局。也许对一灿、小猫、春菜而言，这不过是走走形式，但之于这部乱七八糟的童话，却是一种团圆的象征。

我看着婚礼从进场、致辞、切蛋糕、开香槟到交换戒指……环环相扣，有条不紊，我在不在其实没差。人鱼公主幸福极了，全程泪眼婆娑，看得排长黯然神伤，与其说是失恋，不如说像个舍不得爱女的老父亲……顺便说一下，415 的其他人正忙着胡吃海喝，金氏和八达尤其卖力，八达还不停地往口袋里藏食物。

一灿深情出演着一位新郎，流畅自然的演技，衬得小猫和春菜那边略显生硬，至少在小猫风度翩翩地接待宾客时，春菜一直有些心不在焉。

终于，来到丢捧花的环节了，这幕一完，婚礼也就正式结束了吧。

人鱼公主丢出了捧花，嬷嬷接到了，喜得她一脸水莲花不胜凉风的娇羞。然后轮到春菜了。她东张西望，看到我，忽然铆足劲儿来了个长传，把捧花砸向我。我接住，啼笑皆非地转送给了丁卡。

雷动的欢声中，婚礼落幕了，春菜笨拙地提着裙摆朝我走来。

“这么萌的小正太你都砸得下手。”我捧着脸对她说。

“还说！都是你出的馊主意，以后我再结婚就成犯罪了。”春菜要揍我。

“以后也跟小猫结婚就没问题啦。哦，我懂了，你们只是玩玩而已……”

我被美丽的新娘子追着打。

这时，哗然四起，只见头顶的天空破开了一个大洞，洞内是深不可测的混沌。身为一头猪却在啃烤乳猪的金氏忽然头一歪晕了，他的本体形象从猪身上出来，像是一颗逆袭的流星，飞入洞内。

随后，老蜗、八达、锅炉工、大卫接着晕倒，陆续解除与童话人物的合体。

烂操临走时冲着丁卡大叫：“不要忘记我啊啊啊——”

排长握着匹诺曹的鼻子说：“以后要争气！否则我可不饶你！”

嬷嬷抱紧靴猫哽咽：“阿靴……你要幸福哦！”

并非所有人都能察觉，此刻这盛大上演的离别。毕竟，“415”虽然走了，彼得•潘、巫婆、丑小鸭、国王、老木匠……他们仍然留下来了啊。何况不是没人记住我们的存在，人鱼公主就若有所察地抓紧了一灿，一灿在她的额头上轻吻了一下，走了。

当“回归”发生的时候，小猫匆匆忙忙朝春菜跑来，但不到半路，他就离开了胡克的身体，一边上升，一边无奈地冲春菜打手势。

“被我猜对了！只有王子和公主幸福地生活在一起，童话才算结束，我们也就可以回去……”我兴奋地对春菜说。

“好像就剩下我们俩了。”春菜看了看四周。

“是哦，一起走吧。”我说。

穿着婚纱的春菜冲我歪歪头，伸出戴着白纱手套的手，我的心跳了跳，牵住。

春菜，对你而言，牵手到底意味着什么呢？

对你而言，我又意味着什么呢?

我们开始上升，不再是彼得·潘与白雪公主，只是我和她。从前有个王国，那些曾经生死与共的人已经看不清，想到这点，一种不舍油然而生。

“你在想什么？”春菜轻声问。

“想这还真是个乱七八糟的童话啊。”我说。

“但也很有意思啊。”春菜笑，“以后，你也要写出这样的童话哦。”

“嗯？”

“你会成为一个童话作家的吧？”

“……一定会。我会努力写出不管什么年龄的人都爱看的童话。”

“你的童话里……会有我吗？”

我没有回答，只是不动声色地让我们靠得更近了些。

亲爱的春菜，我的童话里一定有你。我会写很多很多你的事，我们的事。我只能通过这样的方式，诉说你对我有多重要。

那些一起走过的记忆，或跌宕、或平淡，可是因为有你，都成为了童话。

我想起你时越无奈，写出的童话便越美好。

你就是青春，就是童话。

【《青春奇妙物语》第二部全剧终】

后 记

《青春奇妙物语》出版后，我召集 415 原班人马聚会，排长、嬷嬷、锅炉工和八达都来了。

看到这里，各位读者不禁要问：另外五个人呢？他们……他们……都死了！（哭晕在厕所）。

好吧，他们其实还健在，只是生活在不同的城市，大家现在聚少离多，但总算不是老死不相往来，毕业之后又各自有了不少八卦。如果 415 系列足够长寿，写完了我们荒唐的三年大学后，我会继续写我们的社会生涯，写大家工作、结婚、生子……喔喔，请支持《与十个老不死缅怀青春》及《黄昏奇妙物语》！

回到开头，我把《青妙》送给了他们，他们心怀感激地接过，口中说着“太好了，又可以不用买草纸了”之类赞美词，然后在看到我扉页的题词签名后破口大骂“签毛签啊！这么丑的字这下怎么拿去倒卖啊！真的只配当草纸了！”……还真是对不起你们啊！而这样的他们，也还是会关心《青妙 2》何时出版。

《青妙 2》的彩蛋终于完成的时候，《小说绘》正要举行第五次笔会，地点是厦门。不幸的是事到临头台风忽至，大量编辑与作者无法成行，只有少部分排除万难抵达了终点，却又因为风大雨大无法外出，困在酒店里赶稿吧又感觉太高尚了，会遭天谴，于是灵机一动开始玩变性游戏。唯恐天下不乱的女作者们兴致勃勃地将不知廉耻为何物的男作者们化妆成女娇娃的模样，次日这些男作者更发出了“今天没化妆感觉自己好素哦都不敢出门了”的有什么奇怪开关被按下了的宣言。

而现在写着这篇后记的我，在第二次赴台旅行的途中。因为本活动跟上述活动冲突，不得已豪迈抛弃了小说绘的妖孽们。当看到他们有我没我一个样儿、每天在群里蹦跶着刚刚 get 的某位作者的全新玩法时，内心冷笑不已。面对这群脑残当有趣、丢人丢到全国的蠢货，我只有一句话——我特么也好想试试化女妆 QAQ！其实想说，这种一群同龄人凑一起发疯的日子，会让我怀念起 415。

段子体小说《睡在我上下前后左右铺的兄弟》（连载名《与十个臭男人共度青春》）是我对大学时光不依不饶的追忆，而《青妙》则是建立在那基础上的天马行空。两部都写得很快乐，熟悉的人物和熟悉的气氛，每次写都能让我短暂穿越回那段日子。轻狂岁月有时尽，脑内剧场无绝期。青春是一部放不完的电影。

大学是我一生中最不积极的时光了，所以最快乐，也最迷惘。时间轴来到大二的《青妙》（啥！这种无厘头小说还有时间轴？！），想说除了没心没肺外也该带出点成长的感觉（啥！这群混吃等死的屌丝还会成长？！）。我理解中的成长不是学业有成、爱情开花、思想进步之类励志剧情，吃亏、受骗、挫折、失恋都是成长的浪漫，重点是经验值的获得。所以八达去打工，大卫去学车，锅炉工跟单亲妈妈有了暧昧，我开始习惯春菜和小猫出双入对……都是自然而然的改变，潜移默化的成长。

写《青妙 1》的时候，我还比较保守，煞费苦心地安排每个人都当一次主角，属于我自己的那个故事还特别羞涩地藏在了单行本的彩蛋里。写第二部的时候就比较放得开了，觉得干吗要给自己设立条条框框呢？怎么有趣怎么来呗。于是《人类说明书事件》还是排长独挑大粪，不对，大梁；《马甲出租事件》就直接让金氏与容嬷嬷一起上了；又如《梦境彩排事件》理论上主角是锅炉工，但也有我不少事儿；《非常交易事件》由八达开启，更出风头的却是一灿；《相机封印事件》干脆以小苹果为核心；至于《记忆玩家事件》《宅男吸血事件》《外星驾照事件》这种就更有爱了，某人引出了某件事，到后面整个 415 都被卷进来大乱斗，很过瘾。

单行本独家附录的《童话联盟事件》则是个意外。本想作为第三部的一个短篇来写，越构思越觉得热闹，喜怒哀乐一应俱全，于是终于写成了一个超过五万字的彩蛋。这个故事的出现也令《青妙》的包容性进一步增强。“一切皆有可能”正是这个系列的浪漫。

《青妙 1》写的是我大学第一年的事情，《青妙 2》以及即将连载完毕的《青妙 3》则是以大二为背景，接着理所当然还会有大三。同理《臭男人》的连载与单行本也会有相应的绵延。早已被三次元的大学驱逐出境的我，貌似还能在二次元的大学再留级几年，直至终将到来的毕业。

而我的心情和当年一样：希望那一天到来得越晚越好。因为，我舍不得那么快又要离开。

我很想念你们。

青春奇妙物语 2

作者
两色风景

选题策划
知音动漫图书•新阅坊

封面绘画
米 包

彩色插图
夜 翎

装帧设计
余诗立

图片总监
杨小娟

特约编辑
罗长敏

执行编辑
胡梦怡

责任发行
周冬梅

出版社
中国致公出版社

总出品
湖北知音动漫有限公司

制作出品
知音动漫图书•新阅坊

平台支持
知音漫客 小说绘

图书在版编目（CIP）数据

青春奇妙物语. 2 / 两色风景著. -- 北京 : 中国致

公出版社, 2019

ISBN 978-7-5145-1381-3

Ⅰ. ①青… Ⅱ. ①两… Ⅲ. ①故事 - 作品集 - 中国 -

当代 Ⅳ. ①I247.81

中国版本图书馆CIP数据核字(2019)第092604号

青春奇妙物语.2/ 两色风景 著

出　　版　中国致公出版社

（北京市海淀区翠微路2号院科贸楼）

出　　品　湖北知音动漫有限公司

（武汉市东湖路169号）

发　　行　中国致公出版社

作品企划　知音动漫图书 · 新阅坊

责任编辑　程　英

特约编辑　罗长敏　胡梦怡

装帧设计　余诗立

印　　刷　长沙鸿发印务实业有限公司

版　　次　2019年8月第1版

印　　次　2019年8月第1次印刷

开　　本　710mm × 1120mm　1/16

印　　张　19

字　　数　230千字

书　　号　ISBN　978-7-5145-1381-3

定　　价　36.00元
